IL KILLER DEL VOODOO

UN AVVINCENTE THRILLER CON UN SERIAL KILLER E UN COLPO DI SCENA SCIOCCANTE

THRILLER CRIMINALE DELL'ISPETTRICE STEPHANIE BROADBENT
LIBRO 1

JACK PROBYN

CLIFF EDGE PRESS

RIGUARDO AL LIBRO

È tornata a casa per ricominciare. Invece, ha risvegliato l'oscurità che credeva di aver sepolto.

L'Ispettore Stephanie Broadbent non torna nella sua città natale da più di vent'anni. Un'infanzia travagliata e un passato che è meglio dimenticare l'hanno tenuta lontana. Ma l'improvvisa perdita di un collega la lascia esausta e distrutta—e la quiete promessa delle Surrey Hills, insieme alla possibilità di riconnettersi con sua sorella, si rivela troppo allettante per resistere.

La pace, tuttavia, dura poco.

Prima ancora di essersi sistemata, una studentessa universitaria viene trovata morta nel suo dormitorio dopo una serata fuori. Quello che inizialmente sembra un caso semplice prende una piega più oscura quando viene trovata una bambola voodoo vicino al corpo.

Con vecchi ricordi che riaffiorano e i membri della sua nuova squadra che la tengono a distanza, Stephanie è costretta a confrontarsi con i fantasmi del suo passato, mentre cerca di fermare un assassino le cui prossime mosse stanno già prendendo forma in filo e stoffa.

CAPITOLO
UNO

Nei suoi diciotto anni e mezzo di vita, Jenny Wilde non aveva mai bevuto tanto alcol quanto la sera prima. Gli ultimi giorni erano stati sfrenati e all'altezza delle aspettative. La settimana delle matricole. La prima settimana di università. La prima settimana della sua ritrovata libertà. La prima settimana del resto della sua vita. Fino a quel momento, l'aveva passata a consumare quantità di alcol pericolose ed eccessive. Ogni sera era andata progressivamente in peggio: cicchetti in cucina, bevute nella stanza di Leo (aveva la camera più grande del loro piano), prima di andare in discoteca, dove aveva speso una quantità oscena del denaro dei suoi genitori. Alla fine, lei e i suoi nuovi migliori amici avevano deciso che era ora di tornare, sempre più tardi, alle prime ore del mattino, con il progredire della settimana.

Non riusciva a ricordare a che ora fossero tornati a casa, ma quella fu l'ultima cosa di cui le importò quando si svegliò. Acqua. Aveva bisogno d'acqua. Bellissima, sottovalutata acqua.

Mentre si allontanava rotolando dal muro e si sollevava sui gomiti, la stanza cominciò a girare, e i resti delle patatine con formaggio d'asporto della sera prima minacciarono di fare una comparsata sulle sue lenzuola. Si bloccò, chiuse gli occhi e si impose di ricacciare il vomito nello stomaco. Con cautela, afferrò la bottiglia da due litri di acqua Tesco accanto al suo letto, ne svitò il tappo, se la portò alle labbra, si ricompose, ingoiò il rutto che le era appena esploso in bocca e scolò l'acqua come se avesse passato un mese nel deserto.

Sembrò funzionare, e dopo aver controllato l'ora sul telefono (le 10:24, prima del solito), fece scendere le gambe dal letto, infilò i piedi nelle sue Crocs di *Shrek* e si trascinò in bagno. Alloggiava all'International House, una delle poche residenze universitarie del campus che offriva camere con bagno privato agli studenti. Naturalmente, il lusso aveva un prezzo, ma non era lei a pagare il conto. Grazie, Banca di Mamma e Papà.

Mentre spegneva la luce del bagno, sentì un rumore provenire dalla cucina in fondo al corridoio. Risate. In preda a una seria FOMO, la paura di perdersi qualcosa, si mise la vestaglia sulle spalle e si trascinò in cucina. Al suo piano c'erano altre cinque camere da letto. Altri cinque coinquilini.

Ne trovò tre in cucina: Leo, Hannah e Kamal, rannicchiati sui fornelli. Appena l'odore di pancetta le arrivò ai sensi, la sensazione di nausea allo stomaco svanì. Era guarita!

«Eccola» esclamò Leo al suo ingresso. Era alto, muscoloso, con i capelli corti, ed era senza dubbio la persona più bella che lei avesse mai visto.

Lei sorrise alla sua vista. «Giorno» disse, dirigendosi lentamente verso il frigo, dove trovò il suo cartone di succo d'arancia. Se ne riempì un bicchiere prendendolo dalla sua dispensa designata dall'altra parte della cucina.

«Vuoi un po' di pancetta?» chiese Leo. «Sei arrivata giusto in tempo.»

«C'è bisogno di chiedere?»

Leo ridacchiò, poi tornò a concentrarsi sul cibo. Qualche istante dopo, era pronto. Sedettero in silenzio mentre ognuno divorava la propria colazione. Quando ebbe finito, Jenny tracannò il resto del suo succo d'arancia e posò il bicchiere sul tavolo con un sonoro *clunk*.

«Come state, ragazzi?» chiese.

«Completamente a pezzi» rispose Kamal, con quel sorriso mite che sembrava riservare a tutti, come se temesse costantemente il rifiuto e cercasse sempre una qualche forma di adorazione.

«Non mi ha mai fatto così male la testa» replicò Hannah sorseggiando l'acqua dalla sua borraccia Stanley.

Tutti gli occhi si volsero verso Leo, proprio mentre si metteva in bocca l'ultimo boccone. «A dire il vero, non mi sento così male.»

«Perché il tuo corpo è un tempio e vivi di mille vitamine diverse ogni ora» ribatté Hannah.

Leo rispose con una scrollata di spalle noncurante. «Forse dovresti provare.»

«No, grazie. A me piacciono le cose che fanno male.»

«Non la penserai così a quarant'anni.»

Hannah roteò gli occhi. Si conoscevano solo da cinque giorni, e già lei aveva sviluppato un'antipatia per Leo e la sua personalità vanitosa e un po' odiosa. Certo, era un bel ragazzo. Ma ciò che lo rendeva così sgradevole era il fatto che lo sapesse e insistesse nell'incoraggiare tutti a seguire il suo stesso stile di vita salutare.

«Vi ricordate molto di ieri sera?» chiese Jenny. «Per me è tutto sfuocato. Ricordo qualche frammento al Popworld, ma dopo...»

«Non ricordo molto. Ma so che *tu* eri un disastro» disse Kamal.

«Me lo sentivo.»

«Riuscivi a malapena a stare in piedi.»

«Ho...» L'ansia post-sbornia cominciò a farsi sentire. «Ho fatto qualcosa?» All'improvviso, l'odore di tabacco le si attivò nel cervello, e poté sentirne il sapore in bocca. Poi ricordò di essere stata nell'area fumatori, sigaretta in mano, a fumare come se fosse abituata a fumarne trenta al giorno, quando in vita sua ne aveva provate solo tre. Si rivolse a Leo. «Mi hai dato una sigaretta.»

«Solo per farti smettere di supplicare» rispose lui. «Non mi lasciavi in pace.»

Se solo fosse stato anche per un altro motivo.

«A che ora siamo tornati?» chiese lei.

«Verso le tre.»

Le prove della loro serata fuori e del loro eventuale ritorno erano sparse per tutta la cucina: le bottiglie vuote di superalcolici sul bancone, i maglioni e i cardigan che erano stati abbandonati all'ultimo minuto prima dell'arrivo del taxi e il contenitore del kebab mezzo vuoto con resti di cibo all'interno.

Mentre fissava il cibo, un dolore accecante le esplose nella testa e si accasciò sul tavolo.

«Non bevo mai più» dichiarò.

«È la terza volta che lo dici questa settimana» replicò Leo

mentre si alzava dalla sedia e lasciava cadere il piatto nel lavandino, dove senza dubbio sarebbe rimasto per una settimana come il resto delle loro stoviglie.

«Qualcuno ha sentito Claudia?» chiese Kamal.

«Se n'è andata prima con quel tipo, no?» rispose Hannah.

«Credo che se ne siano andati dopo che ho preso quel giro di Jägerbomb» disse Jenny, sbloccando il telefono. «Qualcuno ha sentito qualcosa quando sono tornati?»

I suoi coinquilini scossero la testa.

«Pensi che sia ancora qui?» Gli occhi di Hannah si spalancarono alla prospettiva di beccare la vittima della sveltina di Claudia mentre faceva la "passeggiata della vergogna".

Mentre lo diceva, il suono di una porta che si apriva e si chiudeva raggiunse la cucina. Jenny, la più vicina all'uscio, balzò in piedi e si precipitò in corridoio. Si fermò non appena vide Shun-Chow, lo studente internazionale che parlava poco inglese e che aveva scambiato con loro solo una manciata di parole dal loro arrivo.

«Buongiorno, Shun-Chow» disse lei.

«Ciao» rispose lui timidamente, prima di chinare la testa e correre nella sua stanza con la busta della spesa della Tesco.

Vinta dalla curiosità, Jenny si affrettò lungo il corridoio e si fermò davanti alla stanza di Claudia. Abitavano una di fronte all'altra. Appeso sotto il numero 2 della porta c'era il suo nome scritto con degli adesivi di Taylor Swift che aveva comprato su Amazon. Jenny bussò, ma non ci fu risposta.

Bussò una seconda volta.

Una terza.

Quando ancora non ricevette risposta, il panico cominciò a insinuarsi. Claudia era sempre rapida ad aprire la porta o a rispondere se era in bagno. Ma questa volta, nulla.

Jenny afferrò la maniglia.

«Che stai facendo?» chiese Hannah. «Non farlo, potresti...»

Ma era troppo tardi. Jenny abbassò la maniglia e, a poco a poco, entrò furtivamente. Si era quasi aspettata che Claudia saltasse fuori dal letto per fermarla. Niente.

Jenny spinse, addentrandosi sempre più a fondo nella stanza fredda. La finestra era stata lasciata aperta. Le sue scarpe erano vicino alla porta. Svariati cambi d'abito giacevano abbandonati sullo schienale della sedia, i suoi libri e quaderni erano sparsi sulla scrivania.

Lì, nell'angolo della stanza, distesa sul piumone, c'era Claudia, con gli occhi aperti che fissavano il soffitto, un braccio che pendeva dal lato del letto, morta.

CAPITOLO
DUE

Le dita dei piedi si premettero nella biforcazione di un ramo nodoso; la corteccia, viscida per la rugiada mattutina, era comunque solida sotto il suo peso. Fece una pausa, le gambe tese per lo sforzo, scrutando la chioma sopra di sé in cerca del prossimo appiglio. Un ramo robusto sporgeva a circa un metro sopra la sua testa — liscio da un lato, pieno di nodi dall'altro — e lei allungò la mano, le dita che sfiorarono la corteccia e vi si aggrapparono.

Si trovava a poco più di tre metri da terra e non indossava altro che le scarpe da ginnastica, leggings e una maglietta da corsa di nylon umida. Non proprio un'attrezzatura da arrampicata. La borraccia, il telefono e le chiavi di casa erano nascosti sotto una radice coperta di muschio alla base della quercia, fuori dalla vista del sentiero alle sue spalle. Erano passati anni dall'ultima volta che si era arrampicata su qualcosa di più alto di una scala a pioli, non lo faceva da quando era un'adolescente, ma l'albero l'aveva chiamata, torreggiando sugli altri come a sfidarla. Ci era inciampata durante la sua corsa mattutina attraverso Chantry Wood e aveva deciso di scalarlo. Quella mattina non aveva nessun altro posto dove andare.

L'albero si protendeva sempre più in alto, i rami simili a una scala visibile solo strizzando gli occhi nel modo giusto. Una caduta dalla cima sarebbe stata brutale, ma si fidava di se stessa. Della sua presa. Della sua forza.

Passarono venti minuti. Il vento si levò leggermente, rinfrescandole il sudore che le si era accumulato sulle tempie. Si issò sull'ultimo tratto, con i rami che si assottigliavano e flettevano sotto il suo peso, e si sistemò nella biforcazione, le gambe che penzolavano libere sotto di lei. Da lassù, il bosco si estendeva ai suoi piedi come un oceano verde. I campi lontani del Surrey facevano capolino tra i varchi tra gli alberi, con le siepi che li tagliavano come cicatrici. Le braccia le dolevano per lo sforzo, i bicipiti contratti e gli avambracci in fiamme, ma accolse con favore quel dolore. Significava che era ancora capace. Che aveva ancora il controllo.

Ora veniva la parte difficile: la discesa.

Senza corda, senza imbracatura e senza nessuno a farle da sicura da sotto, sarebbe dovuta scendere allo stesso modo in cui era salita. Solo più lentamente. Allungò la mano verso il primo ramo, il cuore che le martellava mentre iniziava la discesa. Inspirò, lentamente e profondamente. Fidati dell'albero. Fidati della tua presa.

Proprio mentre stava per mettere il piede nell'ultimo appiglio, il suo telefono prese a squillare. Quel suono improvviso, che le instillò il panico, la fece trasalire. Il piede le scivolò dall'appiglio e cadde a terra, atterrando sulla spalla. Ignorando il dolore, afferrò il telefono.

Kimberley, sua sorella.

«Ehi» disse, sedendosi sul bordo di un masso vicino. «Tutto bene?»

«Tutto bene. Volevo solo fare le congratulazioni alla mia sorellona e augurarti in bocca al lupo per il tuo primo giorno.»

«Non inizio prima di questo pomeriggio» rispose lei seccamente.

«Che razza di lavoro inizia di pomeriggio?»

«Il tipo che richiede orari interminabili e un'enorme quantità di fatica fisica ed emotiva.»

«Sembra il mio lavoro» scherzò Kim.

«Quasi. Ci vado questo pomeriggio per un incontro di presentazione.»

«Hai un sacchetto di caramelle pronto?»

«Perché avrei dovuto?»

«Come alle elementari. Sai, quando devi portare le caramelle per tutta la classe il giorno del tuo compleanno.»

«Scommetto che ti piace fare l'insegnante. Puoi portarti a casa tutti gli avanzi.»

«Al mio girovita no.»

Passò un uomo che portava a spasso un cane. Le augurò il buongiorno e Stephanie ricambiò.

«Chi era?» chiese Kim.

«Un estraneo.»

«Dove sei?»

«Ad arrampicare.»

«Dove?»

«Nei Chantries.»

«Fuori? Da sola? Steph…» disse sua sorella con lo stesso tono seccato che un genitore usa con un figlio. «Mi sembra pericoloso. Pensavo che l'idea fosse di iniziare il tuo primo giorno senza ossa rotte.»

Stephanie si massaggiò la spalla. «Sto bene.»

Il rumore di bambini che urlavano in sottofondo echeggiò nel microfono. «Ho detto a papà che iniziavi oggi» disse Kim. «È da mesi che parlo di questo giorno, Steph. Da quando ho saputo che saresti tornata.»

«Ah sì? Bene.»

«Probabilmente ti direbbe che è orgoglioso di te, se potesse. Che finalmente torni a casa dopo tutti questi anni. Hai pensato a quando andrai a trovarlo?»

Stephanie esitò prima di rispondere, anche se sapeva che avrebbe dovuto farlo subito. «Sono stata impegnata.»

Kim sospirò. «Non potrai usare questa scusa ancora per molto, sorellina.»

Era proprio quello che temeva.

«Comunque, devo andare. La ricreazione è finita. Goditi il resto della mattinata. Divertiti questo pomeriggio. E *smettila* di arrampicare prima di romperti qualcosa!»

Stephanie diede un'ultima occhiata all'albero prima di riattaccare, recuperare le sue cose e continuare la corsa.

Percorse mezzo chilometro del suo tragitto prima che la musica si interrompesse e venisse sostituita di nuovo dalla suoneria del cellulare.

Stavolta era un numero che non riconobbe.

«Pronto» disse con cautela.

«Ehi, Steph, sono il DCI McGowan. Mi scusi se disturbo la sua mattinata. So che non la aspettavamo prima di questo pomeriggio, ma è successo qualcosa. La vogliamo al campus dell'Università del Surrey il prima possibile.»

CAPITOLO
TRE

Il campus dell'Università del Surrey sorgeva appena fuori dal centro di Guildford. Fondata nel 1966 dopo aver ricevuto un Regio Statuto, si era costruita una solida reputazione per l'ingegneria, le scienze sanitarie e persino la ricerca spaziale. Il campus aveva un'atmosfera moderna e rilassata e, nel corso degli anni, aveva dato i natali a un considerevole numero di personaggi illustri, da presentatori televisivi a fisici e amministratori delegati.

Stephanie entrò nel campus, superò la famosa statua del cervo in acciaio inossidabile all'imbocco e rallentò fino a fermarsi a una piccola rotonda. Decine di auto della polizia erano parcheggiate lungo la strada che si snodava a nord del campus. Sullo sfondo si stagliava la cattedrale di Guildford, un'imponente struttura che era il punto focale della città e che si poteva vedere da chilometri di distanza sull'A3. Spense il motore, scese dall'auto e si guardò intorno. Le sembrò strano essere lì dopo tanto tempo, come rimettere piede in una vecchia casa di famiglia. I tre anni che vi aveva trascorso erano stati tra i migliori della sua vita, durante i quali aveva studiato letteratura inglese prima di trasferirsi nell'Essex e trovare una carriera in polizia.

Tuttavia, il campus era cambiato in modo significativo dalla sua ultima visita. Gli edifici erano diventati più moderni e l'erba più verde. La qualità dell'insegnamento e delle risorse erano senza dubbio migliorate. Eppure, sentiva ancora quel fremito vivace, quell'atmosfera che si propagava attraverso il selciato e gli edifici, come se fosse trasportata dal vento che le sferzava il viso.

Ma ora quel fremito aveva una nota sinistra.

Steph si mise lo zaino in spalla e si affrettò verso l'agente in uniforme di guardia al cordone esterno.

«Ispettore Capo Broadbent» disse. «Polizia del Surrey.»

«Chi?» rispose l'agente.

«Ispettore Capo Broadbent. Ho appena iniziato.»

L'agente controllò il suo registro. «Non ho mai sentito il suo nome.»

«Perché sono nuova.»

L'agente la squadrò da capo a piedi, preoccupato che un ispettore capo si presentasse su una scena del crimine in leggings e maglietta da corsa.

«Ha un documento?»

«Solo il tesserino della polizia dell'Essex.» Con un sospiro, lo cercò nello zaino, lo tirò fuori e glielo mostrò.

L'agente non parve impressionato.

«Cosa ci fa qui?» le chiese. «L'Essex è parecchio lontano.»

«Sono in trasferimento. Inizio domani. Ma il Sovrintendente Capo McGowan mi ha chiamata in anticipo, dato che mi pare di capire che ci sia stato un potenziale omicidio in uno di questi edifici. Pensa di potermi far passare?»

L'agente ponderò la sua risposta per un tempo eccessivo. Perdendo rapidamente la pazienza, lei gli si affiancò e provò a passare sotto il nastro. Lui le si parò davanti e le mise una mano in faccia.

«Dovrò chiedere l'autorizzazione» disse lui. «Non posso far passare chiunque.»

Non sono chiunque, pensò lei. Sarò il responsabile di questa stramaledetta indagine!

«Bene» disse con tutto il veleno di una vespa in un barattolo. «Faccia quello che deve fare. E già che c'è, può trovarmi qualcuno della Squadra Investigativa Omicidi? Potranno confermare chi sono. O meglio ancora, chiamo McGowan e può parlarci direttamente, se preferisce.»

L'agente esitò per un momento prima di correre via verso il collega in uniforme più vicino. Stephanie li osservò con rinnovato fastidio, a braccia conserte, mentre conversavano. Il secondo agente la guardò, annuì e scomparve più avanti lungo la strada, diventando il secondo anello di un lungo telefono senza fili. L'agente responsabile del cordone tornò un istante dopo.

«Le stiamo trovando qualcuno della Squadra Investigativa Omicidi» disse, tornando a concentrarsi sul cordone, segnalando che aveva finito con lei e che non poteva fare altro che aspettare.

Rimase lì per cinque minuti, controllando continuamente l'ora sul suo orologio, incrociando le braccia e sbuffando di tanto in tanto per far capire all'agente che non era affatto impressionata.

Capiva che lui doveva fare il suo lavoro, ma era frustrata dal fatto che lo stesse facendo a regola d'arte, ed era ansiosa di entrare, convinta che non potessero permettersi di perdere altro tempo.

Passarono altri cinque minuti prima che arrivasse qualcuno che sembrasse vagamente un superiore.

L'uomo che le si avvicinò indossava una tuta bianca della scientifica. La sua zazzera di capelli spessi e scuri spuntava dalla tuta. Alto e di corporatura media, camminava curvo, come se i suoi genitori non gli avessero mai insegnato a stare dritto. Si presentò come il Sergente Investigativo Devon Lafferty, e sembrava tutt'altro che felice di vederla.

«Lei chi è?» chiese senza mezzi termini.

«Stephanie Broadbent» rispose lei, usando il suo stesso tono. «Sono il suo nuovo Ispettore Capo.»

Lui aggrottò la fronte come se qualcuno gli avesse appena fregato l'ultima fetta di pizza. «Che ci fa qui? Non doveva arrivare domani?»

Stephanie glielo spiegò.

Devon scrutò il suo abbigliamento. «Non può entrare su una scena del crimine vestita così.»

«Metterò una tuta protettiva. Qual è il problema?»

Devon non apprezzò il suo tono, ma lei decise di sua iniziativa di passare sotto il nastro del cordone e di affrettarsi verso il furgone della scientifica. Tornò pochi istanti dopo, vestita di bianco.

«Dove andiamo?» chiese.

«International House.»

Senza bisogno che le venisse detto dove fosse, Steph si diresse verso l'edificio che, visto dall'alto, aveva la forma di una "E". Mentre camminavano lungo la strada, la zona diventava sempre più silenziosa, quasi a ricordare il set di un film di zombie, con i volti alle finestre delle stanze degli alloggi studenteschi che sembravano quelli di persone che si proteggevano dalla prossima ondata.

Arrivarono all'ingresso del blocco D pochi minuti dopo. Lì, si registrarono al cordone interno, ringraziarono l'agente di guardia e cominciarono a salire le scale.

«Terzo piano» la informò Devon superandola. Voleva arrivare per primo. Essere quello al comando.

Un nodo cominciò a formarsi nello stomaco di Stephanie. Era lo stesso nodo che si formava ogni volta che si avvicinava a una scena del crimine. Quello che le bloccava i movimenti. Quello che le faceva viaggiare la mente e la costringeva a immaginare la vittima prima ancora di averla vista.

Al terzo piano, il corridoio brulicava di investigatori della scientifica che esaminavano la moquette e le pareti, entrando e uscendo dalle stanze. Molti di loro stavano imbustando prove mentre altri scattavano fotografie dell'edificio e del corridoio; i flash la accecavano mentre si dirigeva verso la prima stanza sulla destra. L'edificio era dolorosamente silenzioso, fatta eccezione per il rumore delle tute protettive che frusciavano.

La stanza della vittima era esattamente come Stephanie l'aveva immaginata: colorata, vivace e piena di vita. Piena di speranze, sogni e aspettative; speranze, sogni e aspettative che erano stati stroncati bruscamente. Alla sua immediata sinistra c'era il bagno privato. Nell'angolo in fondo a destra c'erano una scrivania e due mensole. In fondo a sinistra, il letto. Appoggiati sulla libreria c'erano i tratti distintivi che ci si aspetterebbe dalla stanza di una studentessa: bottiglie di vodka e altri superalcolici in attesa di essere consumati con avidità; libri di testo che sarebbero senza dubbio durati più a lungo dell'alcol, forse accumulando polvere gradualmente; e ricordi di casa. Foto di famiglia e amici adornavano le mensole e le pareti. In esse, Stephanie vide una giovane donna, bella ed entusiasta, con un sorriso meraviglioso che la fissava. Il corpo sul letto aveva perso quella vitalità e, cosa peggiore di tutte, aveva perso quel sorriso.

Altre tre persone, esclusa la vittima, occupavano la stanza. Devon indicò l'unico altro uomo e lo presentò.

«Lui è Kenji. Responsabile della scena del crimine.»

Kenji, un uomo giapponese con occhi caldi e gentili, si voltò verso Stephanie e le porse la mano.

«Piacere di conoscerla.» Il suo accento era appena percettibile, quasi inesistente.

«Piacere mio. Chi abbiamo qui?»

«Claudia Bellini. Diciotto anni. Studentessa del primo anno di Scienze e tecnologie alimentari, nutrizione e dietetica.»

Stephanie lanciò un'occhiata ai libri di testo spessi qualche centimetro sulla mensola. Il nodo nel suo stomaco si strinse.

«È stata trovata stamattina dai suoi coinquilini. Sono entrati in quattro, quindi naturalmente hanno contaminato gran parte della scena. Ciò nonostante, stiamo imbustando e fotografando tutto il possibile. Dovremmo aver completato entro la fine della giornata.»

Stephanie annuì. «Quando arriverà il medico legale?»

«Tra un'ora» rispose Devon seccamente. «Li ho già contattati io. Me ne occuperò io quando arriveranno.»

Stephanie non apprezzò il suo tono, ma scelse di non raccogliere la provocazione. Diede un'occhiata al corpo.

La giovane donna – che, nella mente di Stephanie, era poco più di una ragazza – indossava ancora i vestiti della sera prima. Una gonna corta con i collant. Un sottile crop top nero che le copriva la parte superiore del corpo. Non portava il reggiseno. Una collana d'argento scintillava alla luce. Sul viso, il trucco era perfetto. Così dettagliato, così sapientemente applicato. Eppure, niente di tutto ciò indicava come fosse morta.

Stephanie si prese un momento di silenziosa riflessione prima di chiedere: «Dove sono le persone che l'hanno trovata?»

CAPITOLO
QUATTRO

Naturalmente, i coinquilini di Claudia erano sconvolti e avevano un disperato bisogno di conforto. Tre agenti in uniforme e un paio di paramedici avevano passato l'ultima ora a cercare di fare proprio questo. Quando Stephanie e Devon li trovarono nel giardino del campus, un piccolo spazio verde gestito dalla Società di Giardinaggio dell'università, tutti e quattro i coinquilini erano seduti su una panchina, singhiozzando l'uno tra le braccia dell'altro.

«Me ne occupo io» disse Devon mentre si avvicinavano.

Stephanie si fermò e lo trattenne. «No, tu no. Il responsabile dell'indagine sono io.»

Lui sbuffò. «Non prima di domani. Per ora, questa è la *mia* indagine, e la gestirò io. Sono i *miei* testimoni chiave.»

«I *nostri* testimoni chiave» lo corresse lei. «Un'unica squadra. Un'unica indagine.»

«Già» disse Devon con astio. Liberò il braccio con uno strattone e si diresse verso i coinquilini.

Due donne. Due uomini. Anche se nessuno di loro sembrava abbastanza grande da essere definito tale. Sembravano tutti in procinto di finire le medie e decidere che liceo frequentare. Le ragazze erano sedute ai lati di uno dei ragazzi, che le cingeva entrambe con le braccia, come se fossero le sue conquiste della settimana.

Proprio mentre Stephanie stava per presentarsi, Devon la batté sul tempo. «Vorrei solo farvi qualche domanda su quello che avete visto» disse prima che lei potesse aprire bocca.

«Certo, qualsiasi cosa le serva» rispose Leo con la sicurezza e l'arroganza di un atleta liceale, rivolgendo loro un sogghigno malizioso. Le ragazze ai suoi fianchi annuirono come se avessero una pistola puntata alla testa. L'altro ragazzo all'estremità della panchina fece un cenno educato d'assenso.

«Voglio iniziare chiedendovi della scorsa notte» cominciò Devon, ma Stephanie lo interruppe.

«Di dove siete?»

Gli studenti si scambiarono sguardi confusi tra loro e con Stephanie. Continuarono a tirare su col naso e ad asciugarsi le lacrime.

«Bristol» rispose Leo, alla fine.

«Manchester» replicò Jenny.

«Nottingham» disse Kamal.

«Peterborough» aggiunse Hannah. «E Claudia era di Birmingham.»

«Da ogni dove» commentò Stephanie. «Cosa studiate?»

Devon le lanciò un'occhiataccia di disapprovazione, che lei e il resto del gruppo ignorarono.

Leo indicò sé stesso e Kamal. «Noi due facciamo economia, Jenny fa matematica e Hannah fa...»

«Medicina e Scienze Veterinarie» concluse Hannah.

«Bello» disse Steph, sorridendo a ciascuno di loro. Ricambiarono a loro volta, rilassandosi un po' e sentendosi più a loro agio in presenza degli agenti di polizia. «È una bella varietà di corsi. Ricordo quando venni qui, molto tempo fa ormai, per studiare lettere.»

«Ha studiato *qui*?» chiese Jenny.

Steph annuì. «Come ho detto, molti anni fa. Ma fu fantastico. Il posto è cambiato molto da allora; è diventato molto più grande e non ricordo ci fossero così tante case per studenti. Mi ha sorpreso scoprire che il Casino non esiste più.»

Jenny picchiettò la mano sul tavolo. «Ugh! Mia madre è rimasta malissimo quando l'ha scoperto. Ci andava *sempre* quando era giovane. Diceva che era il posto più bello del mondo. Credo sia lì che ha conosciuto mio padre...»

Stephanie ridacchiò. «Aveva i suoi momenti. Qual è *il* posto dove si va oggi?»

Devon fece per interrompere, per chiudere l'argomento, ma Hannah si assicurò di tagliarlo fuori. «Alla sede dell'associazione studentesca, il Rubix» disse lei, lanciandogli un'occhiata di sbieco prima di rivolgersi a Stephanie. «È la settimana delle matricole, quindi hanno in programma un sacco di concerti ed eventi speciali.»

«La settimana delle matricole? Già?» si disse Stephanie. La ricordava con affetto. Le notti tarde. L'alcol. Le nuove persone. I nuovi amici. La pura euforia di essere lontana da casa, a godersi la libertà appena conquistata. «È lì che siete andati ieri sera?»

«Ieri sera?» disse Kamal, in preda al panico. I quattro studenti si guardarono l'un l'altro, come se fossero nei guai.

«Dalla puzza di alcol che emanate tutti, immagino che siate usciti da qualche parte ieri sera. E così Claudia.»

Un'ondata di solennità li pervase e abbassarono lo sguardo sul tavolo, evitando il suo.

«Non siamo andati al Rubix.» La responsabilità di rispondere alla domanda ricadde naturalmente sul più sicuro del gruppo. «Il fratello della mia ragazza possiede uno dei nuovi locali che hanno appena aperto in città, il Red One. Quindi siamo andati lì. Ci ha fatto entrare gratis e ci ha fatto lo sconto sui drink. Nessuno di noi aveva voglia di andare alla silent disco del Rubix, quindi siamo finiti lì.»

«Red One?» ripeté Stephanie, prendendo una nota mentale.

Leo annuì. «È un grande fan di *Star Wars*.»

«Riuscite a ricordare a che ora siete arrivati?» chiese Devon, unendosi finalmente alla conversazione.

«Saranno state le undici e mezza» rispose Jenny. «Stavamo facendo pre-serata in cucina prima di prendere un Uber per andare lì.»

Devon confermò l'orario di arrivo con la ricevuta Uber di Leo: 23:32. «In quanti siete andati?»

«In cinque» rispose Kamal. «Noi quattro, e poi Claudia.»

«E la sesta persona del vostro piano?» chiese Stephanie.

«Gliel'abbiamo chiesto, ma non beve e non parla molto bene l'inglese. Se ne sta per conto suo, per lo più.»

Steph prese nota mentalmente che qualcuno avrebbe dovuto parlare con il loro ultimo coinquilino, preferibilmente dopo che lei avesse incontrato la sua nuova squadra.

«Cosa potete dirci della scorsa notte?» continuò Devon. «Più specificamente, cos'è successo con Claudia? Come si comportava? Quanto aveva bevuto? Era con qualcuno?»

«Era con un tizio» rispose Jenny. A Stephanie parve di notare una punta di sdegno nella sua voce, come se fosse invidiosa del successo di Claudia. «Hanno limonato tutta la notte, praticamente da quando siamo arrivati.»

«Si conoscevano?» chiese Devon.

Jenny scosse la testa. «Non credo. Penso che si siano piaciuti subito. Lei era piuttosto ubriaca.»

«Le ha offerto da bere?»

Jenny annuì. «L'ho tenuta d'occhio tutta la notte, e le ha offerto un paio di drink. Ma non credo che le abbia messo qualcosa nel bicchiere.»

Stephanie non aveva visto segni di violenza sessuale; i vestiti di Claudia erano ancora addosso, quindi non lo riteneva probabile. Inoltre, se ci fossero state droghe nel suo corpo, quando il patologo avesse eseguito i test, sarebbero già svanite tutte.

«Cos'è successo a fine serata?» chiese lei. «A che ora ve ne siete andati tutti?»

«*Noi* ce ne siamo andati tutti alla stessa ora.» Leo controllò di nuovo la sua app di Uber. «Ci sono venuti a prendere alle 2:46. Poi siamo andati alla friggitoria del campus a prendere qualcosa da mangiare.»

«Dov'era Claudia?»

Le risposte sfuggirono al gruppo. Si guardarono tutti l'un l'altro in modo non proprio furtivo, decidendo tra loro chi avrebbe dovuto rispondere. Alla fine, Jenny, sistemandosi i capelli dietro le orecchie, disse: «Lei se n'è andata prima con quel ragazzo. Ha detto che stavano tornando qui.»

«A che ora?»

«Credo se ne siano andati verso l'una.» Tirò fuori il telefono dal reggiseno e fissò lo schermo. «Le ho scritto un messaggio dopo per dirle di avvisarmi quando fosse arrivata a casa.»

«E l'ha fatto?» chiese Devon, con tono accusatorio.

Jenny fissò a lungo l'ultimo messaggio tra loro. «Ha scritto "Non bussare quando torni a casa" con un'emoji che fa l'occhiolino.»

«A che ora è stato?» chiese Stephanie, intervenendo prima che potesse farlo Devon.

«All'una e cinquantotto.»

«Quasi un'ora dopo?»

«Immagino di sì.»

«Non è una camminata così lunga, vero?» chiese Devon.

«Dipende da quanto sei sbronzo» replicò Stephanie. «Inoltre, non sappiamo cosa abbiano fatto sulla via del ritorno. Avrebbero potuto fermarsi a mangiare. Uno dei due avrebbe potuto vomitare. Avrebbero potuto pomiciare per tutto il tragitto.»

Devon finse di non aver sentito nulla di ciò che Stephanie aveva appena detto e rivolse di nuovo la sua attenzione ai coinquilini di Claudia.

«Abbiamo bisogno di sapere tutto su questo ragazzo con cui era. Cosa potete dirci di lui?»

Venti minuti dopo, avevano finito. Stephanie li ringraziò tutti per il loro tempo, offrì le sue condoglianze, diede loro i suoi recapiti e suggerì di contattarla se fosse venuto loro in mente qualcosa. Dopo aver riaffidato gli studenti alle mani capaci degli agenti in uniforme che si erano occupati di loro in precedenza, Stephanie si diresse verso la sua auto.

«Dove stai andando?» chiese Devon, standole incollato al fianco.

«In ufficio.»

«Perché?»

«Per poter iniziare questa indagine.»

«L'ho già iniziata io. Prima che tu arrivassi.»

«Già.»

Attraversò un gruppo di agenti della scientifica che chiacchieravano e svoltò l'angolo di un edificio prima di arrivare alla sua macchina, muovendosi in quella parte del campus con la disinvoltura di chi ci aveva studiato per anni. Le tornò tutto in mente.

Mentre metteva una mano sulla maniglia della portiera, Devon disse: «Vengo con te.»

«Non nella mia macchina.»

CAPITOLO
CINQUE

Il DCI McGowan rispose alla chiamata con un sospiro. Per un individuo solitamente mite e piuttosto equilibrato, la sua reazione iniziale colse Devon di sorpresa.

«Sì?»

«Che succede, capo?»

«Di che cosa stai parlando?»

«La Broadbent» rispose Devon mentre saliva in macchina e accendeva il motore. «Perché è venuta a prendere in mano quest'indagine?» Posò il telefono in vivavoce e lo lasciò cadere sul sedile accanto a sé. «Pensavo di occuparmene io.»

Non ci fu alcuna risposta mentre Devon effettuava un'inversione a tre punti e sfrecciava all'inseguimento di Stephanie. Per un attimo, pensò che fosse caduta la linea.

«Gliel'ho affidato io» rispose McGowan con calma, come se si stesse rivolgendo a un bambino. «Prima o poi se ne sarebbe occupata lei. Aveva senso che iniziasse adesso.»

Un denso getto d'aria calda esplose dalle narici di Devon, che tamburellò con le dita sul volante mentre si avvicinava a una rotonda. Dopo essere stato tagliato fuori da un cretino su una Tesla, la sua frustrazione aumentò a dismisura.

«Non può piombare qui così. Non si fa.»

McGowan si schiarì la gola. «L'ispettrice Broadbent è una detective di grande esperienza e anzianità di servizio. Non riesco a immaginare nemmeno per un secondo che abbia fatto qualcosa intenzionalmente per irritarla o offenderla. È appena arrivata in questa squadra, in questa zona, ed è nuova al nostro modo di lavorare. Le sarei grato se le desse la considerazione e il rispetto che merita.»

«Se sapevi che sarebbe venuta oggi, perché non me l'hai detto?»

«Hai ragione. Avrei dovuto dirtelo. E già che ci sono, vuoi che ti informi la prossima volta che vado in bagno o quando ho il prossimo appuntamento dal medico per il controllo alla prostata?»

Quella fu l'ultima parola sulla questione. Devon sapeva bene che era inutile insistere con McGowan. Se avesse voluto esprimere di nuovo la sua opinione, lo avrebbe fatto di persona.

«Dove sei?» chiese McGowan mentre Devon sorpassava un'auto sulla corsia di destra e accelerava per mettersi in scia a un'altra.

«Sto tornando. Sarò lì tra dieci minuti.»

McGowan rimase in silenzio per un lungo istante, preparandosi a ciò che stava per arrivargli addosso.

«Va bene. Ne parliamo quando arrivi. Cerca solo di non guidare come un idiota.»

«Non ci penso neanche, capo» disse lui, lampeggiando con i fari per intimidire l'auto che lo precedeva.

CAPITOLO
SEI

Il detective Giles Swinger mosse il mouse del computer da un angolo all'altro dello schermo, masticando distrattamente un chewing-gum. Un'altra mattinata tranquilla. Accanto a lui c'era la detective Olivia Willard, o "Wellard", com'era affettuosamente conosciuta. Non perché fosse un cane, ma perché ne possedeva il comportamento: amorevole, premurosa e, soprattutto, leale. Anche se, per quanto ne sapeva lei, le avevano affibbiato quel nomignolo perché Willard era il cognome di un amato personaggio di *EastEnders*, che peraltro era anche la sua serie preferita, storpiato di una sola vocale.

Condividevano lo stesso blocco di scrivanie e, negli ultimi sei mesi, da quando l'ufficio era stato riorganizzato, erano riusciti ad accumulare una piccola montagna di cianfrusaglie tra di loro. A un occhio inesperto, apparivano disorganizzati, sempre a rovistare tra fogli di carta in cerca di informazioni importanti. Ma per chi li conosceva, erano metodici, diligenti e ben addestrati, a patto di ricevere, di tanto in tanto, un contentino per un lavoro ben fatto.

Olivia era sulla quarantina e Giles la considerava una figura materna in ufficio, la donna a cui poteva rivolgersi per qualsiasi cosa.

Lo facevano tutti.

Nel corso degli anni le erano stati affidati così tanti segreti che Giles era certo che, a un certo punto della sua vita, fosse stata costretta a firmare l'*Official Secrets Act*. Sapeva tutto e, fino a quel momento, non aveva mai deluso né lui né nessun altro.

«Ho rotto gli indugi e *finalmente* ieri sera ho guardato *Made In Chelsea*» disse, posando la sua lattina di Diet Coke sul tavolo. Non era nemmeno mezzogiorno e ne aveva già finite due. Ne era dipendente.

«E?» disse Giles. «Cosa ne pensi?»

«Che sono un branco di stronzi presuntuosi. Ma *devo* ammettere che mi ha risucchiata. E mi odio per questo.»

Giles le rivolse un sorrisetto.

«Lo sapevi che ci sarei cascata, vero? Sapevi che la mia personalità incline alla dipendenza mi avrebbe fatta cascare con tutte le scarpe.»

Scrollando le spalle, Giles rispose: «Non ho idea di cosa tu stia parlando. È il mio unico piacere proibito, e ora *finalmente* ho qualcuno con cui parlarne; qualcuno che non sia mia madre, insomma». Si girò e indicò con un gesto l'ufficio semivuoto, dove l'unico suono era il monotono ticchettio della tastiera e il basso ronzio del condizionatore nel soffitto.

Proprio mentre finiva, le porte principali dell'ufficio si spalancarono e un'attraente donna in tenuta da corsa attillata entrò con impeto. I suoi capelli castano scuro erano legati in una lunga coda di cavallo e il suo viso sembrava quello di chi aveva appena completato una mezza maratona per arrivare lì. Era minuta, a malapena visibile sopra il monitor del suo computer.

«Dove posso trovare l'ufficio del DCI McGowan?» chiese, con un tono urgente e affrettato nella voce.

Giles non rispose. Al contrario, la fissò a lungo nei suoi occhi castano scuro. Alla fine, indicò l'altro lato della stanza.

Lei lo ringraziò e si affrettò verso l'ufficio di McGowan. Giles e Olivia la guardarono andare. Proprio mentre si voltavano a guardarsi, il DS Devon Lafferty irruppe dalla porta e si precipitò dietro di lei. Un istante dopo, entrarono entrambi d'impeto nell'ufficio dell'ispettore capo.

Lentamente, Wellard si voltò verso Giles.

«Chi è?» sussurrò. «Non l'ho mai vista prima.»

«Mi sorprende che tu non lo sappia. Sei l'oracolo dell'ufficio.» La loro attenzione rimase fissa sull'ufficio di McGowan. «Se solo avessimo telecamere o microfoni là dentro» disse lui, «potremmo sentire tutto.»

«Questo non è un episodio del tuo programma, Giles» disse Wellard. «Anche se è abbastanza carina da poter far parte di quella combriccola.» Gli angoli delle labbra si sollevarono in un sottile e ironico sorriso. «È per questo che sei andato nel panico quando l'hai vista? Ti sei lasciato intimidire dalla bella ragazza?»

Giles la guardò accigliato. «Sta' zitta. No, non è vero.»

Lei gli posò una mano sulla spalla in tono canzonatorio. «Come vuoi, rubacuori. Quello che dici tu. Magari se glielo chiedi gentilmente, guarderà un episodio o due con te.»

CAPITOLO
SETTE

Il DCI Clive McGowan sedeva, una figura imponente, dietro la sua piccola scrivania, con un occhio sullo schermo del computer e l'altro su Devon e Stephanie davanti a sé. Sembravano due scolari indisciplinati convocati nell'ufficio del preside, anche se uno dei due appariva molto più felice dell'altro di trovarsi lì.

L'ufficio dell'ispettore capo era una stanzetta quadrata. La sua scrivania, sistemata leggermente a sinistra, occupava il centro della scena. La luce naturale inondava la stanza da sopra la sua spalla sinistra attraverso una stretta finestra a tutta altezza e, oltre il vetro, c'era una vista da cartolina delle Surrey Hills, che si estendevano in lontananza, un arazzo di diverse sfumature di verde che si fondevano in una sola.

Stephanie si sentì stranamente rasserenata da quei colori nella sua visione periferica.

«Buongiorno, ispettore» disse il DCI McGowan, alzandosi dalla sedia per stringerle la mano. «Mi dispiace averLa qui in tali circostanze».

«Felice di essere qui» rispose lei, lasciando la sua presa. «Niente di meglio che tuffarsi a capofitto».

McGowan, un uomo che aveva superato i cinquant'anni ma ne dimostrava venti di meno, appoggiò i palmi sulla scrivania e fece un cenno verso Devon. «Vedo che ha già conosciuto uno dei suoi sergenti».

Stephanie lanciò una rapida occhiata in direzione di Devon, ma non riuscì a guardarlo. «Abbiamo scambiato qualche parola».

«Confido che l'abbia fatta sentire la benvenuta».

Stephanie ricambiò il sorriso complice sul volto di McGowan e comunicò tutto ciò che serviva con uno sguardo.

«Le ha parlato di sé?».

Stephanie scosse la testa.

«Le faccio una breve introduzione, dato che a volte gli piace tirarla per le lunghe: Devon è qui da che ho memoria, tanto che non riesco *davvero* a ricordare da quanto tempo, e ha ricoperto il ruolo di ispettore ad interim per noi mentre aspettavamo il suo arrivo». McGowan parlava con calma e ponderazione. Rivolse un rapido gesto del capo verso Devon. «L'ispettore Broadbent si è unita a noi dalla polizia dell'Essex. Quanti anni di esperienza ha?».

«Sei nel ruolo, quindici in totale» rispose Stephanie.

«Molti per qualsiasi standard, quindi sa quello che fa e come ottenere risultati. Arriva qui con ottime referenze ma, mi è stato detto, e dalle nostre brevi conversazioni sono certo che non le dispiacerà se lo dico, Stephanie, che non ha l'ego che spesso le accompagna. Ecco perché è qui. Ed ecco perché avrà successo con la polizia del Surrey. Credo che avere una persona esterna farà bene alla squadra e vi darà un piccolo calcio nel sedere».

Con la coda dell'occhio, Stephanie vide Devon agitarsi a disagio e grattarsi la nuca.

«Sì, ho capito tutto» disse lui bruscamente. «E sì, è un vero piacere conoscerti, Steph».

«Stephanie» lo corresse lei, lanciandogli un'occhiata di sbieco. «Non Steph, non Stephy, e nemmeno Steph-fanny come mi chiamavano alcuni ragazzi a scuola. Potrai chiamarmi Steph solo quando ti sarai guadagnato la mia fiducia e il mio rispetto».

Voleva mettere le cose in chiaro fin da subito, specialmente di fronte all'ispettore capo, così, se avesse provato a fare il furbo, non sarebbe stata l'unica a richiamarlo all'ordine.

Devon annuì in segno di comprensione, anche se lei percepì dalla sua espressione che non aveva alcuna intenzione di usare il suo nome per intero.

«E adesso che succede, capo?» chiese lui. «Quando è arrivata la chiamata stamattina, ha detto che mi sarei occupato io della situazione all'università».

McGowan si lasciò ricadere sulla sedia, conservando le energie per la discussione. «I piani cambiano. Devi imparare a essere flessibile e a superare gli ostacoli in questo ruolo, specialmente se un giorno vuoi diventare ispettore».

Stephanie notò il brusco respiro di Devon.

«Inoltre, sapevi dell'arrivo di Stephanie. Sapevi che il caso sarebbe naturalmente toccato a lei. Tutto ciò che ho fatto è stato anticipare le cose di qualche ora».

Devon sospirò pesantemente dalle narici, riempiendo la stanza con la sua delusione.

«Ma...»

«Fattene una ragione, Devon. Ora, se non ti dispiace, vorrei fare due parole con la nostra nuova ispettrice».

Devon spostò il peso per andarsene, esitò come se stesse per dire qualcosa, poi si girò sui tacchi e lasciò l'ufficio. La porta si chiuse più bruscamente di quanto sarebbe stato educato. Appena se ne fu andato, la pressione nell'atmosfera calò di qualche grado e McGowan emise un lungo e pesante sospiro.

«Beh... vedo che la sua reputazione La precede» disse lentamente. «Lieto di vedere che ha fatto una prima impressione memorabile».

Stephanie tirò fuori una sedia da sotto la scrivania di lui. «È sempre così?»

McGowan inclinò la testa da un lato all'altro. Lei ebbe l'impressione che fosse un uomo pacato, molto intelligente e abile con le parole. «Solo di recente» rispose lui.

Stephanie suppose che si riferisse al recente periodo in cui Devon aveva coperto il suo ruolo e decise di lasciar cadere l'argomento.

«A quanto pare avrò il mio bel da fare, e non ho nemmeno ancora iniziato» disse lei.

«Quando sei in giro da tanto quanto me, scopri che urlare raramente funziona. Almeno, non a lungo termine».

«Stavo parlando della scena del crimine da cui sono appena arrivata».

«Anch'io. Se quello che ho sentito è vero, non credo che avrà problemi qui».

Era proprio quello che temeva. Quella "reputazione" di cui aveva parlato prima. Quella che lei non sapeva di avere. Quella che la dipingeva come una detective brillante, capace di risolvere i crimini più confusi ed efferati. Come se fosse una Sherlock Holmes al femminile.

Sperava che lui non avesse sovrastimato le sue capacità.

Il telefono sulla scrivania di McGowan trillò. Lui diede una rapida occhiata allo schermo prima di tornare a dedicarle la sua attenzione. «Non è l'unica ad avere un po' di quel nervosismo da primo giorno» disse. «C'è un'altra nuova arrivata. Agente, alle prime armi. Ventisei anni, appena uscita dall'accademia. Il suo nome è...».

Fu interrotto da un colpo alla porta.

«Parli del diavolo».

McGowan fece cenno alla persona di entrare e, un istante dopo, una giovane donna fece capolino dalla porta. Dietro l'espressione nervosa, Stephanie vide una ragazza attraente con occhi blu mare e sopracciglia marcate, che sembrava più giovane dei suoi anni. Se non avesse saputo la sua età, Stephanie avrebbe pensato che fosse ancora una studentessa.

«DCI McGowan?» chiese lei, con voce esitante. «Sono nel posto giusto?».

«Benvenuta! Prego, entri». Clive si alzò dalla sedia e le fece un gesto impaziente di entrare. Le strinse la mano, poi indicò Stephanie. «Stephanie, questa è Eve Hope. Eve, questa è Stephanie Broadbent, il suo nuovo ispettore».

Eve prese la mano di Stephanie, sorridendo goffamente, rivelando una fossetta sulla guancia sinistra e una dentatura non ancora macchiata da anni di caffè.

«Piacere di conoscerLa, Stephanie» disse Eve, rincuorandosi un po'. «Signora» si corresse.

«Stephanie va benissimo».

Dietro la natura timida di Eve, Stephanie pensò di intravedere una persona più frizzante ed estroversa. Era naturale che fosse nervosa il suo primo giorno.

«Anche Stephanie si unisce a noi oggi» cominciò il DCI McGowan. «Ha molta esperienza, è in polizia da molto tempo e sono sicuro che sarà un'ottima mentore per Lei. È arrivata al momento giusto, dato che è successo qualcosa stamattina. Stephanie può aggiornarLa. Ora, non resta che farLe conoscere il resto della sua squadra». Aggirò la scrivania, si fece strada accanto a loro nello spazio ristretto e appoggiò una mano sulla porta. «Non si preoccupi, non mordono mica».

CAPITOLO
OTTO

Quando entrarono nell'ufficio principale, trovarono il sergente Lafferty in piedi al centro della stanza, che si rivolgeva alla squadra. Si interruppe bruscamente non appena vide uscire l'ispettore capo.

«Li sta già catechizzando, sergente?» disse Clive scherzosamente, poi fece cenno al sergente di tornare alla sua scrivania. Devon obbedì con la riluttanza di un adolescente costretto a rimanere di sotto invece di ritirarsi in camera sua. «Buongiorno a tutti. Ci sono alcune persone nuove che vorrei presentarvi.»

Senza rendersene conto, si spostarono verso la parte anteriore dell'ufficio. Lì, l'ispettore capo McGowan iniziò a presentarli alla squadra. Mentre parlava, lei scrutò la squadra di fronte a sé, ma non riusciva a vedere nessuno di loro. La sua mente si era svuotata, i loro volti erano diventati sfocati e la voce calma e suadente di McGowan era svanita in sottofondo.

Si rese conto solo vagamente che aveva finito di parlare, grazie al silenzio. Poi percepì i loro sguardi carichi di aspettativa puntati su di lei.

«Stephanie? Vuole aggiungere qualcosa?»

Deglutì a fondo. All'improvviso fu pervasa dalla nausea, e desiderò di essere di nuovo nell'Essex, con la sua vecchia squadra, nel suo porto sicuro, dove conosceva tutti e tutto.

Stephanie si schiarì la gola. «Non sono molto brava con i nomi, quindi dovrete tutti pazientare con me su questo fronte. Potrebbe volerci un giorno o due, ma non siete così tanti, quindi non credo che sarà un grosso problema. A parte questo, nient'altro da dire se non che non vedo l'ora di lavorare con tutti voi e di conoscervi meglio.»

«Eccellente» disse McGowan con un battito di mani che trafisse i timpani di Stephanie. «Prima che me ne dimentichi, il suo ufficio è accanto al mio. Qualcuno della squadra può aiutarla a traslocare.»

Detto questo, l'ispettore capo se ne andò e tornò nel suo ufficio. Non appena chiuse la porta, la nausea si intensificò e un nodo le si formò nello stomaco, facendole salire la bile in gola. La sua rete di sicurezza era sparita. C'erano solo lei e la sua nuova squadra.

«Bene...» esordì, scrutando il mosaico di volti di fronte a sé, esaminandoli uno per uno. «Apprezzo la vostra pazienza mentre mi metto al passo con le procedure, su dove si trovi ogni cosa e su chi sia chi. Lo stesso vale per Eve. Sono sicura che avrete due persone che vi faranno domande. Ma nel frattempo, mentre ci sistemiamo e prendiamo familiarità con tutto, stamattina, il corpo di una studentessa universitaria è stato scoperto nel suo alloggio. La nostra vittima è una donna IC1: Claudia Bellini, diciotto anni, originaria di Birmingham, studiava scienze alimentari. Stiamo ancora aspettando che arrivino le immagini della scena del crimine. Vorrei che qualcuno creasse un registro su HOLMES. Chi è responsabile di...?»

Una mano, appartenente a una donna bassa con lunghi capelli ricci legati a coda di cavallo, scattò in aria tra i presenti.

«Già fatto, capo» disse lei, con un tono morbido e rassicurante. Stephanie provò subito un senso di calma e conforto da parte sua. Il fatto che avesse un sorriso altrettanto caloroso aiutava. «Registro HOLMES avviato, aspetto solo le sue istruzioni su chi deve fare cosa.»

«Perfetto» disse lei. «E il suo nome è...?»

Si portò una mano al petto. «Mi perdoni. Mi lascio trasportare, come al solito! Prima che se ne accorga, tornerò nel mio guscio e non sentirà più parlare di me. Sono Olivia. Olivia Willard, agente scelto, ma può chiamarmi Wellard. Tutti gli altri qui mi chiamano così.»

Un soprannome. Era sempre un buon inizio. Aiutava a rompere

un po' il ghiaccio e dava un'idea di quale fosse la dinamica della squadra.

«Abbiamo già un nome per l'operazione?» chiese Stephanie.

«Dietro di lei» giunse la risposta brusca di Devon alla sua sinistra. Fortunatamente, notò che la sua scrivania era dall'altra parte della stanza rispetto al suo ufficio.

Stephanie si girò sui talloni. Dietro di lei, per tutta la lunghezza della parete, c'era la loro sala per le indagini importanti. Era più piccola di quella a cui era abituata. In precedenza, con la polizia dell'Essex, aveva goduto di una stanza o di uno spazio separato nell'edificio dove la squadra poteva raccogliere le prove e i progressi dell'indagine. Ciò che si trovava di fronte a lei, invece, era una serie di documenti – fotografie, stampe, appunti scritti a mano – appesi a una fila di bacheche di sughero e lavagne bianche. Subito davanti a lei, scarabocchiato con un pennarello nero a secco, c'era il nome della loro operazione: Operazione Lucifero. Sotto c'era uno spazio bianco dove, nei giorni, settimane e mesi a venire, avrebbero raccolto le loro informazioni. Per ora, lo spazio era popolato solo dal nome della vittima.

«Ho chiesto a Wellard di farlo poco fa» aggiunse Devon in quella che Stephanie ritenne un'inutile mossa per prendersi il merito.

«Buon lavoro, Olivia» disse Stephanie. «Grazie.»

Con la coda dell'occhio, vide l'espressione compiaciuta di Devon trasformarsi in una smorfia.

Va bene, Steph, si disse. È ora di prendere il controllo. È ora di far vedere di che pasta sei fatta.

Si schiarì la gola, afferrò una penna vicina e si diresse verso la lavagna con la sicurezza e la compostezza di un'insegnante che tiene la stessa lezione per la centesima volta.

«La scientifica è ancora sulla scena del crimine. Avremo bisogno delle foto il prima possibile. Vorrei che qualcuno si mettesse in contatto con Kenji per sapere quando potremo averle, insieme all'elenco completo delle prove. Prima di tutto, però: era la figlia di qualcuno. Vorrei che il nostro agente di collegamento familiare rintracciasse i genitori e li informasse della morte della figlia. Al momento, tratto questa come un'indagine per omicidio. Chi è il nostro FLO?»

Si alzò un'altra mano. Questa volta era esitante, carica di cautela. Apparteneva all'agente scelto Petal Baptiste, una donna afro-caraibica sulla quarantina. Indossava un paio di occhiali spessi davanti a un paio di occhi delicati e luminosi e le sue guance erano leggermente arrossate dal trucco, cosa che la faceva sembrare un personaggio della Disney. Stephanie percepì da lei un'immediata sensazione materna e confortante, tratti ideali per il suo ruolo.

«Piacere di conoscerla» disse Petal. «Mi metto subito al lavoro.»

«Aspetti che io e lei discutiamo il nostro piano d'azione. Voglio avere il controllo su ciò che i genitori sanno e non sanno.»

Petal annuì quasi timidamente, come se quella fosse una richiesta insolita.

«Secondo le sue coinquiline» continuò Stephanie, «Claudia ha passato l'intera serata con qualcuno al club, il Red One. La coppia ha poi deciso di tornare da lei verso l'una di notte, poco più di un'ora e mezza prima che le sue coinquiline lasciassero il club e tornassero al loro studentato. Innanzitutto, dobbiamo scoprire con chi era e dove si trova ora quell'individuo. È potenzialmente l'ultima persona ad averla vista viva ed è il nostro principale sospettato.»

Indicò due persone a caso nella stanza.

«Il suo nome?» chiese alla prima.

«Agente scelto Giles Swinger» rispose lui.

Era molto bello in modo quasi scontato, e le ricordava Leo dell'università. Aveva i capelli corti e ingellati sul davanti. La mascella era spigolosa, quasi cesellata, e due macchie rosse spiccavano sulle guance sopra una barba a chiazze. Per un momento, Stephanie pensò che potesse essere per l'imbarazzo, ma si rese conto di sbagliarsi quando notò i suoi occhi guizzare verso l'altrettanto attraente Eve Hope.

«Piacere di conoscerla, Giles. Vorrei che andasse al Red One con...» Fece un cenno alla donna seduta sulla fila di scrivanie di fronte.

«Agente scelto Fiona Singleton, capo» rispose Fiona con l'esuberanza e l'eccitazione di chi avesse passato la notte carico come una molla.

Stephanie fu colpita dagli occhi straordinari di Fiona. Era sulla trentina inoltrata e, a giudicare dalla sua figura snella, sembrava seguire lo stesso regime di fitness di Stephanie.

«Vorrei che vi uniste a Giles e parlaste con il proprietario. Vedete se riuscite a capire chi lavorava quella notte e a trovare le telecamere a circuito chiuso.»

«Sembra delizioso» rispose Giles.

Quella frase insolita la colse di sorpresa. «Avremo anche bisogno di qualcuno che si metta in contatto con l'università.»

Un'altra mano scattò in aria, cogliendola di sorpresa. Apparteneva al sergente Noah Mackenzie, un uomo sulla cinquantina che alzava l'età media della squadra. Era vestito in modo insolito; la prima cosa che lei notò furono i calzini color neon spaiati.

«Sarei felice di fargli una telefonata» disse lui. La sua voce era profonda, ma possedeva una qualità controllata e riservata.

«Preferirei che andasse a trovarli di persona. Trovi la persona giusta con cui parlare e calmi un po' le loro paure. Sospetto che saranno ansiosi di inviare un messaggio agli studenti.»

Le puntò contro le dita a mo' di pistola. «Aye, aye, capitano. Agli ordini.»

Stephanie decise che avrebbe avuto vita molto più facile con un sergente piuttosto che con l'altro. Proprio mentre il pensiero le attraversava la mente, l'altro sergente aprì bocca.

«E io?»

«Vorrei che gestisse la squadra mentre sono via» rispose lei.

Il suo viso si contrasse in una smorfia di frustrazione. «Dove va?»

«Devo sistemare me stessa ed Eve. Poi ci porterò a parlare con la stampa prima di partecipare all'autopsia. Se potessi chiederle di riassumere tutto ciò che accade nel frattempo per quando tornerò, sarebbe di grande aiuto.»

CAPITOLO
NOVE

L'angolo della camera da letto della vittima in cui si trovava la scrivania era stato affidato all'agente della scientifica Matthew Morpurgo, mentre il resto dei suoi colleghi era indaffarato in bagno o faceva un baccano infernale in cucina. Sembravano un branco di babbuini che lanciava piatti, pentole e padelle sul pavimento, distruggendo ogni prova.

Matthew, d'altro canto, preferiva essere più delicato nelle sue procedure. Gli piaceva prendersi il suo tempo e svolgere un lavoro meticoloso. In questo modo, se mai fossero sorti problemi con prove tralasciate o maneggiate male per errore, nove volte su dieci sapeva di essere fuori pericolo.

Questa scena del crimine non faceva eccezione. Era stato lasciato da solo nella camera da letto per l'ultima mezz'ora, a esaminare i beni di Claudia e a sbirciare dalla finestra della sua vita accademica attraverso i suoi libri di testo e il quaderno su cui aveva iniziato a scarabocchiare per portarsi avanti.

Matthew apprezzava il suo lavoro. Era catartico, faceva riflettere, e alla fine a volte si sentiva come se conoscesse la vittima meglio di quanto l'avessero mai conosciuta i suoi familiari e amici più stretti. Passando in rassegna i loro averi e svelando gli strati delle loro vite, aveva una visione intima dei loro segreti, successi, difficoltà e tribolazioni. Poteva sbirciare dietro il sipario e arrivare a conoscere la vittima a un livello più profondo e intenso.

Claudia Bellini non faceva eccezione. Come ogni adolescente della sua età, aveva le sue battaglie, le sue difficoltà. In un altro dei suoi quaderni, uno incastrato tra una serie di libri di testo, trovò un diario. Al suo interno, la ragazza aveva scarabocchiato diverse pagine risalenti ai suoi primi giorni da matricola. Appunti su come si sentiva. Su quanto le mancasse già casa. Su come sentiva di avere problemi con il cibo. Che erano passati solo pochi giorni e stava già iniziando a perdere il controllo. L'alcol non aiutava, ma sentiva di dover bere per integrarsi con gli altri coinquilini. Pensava che fossero tutte persone adorabili, meravigliose, con cui non vedeva l'ora di vivere per il resto dell'anno; tranne Leo. Pensava che fosse un tipo un po' viscido e immaginava che anche Hannah la pensasse allo stesso modo.

Matthew fu grato che il suo corpo fosse stato chiuso in un sacco e rimosso dalla scena del crimine. Non era sicuro di quanto sarebbe riuscito a fare con lei sdraiata alle sue spalle, con gli occhi che fissavano senza vita il soffitto.

Aveva fotografato ogni pagina del diario, tornando fino all'inizio, prima di imbustarlo e metterlo vicino alla porta d'ingresso. Fino a quel momento era riuscito a esaminare più di una dozzina di libri, cercando impronte, controllando la presenza di tracce di fibre e fotografando ogni pagina.

Spostò l'attenzione sulla scrivania per un cambio di prospettiva mentale. Sopra c'erano il portatile di Claudia, un mouse e una tastiera wireless, un portapenne e, stranamente, un forno a microonde perfettamente funzionante.

Quando Matthew si accovacciò, fece una smorfia di dolore. La parte bassa della schiena aveva ricominciato a farsi sentire. Avrebbe davvero dovuto farsi vedere da un medico, ma aveva paura di quello che avrebbero potuto dirgli; che potessero confermare ciò che in fondo già sentiva.

Ignorando il dolore con qualche gemito e brontolio, Matthew rivolse l'attenzione al microonde. Per prima cosa, tirò fuori la sua attrezzatura per il rilevamento delle impronte e, con il pennello sottile, iniziò a strofinare la polvere metallica sulla maniglia. Un istante dopo, apparve un'impronta. Matthew vi applicò sopra una striscia adesiva e la prelevò.

Poi fotografò la parte anteriore dell'apparecchio prima di aprirlo con cautela. Mentre lo faceva, notò un post-it caduto sotto il dispositivo. Lo tirò fuori e lo lesse.

«Aprimi», diceva.

Ma a quel punto, lo sportello era già aperto.

Lasciò cadere il biglietto non appena posò gli occhi su ciò che c'era dentro.

Lì, al centro del piatto, c'era una bambola voodoo marrone scuro. Due bottoni erano perfettamente al posto di quelli che avrebbero dovuto essere i suoi occhi, e dal centro dello stomaco della bambola sporgeva un coltello da cucina nuovo di zecca che sembrava non essere mai stato usato.

Fino a quel momento.

CAPITOLO
DIECI

Stephanie, Devon, Eve e Noah erano chini sul computer dell'agente Willard. Una fotografia della bambola vudù scoperta sulla scena del crimine occupava l'intero schermo. Stephanie si sentì a disagio a guardarla. Sembrava che la fissasse, che la chiamasse per nome. Non le erano mai piaciuti i film dell'orrore, né qualunque cosa avesse una latente minaccia di male – cercava di evitarli a ogni costo – ma, per quanto desiderasse distogliere lo sguardo, non riusciva a smettere di fissarla.

«Questa è stata scoperta nel microonde della stanza di Claudia» spiegò Stephanie. «L'agente della Scientifica che l'ha trovata ha detto che il coltello si è conficcato nella bambola *dopo* che ha aperto lo sportello».

«Come una trappola?» domandò Eve.

Stephanie notò che la donna si stava mangiucchiando le unghie e annuì. «Ha trovato un biglietto con scritto "Aprimi" sulla scrivania. Era caduto ed era finito sotto il microonde».

«Deve avercelo messo l'assassino» propose Devon.

«È all'università. È piuttosto intelligente. Non riesco a immaginare che avesse bisogno di istruzioni per aprire la porta ogni volta che voleva usarlo» ribatté Stephanie.

Il commento suscitò un'occhiataccia tutt'altro che impressionata da parte di Devon, che incrociò le braccia al petto. Stephanie notò Olivia Willard che le rivolgeva un sorrisetto compiaciuto.

«Perché l'assassino avrebbe dovuto lasciarsela dietro?» chiese Eve.

«Non *sappiamo* che sia stato l'assassino» rispose Stephanie in fretta, desiderosa di intervenire prima di chiunque altro. «La Scientifica ha rilevato un'impronta sulla maniglia e analizzeranno la bambola, quindi se ci saranno corrispondenze le troveremo. Inoltre, potrebbero essere stati i suoi coinquilini o qualcuno che conosceva a farle uno scherzo. A questo punto non abbiamo motivo di credere senza ombra di dubbio che sia stato l'assassino. Sì, ha senso per noi seguire quella pista, ma non voglio fare supposizioni finché non ne avremo la certezza».

Mentre alzava di nuovo lo sguardo sulla bambola, le si formò un nodo in gola e una goccia di sudore le imperlò la nuca. Per combattere l'ansia, portò una mano alla collana e cominciò ad accarezzarla. Era stata di sua madre, un suo dono quando era morta e, per Stephanie, era più di una semplice coperta di Linus. Era un ricordo, un bene duraturo. La indossava ovunque e la toglieva solo se assolutamente necessario.

«Non voglio che per ora concentriamo troppo tempo ed energie sulla bambola. La nostra priorità principale è trovare l'uomo con cui è tornata a casa ieri sera».

Sperò di suonare più convincente di quanto non si sentisse.

La bambola vudù era un brutto segno. Per quanto non volesse ammetterlo, credeva che potesse significare solo una cosa: che ci sarebbero state altre vittime.

Non avevano idea di quando, né dove, né chi.

Ma una cosa era certa.

Se non avesse preso in pugno la sua nuova squadra e l'indagine, e in fretta, avrebbero trovato altre di quelle bambole.

CAPITOLO
UNDICI

L'agente scelto Fiona Singleton non sapeva che pensare di Stephanie. La sua prima impressione fu che fosse comprensibilmente timida, nervosa e un po' insicura. Ma era adatta alla squadra? Non ne era certa. La squadra aveva lavorato come un'unità compatta negli ultimi quattro anni – senza essere disturbata né turbata – finché il loro ultimo ispettore capo non se n'era andato qualche mese prima. Quello era stato l'unico scompiglio che la squadra avesse conosciuto. In quegli anni, erano diventati più affiatati e avevano costruito un forte legame reciproco. Erano uniti e portavano a termine il lavoro; Fiona sperava che Stephanie non arrivasse a rompere gli equilibri. Ciò non le impedì di trovarla attraente.

«Che ne pensi di lei?» chiese Fiona saltando sul sedile del passeggero.

«Penso che sia carina» rispose Giles, accendendo il motore e guardando nello specchietto retrovisore.

«Carina?»

«Sì. Sembra abbastanza estroversa. Ed è bella.»

Su quello era d'accordo con lui.

«Sarà interessante vedere come reagirà Devon» disse lei.

«Eve?» Giles girò più volte il volante e uscì dal parcheggio.

«Eve? È di lei che stai parlando? Io parlavo di Broadbent, idiota.»

«Oooohhhhh» disse Giles lentamente, mentre si immetteva all'incrocio e si dirigeva verso il centro di Guildford.

Lei sbuffò. «Immaginavo che *tu* pensassi solo a una cosa.»

«Da che pulpito» ribatté Giles. «Ho visto come la guardavi.»

Fiona si strinse nelle spalle per mascherare il proprio disagio. «Ha un bel portamento.»

«Penso che si integreranno bene entrambi. Porteranno una dinamica diversa alla squadra. Ultimamente l'ambiente era diventato un po' stagnante.»

Arrivarono al Red One pochi minuti dopo. Il piccolo locale si trovava all'angolo di una rotatoria, incastrato tra uno studio legale e, naturalmente, una kebabberia. A un occhio inetto, sembrava una casa dall'intonaco grezzo, se non fosse stato per i poster dei DJ e degli artisti che si sarebbero esibiti nel fine settimana successivo. Ma per chi lo conosceva, era un nightclub deep house pieno di effetti stroboscopici psichedelici, macchine del fumo e una stretta scala che portava ai bagni, progettata per confondere e disorientare.

L'unico problema era trovare parcheggio.

Giles, tuttavia, non lo considerò un problema. Accostò davanti alla kebabberia, salì sul marciapiede e balzò fuori. L'aroma di cibo fritto, unito a una litania di erbe e spezie, gli salì rapidamente alle narici mandandogli lo stomaco in subbuglio.

All'improvviso gli venne voglia di patatine fritte. Ma non poteva. Stava cercando di fare il bravo, di sfuggire al circolo vizioso in cui perdeva peso solo per riprenderlo di nuovo dopo aver visto i risultati ottenuti, solo per poi disgustarsi di se stesso e ricominciare a dimagrire. In quel momento, si trovava nella fase della perdita di peso e aveva già notato progressi significativi. Si atteneva al suo regime di fitness, mangiava principalmente insalate (odiandosi nel frattempo) e aveva già perso qualche chilo.

Solo una porzione di patatine al formaggio... pensò, leccandosi le labbra sognante. Non faranno male a nessuno.

Il suono di un clacson di un'auto che sfrecciò loro accanto lo strappò dalle sue fantasticherie e gli ricordò perché si trovasse lì. Seguì Fiona verso la porta d'ingresso. Un flusso di traffico scorreva lentamente davanti a loro mentre aspettavano.

Un istante dopo apparve un uomo sulla trentina, vestito con una maglietta nera attillata e jeans neri. Aveva un'attaccatura dei capelli sfuggente e aveva cercato di compensare la perdita facendosi crescere la barba. Due borse scure gli pendevano sotto gli occhi, come se si fosse appena svegliato dopo poche ore di sonno.

«James Daniels?» chiese Fiona, mostrandogli il tesserino. «Un mio collega Le ha parlato al telefono?»

Daniels esaminò attentamente il documento. Senza dire nulla, si fece da parte e li fece entrare.

L'interno della discoteca era angusto, quasi claustrofobico. Due modeste aree con posti a sedere fiancheggiavano uno stretto bancone, i cui scaffali erano stipati di bottiglie di ogni colore e tipo. Un paio di console da DJ dominavano un lato della stanza. In alto, un reticolo di luci stroboscopiche bianche pendeva dal soffitto. Nella chiarezza della luce diurna, l'illusione era infranta. Ciò che solo poche ore prima pulsava di energia, ora appariva spoglio ed esposto. L'aria era densa dell'odore di alcol stantio, del fumo acre delle macchine sceniche e del sapore aspro del rimpianto, che si aggrappava ai mobili rovinati, alle pareti... a tutto. Come se si rifiutasse di andarsene.

James Daniels stava in piedi al centro dello spazio. Il nervosismo gli segnava l'espressione, ma cercava di mascherarlo incrociando le braccia e appoggiandosi a una colonna nera.

«Il mio collega Le ha spiegato perché siamo qui?» chiese Fiona.

«Sì.»

«Ci sarebbe un posto dove possiamo sederci? Un ufficio, forse?»

«Di sopra» disse James, poi si girò di scatto e sparì dietro l'angolo, prima di condurli attraverso una porta sul retro e su per una stretta scala a chiocciola.

Di sopra, il corridoio era abbastanza largo solo per una persona alla volta. Perfetto per loro. Non altrettanto quando si era ubriachi e si aveva fretta di andare in bagno.

Entrarono nell'ufficio di James. Dentro c'erano una piccola scrivania e due sedie di pelle nera. James e Fiona si sedettero mentre Giles rimase in piedi. Fiona si frugò in tasca e tirò fuori una foto di Claudia Bellini che avevano preso dai suoi profili sui social media.

«Da quanto tempo ha questo locale?» chiese lei.

«Tre anni. Siamo appena entrati nel quarto. E da allora non abbiamo avuto un solo incidente.»

«Con l'eccezione di ieri sera» disse Fiona con un leggero cenno del capo.

«Giusto» rispose James, colto alla sprovvista. «Ma l'incidente non è avvenuto qui, non nei locali, vero?»

«Non per quanto ne sappiamo» rispose Fiona.

«Quindi abbiamo mantenuto il nostro record immacolato. Voglio che questo sia un posto sicuro dove le persone possano venire, divertirsi e creare ricordi. Non voglio che quanto è successo la scorsa notte offuschi questa reputazione. E non credo a quella cazzata del "purché se ne parli". Esiste, eccome, se la gente crede a ciò che legge e smette di venire.»

Fiona giocherellò con la fotografia tra le mani, tenendo l'immagine nascosta. «Cosa può dirci di ieri sera?»

«Solo quello che mi è stato detto al telefono e quello che ho visto online.»

«Era di turno?»

«Sempre.»

«Qualcun altro?»

«Michaela, la mia barista.»

«Tutto qui?»

«Siamo un piccolo bar. Non ci servono tante persone per gestirlo.»

Fiona passò la fotografia di Claudia Bellini a James. «La riconosce?»

James guardò la foto per qualche secondo prima di scuotere la testa. «Non direi. Non sono mai stato bravo con le facce, e ogni sera entra così tanta gente che, a meno che non siano clienti abituali, non me li ricordo.»

«È stata qui tra le undici e mezza e l'una circa» disse Fiona. «È venuta con alcuni suoi coinquilini studenti.»

«Ieri sera avevamo un sacco di studenti» disse lui. «La settimana delle matricole è una delle nostre settimane più intense.»

«Ha passato l'intera serata con qualcuno. Ci chiedevamo se Lei potesse identificarlo per noi.»

La domanda era retorica, e James lo sapeva. Si sfregò le braccia pensieroso. «Non la riconosco, e non so nulla del fatto che fosse con qualcuno. Ero troppo impegnato dietro al bancone. Ma se pensa che io possa essere d'aiuto in qualche modo, certo, me lo faccia sapere.»

Fiona indicò il computer. «Avete la videosorveglianza?»

«Si direbbe di sì» disse lui, sfregandosi il braccio più aggressivamente. «Ma no.»

«No?»

«Perché non abbiamo mai avuto problemi. Non ne abbiamo mai avuto bisogno. Non siamo mai stati rapinati. Non abbiamo mai avuto guai. I nostri bicchieri sono di plastica. Nessuno è mai stato aggredito. La gente vuole solo sballarsi e divertirsi. Questo è il tipo di clientela che attiriamo qui.»

«Droga?» chiese Fiona.

Giles era certo che nei bagni ci sarebbero state prove di ciò a bizzeffe.

«Cerchiamo di controllarla per quanto possiamo, ma a che servirebbe la videosorveglianza?»

«Potrebbe beccarli e bandirli dal locale.»

Un piccolo sogghigno spuntò sul viso di James. Guardò alternativamente Fiona e Giles, quasi sbigottito. «Con la difficile economia di oggi, seriamente? In un'epoca in cui questa generazione di ragazzi beve e esce sempre meno… non ho intenzione di rifiutare gli unici affari che mi capitano. Se lo facessi, questo posto non esisterebbe più, e nemmeno io sarei qui. Ovviamente, non sto dicendo di approvare l'uso di droghe, ma non ho intenzione di tagliare i viveri a questo posto.»

Fiona riprese la fotografia da James e la infilò nella tasca del cappotto. Poi si frugò nell'altra tasca e tirò fuori un biglietto da visita.

«Vorremmo parlare anche con Michaela. Lei potrebbe ricordare di più. Mi serviranno i suoi recapiti e il suo indirizzo. Qui ci sono i miei, se uno di voi due ne avesse bisogno.»

James prese il biglietto con esitazione prima di esaminarlo per un lungo momento.

«Volete che vi accompagni all'uscita?» chiese.

«Non prima di avere i recapiti di Michaela.»

CAPITOLO
DODICI

Per i primi minuti del viaggio guidarono in silenzio. Stephanie monitorava attentamente la guida, tenendo d'occhio la frizione difettosa che le aveva dato problemi per mesi. Voleva fare una buona impressione su Eve: dimostrare che era lei a controllare l'auto, e non il contrario. Era solo una delle sue ansie.

Mentre raggiungevano la fine della collina che portava fuori da Mount Browne, il quartier generale della polizia del Surrey, il sole si fece strada tra uno squarcio nelle nuvole.

«Che bel tempo per il tuo primo giorno» disse.

«Ho sognato che sarebbe venuto giù il diluvio» rispose Eve. «Poi mi sono svegliata per fare pipì.»

Stephanie ridacchiò. «Come ti trovi?»

«Benissimo, per ora» rispose Eve con un sorriso esuberante, quasi infantile. «Cioè, all'inizio ero un po' nervosa, ma finora sono stati tutti carinissimi.»

Il suo viso brillava di un ottimismo giovanile e ingenuo.

«Anche se sono un po' preoccupata per questo caso» aggiunse. Quando Stephanie si voltò verso di lei, agitò una mano in segno di scusa. «Sono anche emozionata. Cioè, non fraintendermi. Sono emozionata, non vedo l'ora di iniziare, ma, insomma, sono anche nervosa, capisci? È il mio primo caso.»

Stephanie fece un sorrisetto. L'innocenza e l'ingenuità di Eve trasparivano dal suo modo di parlare.

«Mi sono sentita allo stesso modo il mio primo giorno» aggiunse Stephanie. «A parte il fatto di essermela fatta sotto.»

«Davvero?» disse Eve, come se avesse appena scoperto il fuoco.

«È successo molto tempo fa, quando avevo appena iniziato a lavorare in divisa. Un tizio aveva investito una persona ed era scappato, poi si era introdotto in casa di qualcuno. Sono entrata con un collega e l'ho fermato.»

«Letteralmente?»

«Letteralmente.»

«Wow» disse lei con sincera ammirazione.

«Ricordo di aver pensato che fosse la cosa più stupida che avessi potuto fare, ma anche l'*unica* cosa che potessi fare. È stata l'adrenalina a farmi andare avanti.»

«È così coraggioso» rispose Eve. «A me non è mai successa una cosa del genere quando ero in divisa. Per lo più si trattava di chiamate da parte di anziani e di piccoli incidenti stradali.»

«Tutte parti necessarie del mestiere. Ciò che vedi e sperimenti lì ti prepara per il resto della tua carriera.»

Eve cominciò a mordersi le dita, prima di scostarsi i capelli dietro l'orecchio. «Tu dici così, ma io non ho mai visto un cadavere.»

«No?»

«Sono stata in divisa solo dodici mesi esatti prima di ottenere il trasferimento, e il peggio che ho visto è stato qualcuno dall'altra parte della stanza, non da vicino, capisci cosa intendo?»

Stephanie annuì. «Rimedieremo quando andremo all'autopsia.»

Parte del bagliore giovanile sul viso di Eve svanì.

«Avrai le prossime ore per prepararti. Ma andrà tutto bene. Come ho detto, l'adrenalina ti aiuterà a superare la cosa. E se ce ne fosse bisogno, ti faremo trovare un secchio pronto.»

Eve ridacchiò a disagio, mentre la sua attenzione ricadeva sul cruscotto in un silenzioso imbarazzo. I pensieri sui cadaveri cominciarono rapidamente a consumarla.

In quel momento, Stephanie sentì crescere dentro di sé un istinto iperprotettivo che non provava da anni. Da quando lei e sua sorella erano cresciute e si erano allontanate, era rimasto latente, ma non era mai svanito. Eve le ricordava sua sorella minore per molti aspetti – l'ingenuità, l'innocenza giovanile, l'entusiasmo e la determinazione, per non parlare dei suoi modi e del suo modo di parlare – e Stephanie sentì improvvisamente risvegliarsi il suo istinto di sorella maggiore.

Voleva allo stesso tempo guidare Eve, plasmarla e trasformarla in un'agente valida, solida e completa. Ma voleva anche proteggerla, farle da scudo contro le dure realtà e gli orrori che il mondo aveva da offrire.

Un compito in cui, per la maggior parte, era riuscita con sua sorella. Almeno per quanto riguardava il male più grande che le due avessero mai conosciuto.

CAPITOLO
TREDICI

Una parte importante dell'essere un'ispettrice capo, aveva imparato in fretta, consisteva nell'avere il controllo.

Non solo avere il controllo della sua squadra e di ciò che accadeva all'interno dell'indagine, ma anche di ciò che si verificava al di fuori. Manipolare e muovere i fili dal posto di guida della sua mente. Inoltre, se aveva il controllo dell'indagine, aveva il controllo di sé stessa. E viceversa. Le due cose andavano di pari passo.

Era una cosa che aveva sempre fatto, qualcosa che era stata costretta a imparare da bambina: la necessità di sentirsi in controllo, non solo di sé stessa ma anche di sua sorella.

Se fosse stata lei al comando, non le sarebbe potuto succedere niente di male. E neanche a sua sorella.

Le stesse regole valevano per un'indagine importante. Se era lei al timone, tutti ne beneficiavano, e avere un solido controllo sul flusso di informazioni che trapelavano al pubblico ne era una parte fondamentale. Nell'Essex, aveva sviluppato uno stretto rapporto con diversi giornalisti dei quotidiani locali. Controllava i messaggi e le informazioni che arrivavano loro e, a loro volta, la aiutavano con qualsiasi ostacolo o intoppo che potesse incontrare.

Era un rapporto di reciproca collaborazione.

Arrivarono alla sede del *Surrey Live* a Guildford venti minuti dopo. L'edificio era un grosso blocco che svettava sopra gli alberi, eretto come una sentinella di mattoni rossi sulla riva del fiume Wey.

Un tempo magazzino vittoriano, la sua facciata si ergeva per cinque piani, con la simmetria interrotta solo dalla porta bianca sbiadita con la scritta «Privato» e dal molo di carico sporgente sospeso su staffe di ferro. In alto, inciso nei mattoni, c'era il vecchio nome del giornale, The Surrey Advertiser.

All'interno, un deodorante alla lavanda rosata non riusciva a mascherare l'odore di legno marcio e di moquette vecchia di decenni.

Mentre Stephanie e Eve salivano le scale verso il secondo piano, sentivano il ticchettio furioso sulle tastiere e, quando raggiunsero la porta aperta, il suono si intensificò. Con sorpresa di Stephanie, a creare quel baccano c'erano solo quattro persone, la cui attenzione era completamente concentrata sugli schermi dei loro computer, ignare del loro arrivo.

Stephanie bussò.

L'uomo più vicino a loro si girò sulla sedia e si avvicinò. Prossimo alla sessantina, indossava un abito che sembrava di tre taglie più grande. O aveva perso molto peso, o non aveva più nessuno che lo consigliasse sulla taglia giusta da comprare.

«Posso aiutarvi?» chiese.

Stephanie presentò sé stessa e Eve e chiese di parlare con il responsabile.

«Sono io. Louis Brown.»

Stephanie gli strinse la mano. La sua presa era più salda di quanto si fosse aspettata.

«Sono il direttore del *Surrey Live*» continuò. «C'è qualcosa in cui posso esservi d'aiuto?»

«Volevo solo presentarmi» disse lei. «Capire come lavorate e come possiamo collaborare.»

Gli occhi di Louis si rabbuiarono, insieme al resto della stanza, mentre una nuvola inghiottiva la luce del sole all'esterno.

«Accomodatevi nel mio ufficio» disse.

Il suo «ufficio» era una piccola caffetteria dietro l'angolo dell'edificio. Ordinarono da bere al bancone e trovarono un tavolo vicino alla finestra, circondati da clienti che ordinavano il pranzo.

«Fanno un panino grigliato con pollo e pesto che è la fine del mondo» disse lui.

«Non siamo qui per mangiare» replicò Stephanie. Non aveva appetito. «Come ha lavorato in passato con la Polizia del Surrey e la Squadra Grandi Crimini?»

Louis si leccò il caffè dalle labbra. «È stato un modo di lavorare abbastanza standard» spiegò. «Siamo sempre stati molto grati alla squadra per averci fornito le informazioni richieste. Mi rendo conto che non siamo i pesci più grossi nello stagno, ma riceviamo molte richieste dai residenti locali per informazioni su questioni della zona, e molte persone fanno affidamento su di noi, specialmente quando riguarda il Surrey. A volte abbiamo le informazioni. A volte no. Il più delle volte, non siamo in grado di riportare nulla perché i nostri reporter non ne sono al corrente, o quando arrivano sul posto, è troppo tardi. E se arrivano troppo tardi, la comunicazione può rivelarsi difficile. Facciamo del nostro meglio per non scavalcarvi o pestarvi i piedi.»

«Con chi ha lavorato di recente?»

Un altro sorso. Di questo passo, avrebbe finito il suo caffè prima di iniziare a rispondere alla domanda. «Più di recente con Devon, da quando il suo predecessore se n'è andato.»

Era quello che temeva. Nell'Essex, lei e il suo vecchio vice ispettore, Caleb Morgan, avevano gestito da vicino il rapporto con la stampa, lavorando insieme come una squadra. Con Devon, tuttavia, sentiva che quella collaborazione sarebbe stata, nella migliore delle ipotesi, unilaterale, se non inesistente.

«Ho intenzione di lavorare in modo un po' diverso» disse, raddrizzando la schiena. «Per cominciare, sarò io il suo referente principale. So che è un po' poco ortodosso, ma mi piace avere il controllo del flusso di informazioni in entrambe le direzioni. Considero lei e la sua squadra una risorsa preziosa e, per esperienza passata, so che potete essere un elemento in grado di cambiare le carte in tavola per aiutare le indagini. Quello che immagino è una collaborazione a doppio senso. Io vi darò tutte le informazioni possibili, preferibilmente prima a lei. E in cambio, lei mi passerà ogni pista o indicazione che potrebbe essere rilevante.» Intrecciò le dita in un gesto metaforico. «Che ne pensa?»

Louis guardò prima Stephanie e poi Eve. Nella sua mente, la

cosa aveva senso. Anzi, era troppo bella per essere vera. Non era mai stato approcciato in quel modo nei suoi vent'anni di storia alla testata. Si prese un momento per considerare la sua risposta.

«Anche se in teoria suona bene» disse a bassa voce, «dovremo solo aspettare e vedere come andrà nella pratica.»

«Non c'è momento migliore del presente» esordì Stephanie. «Ho una notizia per lei dall'università. Ha carta e penna?»

CAPITOLO
QUATTORDICI

Era stata attenta a omettere l'elemento più importante: la scoperta della bambola voodoo sulla scena del crimine. Certo, voleva iniziare il loro rapporto con il piede giusto, ma non voleva ancora rivelare tutte le informazioni. Non quando non sapevano cosa significasse.

Controllo. Era quello che le aveva detto il suo vecchio ispettore capo. Controlla il flusso di informazioni e avrai tutti ai tuoi piedi, a implorare di più. Più implorano, più saranno disposti ad aiutare.

Poco dopo aver lasciato la caffetteria, Stephanie ricevette una telefonata da qualcuno che sosteneva di lavorare con il patologo assegnato al corpo di Claudia Bellini, per confermarle che erano pronti per la sua visita e quella di Eve.

Il viaggio verso il Surrey University Hospital fu rallentato dal traffico dell'ora di pranzo e, dopo aver superato diverse rotatorie e semafori, arrivarono con cinque minuti di ritardo.

L'obitorio era sepolto nella parte più bassa e isolata dell'edificio, dimenticato dalla luce del sole, dove l'aria era pesante di antisettico e di tristezza. Niente finestre. Solo una distesa di corridoi grigi che inghiottiva i suoni e sembrava riecheggiare dei sussurri sommessi e insistenti dei morti.

Steph odiava assistere alle autopsie. Aveva visto il suo primo cadavere a nove anni, un momento impresso a fuoco nelle sue ossa. Da allora, la morte era diventata una compagna silenziosa e insistente. Ne conosceva l'odore, l'immobilità, la quiete innaturale che portava in una stanza. Eppure, nonostante gli anni, nonostante la divisa e il distintivo, non era mai diventato più facile.

I morti la turbavano, non per ciò che erano, ma per ciò che non potevano più essere. Ognuno di loro giaceva lì, incompiuto, una vita stroncata a metà di un respiro, a metà di un pensiero. Un'adolescente con la gola tagliata che non avrebbe mai sostenuto gli esami. Un uomo di mezza età che aveva avuto un infarto e non avrebbe mai chiesto scusa. Una donna con ancora lo smalto sbeccato, le dita dei piedi che spuntavano da sotto il lenzuolo, che non avrebbe mai più potuto ridipingersele.

In fondo, a volte, Steph vi trovava conforto. Nel silenzio. Nella certezza. I morti non potevano farle del male. Non potevano urlare, mentire o alzare le mani.

A differenza dei vivi.

«Lei dev'essere Steph» chiamò una voce dall'altro capo di un lungo corridoio.

«*Stephanie*» rispose lei mentre si avvicinava.

La voce apparteneva a Leanna Moore, il Patologo del Ministero dell'Interno. Si era tolta la visiera protettiva e aveva abbassato la mascherina, rivelando labbra sottili incorniciate da un viso stretto. Sotto la tuta di carta, indossava un completo di abiti multicolore. «Piacere di conoscerla. Sono certa che d'ora in poi impareremo a conoscerci. Presumo che sia qui per la ragazza, e non per la conversazione brillante?» disse.

«Per entrambe le cose.»

Il viso di Leanna si aprì in un sorriso. «Siamo molto accomodanti, quaggiù. Tutti i nostri ospiti si divertono un mondo.»

«Scommetto che non ha ancora ricevuto recensioni negative» disse Eve, mentre Leanna posava la mano sulla pesante porta tagliafuoco.

Appena la porta si aprì, il colore defluì dalle guance di Eve, che si bloccò. Leanna notò l'esitazione e tornò nel corridoio.

«È la sua prima volta?»

Eve annuì, fissando la porta con sguardo assente.

«Ci si abitua all'odore. Alla fine. È come la moquette di un pub a fine serata, anche se non le consiglio di tirar fuori la lingua. Una volta che ne ha visto uno, li ha visti tutti.» Leanna posò di nuovo una mano sulla porta e si rivolse a Stephanie. «Lei tutto bene?»

«Io? Sto bene.»

«Bene. Perché ho solo un mocio.»

La sala dell'obitorio era fredda e asettica, con le pareti dipinte di una tonalità di bianco che faceva sembrare tutto un po' troppo pulito. I piani di lavoro in acciaio inossidabile splendevano sotto la luce cruda delle lampade al neon e, al centro della stanza, su un tavolo di metallo, giaceva Claudia Bellini, nuda. Senza i vestiti, Claudia era più magra di quanto Stephanie avesse immaginato. La cassa toracica, la clavicola e il bacino sporgevano prominentemente sotto la pelle pallida. Un debole livido le circondava la gola come una collana stretta. Le braccia erano lungo i fianchi, le unghie dipinte di un azzurro cielo sbeccato.

Un uccellino tatuato sul polso della ragazza catturò l'attenzione di Stephanie. Si bloccò, lo sguardo fisso sulle ali spiegate a mezz'aria. Sua madre aveva un tatuaggio simile; uno che Steph era solita seguire con il dito da bambina. Allungò la mano verso la collana di sua madre e la strinse. Immediatamente, il battito accelerato del suo cuore cominciò a rallentare.

La solennità della stanza era distorta dai Rolling Stones che risuonavano a tutto volume dagli altoparlanti. Leanna si spostò verso un banco da lavoro nell'angolo e abbassò il volume prima di raggiungere Eve e Stephanie sulla soglia. Entrambe le detective si erano cambiate, indossando tute protettive e mascherine.

Leanna si avvicinò al corpo, poi fece loro cenno di seguirla. Stephanie fece il primo passo ma poi esitò, aspettando che Eve la seguisse. I movimenti della detective novellina erano cauti e misurati, come quelli di un cucciolo di leone che si avvicina a una carcassa per la prima volta. Stephanie la osservò attentamente, camminandole a fianco a ogni passo. Represse l'impulso di afferrarle la mano e stringerla forte.

Leanna le osservò con pacata riflessione mentre si avvicinavano.

Eve emise un piccolo e acuto gemito non appena posò gli occhi sul viso di Claudia.

«Diventa più facile» sussurrò Stephanie. «Fidati di me. A me piace far finta che stiano dormendo.»

Incapace di staccare lo sguardo dal corpo di Claudia, Eve annuì lentamente.

«Claudia Bellini» cominciò Leanna, per far proseguire la conversazione. «Diciotto anni e mezzo. Capelli castani, occhi castani. Cinquantotto chilogrammi. Centosessantotto centimetri.» Si spostò verso la testa della vittima, indicando il collo. «Lividi e segni sulla pelle indicano che è stata strangolata o soffocata.»

«È la causa della morte?»

Un cenno del capo.

«Impronte digitali? DNA?»

Scosse la testa. «Non è stato fatto con un paio di mani» disse.

Stephanie lasciò andare la collana di sua madre. «Cosa è stato usato per ucciderla?»

«A giudicare dalla trachea schiacciata, direi qualcosa di più forte, più grosso. Un ginocchio, forse.»

«Il suo assassino le si è inginocchiato sulla gola?» chiese Eve. Con sorpresa di Stephanie, stava reggendo benissimo. Non aveva vomitato. Non era svenuta. Non era scoppiata in lacrime, anche se, dal rossore dei suoi occhi, era forse solo questione di tempo. Forse era lo shock. Forse era troppo sbalordita, troppo sconcertata per fare altro che tenere gli occhi fissi sulla testa di Claudia Bellini.

«Sì, questa sarebbe la mia ipotesi. Qualcosa che le avrebbe quasi schiacciato la trachea, soffocandola alla fine.»

«Per quanto tempo sarebbe rimasto sopra di lei?»

«Con quella pressione sulla gola? Un paio di minuti.»

Eve guardò prima Stephanie e poi Leanna. «Nessuno l'avrebbe sentita? Non avrebbe urlato?»

Ora fu il turno di Leanna e Stephanie di guardarsi, decidendo in silenzio chi dovesse rispondere.

«Scusate se faccio troppe domande» disse lei, con un tono di panico e imbarazzo.

«Non scusarti» rispose Stephanie. «Le domande vanno bene. È così che si impara. E ricorda...»

«Non esistono domande stupide» concluse Eve.

Stephanie sorrise in risposta. Era esattamente il tipo di cosa che avrebbe detto sua sorella.

«Stai facendo tutte le domande che avevo in mente, comunque. Di questo passo, resterò senza lavoro e la prossima volta non avrò bisogno di venire. Ma per rispondere alla tua domanda, sollevi un punto valido. Tuttavia, a quell'ora della notte, l'unica persona sul loro piano era Shun-Chow. Prenderò nota di farci parlare qualcuno per scoprire se ha sentito qualcosa. E, Leanna può confermarmelo, ma se l'assassino aveva il ginocchio sulla gola di Claudia, l'ultima cosa che avrebbe potuto fare era emettere un suono.»

Leanna annuì.

Eve parve profondamente insoddisfatta da quella risposta. «Non ha opposto resistenza?»

«Da quanto ho capito, era incredibilmente ubriaca. Potrebbero anche averle messo qualcosa nel bicchiere. Avrà anche provato a difendersi, ma nelle sue condizioni, non avrebbe fatto molta differenza. Se l'avesse fatto, Leanna avrebbe trovato del DNA sotto le sue unghie.» Stephanie si rivolse alla patologa, lanciandole uno sguardo interrogativo con un sopracciglio alzato.

«A quanto pare, di questo passo resterò anch'io senza lavoro.» Leanna si sistemò la mascherina, stringendola sul naso mentre si avvicinava alle mani di Claudia. «Ho fatto dei tamponi, ma sotto quelle unghie blu non ho trovato nulla. Probabilmente, anche il cuscino che le premeva sul viso non ha aiutato. Il suo assassino ha voluto andare sul sicuro. Ginocchio alla gola, cuscino sul viso. Non sarebbe durata a lungo.»

C'era qualcosa di brusco, di terribilmente concreto in quell'affermazione che colse Stephanie alla sprovvista. Si fermò a immaginare la scena: Claudia che barcollava attraverso la porta della stanza da letto, ridendo, avvinghiata al collo del suo amante, zittendolo mentre lui emetteva un suono. Poi lui che la gettava sul letto, bloccandola con il ginocchio, schiacciandole la trachea. Era stata cosciente? Aveva capito cosa stava succedendo? Aveva pensato che facesse parte di un gioco erotico a cui non aveva acconsentito?

Quella particolare linea di pensiero suggerì la domanda successiva di Stephanie: «Ci sono segni di violenza sessuale?»

Sotto la mascherina, Leanna strinse le labbra. «Assolutamente nulla. È arrivata da me completamente vestita, ed è morta completamente vestita. Nessun segno di penetrazione vaginale o anale. Ho controllato, e il suo imene è ancora intatto.»

«Era vergine?»

Leanna annuì.

«C'è altro che dovremmo sapere?»

Leanna fece scorrere lo sguardo lungo tutto il corpo nudo di Claudia. «Non molto altro riguardo alla causa della morte; tuttavia, alcune cose che potreste trovare interessanti sono che era decisamente ubriaca — l'ho sentito non appena l'ho aperta — ma non era una forte bevitrice prima di questo.»

«Naturale, data la sua giovane età e il fatto che ha appena iniziato l'università.»

«Vero. Tuttavia, ho notato alcuni danni che questa giovane ragazza aveva inflitto al suo corpo.»

«Del tipo?»

Leanna si avvicinò alla bocca di Claudia e la aprì, rivelando una dentatura mal tenuta. «Si provocava il vomito» disse.

«Si provocava il vomito?» chiese Eve.

Stephanie chiuse la bocca quasi involontariamente.

«Lo smalto dei denti è gravemente eroso dal vomito eccessivo. Ci sono diverse lacerazioni sull'esofago. I suoi reni sono in pessime condizioni. Non credo che avesse il ciclo da qualche mese e le sue ossa erano leggermente meno dense di quanto mi aspetterei da una della sua età. Non ho fatto i test, ma sono certa che i suoi livelli di potassio e sodio sarebbero incredibilmente bassi. Se dovessi dire la mia, molto probabilmente aveva un disturbo alimentare; uno con cui aveva lottato per molti anni. Direi che l'ultima volta che ha vomitato è stato diverse ore prima della sua morte.»

Stephanie posò di nuovo la mano sulla collana di sua madre e ogni fame che sentiva svanì. Il desiderio di mettersi in bocca una gomma da masticare tornò, ma lo represse deglutendo a fondo.

«Grazie per questo» disse lentamente. «È molto utile.»

Proprio mentre stava per distogliere l'attenzione dal corpo sul tavolo, Eve fece segno che voleva dire qualcosa.

«Spero non vi dispiaccia se lo dico, ma...» Si grattò la testa. «Sono un po' ispirata da entrambe voi.»

Stephanie e Leanna si guardarono incuriosite. Nessuna delle due aveva idea a cosa si riferisse.

«Penso che siate d'ispirazione» continuò Eve. «Donne in posizioni di alto livello. Mi state dimostrando che si può fare.»

Leanna sbuffò. «Guardo cadaveri tutto il giorno. Non c'è niente di affascinante in questo.»

«Ma è importante.»

Stephanie le sorrise calorosamente. Si sentiva allo stesso modo. Quella spinta implacabile a mettersi alla prova — a essere migliore, più acuta, più dura, carrierista — non se n'era mai andata. Si era riversata nel lavoro come cemento, lasciandolo solidificare attorno alle crepe di chi era stata un tempo. Le amicizie si erano dissolte. Aveva perso i contatti con sua sorella. L'amore, qualunque forma avesse avuto un tempo, era stato lasciato alla porta anni prima. Ma aveva continuato a salire. Non per la gloria. Nemmeno per sé stessa. Per momenti come questo. Se doveva portare lei i lividi affinché persone come Eve potessero emergere senza soffrire, allora così sia. Ne valeva la pena.

CAPITOLO
QUINDICI

Devon spense la sigaretta contro il muro, con l'ultima boccata di fumo ancora pungente nei polmoni. La tenne lì per un istante, lasciando che le tossine si diffondessero nel corpo, prima di espirarla lentamente a labbra socchiuse. Il tabacco aiutava a calmargli i nervi, placando l'irritazione che gli si annidava nel petto e che divampava ogni volta che pensava a Stephanie. Aveva fatto irruzione come se il caso fosse suo — un'estranea che non sapeva nulla della zona o della squadra — conducendoli nella direzione sbagliata. Era troppo concentrata sullo stronzetto che era tornato a casa con la vittima, ma Devon sapeva che era la pista sbagliata da seguire. La loro attenzione doveva essere unicamente sulla bambola scoperta sulla scena del crimine.

La sala operativa era silenziosa quando rientrò, illuminata a metà dalla luce grigiastra del tardo pomeriggio. La maggior parte della squadra era alle proprie scrivanie, a lavorare in silenzio sui compiti che Stephanie aveva loro assegnato: Giles, Olivia, Fiona e Noah. I membri originari della squadra. Le persone di cui si fidava.

Devon batté le mani una volta, un gesto secco e deliberato, attirando l'attenzione della stanza.

«Fiona, Giles, a cosa state lavorando?»

Giles aprì e chiuse la bocca come un pesce. Detestava essere messo alle strette. «Sto cercando di contattare il barista del Red One.»

«Fiona?»

«Cerco le registrazioni delle telecamere a circuito chiuso del tragitto che Claudia ha fatto per tornare a casa ieri sera», rispose lei, più chiaramente del suo collega agente.

«Noah?»

L'altro sergente si allontanò dalla scrivania spingendosi all'indietro e si appoggiò allo schienale della sedia nel suo solito stile rilassato. «Sbobino gli appunti», fu tutto ciò che offrì.

Devon indicò il retro dell'ufficio. «Wellard? Stessa domanda per te.»

«Gestisco HOLMES, sergente. È tutta la mattina che inserisco dati in questo sistema del cazzo, e penso che ci sia qualcosa che interferisce con il Wi-Fi, perché è stato un incubo. Ho avuto connessioni dial-up più veloci di questa.»

«Forse è la bambola voodoo», commentò Giles.

Devon rivolse la sua attenzione alla lavagna degli indizi appesa al muro. Il suo sguardo si restrinse sulla foto della bambola voodoo che era stata fissata con un pennarello rosso. Si affrettò verso di essa e la strappò via dalla lavagna.

«Ho appena parlato con l'Ispettore Capo Broadbent, e dice che dobbiamo cambiare approccio.» Tamburellò ripetutamente sulla fotografia della bambola voodoo. «Questa è la nostra priorità assoluta. Dobbiamo scoprire da dove viene, a chi appartiene e cosa significa.»

«E gli altri nostri compiti?», domandò Fiona.

Devon non gradì l'insinuazione nel suo tono.

«Mollate tutto quello che state facendo e fate ciò che sto per dirvi: dobbiamo trovare o convocare un esperto locale di voodoo. In caso contrario, Fiona, visto che l'hai chiesto così gentilmente, ti nomino per fare la ricerca al posto mio.»

L'espressione di Fiona si incupì.

«Poi, voglio che le analisi di laboratorio sulla bambola e sull'impronta digitale sul microonde vengano inviate con la massima urgenza. Gli specialisti devono sbrigare la faccenda il più in fretta possibile. Non importa quanto costerà. Noah, posso lasciarlo a te?»

Noah mimò una pistola con le dita in direzione di Devon mentre si girava sulla sedia.

«E io, sergente?», chiese Wellard, la fronte che faceva capolino da sopra il monitor del suo computer.

«Continua a fare quello che stai facendo. Fammi sapere se i tuoi problemi di connessione persistono.»

Wellard abbassò lentamente la testa in una posizione naturale senza rispondere.

«Perché questo improvviso cambio di rotta, Devon?», chiese Fiona. Stavolta ebbe la cortesia di alzare il braccio, cosa che Devon apprezzò molto.

«Ho sottolineato l'importanza della bambola a Steph. Era già indecisa, e siamo d'accordo che il coltello nella bambola potrebbe indicare il metodo di uccisione che verrà usato su una potenziale seconda vittima. Se non stiamo attenti, potremmo avere per le mani un serial killer.»

Un'ondata di solennità pervase l'ufficio.

«Cambiando argomento, ho *anche* lanciato l'idea di andare al pub dopo aver finito qui. Per conoscere un po' meglio Eve e Steph.»

«Credevo le piacesse essere chiamata Stephanie», commentò Fiona. Aveva sentito per caso uno dei ragazzi dell'informatica fare quell'errore mentre stavano sistemando la scrivania dell'ispettrice.

Devon scacciò il commento con un gesto della mano come se fosse una mosca. «Chi ci sta?»

Nessuno rispose subito.

«Purtroppo l'Ispettore Capo Broadbent ha rifiutato», disse. «Ha ancora un sacco di scatoloni da disfare. Ma so che Eve ci starà.»

Lo sperava. Avrebbe dovuto chiederglielo e fare del suo meglio per convincerla.

Alla fine, dopo alcuni istanti di silenziosa persuasione, guardandoli dall'alto in basso con occhi severi, accettarono tutti.

CAPITOLO
SEDICI

Adagiato lungo il fiume Wey, proprio nel centro di Guildford, The Weyside era solitamente brulicante di gente a ogni ora del giorno: dai clienti in pausa pranzo durante la settimana a quelli che si fermavano per un drink dopo il lavoro, e tutto ciò che stava nel mezzo. Anatre e oche vagavano con eleganza sull'acqua, fluttuando da una parte all'altra e spostandosi per far passare i kayak e le barche lungo quella che era la loro casa. Era stato il ritrovo abituale della squadra negli ultimi cinque anni, e tutti conoscevano la proprietaria, Cindy, come se fosse una di loro.

Entrarono alla spicciolata, scrollandosi di dosso i cappotti e, in egual misura, il peso della giornata. Devon si diresse dritto al bancone, pronto a ordinare il solito giro, con un gin tonic in più per Eve. Giles si lasciò cadere nel divanetto ad angolo, Fiona e Noah si sistemarono accanto a lui, mentre Eve si mise sul bordo del divanetto dall'altra parte di Noah. Olivia trascinò una sedia da un tavolo vicino e vi si lasciò cadere sopra.

Non appena arrivarono da bere – birre, lager, gin tonic e un anomalo sidro per Noah – l'atmosfera nel gruppo si distese. Per le ore successive, erano solo persone normali. Potevano dimenticare gli orrori di cui erano stati testimoni. Avevano lasciato i loro demoni sulla soglia, fino a quando non sarebbero stati costretti a riprenderseli sulla via di casa.

«Beh,» esordì Devon, alzando il suo boccale, «a nome della

squadra, volevo solo dare un caloroso benvenuto all'agente Hope. Vedo che ti stai già ambientando bene e sospetto che qui con noi ti troverai splendidamente. Non vedo l'ora di lavorare con te e di vedere cosa sai fare.»

Un'ovazione echeggiò intorno al tavolo. Sollevarono i bicchieri, li fecero tintinnare e poi presero un sorso celebrativo all'unisono.

Eve posò con cura il bicchiere sul tavolo, con un sorriso radioso stampato in volto. Nel breve arco delle poche ore da quando era entrata per la prima volta in ufficio, si era trasformata da donna timida e impacciata, insicura di sé, in una persona che sembrava trovarsi lì da anni e parte integrante della squadra.

«Grazie, sergente,» cominciò, mostrando la fossetta sulla guancia. «Davvero, non ce l'avrei mai fatta senza di voi. Apprezzo moltissimo tutto quello che avete fatto per me oggi. Siete stati tutti fantastici e sono super grata di essere in una squadra come la vostra; siete davvero molto meglio delle persone con cui lavoravo prima. È solo un peccato che Stephanie non possa essere qui.»

Tutti gli sguardi si puntarono su Devon, in attesa della sua risposta. Lui si nascose dietro il suo bicchiere di Guinness. «Forse un'altra volta,» rispose. Desideroso di cambiare argomento, si rivolse a Eve. «Quali sono tre cose interessanti che dovremmo sapere di te? Che genere di cose condivideresti a un primo appuntamento?»

Eve posò il bicchiere sul tavolo. «Sarebbe già tanto avere un primo appuntamento, per cominciare. Che ne dite se giochiamo a due verità e una bugia?»

«*Adoro* quel gioco,» disse Olivia con entusiasmo.

«Allora vai,» rispose Devon. «Prima Eve. Impressionaci.»

Eve rifletté per un momento, fissando il suo bicchiere, immersa nei pensieri. «Okay… Possiedo undici piante da appartamento e hanno tutte un nome; non mi sono mai rotta un osso; e posso recitare ogni singola battuta di *Mean Girls*.»

Un silenzio contemplativo calò sul tavolo mentre tutti calcolavano mentalmente quale fosse la bugia tra le verità.

«A quella di *Mean Girls* ci credo senza pensarci due volte,» disse Giles, sicuro di sé. «Sono certo che mia sorella sappia fare lo stesso, e ha più o meno la tua età.»

«Trovo difficile credere che non ti sia mai rotta un osso,» disse

Noah. «Cioè, mai? Credo di essermi rotto la caviglia quando avevo dieci anni.»

«Non tutti sono spericolati come te,» rispose Olivia con una scossa di disapprovazione della testa. «Penso che sia la più probabile a essere vera.»

Eve annuì, confermando il sospetto di Olivia. Il tavolo esplose in un'ovazione.

«Dai allora,» disse Giles, «come si chiamano le tue piante?»

Eve contò i nomi sulle dita. «Terry, Jeremy, Sir Prickles, Malik, Dresden, Eric, Kevin, Moira, Rhubarb, Petal McGee e Planty McPlanterson. Ora tocca a te. Quali sono le tue due verità e una bugia?»

Il resto della squadra si guardò l'un l'altro imbarazzato. Giles puntò subito un dito contro Devon, che si stava leccando le labbra.

Lui si schiarì la gola. «Va bene, l'avete voluto voi: una volta sono rimasto chiuso in un pub per tutta la notte; ho il tatuaggio di un pinguino; e so suonare il violino.»

«Il violino.»

«Col cavolo che sai suonare il violino.»

«Se tu sai suonare il violino, io sono Dave Grohl,» disse Giles.

Devon confermò che la sua bugia era che non sapeva suonare il violino. A dirla tutta, non sapeva suonare nessuno strumento. Era stonato come una campana nel bel mezzo del deserto della Patagonia.

«Muoio dalla curiosità,» disse Eve, sporgendosi in avanti. «Dov'è il tatuaggio?»

«Vuoi vederlo?»

«Basta che non sia da nessuna parte vicino al tuo culo,» intervenne Noah.

Con un sorrisetto, Devon si alzò, si sfilò la camicia dai pantaloni e la sollevò per rivelare un pinguino sciatore, con tanto di maschera da sci e cicatrice, sulla cassa toracica.

«Wow,» disse Eve. «Che coraggio. Io ne ho uno sul polso e mi ha fatto abbastanza male. Cosa ti ha spinto a farlo, e perché proprio lì, tra tutti i posti?»

«L'immaturità,» rispose Devon mentre tornava a sedersi, lasciando la camicia fuori dai pantaloni. «Avevo diciott'anni e sono abbastanza sicuro che fosse una scommessa. Per molto tempo ho voluto sbarazzarmene, ma ora mi ci sono affezionato, ed è un buon modo per iniziare una conversazione. Anche se cerco di non spogliarmi tutte le volte. Bene, chi è il prossimo? Noah?»

Riluttante, Noah condivise la sua versione del gioco. «Sono quasi stato reclutato dall'MI5. Una volta ho corso una maratona vestito da banana. Non ho mai bevuto una tazza di caffè in vita mia.»

La risposta della squadra fu unanime: che avesse corso la maratona da banana, unicamente perché non ne aveva il fisico. Era sulla soglia dei cinquant'anni e la sua pancia sporgeva come un'anguria.

«Sbagliato,» rispose, sorridendo come se avesse appena completato la maratona. «L'ho fatto quando avevo vent'anni con un paio di amici. Pensavamo che sarebbe stato divertente partecipare in maschera. Sono arrivato primo su un gruppo di dieci. Ai miei tempi ero piuttosto in forma.» Perse rapidamente la concentrazione mentre iniziava a ricordare un'epoca in cui il suo sistema cardiovascolare era in condizioni molto migliori. «La mia bugia era che fossi quasi stato reclutato dall'MI5. Leggera distorsione della verità: feci domanda, ma non mi accettarono mai. Non superai nemmeno la prima fase del processo di selezione.»

«Probabilmente ti hanno visto correre una maratona in costume da banana e hanno pensato: 'Non possiamo fidarci di quest'uomo con i segreti di stato. Scivolerà su una buccia da qualche parte...'» disse Giles, ridendo della sua stessa battuta. Ma quando non ebbe l'effetto sperato, aggiunse: «Ho fatto una battuta, capite? Buccia di banana... scivolare... come in *Mario Kart*?»

Eve gli posò una mano consolatoria sull'avambraccio. «Abbiamo capito tutti,» disse. «Solo che non l'abbiamo trovata divertente.»

«Che maleducata,» ribatté Giles, bevendo un lungo sorso di birra.

«Tocca a te,» disse Devon.

«Adesso non voglio più giocare.»

«Smettila di fare il prezioso,» sbottò Olivia.

La figura materna della squadra aveva parlato. A Giles ci vollero al massimo due minuti per elaborare le sue risposte. «Una volta sono diventato virale su TikTok. Riesco a trattenere il respiro per più di quattro minuti. Non sono mai stato fuori dal Regno Unito.»

«Stronzate,» disse immediatamente Devon, sollevando la manica per rivelare un orologio Tag Heuer. «Dimostralo.»

«Così si rovina il gioco.»

«Se è vero, devi dimostrarlo.»

«E va bene,» mormorò Giles con un'alzata di spalle.

«Secondo me è quella di TikTok,» rispose Olivia. «Ti seguo su TikTok e non ti ho mai visto postare nulla.»

La sua argomentazione fu sufficiente a convincere il resto della squadra. Devon e Noah non ne avevano idea, mentre Eve non lo conosceva abbastanza da prendere una decisione con una qualche convinzione. Anche se si stava divertendo un mondo. Pensò che il gioco, insieme all'alcol, fosse il modo perfetto per rompere il ghiaccio, il modo perfetto per conoscere meglio la sua squadra. Era solo un peccato che Stephanie non fosse lì con loro.

«La mia bugia è...» Giles tamburellò con le dita sul tavolo, creando suspense. «Sono uscito dal Regno Unito; una vacanza tra ragazzi quando avevo diciott'anni.»

Devon alzò la mano. «Aspetta un attimo. Quindi stai dicendo che sei diventato virale su TikTok *e* riesci a trattenere il respiro per quattro minuti?»

La convinzione trasudava dal giovane agente mentre annuiva. «Ero in un TikTok che è diventato virale sull'account di un mio amico, e-»

«Non vale!» intervenne Eve, sentendosi un po' euforica per l'alcol che le circolava nel sangue. «Non sei stato *tu* a diventare virale.»

Giles le mise scherzosamente una mano in faccia. «Per me conta.»

Devon picchiettò sull'orologio. «Trattieni il respiro. Dimostralo.»

Scrocchiandosi le nocche e le articolazioni del collo, Giles inspirò profondamente diverse volte prima di trattenere il respiro. Le guance gli si gonfiarono il più possibile. Devon iniziò a contare, tenendo un occhio sull'orologio e l'altro sul petto di Giles. Se il giovane agente avesse fatto il minimo movimento o accenno a una respirazione illecita, se ne sarebbe accorto.

Per i primi due minuti, nulla. Nessun segno di sforzo o che Giles stesse barando.

Ma dopo altri venti secondi, Devon notò le narici dell'uomo dilatarsi leggermente. Proprio mentre stava per smascherarlo, Eve pizzicò il ponte del naso di Giles, e in pochi secondi, lui sussultò ed esplose in un ansimo.

«Ma che fai? Vuoi uccidermi?»

«Imbroglione,» disse lei con orgoglio, accolta da un coro di acclamazioni. Un gruppetto di clienti da altri tavoli del pub lanciò loro sguardi di rimprovero.

L'ultima della squadra a giocare fu Olivia.

«Bene. Tocca a me,» disse, asciugandosi una goccia di gin tonic dall'angolo della bocca.

Il tavolo si sporse in avanti.

«Uno: ho incontrato mio marito a un concerto dei Take That. Due: ho partorito mio figlio sul sedile posteriore di un Uber. Tre: produco il mio gin nel garage.»

Ci furono alcuni mormorii.

«Credo a quella dei Take That,» disse Giles. «Penso che probabilmente sposeresti anche il tuo *prossimo* marito lì.»

«Solo se fosse Gary Barlow.» Lei sorrise, lentamente e soddisfatta. «È quella del gin. A malapena riesco a preparare un toast senza supervisione, e non saprei nemmeno da dove cominciare a distillare il mio. Sono stata al Silent Pool per un assaggio del loro, ma non potrei mai farlo da sola. Probabilmente finirei per berlo tutto e sbronzarmi. Per quanto riguarda l'Uber... la miglior mancia che quell'autista abbia mai ricevuto, immagino.»

«Spero che tu gli abbia dato cinque stelle dopo...» commentò Noah.

Le risate si diffusero intorno al tavolo. Mentre scemavano gradualmente, Devon finì l'ultimo sorso del suo drink, lo posò sul tavolo e si alzò dalla sedia.

«Bene,» disse, battendo le mani. «Chi ne vuole un altro?»

CAPITOLO
DICIASSETTE

Il microonde ronzava nella cucina angusta, con un rumore simile a quello di un aspirapolvere. Stephanie stava in piedi, scalza sul linoleum freddo, le braccia strette al petto, circondata da scatole impilate alla bell'e meglio, e osservava il vassoio che ruotava con una spenta anticipazione. L'aria era pregna dell'odore di plastica bruciacchiata e formaggio artificiale.

La cena: una lasagna che, senza dubbio, sarebbe stata appena tiepida al centro ma rovente ai bordi. Sempre che fosse riuscita a trovare il coraggio di mangiarla.

Mentre il cibo continuava il suo percorso per diventare qualcosa di simile a un pasto, il suo sguardo si posò sul bagno. La porta era socchiusa, abbastanza da rivelare il profilo sottile della bilancia digitale infilata accanto al water. All'inizio non si mosse. Si limitò a fissarla, mentre una fitta di dolore le serrava la mascella.

Poi andò dall'altra parte in punta di piedi, silenziosamente, come se fare più rumore potesse far crollare l'edificio su di lei. La bilancia si accese mentre aggirava una scatola con su scritto *Bagno?* a lettere grosse e nere, e vi salì sopra in silenzio. Fissò il numero che apparve, poi espirò dal naso e attese che lampeggiasse di nuovo.

Non cambiò.

Scese, senza dire una parola, e tornò al microonde proprio mentre emetteva un segnale acustico. La pellicola di plastica che proteggeva il cibo si era gonfiata e spaccata. La tirò via meccanicamente, liberando una nuvola di vapore che le ustionò il viso.

La lasagna le pesava tra le mani mentre la portava verso il divano. Scostò uno scatolone semiaperto con la scritta *Libri e Cianfrusaglie*, posò il vassoio sul tavolino da caffè e si sedette.

Ma non mangiò.

Rimase semplicemente lì, immobile e silenziosa, a guardare il vapore che si arricciava verso l'alto per poi svanire nel nulla.

Presto, l'immagine dello schermo televisivo di fronte a lei si dissolse e fu sostituita da quella di Claudia Bellini, distesa sul tavolo dell'obitorio. L'adolescente era magra. Magra in un modo che la faceva sembrare fragile. Il modo in cui Stephanie appariva e si sentiva a volte. Aveva notato che qualcosa non andava in Claudia non appena si era avvicinata al corpo all'obitorio. Le clavicole affilate, le creste pallide delle costole troppo visibili sotto la pelle. Le stesse cose che vedeva ogni volta che si guardava allo specchio.

Aveva passato anni a combattere la stessa guerra silenziosa. Una guerra combattuta nel silenzio. E *in* silenzio. Il mangiare ossessivo, le purghe, i pasti saltati, il rifuggire dal cibo.

Da un po' di tempo a quella parte, era riuscita a tenerla sotto controllo. Aveva monitorato attentamente il suo peso, tenuto d'occhio la sua salute mentale. Ma dalla morte del suo collega, dal giorno in cui si era data la colpa per aver perso una delle persone a lei più care, aveva iniziato a sentire il controllo sfuggirle di mano, a sentirsi scivolare di nuovo nelle vecchie abitudini.

Non lo farò.

Non lo farò.

Non *farlo.*

Stephanie sbatté le palpebre con forza e si portò la mano alla collana di sua madre, e le immagini si dissolsero all'improvviso. Fissò la lasagna. Fumava ancora. Era ancora intatta. Il suo odore le fece contrarre lo stomaco. Si alzò, attraversò la stanza fino alla finestra e scostò la tenda logora e malmessa lasciata dall'inquilino precedente. Fuori, i lampioni illuminavano il cielo di un'ambra opaca e le foglie umide aderivano al selciato. Una coppia di fari avanzò lentamente lungo la strada prima di svoltare e sparire nel buio.

Aveva bisogno di uscire. Movimento. Respiro.

Senza degnare di un altro sguardo la lasagna, entrò in camera da letto e si mise la tenuta da corsa: leggings, maglia a maniche lunghe e scarpe da ginnastica che avevano visto troppi chilometri e troppo poco riposo. Niente musica, niente telefono, solo lei e la notte.

Si allacciò le scarpe con precisione militare. Strette, con un doppio nodo.

La corsa era una delle poche cose nella sua vita a fornirle delle regole: un dolore misurabile, qualcosa che poteva controllare.

Si chiuse la porta alle spalle e uscì. Il primo tepore autunnale era ancora aggrappato all'ultimo scampolo di calore estivo. Iniziò lentamente, lasciando che il ritmo prendesse il sopravvento, i piedi che battevano sul marciapiede come un metronomo, portandola ovunque volessero.

CAPITOLO
DICIOTTO

Dal rubinetto sgorgava un getto d'acqua fredda. Lei allungò la mano verso il sapone, se ne spruzzò un po' sul palmo e cominciò a frizionarlo sulla pelle e sotto le unghie. Mentre metteva le mani sotto l'asciugatore, la porta del bagno si aprì ed entrò Eve, con gli occhi cisposi.

«Buongiorno» disse Stephanie.

«Buongiorno, signora» rispose Eve con voce impastata.

L'odore di alcol le trasudava dai pori e le appesantiva l'alito.

«Serata pesante, ieri sera?»

Il poco colore rimasto sul viso già pallido di Eve svanì del tutto. «Dovevamo solo berne un paio.»

«Lo dicono tutti. Ho il sospetto che stamattina ci saranno un bel po' di teste doloranti.»

Eve rise goffamente, esitando sulla soglia.

«Dove siete andati?»

«Al Weyside, giù al fiume.»

«Lo conosco.»

«È riuscita a finire di disfare le valigie?»

«Io... a disfare le valigie?»

Eve inclinò la testa, socchiudendo gli occhi. «Devon, cioè, il sergente Lafferty, ha detto che non poteva venire perché aveva ancora un sacco di roba da sistemare.»

Stephanie rimase a bocca aperta. Qual era il modo migliore di affrontare la cosa? Stare al gioco e risparmiare a se stessa e a Eve una conversazione imbarazzante? O vuotare il sacco e smascherare il sergente Lafferty per il serpente che stava dimostrando di essere? Non c'era stato nessun invito, nessuna richiesta di unirsi a loro per il brindisi di benvenuto.

Alla fine, decise che era meglio salvare la faccia.

«Sì» disse lei, poco convinta. «Ho ancora una montagna di cose da fare, ma ormai il grosso è quasi sistemato.»

Il sorriso di Eve suggeriva che non fosse del tutto convinta. «Troverà ancora scatoloni tra sei mesi, quando penserà di aver finito tutto.» Si trascinò oltre Stephanie verso il primo cubicolo libero. «È successa la stessa cosa a mia madre e a mio padre quando hanno traslocato. Non finiva mai.»

La sveglia sul telefono di Stephanie vibrò.

«Ci vediamo alla riunione del mattino» disse lei.

«Già?» rispose Eve dal cubicolo. «Devo fare la pipì!»

Steph non incolpava Eve per quello che era successo la sera prima; era l'ultima arrivata in squadra, desiderosa di fare colpo, di conoscere tutti a livello personale, e non ne sapeva nulla. Ma ciò non impedì a Steph di sentirsi avvilita e delusa dalla sua decisione di partecipare. Eve era la sua coperta di Linus, il ponte tra lei e il resto della nuova squadra. Se avesse perso il contatto con lei, si sarebbe rivelato difficile integrarsi. Certo, si era trattato di una sola serata, di un solo aperitivo, ma non voleva sentirsi messa da parte prima ancora di aver iniziato.

Alle 9:01, il sergente Noah Mackenzie era l'unico seduto vicino alla sala operativa, a gambe incrociate. Era rilassato quanto una tavola da surf.

Stephanie cominciò a camminare avanti e indietro. Nei due minuti successivi, il resto della squadra cominciò gradualmente a emergere dalla cucina, tazze di caffè in mano, immersi nella conversazione, a eccezione di Eve, che si affrettò ad arrivare dal bagno. L'ultima arrivata era stata l'unica a scusarsi per il ritardo.

Del sergente Lafferty non c'era traccia.

All'esterno, Stephanie era una cartolina di calma. Ma dentro, era furiosa. Le nove significavano le nove. Senza eccezioni. Con la sua precedente squadra nell'Essex, li aveva abituati così bene ad arrivare alle 8:55, a volte persino alle 8:50, e non aveva mai avuto problemi. Era d'aiuto il fatto che avesse un sergente volenteroso, che ammirava e rispettava profondamente, a garantire che tutti rigassero dritto.

Non voleva governare con il pugno di ferro. Non voleva urlare e sbraitare per farsi capire; il più delle volte, otteneva l'effetto opposto. Preferiva invece dare l'esempio. Non avrebbe mai chiesto a qualcuno di fare qualcosa che non fosse disposta a fare lei stessa. Per lei, questo facevano i leader. Invece di abbaiare ordini e creare scompiglio nella squadra, voleva gestirli da vicino, intimamente. Voleva conoscerli uno per uno a livello personale. Ognuno lavorava in modo diverso, e lei era ansiosa di capire cosa facesse scattare ogni persona, perché voleva ottenere il meglio dalla sua squadra. Ma se le cose non avessero cominciato a cambiare, allora sarebbe dovuta cambiare lei.

«Buongiorno a tutti» esordì, risoluta. «So che potrebbe esserci qualche testa dolorante là fuori, ma una scadenza è una scadenza. Se vi chiedo di essere qui alle nove, intendo le nove. Siamo all'inizio di un'indagine per omicidio e abbiamo bisogno di concentrazione totale.»

Leggeri mormorii si diffusero tra la squadra. Era sicura di aver sentito delle scuse in mezzo a essi.

«Mentre aspettiamo che arrivi Devon, vorrei sapere come è andata ieri.» Indicò Giles e Fiona. «Cos'è successo al Red One?»

Fiona le fornì un resoconto chiaro e conciso.

«Siete riusciti a trovare qualche video di sorveglianza di Claudia che torna a casa a piedi?»

Fiona scosse la testa.

«E a scoprire la sua identità?»

Un altro cenno negativo della testa. La guardò freddamente.

«Ho fatto ricerche sulla bambola voodoo, signora» disse lei, con cautela nella voce. «Ho un esperto che verrà più tardi oggi. Devo solo confermare l'orario.»

La mente di Stephanie si svuotò. «Bambola voodoo?»

«Lafferty ha detto che voleva che concentrassimo i nostri sforzi per scoprire a chi apparteneva la bambola e come era stata fatta» aggiunse Olivia "Wellard" Willard.

Certo che l'ha detto.

Devon si era appropriato della sua indagine. Aveva detto alla squadra di ignorare le sue istruzioni e di seguire le proprie. Le stava togliendo il controllo dell'indagine. Avrebbe dovuto essere furibonda con lui. Avrebbe dovuto smascherarlo di fronte alla squadra. Ma ogni volta che pensava a Devon, le tornava in mente il suo precedente sergente, Caleb. L'ultima volta che gli aveva dato un ordine, lui si era trovato faccia a faccia con un assassino ed era morto. Era una cosa per la quale non si era mai perdonata del tutto, e sospettava che non l'avrebbe mai fatto.

Non era sicura di potergli dire cosa fare. Non ancora.

«Giusto» disse dopo una lunga pausa. «Sì, scusate. Me n'ero dimenticata per un attimo. E... e voi come siete andati?»

Proprio mentre Fiona stava per rispondere, la porta dell'ufficio si aprì e Devon entrò barcollando. Gettò la borsa a terra e si affrettò verso un posto in fondo al gruppo. Si scusò, ma Stephanie percepì che non c'era alcuna sincerità nelle sue parole.

Da qualche parte nell'ufficio squillò un telefono. Olivia fu la prima a rispondere. Balzò dalla sedia e si lanciò verso l'apparecchio. Parlò in modo efficiente nella cornetta, prendendo appunti allo stesso tempo. Quando riattaccò, si rivolse a Stephanie.

«Mi scusi se la interrompo, signora, ma l'uomo con cui era Claudia Bellini la notte in cui è morta si è appena fatto vivo e ha detto che vorrebbe parlarci.»

CAPITOLO
DICIANNOVE

Kieran Holt era uno studente del secondo anno di scienze motorie che viveva a Battersea Court, proprio di fronte alla biblioteca, anche se ci passava poco tempo. Trascorreva invece la maggior parte delle sue giornate in palestra o al parco sportivo. Faceva parte di diverse associazioni sportive: rugby, lacrosse, calcio e football americano, e apparteneva a un club di corsa locale. In possesso del fascino giovanile che derivava dal praticare quegli sport e, essendo alto più di un metro e ottanta con spalle larghe, si presentava come un tipo sicuro di sé, estroverso e popolare. Tuttavia, mentre accompagnava Stephanie alla sua stanza al quarto piano dell'edificio Tate, evitò i vicini e si tirò sul viso il cappuccio della felpa della squadra di rugby dell'Università del Surrey.

Se a Stephanie fosse servita un'ulteriore prova della sua prestanza atletica e del suo amore per lo sport, questa era evidente nella montagna di attrezzatura che trovò nella sua stanza. Stephanie aveva scelto di parlargli nel suo alloggio: un luogo dove si sarebbe sentito più calmo e rilassato. La sua stanza odorava vagamente di deodorante e dopobarba. Il letto singolo era sfatto e i vestiti – per lo più pantaloni della tuta, magliette e un paio di pantaloncini da rugby infangati – erano sparsi sul pavimento. Una fila di barattoli di proteine era allineata sul davanzale come trofei, e uno shaker si trovava accanto a una barretta proteica mangiata a metà sulla sua scrivania. Un borsone da palestra era stato gettato vicino alla gamba della scrivania, da cui spuntavano un pallone da rugby, un groviglio di fasce elastiche e una cintura da sollevamento pesi. Un asciugamano era drappeggiato sullo schienale di una sedia, ad asciugare al calore che emanava dal radiatore. Sul comodino c'erano una bottiglia d'acqua mezza vuota e una copia di *Men's Health* con un uomo compiaciuto e a torso nudo in copertina.

Era una stanza che gridava energia e ambizione. Ma sotto tutto ciò, Stephanie percepì un'insicurezza in Kieran: il caos di un ragazzo che si sforzava di sembrare un uomo.

«Si metta comoda» le disse mentre faceva un disordinato tentativo dell'ultimo minuto di riordinare.

Si chiese a quante donne lo avesse detto prima di lei. «Sto bene in piedi.»

Kieran rimase goffamente in bilico al centro della sua stanza, con le mani nelle tasche della felpa.

«Com'è condividere il bagno con i suoi coinquilini?» chiese lei.

Lui fece spallucce. «Non è così male come potrebbe pensare. A volte è un po' imbarazzante, ma andiamo tutti d'accordo, quindi va bene. Nessuno è ancora entrato mentre c'era qualcun altro...» Cominciò a ridere, ma l'animazione nella sua voce si spense rapidamente.

«Dev'essere un incubo se vuol far venire gente» disse lei.

«Io... non saprei.»

«È perché è sempre andato Lei a casa loro?»

La mascella di Kieran si contrasse. «Non l'altra sera, se è a questo che si riferisce.»

«Mi dica cos'è successo» disse lei, prendendo il telefono dalla tasca per prendere appunti.

Kieran si tirò indietro il cappuccio, rivelando una folta chioma di capelli biondi. «So come sembra» disse, mantenendo la voce bassa. «Scommetto che ha sentito da tutte le sue amiche che eravamo avvinghiati e che siamo tornati a casa insieme. Ma volevo solo riabilitare il mio nome. Questa storia mi sta divorando.»

«Mi dica cos'è successo.»

Il cappuccio tornò su, come se fosse il suo mantello, a garantirgli il superpotere del coraggio.

«Abbiamo iniziato a parlare in fila per il locale, ok? Il Red One. C'ero stato un paio di volte. Non è mai stato il mio genere di posto, ma io e i miei amici abbiamo pensato di andarci per cambiare. Eravamo in quattro in tutto: ragazzi del rugby.

«Appena ci siamo messi in fila, ho iniziato a parlare con Claudia, a prenderla in giro perché aveva un cognome italiano ma non sangue italiano. Lei ha detto che l'unica cosa italiana che ha è che le piace la pasta, ma allora io le ho risposto che con quel metro di giudizio tutto il mondo era italiano.» Il suo viso si illuminò al ricordo della loro conversazione. «Quando siamo entrati, mi sono offerto di pagarle da bere. Era già piuttosto sbronza a quel punto, ma a me ne serviva un altro solo per andare avanti.»

«Perché?»

«Perché... perché non era il mio tipo, sa. Io... avevo bisogno di più alcol per...»

«Alleviare il dolore di andare con una meno attraente di Lei?» concluse Stephanie.

Gli occhi di Kieran caddero a terra per la vergogna. Era troppo codardo per ammetterlo.

«Quindi ha comprato un paio di drink. E poi?»

«Ci siamo messi a pomiciare, a ballare, a chiacchierare.»

«Le ha messo qualcosa nel bicchiere?»

Gli occhi di Kieran si spalancarono, offesi. «No! Mai. Ci siamo solo ubriacati sempre di più man mano che la serata andava avanti.»

«Cos'è successo dopo?»

«Non ricordo a che ora siamo usciti. Sarà stata circa l'una. Ma a quel punto, ero abbastanza partito. Non quanto lei, però. È rimasta aggrappata al mio braccio per tutto il tragitto verso casa.»

«Siete andati a piedi?»

«Oltre la stazione, giù per Walnut Tree Close.»

Stephanie se la ricordava bene: la strada infinita che diventava ancora più lunga dopo una serata fuori. Peggio per i residenti, senza dubbio.

«Ci abbiamo messo un'eternità» continuò lui. «Continuavamo a fermarci per baciarci ancora. Mi diceva tutte le cose che mi avrebbe fatto. E poi, quando siamo arrivati al ponte sui binari del treno, ha vomitato dappertutto. Sulle scarpe da ginnastica e sui jeans; me li ha rovinati del tutto.»

L'odore e la sensazione del vomito invasero il naso e la gola di Stephanie. Si aggrappò di nuovo alla collana di sua madre.

«Li ha ancora?» chiese.

«I jeans sono in lavanderia a gettoni, ma le scarpe non erano messe così male. Le ho dato una pulita.»

«Dovrò prenderle come prova.»

«Me le restituirete?»

«È possibile. Cos'è successo dopo che ha vomitato?»

«È andata nel panico. Mi si è scagliata contro come una furia. Mi ha spinto via e mi ha detto di lasciarla in pace.»

«Cosa ha fatto?»

«È tornata di corsa al suo alloggio.»

«L'ha inseguita?»

«Ci ho pensato, ma...» Il suo pomo d'Adamo ebbe una convulsione mentre deglutiva a fondo. «Ma a essere sincero, mi aveva un po' disgustato, quindi sono tornato nella mia stanza. Credo che si vergognasse, più di ogni altra cosa. Non posso biasimarla, davvero. Se avessi dato di stomaco davanti a una ragazza, probabilmente avrei voluto sbarazzarmene il più in fretta possibile.»

Stephanie annuì pensierosa, poi finì di scrivere gli appunti sul telefono.

«Mi crede?» chiese lui, con la voce rotta dalla disperazione.

«Non è questione se Le credo o no. È questione se possiamo provare ciò che dice o se *Lei* può provarlo.»

Kieran cercò il cellulare in tasca e lo spinse in faccia a Stephanie. Sullo schermo c'erano una manciata di messaggi che aveva inviato a una chat di gruppo, spiegando quello che era successo. L'orario dei messaggi corroborava ciò che diceva, ma questo non lo assolveva da ogni colpa. Se Claudia era nelle condizioni che tutti dicevano, allora non si sarebbe accorta che lui stava inviando quei messaggi, se avesse tentato di coprire le proprie tracce. No, l'unica cosa che l'avrebbe scagionato e rimosso come sospettato dall'indagine era una manciata di testimonianze oculari e i video delle telecamere di sorveglianza.

«La prego» cominciò. «La prego, deve credermi. Non c'entro

niente con questa storia. So solo che ha attraversato la biblioteca e poi è semplicemente scomparsa. È tutto quello che so. Non l'ho seguita; non l'ho inseguita. Non farei mai niente per ferire qualcuno in quel modo. Deve credermi.»

Anche se non avrebbe dovuto, Stephanie gli credeva.

Gli credeva davvero.

CAPITOLO
VENTI

Stephanie chiuse la porta dietro di sé e Kieran. Un'unità della scientifica sarebbe presto scesa a imbustare i reperti per le analisi.

Mentre si voltava per andarsene, quasi si scontrò con un uomo che stava girando l'angolo.

«Santo cielo» disse lui, facendo un passo indietro. «Le mie scuse. Non mi aspettavo di trovarla qui».

L'uomo era alto, con le spalle larghe e dall'aspetto curato. Indossava pantaloni chino beige, una camicia di Gant in tinta e stivaletti alla caviglia in pelle scamosciata; gli mancava solo una sciarpa blu navy per completare il look da professore di lettere inglese. Tuttavia, il cordoncino che gli pendeva dal collo e su cui si leggeva "Martin Bell - Assistenza Studenti" spazzò via subito quell'ipotesi.

«Lei... lei è della polizia?» chiese a Stephanie. Un lampo di sorpresa si palesò sul suo viso ben curato.

Lei annuì lentamente. «Ispettore capo Broadbent».

«*Broadbent*? Perfetto. Sono Martin Bell. È stato Noah a dirle di venire qui? Mi chiedevo se qualcuno sarebbe arrivato in tempo. So che siete tutti molto impegnati. Non volevo mettervi troppa pressione».

Stephanie gli studiò gli occhi. Non sbatteva le palpebre da più di un minuto. «Pressione per cosa?»

«Noah non gliel'ha detto? Abbiamo concordato che sarebbe

stata una buona idea fare quattro chiacchiere con alcuni studenti per placare le loro paure. Sono... sono comprensibilmente scossi. Abbiamo già inviato una nota a tutto il corso per informarli di ciò che è accaduto».

«Sì, ho contribuito a scriverla con Noah» mentì lei.

«Perfetto. Allora lei sarà la persona più indicata per parlarci di persona» disse lui, sistemandosi un polsino. «Se non è un problema troppo grande. Come ho detto, so che è impegnata».

Stephanie controllò l'orologio. Era felice di aiutare. Aveva senso che lei, in quanto figura di riferimento dell'operazione, contribuisse a placare le preoccupazioni degli studenti.

Si voltò verso Kieran, gli disse di aspettare lì finché non fosse arrivato un agente in uniforme per portarlo alla centrale. L'adolescente annuì e si calò il cappuccio sugli occhi.

«Mi faccia strada» disse a Martin.

«Questi ragazzi oggi vivono così tanto online» spiegò Martin mentre scendevano diverse rampe di scale. «Tutto ciò che leggono o vedono non fa che aumentare l'incertezza. È tutto molto diverso dai nostri tempi, non trova?»

Stephanie gli lanciò un'occhiata tutt'altro che impressionata.

«Mi scusi» disse lui, tenendole aperta la porta d'uscita. «Non intendevo nulla di... non volevo...»

«So cosa intendeva» disse lei mentre balzava in un piccolo cortile. Fuori, l'odore di erba, che aveva vagamente notato al suo arrivo, si era ora intensificato. Proveniva da una finestra aperta da qualche parte. Era sicura che fosse contro il regolamento, ma quello non li avrebbe fermati. Dubitava che anche la maggiore presenza della polizia avrebbe avuto qualche effetto.

Martin la guidò giù per un'altra rampa di scale - ce n'erano sempre state così tante? - verso la biblioteca; l'ingresso era un brulicare di attività. Gruppi di studenti si stringevano nei loro cappotti, con le borse a tracolla. Ognuno con la propria identità, ognuno con le proprie passioni, il proprio passato, la propria storia, il proprio futuro. Stephanie li guardò tutti con affetto.

A volte desiderava poter tornare a essere una studentessa. Rivivere la libertà. Rivivere la sua giovinezza; godersi ciò che di essa non era stato distrutto, perlomeno.

Un istante dopo, Martin indicò l'anfiteatro del campus. Sette file di sedili, a forma di esagono, circondavano il punto focale. Dietro di esso, un'oasi di verde in mezzo al beige e al grigio degli edifici e degli alloggi offriva spazio ad altri studenti per stare in piedi. L'area si era già popolata di oltre un centinaio di loro, ammassati insieme. Il sommesso mormorio di conversazioni spaventate echeggiava nello spazio.

Mentre Stephanie seguiva Martin verso il centro dell'anfiteatro, lui la presentò a due membri femminili del team di assistenza agli studenti. Le strinsero la mano con entusiasmo, ringraziandola ripetutamente per essere lì.

«Felice di aiutare» disse lei, sebbene il nodo che le si stava rapidamente formando nello stomaco suggerisse il contrario. Non era mai stata molto brava a parlare in pubblico. Non le era mai piaciuto davvero. Trovava sempre che il nervosismo avesse la meglio su di lei e la facesse inciampare nelle parole. Non le era mai piaciuto nemmeno rivolgersi alle nuove generazioni. Aveva paura che la giudicassero, che sussurrassero parole crudeli ai loro amici, come avevano fatto così spesso durante la sua infanzia.

«Grazie per essere qui con noi oggi» esordì Martin, la sua voce che echeggiava nell'anfiteatro, chiara e concisa. «L'università si è coordinata con tutti i vostri professori, e sono consapevoli che molti di voi sarebbero venuti questo pomeriggio. Come tutti saprete, ieri è accaduto un terribile incidente a una vostra collega, ed è nostro dovere aiutarvi in questo momento. Che siate in lutto, che abbiate paura, che siate preoccupati, noi siamo qui per aiutarvi. Abbiamo invitato l'ispettore capo Stephanie Broadbent per rispondere a qualsiasi domanda possiate avere. È lei a capo dell'indagine sulla morte di Claudia. Siamo stati tutti molto addolorati nell'apprendere la tragica notizia, e faremo tutto il possibile per assistervi. Stephanie...»

Martin fece un passo indietro e le fece cenno di prendere il suo posto.

Con esitazione, lei fece un respiro, raddrizzò le spalle e avanzò.

Sono tutti nudi, si disse. Anche quelli brutti.

Un silenzio opprimente calò sull'anfiteatro. Per un momento, il mondo sembrò smettere di girare.

«Grazie per l'introduzione, Martin» disse, passando lo sguardo sulla folla. «Mi chiamo ispettore capo Stephanie Broadbent e sono l'ufficiale responsabile delle indagini sull'omicidio di Claudia Bellini. Non sono qui per spaventarvi, ma non vi mentirò neanche. Ieri mattina è stata scoperta nel suo alloggio dopo una serata fuori. È stata asfissiata. Non abbiamo tutte le risposte, ma sospettiamo che qualcuno l'abbia seguita nella sua stanza e le abbia tolto la vita».

«So che potrebbe sembrarvi angosciante, ma è importante che sappiate che stiamo lavorando giorno e notte. Stiamo facendo tutto il possibile per trovare la persona responsabile. Ma abbiamo bisogno del vostro aiuto. Se avete visto qualcosa, anche se non siete sicuri che sia importante, per favore fatevi avanti e ditecelo. Se non vi sentite al sicuro, parlate. Se avete paura, va bene. Siamo qui anche per questo».

«Faccio questo lavoro da molto tempo. Abbastanza da sapere quanto velocemente si diffonda la paura, quanto velocemente le storie possano deformarsi. Quindi ecco la verità: non è compito vostro risolvere questo caso. È nostro. Ma è compito vostro guardarvi le spalle a vicenda. Tenete la testa alta. Fidatevi del vostro istinto. E per favore, per favore, per favore, per favore, non tornate a casa da soli, non importa quanto vicino vi sembri. Mi spiace dirlo, ma la vostra vita potrebbe dipendere da questo. E se vedete qualcosa, per favore chiamate la polizia. Non importa quanto banale o piccolo sia. Non possiamo fare nulla per aiutarvi se è troppo tardi».

La sua frase finale sembrò echeggiare più a lungo. Un muro di volti solenni e mesti la fissava. Qualsiasi mormorio sommesso o sussurro che si era aspettata non arrivò. Nient'altro che un basso ronzio di silenzio.

«Qualcuno ha delle domande?» chiese l'addetta all'assistenza studenti al suo fianco.

Una mano si alzò a metà nella prima fila. Apparteneva a un uomo che sembrava essere appena entrato nella pubertà. «Era qualcuno dell'università? Tipo... qualcuno che conosciamo?» parlò con un forte accento scozzese.

«Non abbiamo ancora tutte le risposte, ma stiamo esaminando

ogni possibilità, inclusi i collegamenti con l'università. Ecco perché la vostra attenzione è importante. Se sapete qualcosa, anche se sembra di poco conto, ditecelo. Qualcun altro?»

Niente.

«Se qualcuno ha domande e non se la sente di farle qui, per favore rivolgetevi ai vostri tutor, ai vostri professori, ai vostri amici, agli addetti all'assistenza. Ci sono molte persone a disposizione che possono aiutarvi. E stiamo lavorando a stretto contatto con l'università per garantire che ogni domanda e preoccupazione riceva una risposta. Non sarete liquidati. Non sarete ignorati. Infine, vorrei anche aggiungere che le voci possono fare tanti danni quanto la verità. So che siete tutti sui social media, e so che ne state probabilmente discutendo nelle vostre chat di gruppo, ma per favore, non diffondete storie a meno che non sappiate che sono fatti. Lasciateci fare il nostro lavoro come si deve».

Mentre gli studenti cominciavano a muoversi, Stephanie indietreggiò, una fitta di colpa che le divampava dentro. L'avevano guardata come se lei avesse tutte le risposte, come se potesse in qualche modo creare uno scudo protettivo per loro. Ma non poteva. Tutto ciò che poteva fare era armarli delle informazioni di cui avevano bisogno per proteggersi. Spettava a loro assicurarsi di dare ascolto alle sue parole.

E spettava a lei assicurarsi di catturare l'assassino prima che loro ne avessero mai bisogno.

Stephanie sprofondò nel sedile del conducente, la portiera che si chiuse con un tonfo sordo. Non accese il motore. Invece, fissò senza vederlo il cruscotto, i suoi occhi sfocati, e nel riflesso sulla finitura di plastica, i volti degli studenti riapparvero. Con gli occhi sgranati. Spaventati.

Poi emerse un altro volto. Più dolce. Più vecchio. Quello di sua madre. Distesa morta sul divano, segni rossi intorno alla gola. Stephanie sbatté forte le palpebre, ma l'immagine persistette. Le sue dita si mossero istintivamente verso la sottile catenina d'argento al collo, tracciandone il contorno intorno alla gola. Le era sempre stata troppo stretta, bloccandole leggermente il respiro. Ma la teneva comunque, indossandola come una penitenza; il dolore che provava era un promemoria quotidiano della sua inazione, di come era arrivata troppo tardi per proteggere sua madre da ciò che era stato inevitabile. Le sue dita affondarono nella catenina, premendola più forte contro la pelle, come se il dolore potesse in qualche modo compensare gli anni di colpa. Non lo faceva mai.

Mentre inseriva le chiavi nel quadro di accensione, il suo cellulare vibrò.

«Tutto bene, capo?» esordì Noah. «Ho sentito che hai appena fatto un discorso coi fiocchi».

«'Coi fiocchi' non è la parola che userei. Di cosa hai bisogno?»

«È appena arrivata una pista» spiegò lui. «Claudia faceva parte del club di arrampicata. A quanto pare aveva flirtato un po' con uno degli altri membri durante la loro serata associativa la prima sera della Settimana delle Matricole. Sto andando lì ora per parlare con il tipo, se vuoi unirti a me».

CAPITOLO
VENTUNO

Il Surrey Sports Park era un'enorme struttura multimilionaria in sterline, situata a venti minuti a piedi dal campus. Comprendeva una piscina olimpionica a otto corsie, diversi campi da calcio, da squash, da tennis, da basket, una moderna palestra all'avanguardia, usata anche dalla squadra di rugby professionistica degli Harlequins, e una parete da arrampicata di dodici metri.

Con ottanta diversi percorsi boulder di varia difficoltà, c'erano sfide per tutti i livelli. Stephanie allungò il collo verso il cielo, ammirando l'altezza e l'imponenza della struttura.

«Le andrebbe di salire lassù?» chiese una voce alle sue spalle. Lontana. Distante.

Fu solo quando la figura le si parò davanti che si rese conto che stava parlando con lei. Magro e asciutto, con avambracci scolpiti da anni di arrampicata, era leggero sui piedi. Una T-shirt sbiadita del Surrey Sports Park aderiva alla sua corporatura esile e ai piedi indossava un paio di scarpette da arrampicata professionali, top di gamma. Appena sopra il sopracciglio aveva una debole cicatrice e i capelli scuri e corti erano macchiati di tracce di gesso. Un'imbracatura da arrampicata intorno alla vita tintinnava come uno scacciapensieri quando si muoveva.

«Ci proverei» disse lei.

L'uomo la squadrò per un istante, osservando i suoi pantaloni eleganti e la camicetta a buon mercato. Non era vestita per l'occasione, ma non sarebbe stato quello a fermarla. Mantenendo l'attenzione fissa sulla cima della parete di dodici metri, si sfilò le scarpe e si tolse la giacca leggera.

«Dovrò farle firmare dei moduli» disse l'uomo.

Lei liquidò il commento con un gesto della mano.

«No, davvero. È per questioni di salute e sicurezza. Non posso lasciarla salire così.»

Stephanie sospirò, ricominciò a infilare i piedi nelle scarpe, poi ebbe un improvviso ripensamento. Ignorando l'uomo al suo fianco, attraversò a piedi nudi il materassino morbido fino alla base della parete e posò la mano sulla prima presa. Iniziò ad arrampicarsi, le sue mosse istintive. Aveva fatto free climbing così spesso che vedeva il percorso davanti a sé, la presa successiva per le mani o per i piedi che si illuminava come una luce.

«Ehi, non può farlo! Deve scendere!»

Ma lei non stava ascoltando. Era troppo concentrata, troppo assorbita dalla sua mossa successiva.

Non c'era niente come il free climbing. Il rapporto rischio-ricompensa non aveva eguali. Il rischio era di poter cadere e ferirsi gravemente; la ricompensa era una botta di autostima, una pacca silenziosa sulla spalla per avercela fatta senza supporti, senza l'aiuto di nessun altro.

Si arrampicava da che aveva memoria. La quercia di nove metri in giardino per sfuggire alle urla. Le grondaie lungo il fianco della casa famiglia per scappare la sera. Era una fuga. Una liberazione. Solo lei e il mattone. Lei e le prese.

Lei, le sue mani, i suoi piedi.

Se faceva una mossa sbagliata, era colpa sua. Di nessun altro. Aveva lei il controllo.

«Stephanie» la chiamò Noah dal basso. «Le sarei grato se potesse scendere, per favore. Non vado molto d'accordo con il sangue!»

Quella frase sembrò far scattare un allarme nel suo cervello. Che forse quello che stava facendo, date le circostanze e la compagnia in cui si trovava, era, in effetti, una pessima decisione. Con attenzione, più attenzione del giorno precedente, Stephanie ridiscese lungo la parete, appoggiando il piede su appigli precari, calmando il respiro, ignorando il dolore bruciante negli avambracci e nei polmoni.

Pochi istanti preoccupanti dopo, raggiunse la base e saltò giù per l'ultimo metro, atterrando dolcemente sulla superficie imbottita. Alzò lo sguardo su Noah. I suoi occhi erano sbarrati per la paura e l'incredulità. Il membro dello staff aveva la stessa espressione di Noah.

«Non avrebbe dovuto farlo, davvero» disse lui.

«Lo so. Ma mi ha chiesto se me la sentivo.»

«Ma non era un invito a scalarla senza imbracature di sicurezza.»

«Io penso che sia stato impressionante» intervenne Noah. «Voglio dire, un tantino psicopatico, ma comunque impressionante. Almeno tu da bambina non avevi paura dell'altezza. A me lassù non mi ci vedrete.»

Lei lanciò una rapida occhiata alla parete, poi di nuovo a Noah. «Nemmeno con l'attrezzatura?»

«Nessuna possibilità.»

Ridicchiando goffamente, l'uomo si intromise. «Scusate, ragazzi... Non so cosa sia appena successo, ma che sta succedendo qui? C'è qualcosa in cui posso aiutarvi?»

Noah si frugò nella tasca del cappotto e tirò fuori il suo tesserino. «Vorremmo parlare con un certo Alec Donnelly, riguardo a...»

«Sono io.» Il panico balenò sul volto di Alec mentre faceva un passo indietro. «Che significa... che ho fatto... che sta succedendo? È una specie di scherzo?»

«Ci chiedevamo se potessimo parlarle della sua relazione con Claudia Bellini.»

Ci volle un momento prima che il nome producesse una reazione sul volto di Alec.

«Claudia? Perché?»

«Ha saputo di lei, presumo.»

Alec annuì, con gli occhi sgranati. «Si è iscritta all'associazione il primo giorno...» Parlava lentamente, gli ingranaggi della sua mente che si bloccavano.

«E voi due siete diventati un po' troppo intimi l'altra sera» disse Noah.

A quel punto la bocca di Alec si aprì, rivelando una dentatura gialla e macchiata di tabacco. «Io... io... Pensate che io abbia avuto a che fare con quello che le è successo?»

Stephanie divenne improvvisamente consapevole che stavano avendo quella conversazione nel bel mezzo del centro di arrampicata, circondati da gruppi di scalatori che stavano gradualmente iniziando ad origliare.

«C'è un posto più privato dove potremmo avere questa discussione?» chiese.

Alec la guardò come se gli avesse appena parlato in francese.

«Più per il suo bene che per il nostro» aggiunse lei.

Alla fine, si riprese e li condusse in un piccolo ufficio del direttore vicino alla reception. Noah chiuse la porta alle loro spalle e disse: «È vero che voi due siete entrati in intimità l'altra sera?»

«Intimità? Intimità? No, non siamo entrati in intimità. È stato solo un bacio. Un paio di volte. E basta. Eravamo entrambi piuttosto ubriachi. Ma non è successo niente tra noi. Chiedete a chiunque altro fosse lì. Chiedete a Dean. A Varun. Chiedete a chiunque di loro. Vi diranno che non è successo niente tra noi!»

La sua voce si amplificò nella piccola stanza.

«Perché non è successo niente tra voi due?» chiese Stephanie. «Di chi è stata la decisione?»

«Eh?»

«Chi ha deciso di non andare oltre?»

«Entrambi. Siamo usciti, ci siamo ubriacati, ci siamo baciati, e poi ognuno per la sua strada. Non era una cosa seria tra noi. Ci eravamo appena conosciuti. Inoltre, sarebbe stato imbarazzante se fossimo andati a letto insieme e il giorno dopo avessimo avuto un incontro sociale. Ci ho provato al primo anno e non ha funzionato.»

«Quindi non l'ha respinta lei?»

Alec scosse la testa come se ne andasse della sua vita. Poi alzò entrambe le mani in segno di resa. «Onestamente, eravamo solo al pub in centro, a fare il giro dei locali. Io stavo parlando con alcuni dei nuovi, lei era lì vicino, ci siamo sorpresi a guardarci, e poi ci siamo semplicemente baciati. Non è durato più di dieci, venti secondi, *al massimo*. Dopodiché, ognuno è andato per la sua strada.»

«Le ha più parlato da allora?» chiese Stephanie.

Alec scosse la testa. «A essere onesto, non ci ho proprio pensato. È stata una di quelle cose.»

«Be', a giudicare dai suoi messaggi e dalle conversazioni con le sue amiche,» esordì Noah, «lei stava decisamente pensando a *lei*.»

Alec emise un profondo sospiro, carico di colpa.

«Mi dispiace» disse. «So che quello che le è successo è una tragedia, e ancora non riesco a crederci. Ma non le ho parlato né ho pensato a lei da quella notte. Non c'entro niente.»

«Le viene in mente qualcuno che avrebbe potuto volerle fare del male?»

Non ci pensò a lungo. «Sinceramente non ne ho idea. Come ho detto, mi dispiace.»

Stephanie si frugò in tasca e tirò fuori il suo biglietto da visita. Mentre lo porgeva ad Alec, disse: «Tenga le orecchie aperte. Scommetto che un sacco di studenti passano da queste porte. Se sente qualcosa, che sia qualcuno che menziona il suo nome o che discute di quello che le è successo in qualsiasi modo, voglio che mi chiami. Capito?»

Alec prese il biglietto e lo esaminò. «Mi dispiace ancora.»

«Va bene» rispose lei. «Può rimediare iscrivendomi come membro qui. Immagino che permettiate a chiunque di usare le pareti di arrampicata.»

«Purché si abbia l'attrezzatura giusta.»

Venti minuti e diversi documenti dopo, era un membro a tutti gli effetti del Surrey Sports Park.

«Peccato che non siano aperti fino a tardi» disse lei mentre si dirigevano verso la sua macchina.

«Peccato che non abbiano una politica per tenere lontane le persone con istinti suicidi» commentò Noah. «Mi hai quasi fatto venire un infarto là dietro.»

Stephanie ridacchiò. «Cosa? Non hai mai vissuto sul filo del rasoio?»

Noah si fermò accanto alla sua macchina e posò una mano sulla maniglia. «No, ho un mutuo. E nessuna assicurazione sulla vita. Non posso permettermi di vivere pericolosamente.»

«O quello, o hai paura di quanto potrebbe piacerti.»

Lui aprì la portiera. «Dare la caccia ai cattivi da dietro la mia scrivania, nel comfort dell'ufficio, è già abbastanza avventura per me.»

Lei indicò il cielo grigio sopra le loro teste. «Questa è l'eccezione?»

Noah non rispose. Mentre saliva al posto di guida, la chiamò:

«Ho parlato con i ragazzi e non vedono l'ora di fare il secondo round al pub stasera. C'è voluto un po' per convincerli, intendiamoci. Quindi puoi rimandare il tuo trasloco di un paio d'ore.»

«E se dico di no?»

«Allora farai la figura della stronza. Vengono solo perché tu non sei venuta ieri sera.»

«Perché lo farebbero?» chiese lei.

«Perché vogliono conoscerti. Non sono un cattivo gruppo se gli dai una possibilità. Ah, e perché ho già detto loro che avevi detto di sì.» Noah le fece il gesto della pistola con la mano, sorridendo da un orecchio all'altro mentre chiudeva la portiera. «Ci vediamo in centrale, capo. Guidi con prudenza. Sarebbe bello riaverla tutta intera.»

CAPITOLO
VENTIDUE

Il Weyside brulicava del basso mormorio delle chiacchiere, sopra cui si levava l'occasionale scoppio di una risata, proveniente per lo più dal lungo separé che la squadra aveva occupato nell'angolo della sala. Stephanie li individuò all'istante. Non con la vista, ma con l'udito: il rombo profondo della risata gutturale di Noah e la risatina acuta di Olivia.

Rimase sulla soglia per un momento. Avrebbe dovuto sentirsi a suo agio, in una situazione normale. Lo era stata, a ottanta miglia di distanza nell'Essex, con la sua vecchia squadra. Ma lì si sentiva ancora un'estranea, un'aliena. Non aiutava il fatto che sentisse il fardello dell'indagine premerle pesantemente dietro gli occhi. Che l'assassino di Claudia Bellini fosse ancora là fuori mentre loro si rilassavano, bevevano, dimenticavano gli orrori della giornata. Lei non era fatta per quel tipo di spensieratezza. Eppure era lì, a provarci. Cercando di sorridere. Cercando di addolcire i solchi che il lavoro e i traumi le avevano scavato sul volto. Voleva conoscere quelle persone. Fidarsi di loro. Forse, persino, diventare una di loro.

Prima che potesse pensare di andarsene, Noah incrociò il suo sguardo e la chiamò con un cenno plateale. Con un sospiro e un lievissimo sorrisetto, si diresse verso il tavolo, con ogni passo che sembrava più studiato del dovuto.

Noah si spostò per farle spazio, picchiettando sulla panca accanto a sé con un gran sorriso. Lei scivolò dentro senza dire una parola, rivolgendo un cenno cortese agli altri, soffermandosi con lo sguardo su Devon un attimo di troppo. Lui sollevò la sua pinta in un finto saluto, con un sorriso dai contorni taglienti.

Eve si sporse in avanti, con un'espressione allegra. «Ce l'hai fatta! Stavo iniziando a pensare che fossi un mito.»

Stephanie riuscì a sorridere. «Ho pensato di avere un paio d'ore libere.»

«Ci vizi» commentò Fiona, sorseggiando un bicchiere di vino. «Bevi qualcosa?»

Steph scosse la testa. «Non stasera.»

«Altri scatoloni da disfare?»

«Qualcosa del genere.»

«Ti sei persa il meglio ieri sera» disse Olivia al suo fianco, posando una mano sul polso sottile di Stephanie. «Stavamo giocando a due verità e una bugia. Mancano le tue...»

Stephanie fissò a lungo il tavolo di legno. Sapeva dove stava andando a parare, e non era un posto in cui desiderava andare in quel momento. Ma, proprio come per l'invito, non aveva altra scelta se non stare al gioco.

«Due verità e una bugia?»

«E non farle noiose» disse Eve.

«Non noiose? Va bene. Vediamo un po'...»

Intorno al tavolo, gli altri si zittirono, osservandola con diversi gradi di interesse. Eve era tesa sulla sedia, Giles si sporse leggermente in avanti e Olivia le offrì un sorriso dolce e incoraggiante. Persino Devon alzò lo sguardo dalla sua pinta.

«Niente di noioso» ripeté Stephanie, più a sé stessa che a chiunque altro. Il suo primo istinto fu di svicolare, ma se ne sarebbero accorti subito. «Non sono molto brava in questo gioco.»

«Nessuno di noi lo è. Non te la caverai così facilmente.»

Stephanie espirò, un respiro lento e attento. «Va bene. Uno: adoro dipingere e ho più di duecento quadri a casa. Due: parlo correntemente polacco. E tre: una volta ho pensato di lasciare la polizia la notte prima di scoprire che sarei diventata sergente.»

Seguì un attimo di silenzio intorno al tavolo, mentre assimilavano le parole di Stephanie. Poi Giles si sporse, strizzando gli occhi verso di lei come se fosse un Sudoku particolarmente difficile.

«Senza offesa» disse lentamente, «ma non riesco a immaginarLa a dipingere. Ma proprio per niente.»

Eve sorrise. «Sono con Giles. Anche se la storia del polacco potrebbe essere vera. Hai quell'aria di una che potrebbe scatenare l'inferno contro qualcuno in cinque lingue senza mai distogliere lo sguardo.»

«Io penso che la bugia sia quella delle dimissioni» disse Noah, sorprendentemente pensieroso. «Non mi sembri il tipo che si tira indietro. Mai.»

Stephanie inarcò un sopracciglio, con un angolo della bocca che le si contraeva. «Ne sei sicuro?»

Noah non rispose. Invece, prese un sorso incerto dalla sua bevanda.

Olivia posò di nuovo la mano sul braccio di Stephanie. «Secondo me è quella del polacco» disse.

Stephanie indicò Olivia. «Abbiamo una vincitrice» spiegò. «Cioè, so dire qualche parolaccia. Nell'Essex c'era un sergente di nome Tomek Bowen, mezzo polacco e mezzo inglese. Stavamo lavorando insieme a un caso e avevamo un pomeriggio libero, così gli ho chiesto di insegnarmi un po' di polacco. Naturalmente, mi ha insegnato tutte le parolacce, che ricordo ancora oggi.»

«Come me» disse Giles. «L'unica cosa che ricordo del tedesco delle medie sono le volgarità, e di certo non me le ha insegnate il professore.»

Un'ondata di risate echeggiò intorno al tavolo.

«Aspetta... duecento quadri?» chiese Eve, posando il bicchiere sul tavolo. «Davvero?»

Stephanie si strinse nelle spalle. «Non mi piacciono i muri spogli.»

Né le piaceva ciò che le ricordavano.

«Cosa disegni?»

«Tutto. Niente.»

«Possiamo vederne qualcuno?»

Steph scosse la testa. «Ne dubito.»

«Oh. Davvero? Ma comunque, questo è un vero talento. Giles a malapena riesce a scaldare una zuppa nel microonde.»

«Ehi!» rispose Giles, fintamente offeso. «Ti informo che oggi ho imparato alla perfezione l'arte del Pot Noodle.»

Stephanie sorrise, suo malgrado.

Fiona inclinò la testa. «Perché hai quasi lasciato la polizia?»

«Scusa?» chiese Stephanie.

«La tua terza affermazione. Hai detto che hai quasi lasciato la notte prima di diventare sergente. *Quasi*. Perché?»

A Stephanie non piacque il tono accusatorio di Fiona. In quel momento, sentì tutti gli occhi puntati su di sé, che le bruciavano la pelle. Si prese un momento, con lo sguardo fisso sul bordo del boccale di birra di Noah, mentre il rumore del pub diventava improvvisamente distante.

Prima di rispondere, prese una grande boccata d'aria.

«Perché ero appena uscita da un'indagine che mi aveva svuotata. Lavoravo giorno e notte, dormivo a malapena, tenevo la gente a distanza. Quella notte, dopo che tutto era finito, mi resi conto che non mi riconoscevo più. E non sapevo se il lavoro mi stesse trasformando in qualcuno con cui non potevo convivere... o se stesse solo rivelando chi ero già. La mattina dopo, mi presentai comunque. Non avevo ancora finito.»

Il tavolo si fece silenzioso; non un silenzio imbarazzato, solo pensieroso. E per la prima volta, Stephanie non si sentì un'estranea che guardava da fuori. Stava ancora cercando di capirli, e loro stavano decisamente ancora cercando di capire lei, ma qualcosa era cambiato. Aveva svelato un pezzetto di sé e della sua storia.

CAPITOLO
VENTITRÉ

L'ufficio di notte era tutta un'altra creatura. Abbandonato, desolato, spogliato della sua urgenza diurna. Era silenzioso, a parte il ronzio del server dietro una porta chiusa, l'aria condizionata che qualcuno aveva lasciato accesa e il debole brusio delle luci al neon, che proiettavano lunghe ombre sul pavimento di linoleum consumato. Le scrivanie giacevano deserte come piccole isole, scartoffie abbandonate a metà di un pensiero, tazze di caffè congelate accanto ad appunti non finiti. L'unica attività proveniva dal lento lampeggiare meccanico della fotocopiatrice in standby.

Stephanie rimase sulla soglia per un istante, le chiavi ancora strette in mano, il respiro corto. Sembrava di entrare in una chiesa dopo l'orario di chiusura: silenziosa, vuota, piena di fantasmi. Nessuno di loro amichevole.

Si mosse con cautela, le sue scarpe basse che echeggiavano debolmente mentre attraversava il pavimento fino alla sua scrivania. Gettò il cappotto sullo schienale della sedia e si lasciò cadere, fissando gli appunti del caso sulla superficie. Il petto le si strinse. L'indagine era a un punto morto, le stava scivolando via dalle dita. Erano passate solo ventiquattr'ore, ma ne stava perdendo il controllo. Le pagliacciate di Devon di poco prima non l'avevano toccata sul momento, ma ora che era sola, ora che era sola con i suoi pensieri, si rese conto di quanto scompiglio avesse causato. Eppure non aveva avuto il coraggio di affrontarlo al riguardo. Che cosa c'era che non andava in lei? Perché era così debole?

E la confessione al pub.

Perché l'aveva fatto? Aveva aperto una finestra sulla sua vita, seppur minuscola, e aveva concesso loro uno scorcio di quella versione di sé stessa. Ora che la finestra era aperta, sarebbe stato molto più facile per loro arrampicarsi dentro, dare un'occhiata in giro e andarsene con un souvenir.

Se voleva riprendere in mano le redini dell'indagine e il suo rapporto con la squadra, doveva chiuderla. E affrontare la cosa nell'unico modo che conosceva.

Il silenzio le artigliava le orecchie, graffiandole i pensieri. Aprì il portatile. Lo richiuse. Passarono due minuti. Poi cinque. Lo stomaco era roso dalla sua solita fame ansiosa. Afferrò il telefono, trovò l'app che stava cercando – scaricandola di nuovo dall'App Store dopo averla cancellata diverse settimane prima – e poi fece l'ordine.

Venti minuti dopo, bussarono alla porta. Stephanie riconobbe la donna, l'aveva già vista nell'edificio.

«Credo che questa sia per lei...» disse la donna, entrando nella stanza e posando il cartone della pizza di Domino's sul bordo della scrivania di Stephanie.

Stephanie finse un sorriso. «Perfetto, grazie. Ne vuole una fetta?»

La donna si portò una mano allo stomaco, quasi istintivamente. «Io? No. Sto cercando di stare attenta. Se la goda. Ha un profumo *delizioso*.» Inspirò profondamente mentre usciva dall'ufficio.

Stephanie fissò per un attimo il cartone della pizza, i morsi della fame che si intensificavano. Afferrò la scatola di cartone e la appoggiò sulla tastiera. L'odore le mandò lo stomaco in subbuglio. E poi la divorò. Fetta dopo fetta. Grasso, sale, formaggio, tutto che si fondeva insieme nella sua bocca. Finché non rimase più niente. Lo stomaco le si strinse in una morsa di sollievo e rimpianto in egual misura. Riempì il vuoto che aveva nel petto per non più di cinque minuti.

Poi arrivò l'ondata di colpa. Densa. Acida.

Si mosse automaticamente, in fretta, come aveva fatto centinaia di volte. In bagno, chiudendo la porta a chiave dietro di sé. Dita in gola. Ginocchia sul pavimento freddo. Il solito bruciore in gola, la pressione dietro gli occhi, le mani tremanti sulla tazza del water dopo. Il sollievo avvolto nella vergogna.

Mentre lo scarico del water tirava alle sue spalle, barcollò fuori dal cubicolo e cominciò a lavarsi le mani. Si chinò per sciacquarsi la bocca, evitando lo specchio. Evitando sempre lo specchio. Sempre incapace di guardarsi in faccia dopo quello che aveva fatto. Incapace di affrontare i suoi demoni a viso aperto.

Proprio mentre stava per lavarsi le mani, col puzzo di vomito denso nelle narici e in gola, la porta del bagno si aprì.

Stephanie si bloccò.

L'agente Olivia Willard era lì, una mano ancora sulla maniglia. I suoi occhi scattarono dal viso pallido di Stephanie al cubicolo che si stava rapidamente riempiendo d'acqua.

Stephanie rimase china sul lavandino, in preda al panico.

Nessuna delle due parlò per un lungo istante. Poi Stephanie si raddrizzò, asciugandosi una goccia d'acqua vagante dal mento.

«Che cosa ci fai qui?» chiese, con la voce roca e aspra.

Olivia si guardò alle spalle, come se la risposta fosse in corridoio. «Ti ho seguita fin qui» disse. «Dopo il pub. Ho visto qualcosa sul tuo viso. E così ti ho seguita. Ho pensato a lungo se entrare o no. Poi mi sono ricordata che dovevo prendere una cosa dalla mia scrivania.»

«Capisco.»

«Non era mia intenzione...» continuò Olivia. «Non... cioè, ho sentito, ma...» Deglutì a fondo. Poi il suo viso si riempì rapidamente di calore, una silenziosa comprensione negli occhi. «Non chiederò nulla, e non dirò nulla» continuò, con la voce bassa nonostante l'ufficio fosse vuoto. «Voglio solo... solo che tu sappia che ci sono. Se mai volessi... sai. *Non* stare bene.»

La gola di Stephanie si serrò. Fece un cenno rigido, con gli occhi fissi da qualche parte sopra la spalla di Olivia. C'era qualcosa nel modo in cui Olivia aveva parlato che la colpì duramente. Nessun giudizio. Nessuna messinscena.

«Vada a dormire un po', capo» disse Olivia. «Domattina abbiamo del lavoro da fare.»

Poi si allontanò, lasciando Stephanie nel silenzio, con il dolore al petto in qualche modo più forte di prima.

CAPITOLO
VENTIQUATTRO

Destreggiandosi con la tazza da caffè in acciaio inossidabile in una mano e il suo album da disegno nell'altra, il dottor Ian Kettle bloccò la porta dell'Ivy Arts Centre con la sua borsa di pelle. Il suono del pop anni Ottanta rimbombava dalle cuffie del suo walkman. Mentre attraversava il corridoio, canticchiando al ritmo del synth-pop dei Depeche Mode, scorse il proprio riflesso. Uno dei suoi completi migliori: un blazer di velluto a coste color porpora intenso, un fedora abbinato, bretelle nere attaccate alla vita dei pantaloni e un paio di brogue che sfoggiavano ogni colore dell'arcobaleno.

Era un uomo di stile e classe, rinomato in tutto il campus per il suo modo di vestire eccentrico. Si diceva spesso che avesse sbagliato vocazione, diventando un artista anziché uno stilista, ma a lui piaceva mescolare le due cose, creando arte con la moda e moda con l'arte. Entrambe, nella sua mente, erano forme di espressione universali.

A quell'ora del mattino, prima che il campus si fosse risvegliato dalla sua notte di desideri carnali e alcolici, l'Ivy Arts Centre era desolato e silenzioso. Lui lo adorava. Gli dava tempo per pensare, per respirare e per concentrarsi sulla sua ultima opera.

Il suo angolo del centro d'arte si trovava sul retro dell'edificio, lontano dalle strutture destinate alle arti performative. Di solito, il posto brulicava di attori, coreografi, scenografi e registi che mettevano in scena l'ultima produzione, riversando la vita nel loro lavoro.

La canzone cambiò in «Sweet Dreams» degli Eurythmics mentre si faceva strada tra i corridoi, addentrandosi nell'edificio. Alla fine, trovò ciò che stava cercando: l'aula 3BA. La casa del suo ultimo capolavoro. Era al centro della stanza e a disposizione di tutti gli studenti. Artisti. Attori. Performer. Chiunque fosse interessato. Spesso trascorreva lì le prime ore del mattino, aggiungendo dettagli, ritoccando e coprendo gli errori del giorno precedente. Tutto prima dell'inizio della giornata lavorativa. Adorava ogni momento della creazione, e nei giorni in cui non poteva dedicarsi alla sua passione, si sentiva perso e smarrito.

Mentre si avvicinava all'aula 3BA, notò che la porta era socchiusa.

Strano.

La Società d'Arte era sempre scrupolosa nel chiudere a chiave dopo le riunioni.

Si tolse le cuffie e si avvicinò con cautela, il rumore delle sue scarpe che echeggiava nel corridoio. Bussò piano sulla porta e la spinse.

«Pronto?» esordì. «C'è nessuno?»

Nessuna risposta.

La prima cosa che lo colpì fu l'odore. Non di vernice, lacca o trementina, ma qualcosa di aspro e pesante che gli si aggrappava in fondo alla gola.

Forse qualcuno aveva rovesciato qualcosa e, preso dal panico, era fuggito dalla stanza per l'imbarazzo.

O forse qualcuno si era introdotto e aveva vandalizzato il suo dipinto, deturpandolo con il proprio sudiciume.

Entrò.

Si sbagliava. Terribilmente.

Una ragazza, con indosso jeans larghi e una felpa abbondante, giaceva scomposta sul pavimento, il sangue che si allargava sotto di lei come un'ombra grottesca. Un braccio era gettato di lato, le dita flosce e macchiate di cremisi. Squarci di un rosso denso e ricco macchiavano la felpa e la maglietta. All'inizio, pensò che fosse vernice. La prova di uno scherzo crudele e malato.

Ma poi una striscia di pelle nuda sopra l'ombelico rivelò una ferita da taglio sotto l'addome.

Il caffè di Ian colpì il pavimento con un tonfo umido, e la sua gola si serrò intorno a un suono che non emetteva da anni.

«No! Cristo Santo, no!»

Il suo grido rauco echeggiò lungo il corridoio infinito.

CAPITOLO
VENTICINQUE

L'immagine del viso goffo, turbato, eppure stranamente caloroso e rassicurante di Olivia l'aveva tenuta sveglia per tutta la notte. Peggio ancora, era stata tormentata dai pensieri che l'accompagnavano. E se l'avesse detto alla squadra? E se l'avesse smascherata davanti a tutti? E se avesse usato quella storia contro di lei, ricattandola?

Il suo segreto più profondo, oscuro e imbarazzante, qualcosa con cui aveva lottato per quasi tutta la vita e di cui si era vergognata per altrettanto tempo, era stato messo a nudo di fronte a una persona che conosceva a malapena.

Provò un senso di sollievo quando entrò in ufficio e non vide Olivia alla sua scrivania. Prima che avesse il tempo di sistemarsi, il DCI McGowan emerse dalla sua stanza.

«Credevo di aver sentito qualcuno» disse lui, con quel tipo di sorriso gentile che faceva sentire la maggior parte della gente al sicuro. «Ha un minuto?»

Stephanie lasciò cadere la borsa a terra e lo seguì nel suo ufficio. Lui chiuse la porta alle sue spalle e si spostò dall'altra parte della scrivania, con movimenti lenti e metodici, come se avesse tutto il tempo del mondo. Appoggiata sulla sua scrivania, una tazza di ceramica con la scritta "Keep Calm and Let the DCI Handle It" fumava furiosamente.

«È qui presto» esordì lui.

«Anche lei.»

«Ho anche sentito dire che ha fatto le ore piccole.»

Stephanie si sentì gelare. Non disse nulla.

«Ho sentito dire che è brava» disse lui, calandosi lentamente sulla sedia. «Ora capisco perché.»

Lei emise un lungo e profondo sospiro di immenso sollievo. Non sapeva. O, se anche sapeva, aveva scelto di non parlarne.

«Avevo solo delle cose di cui... di cui volevo occuparmi» rispose lei.

«Sono lieto di sentirlo. Come sta andando?» Si appoggiò allo schienale in attesa.

Stephanie si sedette, con la schiena dritta e i palmi delle mani uniti in grembo. «Mi sto ambientando, signore. È stato... intenso. Ma la squadra sembra competente.»

Clive la studiò per un momento. «Molti di loro stanno tessendo le sue lodi. Qualche motivo di preoccupazione?»

Devon, pensò subito.

«Questo è uno spazio privato» disse Clive a bassa voce. «Ciò che dice qui non uscirà da queste quattro mura. Ha la mia parola.»

Stephanie tirò su col naso bruscamente. Le doleva ancora la gola dalla purga della sera prima. «A dire il vero, ho delle difficoltà con Devon. Non so cosa sia, ma sembra che si stia appropriando di alcuni elementi dell'indagine.»

L'ispettore capo annuì pensieroso. Stephanie cominciò a giocherellare con la sua collana.

«Ha dato alla squadra una nuova serie di compiti e istruzioni, fingendo che glieli avessi dati io da riferire. In passato ho lavorato con alcuni stronzi, signore. Ma lui si sta dimostrando il peggiore di tutti.»

«La ringrazio per aver portato la questione alla mia attenzione» replicò lui con un sospiro debole e gentile, quasi un sussurro. «Devon sta avendo alcuni... problemi personali. Ma non è una scusa per portarseli sul lavoro. Vuole che gli parli?»

Lei scosse la testa. «Lasci fare a me. Se non riesco a gestire la situazione, allora sarò lieta che intervenga lei.»

«Molto bene. Come procede il trasloco?»

Lei sbuffò. «Lentamente.»

«Mi pare normale. Peccato per la tempistica. C'è qualcuno che l'aiuta?»

Steph scosse la testa. «Solo io, me stessa e me medesima.»

«E sua sorella? Da quello che ha detto, non vedeva l'ora che lei tornasse qui.»

«Lei non l'ha conosciuta. È una maniaca dell'ordine. Non si avvicinerà nemmeno finché non sarà tutto a posto.»

«Donna intelligente» disse lui dopo una pausa. «Come vanno le cose con l'università? Che progressi sono stati fatti?»

Stephanie lo aggiornò sulle ultime novità, sulla sua visita al campus e al parco sportivo, su come stessero aspettando le analisi della bambola voodoo e su come stessero ancora cercando di identificare l'assassino tramite i filmati delle telecamere a circuito chiuso intorno al campus.

«Cosa le dice l'istinto?» chiese Clive.

«Il mio istinto?»

«Non l'ho assunta per le sue doti relazionali.»

Stephanie si mise in una posizione più comoda e finalmente lasciò la collana. «Penso che questo sia più di un semplice attacco mirato. Credo faccia parte di qualcosa di peggio. La bambola voodoo... mi inquieta. Penso che potremmo avere tra le mani qualcosa di più grosso.»

«Cioè?»

«Un serial killer.»

Lo sbuffo che uscì dalle sue labbra echeggiò nella stanza. «Un serial killer? A Guildford? Ne ho sentite di cose fantasiose nella mia vita, ma... c'è stato un solo omicidio.»

«Non se il coltello nella bambola voodoo suggerisce che ce ne saranno altri.»

«Ma non sa chi, quando, dove o perché...»

Lei fissò il suo sguardo. «Vero, ma sappiamo *come*.»

Una pausa inquietante calò sulla scrivania, atterrando tra loro.

Prima che uno dei due potesse parlare, il telefono di Stephanie squillò nella sua tasca. Clive le fece cenno che poteva rispondere.

«Ispettore Broadbent» disse lei.

«Pronto? Ispettore? Salve, sono Laurence della Centrale. Volevo solo informarla che stiamo ricevendo diverse segnalazioni di un incidente avvenuto stamattina al campus dell'Università del Surrey.»

«All'università?» chiese lei, mentre i suoi occhi incontravano lentamente quelli di McGowan.

«Sì. Le segnalazioni indicano che uno studente è stato accoltellato in un'aula.»

CAPITOLO
VENTISEI

Quando Stephanie arrivò all'Ivy Arts Centre, provando una forte sensazione di déjà vu, Devon e Noah erano già lì. Indossavano le loro tute della scientifica quando lei entrò nell'aula di arte 3BA.

Lo spazio era più grande di quanto si fosse aspettata. Un cerchio di cavalletti era sistemato al centro della stanza, simile a una versione artistica di Stonehenge. Sul perimetro, materiali e attrezzature d'arte traboccavano da scatole, armadietti e guardaroba. La prima cosa che notò fu l'odore denso e stucchevole di vernice nell'aria, e fu grata per la mascherina che proteggeva la sua gola indebolita dai fumi. Sulla parete di sinistra, una tela di centocinquanta per cento centimetri, incompiuta, dominava la stanza.

Il corpo si trovava nell'angolo più a sinistra, circondato da due agenti della scientifica intenti a scattare fotografie ravvicinate del viso, delle ferite e degli arti della vittima. Stephanie pensò che ci fosse qualcosa di stranamente artistico nelle foto del suo corpo, nel modo in cui altre fotografie pendevano dalle pareti come ispirazione, e in come l'assassino avesse dipinto un'immagine selvaggia e brutale, usando la sua vittima come tela.

Molti dei dipinti e delle fotografie nella stanza le ricordavano i propri: i paesaggi, gli edifici, le oscure introspezioni nelle vite e nelle psichi degli artisti, e le pennellate cupe e decise che sanguinavano sulla tela. I suoi non erano neanche lontanamente così ben riusciti.

«Come mai ci ha messo tanto?» le chiese il sergente Lafferty mentre lei si avvicinava.

«Come ha fatto *lei* ad arrivare così in fretta?» ribatté.

«Ho ricevuto la chiamata dalla Centrale, proprio come lei.»

«Come? Avevo chiesto di essere la prima a essere contattata per qualsiasi novità.»

Lui si strinse nelle spalle, con fare noncurante. «Immagino sia stata solo la forza dell'abitudine» rispose. «Siamo tutti qui adesso, quindi qual è il problema?»

Lei scelse di non rispondere, di non cadere nella provocazione, lasciando che la sua frustrazione le si incancrenisse dentro. Pensò a Caleb, il suo vecchio sergente. Lui non avrebbe mai fatto una cosa del genere. Mai passato il segno o interferito con il suo ruolo di responsabile dell'indagine.

Cominciava a pensare che dargli un ordine, e che lui facesse la stessa fine di Caleb, dopotutto non sarebbe stata una cosa così terribile.

«Eccoti!»

La voce proveniva da dietro di lei. Leanna Moore, il medico legale, entrò di fretta, camminando rapidamente, e si fermò accanto a Stephanie.

«Piacere di rivederti.» Le diede una gomitata amichevole sul braccio. «Sono contenta di essere qui per questo caso, sai. Accelera un po' le cose.»

Leanna si avvicinò al corpo, facendo un cenno educato ai sergenti.

«Immagino che vorrai sapere com'è stata uccisa?»

«No» rispose seccamente Stephanie. «Voglio sapere se qualcuno ha trovato un'altra bambola voodoo.»

Quasi subito dopo aver posto la domanda, i suoi occhi caddero su un contenitore di plastica blu scuro sul davanzale. In vernice rosa, sul lato, era stencilata la scritta: "Aprimi". Stephanie si diresse dritta verso la scatola e sbirciò dentro.

Il coperchio era già stato rimosso. All'interno, vide un'altra bambola voodoo che galleggiava in uno specchio d'acqua. Portò una mano al collo.

«Chi ha aperto questo?» Indicò la bambola, che la fissava con i suoi occhi rossi, muovendosi silenziosamente sull'acqua, perseguitandola, prendendosi gioco di lei.

«Sono stato io.» C'era un accenno di orgoglio e sfida nel tono di Devon.

«Mi scusi?»

«L'ho aperto io, ispettore. L'ho notato appena sono arrivato.»

Deglutì e fece un respiro profondo. *Calma, calma, calma.*

«Chi le ha dato il permesso di farlo?»

«Nessuno, ispettore. L'ho notato e ho pensato che sarebbe stato utile per l'indagine.»

«Devon» sbottò lei, tenendo ancora gli occhi fissi sulla bambola, che ora si era girata di centottanta gradi. «È lei il responsabile di questa indagine? No. Sapeva che stavo arrivando; avrebbe potuto aspettarmi. Ma non l'ha fatto. Sono l'unica che può aprire questa scatola. Mi sono spiegata?»

Nessuna risposta.

Si voltò di scatto e lo fulminò con lo sguardo.

«Mi sono spiegata?»

Qualcosa divampò negli occhi di Devon mentre annuiva con aria imbronciata.

«E anche il resto di voi» disse, rivolgendosi a Leanna e agli agenti della scientifica nella stanza. «Se, Dio non voglia, dovessimo imbatterci in altre scatole con la scritta "Aprimi", nessuno, in nessuna circostanza, è autorizzato ad aprirle a meno che non abbia la mia esplicita approvazione. Avete capito?»

Un leggero mormorio di assenso si diffuse per la stanza.

Stephanie li ringraziò, poi tornò a concentrarsi sulla bambola. L'aria nella stanza si fece più densa, il suo peso che le opprimeva il petto. Faticava a respirare mentre la sua mente ricomponeva i pezzi di ciò che aveva di fronte. Il corpo che giaceva sul pavimento era morto esattamente come l'ultima bambola voodoo aveva predetto: una coltellata allo stomaco.

Ora non c'erano più dubbi.

Avevano a che fare con un assassino calcolatore e spietato. Un assassino che aveva un piano.

E se non lo avessero preso, presto qualcuno sarebbe morto annegato.

CAPITOLO
VENTISETTE

La squadra si trascinò verso la sala operativa con una rigidità sommessa. Stephanie percepì un'aria di trepidazione aleggiare densa nell'ambiente, esacerbata dalle voci che iniziavano a circolare in ufficio. La notizia della seconda bambola voodoo si era diffusa rapidamente, e a quel punto tutti nella squadra ci stavano pensando, temendo il peggio: che un potenziale serial killer fosse arrivato a Guildford per la prima volta in assoluto. La loro cittadina pittoresca e graziosa era stata macchiata, sfregiata, violata dalle azioni di una sola persona.

Spettava a loro proteggere i cittadini, e finora stavano fallendo.

Molto di tutto ciò non veniva detto, ma comunicato attraverso gli sguardi e le espressioni.

Ciò nonostante, Stephanie volle ribadire il concetto che, se non si fossero dati una mossa, sarebbero saltati fuori altri cadaveri.

Tirò fuori la stampa del viso della vittima e l'attaccò alla bacheca di sughero, accanto all'immagine senza vita di Claudia Bellini. «Paulina Potter» cominciò. «Diciannove anni. Studentessa universitaria al secondo anno. Trovata morta nell'aula d'arte, uccisa a coltellate.» Indicò la fotografia della prima bambola voodoo. «È stata uccisa nel modo in cui ci era stato predetto.» Attaccò alla bacheca un'immagine della seconda bambola in acqua. «E questo è il modo in cui morirà la nostra prossima vittima, se non facciamo qualcosa al riguardo.»

Fece una pausa per lasciare che metabolizzassero il concetto. Un misto di orrore e panico si dipinse sui volti della sua squadra. Li guardò a uno a uno, soffermandosi per un istante prima di passare al successivo. Tuttavia, non riuscì a guardare Olivia. Non dalla sera prima. Non da quando aveva scoperto...

«Cosa abbiamo su Paulina Potter finora?» chiese Stephanie.

«Era una studentessa di scienze alimentari» esordì Fiona.

«Come Claudia?»

Fiona annuì. Stephanie tracciò una linea tra i nomi delle due vittime.

«Vive fuori dal campus» continuò Fiona.

«Cosa ci faceva in quell'aula ieri sera per farsi ammazzare?»

Fu il turno di Giles di parlare. «Partecipava a una delle riunioni settimanali del Circolo Artistico» spiegò, posando la tazza di caffè sul pavimento. «Si incontrano ogni martedì per dipingere, disegnare e mostrarsi a vicenda a cosa hanno lavorato. L'uomo che l'ha trovata, il dottor Ian Kettle, è colui che lo fondò tempo fa, ma è per lo più gestito e organizzato dagli studenti. La maggior parte delle volte tengono le opere d'arte per sé; altre volte le vendono alle fiere dell'artigianato o alle bancarelle in centro.»

«Questo tizio, il dottor Kettle... è un potenziale sospettato?»

Giles si strinse nelle spalle con aria vaga. «Sembrava piuttosto sconvolto quando gli ho parlato.»

«A prescindere, tienilo d'occhio. Cos'altro aveva da dire?»

«Non molto.» Consultò rapidamente i suoi appunti. «Ci sono dieci membri nel circolo. Hanno tutti talenti diversi. Ad alcuni piace disegnare anime; ad altri dipingere; ad altri ancora fare schizzi di volti. Ogni mese fanno una gara di disegno dal vivo, ma la prima di quest'anno deve ancora tenersi.»

Stephanie non pensò che nulla di tutto ciò fosse importante.

«Parla con gli altri membri del circolo» lo istruì. «Scopri cosa sanno e cosa pensano di Paulina. Qualcuno potrebbe averla presa in antipatia. Nient'altro?»

Eve alzò timidamente una mano. «Ho provato a controllare i suoi social» cominciò, «e pare che Paulina fosse, come dire, famosa su TikTok.»

Lo disse in un modo che suggeriva che non pensasse che Stephanie sapesse cosa fosse TikTok.

«Cosa te lo fa dire?» chiese Stephanie.

«Aveva poco più di mezzo milione di follower e decine di milioni di visualizzazioni.»

«Per cosa?»

«Per TikTok.»

«Sì, questo lo so. Ma di cosa trattavano i suoi video?»

«Della sua arte.» Eve tirò fuori il telefono dalla tasca, lo sbloccò e cominciò a mostrarlo alla squadra. «Mostra il prima e il dopo delle sue opere. Faceva un sacco di cose. Illustrazioni, disegni a carboncino, paesaggi, edifici, scene di film, fan art di personaggi, versioni iperrealistiche di ritratti e persone; è persino riuscita a condividerli con le persone che aveva disegnato. A quanto pare, aveva un talento pazzesco.»

Stephanie guardò con stupore alcuni dei video che apparvero sullo schermo. Era vero: la ragazza possedeva una quantità smisurata di talento che faceva impallidire qualsiasi cosa Stephanie avesse mai fatto. La sua arte era sempre stata solo qualcosa di personale, un hobby, una fuga catartica dall'infanzia. Ma vedere ciò che quella ragazza stava mostrando al mondo la fece sentire inadeguata.

Non vali niente...

Non combinerai mai niente nella vita...

«Molto bene» disse Stephanie mentre le restituiva il telefono. «Voglio che tu approfondisca la cosa. Vedi se qualcuno commentava i suoi post, interagiva con lei, chiunque dell'università o chiunque con cui potesse essere entrata in contatto. E fai un controllo incrociato anche con i profili di Claudia Bellini e il suo diario.»

Stephanie tornò a concentrarsi sulla bacheca. Le luci parvero affievolirsi, a eccezione di quella puntata sulla bambola voodoo che galleggiava nell'acqua.

«Noah» cominciò. «Quanto conosci bene la zona?»

«Ci ho vissuto tutta la vita, signora» rispose lui.

«Bene. Voglio che tu chiami tutti i luoghi che hanno uno specchio d'acqua — una piscina, un lago, un fiume — e che dica loro di tenere gli occhi aperti per qualsiasi attività sospetta. Se hanno studenti che lavorano lì, che cercano di guadagnare qualche soldo per mantenersi all'università, allora mettili in una lista separata. Il nostro assassino prenderà di mira qualcuno e lo annegherà. Dobbiamo essere pronti per quando arriverà quel momento.»

«Dobbiamo fermarlo prima che si arrivi a quel punto» giunse una risposta velenosa da Devon. «Sembra che tu stia già dando per spacciata la prossima persona.»

Lo ignorò e si rivolse a Olivia, anche se non riusciva ancora a incontrare lo sguardo della donna. «Vorrei che tu trovassi dei collegamenti tra le nostre due vittime. Raccogli tutte le informazioni da HOLMES e mettile in rapporti di vittimologia per me. Ci deve essere qualcosa che lega Claudia Bellini e Paulina Potter. Controllate i loro professori, eventuali compagni di corso che potrebbero avere in comune, qualsiasi circolo o gruppo di cui facevano parte... chiunque con cui possano essere entrate in contatto di recente. Da lì, dovremo stilare una lista di potenziali vittime e vedere se riusciamo ad analizzare chi potrebbe essere la prossima. E *poi* proteggerle prima che succeda loro qualcosa.»

L'ultima frase fu pronunciata con acredine e implicitamente diretta a Devon. Il sergente lo percepì. Raddrizzò la schiena e sollevò il mento.

«E cosa vuoi che faccia io?»

«Voglio che tu venga nel mio ufficio» disse lei. «Tu e io dobbiamo scambiare due parole.»

CAPITOLO
VENTOTTO

Appena Devon chiuse la porta con un leggero scatto, calò un silenzio pesante. Nessun rumore, nessun chiacchiericcio dall'ufficio principale. Neanche il condizionatore si era attivato. Tutto era immobile, silenzioso.

Fatta eccezione per il battito profondo del suo cuore che le rimbombava nelle orecchie.

Non parlò. Non gli offrì una sedia. Rimase invece in piedi dall'altra parte della scrivania, con le braccia conserte, a fissarlo con insistenza. Devon indugiò vicino alla soglia, la tensione tra loro scoppiettava come elettricità statica.

La stanza conteneva lo stretto necessario: due sedie, una scrivania e un monitor con tutti i relativi accessori. Nel poco tempo in cui era stata lì, aveva cercato di personalizzarla, di marcarla con la sua presenza: la pianta da appartamento avvizzita sul bordo della scrivania; la scatola di latta di caramelle imperiali alla menta; la boccetta di crema idratante per le mani aperta a metà; la tazza da caffè con la scritta «Il capo più passabile del mondo». A parte ciò, l'ufficio era vuoto, e i suoi effetti personali potevano stare in una piccola scatola leggera. Se l'avessero cacciata in quel momento, se ne sarebbe andata nel giro di cinque minuti.

Si chiese quanto in fretta Devon avrebbe potuto fare i bagagli.

«Credo che io e lei dobbiamo fare due chiacchiere» disse senza mezzi termini.

L'espressione di Devon non tradì nulla.

«Abbiamo un problema?» chiese lei.

Ancora nulla.

«Le ho fatto una domanda, Devon».

«No, signora» disse lui, con la cortesia di un bambino costretto a scusarsi. «Nessun problema».

«Allora perché ha agito alle mie spalle?»

«Quando l'avrei fatto, signora?»

Lei sospirò. Conosceva già quella scenetta. Poteva fare lo gnorri fino a un certo punto, prima che lei lo smascherasse.

«L'altro giorno. Ha detto alla squadra che avevo cambiato il piano. Ha dato istruzioni a mio nome. Chi le ha dato il diritto di farlo?»

«La bambola voodoo era una pista più promettente. Ho preso un'iniziativa».

«E cosa ha scoperto dal suo esperto? Qualcosa che ci aiuterà in questa indagine?»

Lui scosse la testa. «No, signora. Non ancora».

«Lei mi ha screditata». La sua voce era d'acciaio. «Non succederà di nuovo».

Lui chinò la testa, senza dire nulla. In quell'istante, in quel gesto lei rivide un lampo di Caleb. Il suo vecchio sergente aveva fatto lo stesso movimento, solo che era sempre stato in circostanze diverse, più amichevoli.

«E quello che è successo prima, sulla scena del crimine? Perché ha aperto la scatola prima che arrivassi?»

«Ho visto la scatola e l'ho aperta. Non ci ho pensato. Credevo di agire nel migliore interesse dell'indagine».

Il che, tradotto grossomodo, significava: credeva di agire nel proprio migliore interesse.

«Sono l'ufficiale responsabile dell'indagine» scandì lei. «Ho completa autonomia su tutto ciò che accade».

«Non abbiamo mai lavorato così prima» rispose lui. «Mi è sempre stato dato più controllo nelle indagini».

Lei si prese un momento, inspirò e si ricompose. «Può darsi che fosse così con il suo precedente ispettore, ma con me deve guadagnarselo, quel privilegio. Non è un diritto».

A quel commento, Devon si mosse a disagio. Lei percepì che

non gli piaceva l'idea di dover lavorare sodo per ottenere ciò che voleva, che era così abituato a ricevere le cose su un piatto d'argento e ad avere il controllo su certi aspetti di un'indagine che qualsiasi altra cosa gli sembrava sbagliata e un attacco personale.

«So che per lei deve essere difficile adattarsi al cambiamento, ma io non sono il nemico» continuò. «Non sono una cattiva persona. Sono venuta qui per aiutarla, per aiutare il commissario capo, per aiutare il resto della squadra».

«È quello che ha detto al suo ultimo sergente?»

Il commento fu come un pugno in gola. Aprì e chiuse la bocca, ma non ne uscì alcun suono.

«Mi scusi?»

«Ho dato un'occhiata al suo ultimo caso prima che venisse qui» cominciò lui. «Quella volta che ha mandato il suo sergente a morire».

La mente di Stephanie si svuotò. Le ginocchia cominciarono a cederle. Cercò la sua collana, ma il suo corpo era così intorpidito che non riuscì a sentirla.

«Non ha alcun diritto di tirare fuori quell'argomento» disse, con la voce incrinata. «Io convivo con quella decisione ogni giorno. Lei non conosce il dolore che ho provato per quello che gli è successo, quindi non parli di cose di cui non sa nulla. Io mi immolerò sempre per la mia squadra. Ogni errore che commettono, lo commetto io. Ogni volta che sbagliano, è per colpa mia. E quello che è successo a Caleb... nessuno porta quel fardello o quel senso di colpa più pesantemente di me. Ora, se non c'è altro, vorrei che lasciasse il mio ufficio, e vorrei che andasse a casa per il resto della giornata. Abbiamo finito».

Lo guardò freddamente mentre lui le voltava le spalle e chiudeva la porta. Appena questa si sigillò, lei emise un lungo e profondo sospiro che le sgonfiò tutto il corpo. Prima che potesse pensare ulteriormente a Devon e al suo atteggiamento belligerante nei suoi confronti, le squillò il cellulare.

Kimberley, sua sorella.

«Stephy-tesoro! Come butta?»

«Sono occupata. Cosa vuoi?»

«Sai che giorno è?»

Aprì la bocca per rispondere, ma poi si fermò quando notò la data sul suo computer. Un nodo le si formò in gola.

«Non posso...» disse.

«Sì che puoi. Devi. Ti prego, Steph. Per me. E non puoi tirarti indietro. So se mi stai mentendo».

CAPITOLO
VENTINOVE

La casa aveva un vago odore di toast bruciato, umidità, muffa e alcol. E tanto, tantissimo alcol. In cucina, dove le avevano offerto una tazza di tè, Fiona notò diverse bottiglie di vodka vuote, esposte sul ripiano come trofei; briciole e superfici macchiate accanto ad avanzi di cibo; piatti e tazze sporchi ammucchiati nel lavello. Era una tipica casa per studenti, senza dubbio. Anni di incuria da parte di adolescenti menefreghisti erano stati esacerbati da un padrone di casa che aveva ancora meno rispetto per l'abitazione dei suoi inquilini.

Il soggiorno era molto peggio. Due solitari divani beige, segnati da centinaia di graffi, macchie e aloni, erano rivolti verso un angolo spoglio della parete. La moquette, scolorita e logora, sembrava non essere stata cambiata da decenni. Nello spazio dove avrebbe dovuto esserci un televisore c'era un unico tavolo da pranzo dell'IKEA, abbastanza grande per due persone. Accanto, una finestra che dava su un lungo e vasto giardino. Erano passate solo poche settimane dall'inizio del contratto d'affitto e il giardino era già incolto. Una distesa aggrovigliata di erba alta, alberi dai rami bassi e un patio coperto di erbacce. In fondo, uno stendibiancheria cadente ondeggiava dolcemente nella brezza.

«Desidera sedersi?» chiese Mya, una ragazza minuta di origini sud-asiatiche. Portava un eyeliner marcato e lo smalto sbeccato. Il maglione oversize le scendeva sulle spalle e i capelli scuri erano raccolti in una coda di cavallo.

«Credo che dovremmo sederci tutte» replicò Fiona, spostandosi verso il posto libero più vicino sul divano. Se ne pentì subito e provò pena per le studentesse che dovevano trascorrere il loro tempo lì.

Pochi istanti dopo, le altre ragazze entrarono una dopo l'altra in soggiorno. Quattro in tutto, ognuna con l'aria di essersi appena svegliata.

«Mi dispiace disturbarvi stamattina» esordì. «So che siete nel pieno della settimana delle matricole, ma c'è una cosa che dovete sapere.»

Nei minuti successivi, spiegò cosa era accaduto a Paulina Potter. Le reazioni delle ragazze furono quelle previste. Le lacrime scorrevano a fiumi, e l'intensità dei loro lamenti quasi incrinò i vetri delle finestre. Fiona consolò ciascuna di loro con un abbraccio e una mano rassicurante sulla schiena, prima che alla fine trovassero conforto l'una nell'altra, stringendosi in gruppo.

Dopo che ebbero superato lo shock iniziale, Fiona si rimise a sedere sul divano e sorrise calorosamente a ognuna di loro. «So che è difficile e che è tanto da assimilare in questo momento; lo capisco e, onestamente, se non dovessi avere questa conversazione con voi, non la avrei. Siete tutte sotto shock, ed è comprensibile. Ma in questo momento, ho alcune domande da farvi, così possiamo trovare la persona che ha fatto questo.»

«È stata la stessa persona che ha ucciso quell'altra ragazza al campus?» chiese una ragazza di nome Georgia. Alta e slanciata, aveva i capelli tinti di un disordinato biondo fragola e indossava un pigiama spaiato. Parlava gesticolando animatamente.

«Al momento, stiamo trattando gli omicidi come casi non correlati» disse Fiona, per non gettare le ragazze nel panico.

«Devono esserlo» continuò Georgia. «Per quale altro motivo due persone dovrebbero morire al campus nella stessa settimana?»

«Come ho detto, per ora non li consideriamo collegati. Ma ciò non significa che le cose non cambieranno con il progredire delle nostre indagini. È per questo che sono qui. Voi ragazze conoscevate Paulina meglio di chiunque altro. Potreste essere in grado di aiutarci.»

A quel suggerimento, le spalle di Georgia si rilassarono.

«Da quanto tempo vi conoscete tutte?» chiese Fiona, tirando fuori il suo taccuino.

«Dal primo anno» rispose Georgia, parlando per tutte le altre. «Ci siamo conosciute tutte nei dormitori.»

«E ora vivete insieme?»

Annuirono.

«Come sta andando?»

«Bene.»

«Chi ha la stanza più grande?»

«Paulina» rispose Mya. «All'ultimo piano. È stata ristrutturata l'altro anno. Ha aiutato a organizzare tutto, quindi gliel'abbiamo data come ringraziamento.»

«Sono sicura che ne ha fatto buon uso.»

«È perfetta per lei» rispose Lilly, una ragazza bionda e bassina con un piercing al naso e occhiali dalla montatura spessa, giocherellando nervosamente con le dita. «Dovrebbe vederla. Ha dipinti e disegni dappertutto.»

«Mi piacerebbe molto» disse Fiona. «Creava sempre?»

«Sempre. A volte anche alle due di notte. Era la sua ragione di vita. Ha anche provato a insegnarci un paio di volte, ma nessuna di noi era brava.»

«Mi risulta che fosse popolare su TikTok.»

Georgia annuì. «Era pazzesco. Certe visualizzazioni che faceva erano folli. Il mese scorso ha ottenuto il suo primo accordo con un marchio.»

Fiona prese un appunto. «Deve essere stata al settimo cielo.»

«Lo era, lo era davvero» continuò Georgia. Era chiaro a tutti nella stanza che voleva essere lei a parlare. «Ci ha messo così tanto impegno e duro lavoro. È stato bellissimo vederla ripagata in quel modo. Io solo... non riesco a credere che l'abbiamo persa.»

Fiona prese un fazzoletto e glielo porse.

«Com'era sembrata negli ultimi giorni? Emozionata di essere tornata?»

Georgia annuì, tamponando delicatamente quel che restava del trucco sotto l'occhio. «Non vedeva l'ora. Non credo... non credo che le piacesse particolarmente stare a casa. Penso che i suoi genitori le stessero addosso perché lasciasse l'arte, per fare qualcosa con cui potesse guadagnare. Immagino che questo li abbia zittiti, quando è arrivato l'accordo con il marchio.»

«Però non era *del tutto* felice...» iniziò Lucy a bassa voce.

Fiona intuì che, tra tutte le ragazze, Paulina fosse più legata a Lucy: la silenziosa e riservata Lucy.

«Perché dice così?»

«Durante l'estate, qualcuno... qualcuno le mandava messaggi su TikTok. Un ragazzo di nome Damien.»

«Bleah, Damien» sbuffò Georgia, accompagnando il commento con un'alzata di occhi al cielo.

«Ci è tornata insieme?» chiese Mya a Lucy. «A me ha detto che tra loro non è successo niente.»

Lucy attese un momento prima di parlare, rivolgendosi a Fiona. «Si sono conosciuti a una serata l'anno scorso, qualche mese prima della pausa estiva. Lui è andato a casa sua un paio di volte, e lei ha fatto lo stesso. Lei non voleva niente di serio. Ma lui sì. E...» Si leccò le labbra, trattenendo le lacrime. «E durante l'estate, mi ha detto che lui le mandava messaggi senza sosta, dicendo che non vedeva l'ora di rivederla, non vedeva l'ora di stringerla. Si stava comportando in modo davvero inquietante.»

«Paulina rispondeva?»

Lucy annuì. «Solo un paio di volte. Giusto per essere educata. Si è resa conto che non poteva ignorarlo e basta, perché sapeva che si sarebbero incontrati prima o poi.»

«Come?»

«Facevano parte dello stesso club di corsa.»

Un altro appunto. Stavolta dovette ripassare più volte la scritta, perché l'inchiostro della penna stava per finire.

«Le dispiacerebbe darmi il suo cognome?»

«Veitch. Damien Veitch» spiegò Lucy. «Non so che aspetto abbia; non l'ho mai visto. Ma sono sicura che in qualche modo può trovarlo tra i corsi dell'università.»

Fiona finì di prendere il suo ultimo appunto. Mentre rimetteva il cappuccio alla penna, studiò ogni ragazza, osservando le loro espressioni distrutte e affrante. Avrebbe voluto abbracciarle tutte, dire loro che sarebbe andato tutto bene, che era solo un sogno. Ma la vita non era così gentile. Eppure, quelle ragazze avevano bisogno di positività, di un ricordo delle cose belle di Paulina. Non dovevano restare lì a rimuginare, a pensare al modo in cui era morta.

Era giunto il momento per lei di fare ciò in cui era brava e di riportare un po' di vita in quella stanza che, metaforicamente, aveva visto due cadaveri.

«Bene» disse con entusiasmo, tutta allegra, mentre balzava in piedi dal divano. «Basta con questi discorsi per oggi. Mostratemi la stanza di Paulina. Mi piacerebbe molto vedere qualcuna delle sue opere dal vivo.»

CAPITOLO
TRENTA

Il momento era finalmente giunto. Il giorno che temeva dal suo ritorno. Il giorno che sua sorella Kimberley le aveva incessantemente ricordato, telefonata dopo telefonata.

«Steph, non dimenticarti che questa settimana è il compleanno di papà.»

«Steph, mi fai sapere se vai a trovare papà? Pensavo che potremmo andarci insieme.»

«Steph, mi hanno appena chiamata dalla casa di riposo, e non vede l'ora di vederci questo fine settimana. Hanno organizzato una festa e ho detto loro che ci saremmo state entrambe.»

Era proprio la sua solita sfortuna che il suo primo giorno coincidesse con la stessa settimana del compleanno di suo padre. Se avesse ancora lavorato nell'Essex, avrebbe avuto una scusa, un motivo per non andare, ottanta miglia di distanza a giustificare la sua assenza per un altro anno ancora.

Ora non era più così. Ora c'erano solo poche miglia a separarla dall'uomo con cui voleva passare meno tempo possibile.

«Ha passato un compleanno fantastico,» cominciò l'infermiere, Wayne Lyons, mentre proseguivano lungo il corridoio verso la stanza di suo padre. «Abbiamo cantato tutti 'Tanti Auguri' nella sala comune. Abbiamo mangiato una fetta deliziosa della torta al limone che Julie gli ha preparato. È bravissima con le torte; le fa per tutti i nostri ospiti. Naturalmente, suo padre è stato quello che ne ha mangiate di più. Credo abbia fatto il bis o il tris.»

«È sempre stato un gran golosone.»

Wayne si muoveva con un passo elastico e un tono di gioiosa sincerità. A un estraneo, sarebbe sembrato entusiasta del suo lavoro, qualcuno che amava ciò che faceva. Ma per Stephanie, la cui impressione di lui e dell'intera casa di riposo era stata offuscata dal rapporto con suo padre, era solo irritante.

Voleva essere il più lontano possibile da lì.

«Come è stato ultimamente?» domandò lei.

«Sa,» rispose Wayne, «ha i suoi giorni buoni e i suoi giorni cattivi, come tutti noi. La persona migliore con cui parlarne è Polly.»

Polly. Riconobbe il nome. Era sicura di averlo sentito o visto in alcune delle email che aveva scorso quando Kimberley aveva organizzato il trasferimento nella casa di riposo. Finiva lì il suo rapporto con quella donna.

Alla fine, si fermarono davanti alla stanza tredici. Sulla porta, su una targhetta di plastica, c'era il nome Colin Broadbent.

Un nome a cui non pensava da molto tempo. Un nome che la faceva stare male.

Guarda cosa hai fatto! È stata tutta colpa tua!

Wayne bussò piano prima di aprire delicatamente la porta. La stanza aveva un vago odore di antisettico e urina, con una sottile nota di qualcosa di più dolce: il deodorante al limone stava combattendo una battaglia persa. Apparve subito un letto singolo addossato a un angolo. Accanto, un robusto comodino di rovere ingombro di oggetti essenziali: una caraffa d'acqua, un portapillole, fazzoletti e una sveglia digitale con cifre enormi. Fotografie in cornici spaiate affollavano il comò. Immagini di Kimberley e suo marito Jason al loro matrimonio; una foto di Stephanie in uniforme da poliziotta che non ricordava di aver scattato; una fotografia della loro mamma, seduta sulla spiaggia, che sorrideva all'obiettivo. Immagini di momenti che ora per Colin esistevano solo in quei ricordi catturati.

L'anta dell'armadio era socchiusa e rivelava abiti accuratamente etichettati che Colin non ricordava più come scegliere in modo appropriato.

Suo padre era seduto su una poltrona consunta, a fissare il televisore che trasmetteva qualcosa di allegro a basso volume. Per fortuna, stava solo perdendo il senno, non l'udito.

La demenza era iniziata qualche anno prima. All'inizio, aveva cominciato a mostrare segni di smemoratezza: faceva sempre le stesse domande, perdeva oggetti di uso quotidiano, ripeteva le stesse storie, chiamava le persone con nomi sbagliati. Poi era arrivata la confusione: non riconosceva più la disposizione della sua stessa casa, si perdeva durante passeggiate che aveva fatto per anni, faticava a seguire conversazioni semplici. La diagnosi era arrivata poco dopo, ma a quel punto, l'uomo che lei e Kimberley avevano conosciuto aveva già cominciato a svanire.

Era nella casa di riposo da sei mesi, e già i suoi capelli, per lo più grigi, si erano diradati drasticamente, e la sua schiena era curva in un modo che lei non ricordava. Aveva anche perso molto peso. La pelle che un tempo era stata tesa ora gli cadeva sulle guance, e i jeans che una volta gli stavano stretti in vita gli poggiavano larghi sui fianchi.

Ma c'era ancora qualcosa nel suo viso, nella sua espressione, nei suoi occhi che non dava segno di scomparire. La malevolenza, la manipolazione, il calcolo. Una storia di malvagità incisa in ogni poro del suo viso, in ogni pelo incolto sul suo mento. Poteva anche star svanendo – lentamente, inesorabilmente – ma l'uomo che un tempo le aveva reso la vita un inferno non era del tutto scomparso. Era ancora lì da qualche parte, sotto lo sguardo vuoto e assente che le rivolse mentre lei entrava. Dopo qualche secondo, il riconoscimento si fece strada nel suo cervello e lui le sorrise lentamente.

Lo stesso lento sorriso ricurvo che arrivava subito prima che dicesse e facesse qualcosa che nessun genitore dovrebbe fare. A quella vista, lei strinse una mano attorno alla collana e l'altra in tasca, pizzicando un pezzo di carne sulla coscia da dentro i pantaloni per placare la nausea.

«Stephy...» disse lentamente, mentre il ghigno lascivo si allargava e diventava più minaccioso.

Stai zitta, stupida stronza! Vedi cosa hai combinato!

«Ciao, papà,» disse lei, evitando il suo sguardo il più a lungo possibile.

«*Beh,*» disse Wayne, esageratamente allegro. «Vedo che avete molto di cui parlare. Vi lascio soli. Se ha bisogno di me, sono giù in ufficio.»

Posò una mano sul braccio di Stephanie prima di andarsene.

Mentre la porta si chiudeva, il suo petto si strinse e il suo respiro si fece superficiale. L'aria veniva risucchiata fuori dalla stanza. Le pareti le si stavano chiudendo addosso. Un senso opprimente di angoscia e perdita di controllo la attaccò da ogni lato.

«Come stai, Stephy?»

Non riuscì a rispondere. Assassini, stupratori, rapitori; li aveva incontrati tutti. Ma nessuno di loro, nessuno in tutta la sua carriera, era stato tanto cattivo quanto l'uomo di fronte a lei.

«Buon compleanno,» fu tutto ciò che le venne in mente di dire, mentre stringeva la collana così forte da tagliarsi la carne.

«È il mio compleanno? Che bello. Grazie di essere venuta. C'è stata una festa?»

Lei fece una smorfia. «A quanto pare.»

«Ti è piaciuta?»

«Non ce l'ho fatta. Lavoravo.»

«Oh, già. Dove lavori adesso?»

«Qui.»

Non aveva niente da dirgli. Niente, nei vent'anni trascorsi dall'ultima volta che lo aveva visto, di cui volesse discutere. Non meritava di sapere quanto bene stessero lei e Kimberley senza di lui nelle loro vite. Quanto bene fossero sopravvissute alla loro infanzia grazie ai suoi sacrifici, alla sua guida e alla rapidità con cui era stata costretta a crescere. Anche se era sicura che sua sorella lo avesse messo al corrente di ogni dettaglio delle loro vite.

«Dov'è Kimberley?» domandò lui, un altro ghigno che affiorava lentamente sul suo volto.

«È già venuta.»

«Oh. Che bello.»

«E la mamma?»

Stephanie serrò la mascella per la frustrazione, mordendosi la guancia. Il dolore si diffuse nella sua bocca, così potente e intenso da distrarla dal livido che si stava rapidamente formando sulla sua coscia.

Non osare parlare di lei. Non osare nominarla davanti a me.

«Addio, papà,» disse, già girata a metà.

Non poteva più sopportare di stare lì. Non poteva sopportare di stare nella sua stessa stanza più del necessario. Le venne la pelle d'oca mentre il suo corpo rabbrividiva per il disagio e una cacofonia di emozioni si gonfiava dentro di lei. Furia. Dolore. Senso di colpa.

Immagini del suo ghigno lascivo le macchiavano la vista mentre fuggiva lungo il corridoio. Doveva scacciarle. Doveva farlo uscire dalla sua testa e dalla sua vita.

Doveva vomitare.

CAPITOLO
TRENTUNO

Stephanie si bloccò di colpo vicino all'uscita. La porta era dotata di allarme e per aprirla era necessario l'intervento di un membro del personale. Provò più volte ad aprirla da sola, ma fu inutile.

«Qualcuno ha fretta» disse una donna che zoppicava mentre si avvicinava. «L'hanno già spaventata e fatta scappare?»

«Devo tornare al lavoro» rispose Stephanie.

La donna digitò un PIN su una tastiera e le tenne aperta la porta. Proprio mentre Stephanie stava per uscire dall'edificio, la donna la richiamò e le disse di firmare il registro delle uscite.

«Giusto in caso d'incendio» spiegò lei. «Direi che non sono io a fare le regole, ma purtroppo in questo caso non è vero.»

Mentre Stephanie scarabocchiava l'ora di uscita sul foglio – esattamente sei minuti dopo il suo arrivo – la donna si sporse e scrutò la pagina.

«Lei è la sorella di Kimberley?»

«Sì.»

La donna si pulì la mano sui pantaloni. «Sono Polly. Piacere di dare finalmente un volto al nome.»

«Altrettanto» rispose Stephanie, stringendole la mano con esitazione. Voleva andarsene di lì il più in fretta possibile.

«Ho sempre avuto a che fare solo con sua sorella» spiegò Polly.

«È sempre stata brava con questo genere di cose.»

«Ho saputo che era via?»

Steph annuì. «Sembra che se la sia cavata bene anche senza il mio aiuto.»

«Kimberley ha detto che ora si è trasferita a Guildford?»

Stephanie lo confermò con un altro cenno del capo.

«Significa che la vedremo più spesso? Chiede sempre di lei.»

«Intende Kimberley?»

«No. *Lei*.» Polly la indicò, come se la stesse incolpando. «Menziona sempre il suo nome, chiede quando andrà a trovarlo. Penso che le manchi davvero.»

Steph si sforzò di sorridere.

«Gli farebbe molto piacere se passasse più spesso.»

A che gioco stava giocando quella donna? Stava cercando di farla sentire in colpa per farle vedere più di frequente l'uomo che le aveva rovinato la vita? Per fargli dedicare il suo tempo prezioso mentre il suo stava per finire?

Se solo sapesse...

«Devo tornare al lavoro» disse Stephanie seccamente, chiarendo che non c'era spazio per ulteriori discussioni.

«Certo.» Polly le tese di nuovo la mano. «Beh, è stato un piacere conoscerla.»

Mentre Stephanie la stringeva con riluttanza per la seconda volta, riaffiorò l'immagine di suo padre. Stavolta era seminudo, puzzava di alcol, saliva le scale barcollando, entrava nella camera dei suoi genitori e le sbatteva la porta in faccia prima che iniziassero i rumori e le urla.

E che si formassero i lividi.

Stai zitta, stupida fottuta stronza!

Chiudendosi alle spalle la pesante porta, Stephanie inspirò a fondo. Grandi boccate d'aria le inondarono i polmoni, allentando la pressione nel suo corpo. Poteva respirare di nuovo. Poteva volare. Era libera. Libera dalle catene di suo padre.

Proprio mentre stava per salire in macchina, le squillò il cellulare. Sperò che fosse un membro del team che chiamava per aggiornarla su alcuni dei compiti che aveva assegnato, e non la casa di cura che la chiamava per dirle che aveva dimenticato qualcosa.

Invece, era sua sorella.

«Stephmeister» strillò Kimberley al telefono. «Sei già andata a trovare papà?»

«Sto andando via ora.»

«Com'era?»

«Bene.»

«Si è ricordato di te?»

«Sì.»

«Te l'avevo detto che chiede sempre di te.»

«Pensavo lo dicessi solo per farmi andare.»

«Certo che no. Gli manchi.»

«Se lo dici tu.»

«Non fare così, Steph. È tutto ciò che ci resta. E non sappiamo per quanto tempo ancora resterà con noi.»

Steph grugnì.

«Penso davvero che dovresti fare uno sforzo in più, ora che sei qui.»

Un altro grugnito, seguito da una risposta svogliata.

«Comunque» continuò Kimberley, «basta parlare di lui. Che fai questo fine settimana?»

«Pensavo di tirare fuori la mountain bike e andare a fare un giro.»

«Adesso non più» disse Kimberley. «Verrai a cena da me e Jason.»

CAPITOLO
TRENTADUE

Fin da quando era piccola, aveva sempre faticato a staccare la spina. La paura onnipresente che suo padre le aveva instillato durante l'infanzia la perseguitò per il resto della sua vita. Gli schianti che echeggiavano dal soggiorno al piano di sotto. Le urla che provenivano dalla camera da letto. La porta che cigolava aprendosi nel cuore della notte...

Nel corso degli anni, aveva trovato diverse attività che l'aiutavano a dimenticare e a elaborare il suo trauma: dipingere, correre, arrampicarsi su roccia e il jiu-jitsu.

Una delle aggiunte più recenti era stata la mountain bike. Amava il brivido della salita e la rapida discesa su terreni bagnati e sconnessi. Assaporava la fatica e la tortura che infliggeva al suo corpo. Adorava la scarica di adrenalina mentre sfrecciava giù per una ripida collina a cinquanta chilometri all'ora, affidandosi unicamente al suo intuito e ai suoi tempi di reazione; un errore di valutazione e si sarebbe schiantata a testa in giù contro una roccia frastagliata o un albero.

C'erano solo lei, la mountain bike e il sentiero. Come con l'arrampicata su roccia, aveva il controllo. Se qualcosa andava storto, era colpa sua. Se cadeva, era colpa sua.

Se fosse inciampata e si fosse rotta la clavicola, avrebbe potuto incolpare solo se stessa.

Gli ultimi giorni erano trascorsi senza incidenti. Vale a dire, nessun altro era morto. In quel periodo, la squadra aveva lavorato senza sosta per scoprire quante più prove possibili su chi avesse ucciso Claudia Bellini e Paulina Potter. Avevano setacciato i canali social di entrambe le vittime in cerca di collegamenti, ma non avevano trovato nulla. Avevano scandagliato il diario di Claudia Bellini, ma non ne era venuto fuori niente. Gli unici collegamenti che avevano stabilito erano che entrambe le ragazze facevano parte dello stesso club di corsa e frequentavano lo stesso corso, con gli stessi docenti e studenti.

Ciò che mancava loro erano delle prove concrete e tangibili. Su entrambe le scene del crimine ce n'era stata una carenza. O, da un altro punto di vista, c'erano state così tante prove, con così tante persone diverse che entravano e uscivano dalla stanza di Claudia e dall'aula d'arte 3BA, che la squadra della scientifica non era stata in grado di discernere nulla di concreto, a eccezione di un'impronta digitale trovata sul microonde nella camera da letto di Claudia Bellini.

La prova chiave, tuttavia, risiedeva nei filmati delle telecamere a circuito chiuso trovati all'Ivy Arts Centre. Olivia aveva scoperto il presunto assassino entrare nel centro all'ora della morte di Paulina. Una figura si era introdotta furtivamente nell'edificio, completamente vestita e incappucciata, con i tratti del viso nascosti, e si era diretta verso l'aula d'arte 3BA. Poco dopo, se n'era andata.

Si riteneva che il sospettato fosse lo studente di cui le amiche di Paulina avevano parlato a Fiona: Damien Veitch. Aveva la stessa altezza, la stessa corporatura e, dalle foto che avevano visto sui suoi profili social, indossava una felpa con cappuccio identica. Da allora erano stati fatti diversi tentativi per rintracciare il giovane e, dividendosi il compito, Fiona, Giles e Devon erano andati a casa sua e avevano assistito ad alcune delle sue lezioni nella speranza di trovarlo lì. Ma niente. L'uomo era svanito, completamente scomparso.

Stephanie era sicura che prima o poi sarebbe saltato fuori. Ma in quel momento, tutto ciò a cui riusciva a pensare era il miglior percorso di fronte a sé. La discesa graduale e più scorrevole? O quella più ripida e accidentata?

Alla fine, scelse la seconda.

Sopra di lei, le nuvole incombevano pesanti e basse, gettando su St Martha's Hill un grigiore plumbeo. Le sue guance si arrossavano a ogni respiro mentre stava in cima al pendio, un piede sul pedale, l'altro piantato a terra, il cuore che martellava.

Si diede la spinta.

I copertoni sputarono terra e ciottoli dietro di lei mentre la gravità prendeva il controllo. Si chinò in avanti, le dita che sfioravano i freni. Stridettero come maiali, squarciando il silenzio del bosco. Gli alberi si confusero in macchie verde scuro ai suoi lati. Il cuore le balzò in petto. Le gambe si fletterono. Il suo respiro era superficiale, rapido e affannoso.

Per i primi venti metri, ebbe il controllo, manovrando le ruote lungo il sentiero, sopra le radici e gli avvallamenti del terreno con cura e precisione. Ma pochi metri dopo, qualcosa cambiò. Le parve di vedere una figura tra gli alberi. Un uomo che assomigliava a suo padre, che la osservava. Tra le mani, teneva qualcosa che luccicava.

La collana della mamma.

Dietro di lui c'erano due ragazze: Claudia Bellini e Paulina Potter. I loro volti erano pallidi, colmi delle suppliche che avevano rivolto alle mani del loro assassino.

Ti prego, lasciami andare.

Non farlo!

Ora venivano verso di lei.

Vendicaci, Stephanie.

L'apparizione la distrasse per un attimo di troppo, e mancò la radice che sporgeva attraverso il sentiero come un dito ammonitore. Il suo copertone anteriore la colpì con violenza, facendo sterzare il manubrio di lato. Per un istante, rimase sospesa in aria, senza peso. Poi il mondo si capovolse.

Fu proiettata in aria, e il suo corpo colpì il terreno con un tonfo sordo. Prima la spalla, poi le costole, poi l'anca, espellendo l'aria dai polmoni.

La bici le cadde accanto con un rumore metallico, le ruote che giravano dolcemente. Non si mosse. Non riusciva. Un dolore lancinante le trapassò il fianco. La vista le si annebbiò di lacrime. Non sapeva se per l'impatto o per la pura frustrazione. Sopra di lei, attraverso la volta degli alberi, c'era uno squarcio tra le nuvole, e un sottile raggio di sole batteva sullo spiazzo in cui aveva visto le figure. Quando tese il collo per cercarle, fu sollevata nel trovarle sparite.

CAPITOLO
TRENTATRÉ

Il dolore alla spalla e al fianco non si era placato nemmeno verso sera. Si stava ancora massaggiando il fianco con il pollice quando la porta d'ingresso si spalancò e sua sorella la salutò. Quella sera, Kimberley indossava un'elegante gonna nera con un cardigan a righe bianche e nere. Aveva i capelli in piega e si era applicata un sottile strato di trucco su un viso che, pensò Stephanie, non ne aveva mai avuto bisogno. Sua sorella era bella in tutti i sensi.

Stephanie, al contrario, si era sempre considerata il brutto anatroccolo della coppia. Era Kimberley a ricevere sempre le attenzioni dei ragazzi a scuola. Era Kimberley ad avere i fidanzati tra i venti e i trent'anni. Nel frattempo, Stephanie era impegnata a preoccuparsi per lei, ad assicurarsi che fosse al sicuro e che usasse la testa. Non aveva avuto il tempo, né la voglia, di trovare l'amore. E non pensava nemmeno di meritarlo del tutto. Forse era per quello che la maggior parte dei corteggiatori si teneva a distanza non appena vedeva il suo atteggiamento e la sua espressione.

L'amore, tra le altre cose, non era mai stato in cima alla sua lista di cose da ottenere. Aveva già visto "l'amore" in passato e, a giudicare da quello che aveva vissuto, l'aveva disgustata per tutta la vita. Poiché la versione dell'amore dei suoi genitori era l'unico esempio che avesse, non voleva averci niente a che fare. Naturalmente, questo la rendeva cauta e diffidente nei confronti di chiunque cercasse di intromettersi e di corteggiare la sua sorellina.

«Sei qui!» disse Kimberley, con la voce che echeggiava su e giù per la pittoresca via residenziale, dove le case costavano poco meno di un milione di sterline e le auto in ogni vialetto sembravano uscite da un film di James Bond.

«Posso andarmene, se preferisci.»

«Non fare la scema» disse Kimberley, trascinando Stephanie dentro per un braccio.

Si tolse le scarpe all'ingresso e ispezionò l'atrio. La casa di Kimberley e Jason era tutto ciò che la sua non era: accogliente, ben arredata, moderna; il tipo di posto in cui ti trasferiresti in un batter d'occhio. Era chiaro che avevano speso molto tempo, denaro e fatica per renderla così. Anzi, *Kimberley* aveva speso molto tempo, denaro e fatica. Stephanie vedeva l'impronta della personalità di sua sorella impressa in ogni fibra dell'edificio, cosa che si accentuava man mano che si spostavano in cucina: il frigorifero Smeg di cui aveva sempre parlato; l'Aga che sognava di avere da quando l'aveva vista su un catalogo nella casa famiglia; la boiserie verde su uno sfondo blu scuro che si adattava alla sua personalità. Era la casa di Jason – *ufficialmente*, almeno – ma lei l'aveva trasformata in un focolare.

Sul bancone, una serie di pentole e padelle bollivano e la luce del forno sottostante era accesa. L'odore di cibo riempiva la stanza.

«Vino?»

Stephanie scosse la testa. «Devo guidare.»

«Sciocchezze» insistette Kim. «È il fine settimana. Sei fuori servizio. E te ne faccio bere un bicchiere, che ti piaccia o no.»

Mentre Stephanie allungava la mano per prendere il bicchiere, trasalì per il dolore.

«Ti sei fatta male?» chiese Kim, posandole una mano preoccupata sul braccio.

«È stato solo un incidente in bici.»

«Sei andata in bici da sola? Di nuovo?»

Stephanie si scrollò di dosso la mano della sorella. «Vado sempre da sola.»

Kimberley la ignorò e corse al congelatore, dove trovò una borsa del ghiaccio. Nonostante le proteste di Stephanie, Kimberley la avvolse in uno strofinaccio da cucina e gliela premette sulla spalla.

«Non c'è bisogno che tu lo faccia» replicò Stephanie. «Sono capace di badare a me stessa.»

«È il mio turno di ricambiare il favore. Dopo tutti gli anni che hai passato a prenderti cura di me.»

Stephanie ridacchiò. Se solo sapesse la metà della storia. Tenendo l'impacco con una mano e il bicchiere con l'altra, Stephanie chiese: «Dov'è Jason?»

«Di sopra. Sta finendo una cosa di lavoro. Scenderà tra un minuto.»

Stephanie bevve un sorso e studiò la sorella mentre si dava da fare in cucina. «È così che ti vesti per andare al lavoro?»

«Questo? Cosa c'è che non va?»

«Chiedevo solo.»

Kim fece una pausa e diede un'occhiata all'abbigliamento di Stephanie. «È così che *tu* ti vesti per andare al lavoro?»

«È tutto quello che possiedo, quindi sì. Tecnicamente, lo indosso ovunque.»

«Tu e io dobbiamo andare a fare shopping.»

«No, non dobbiamo.»

Stephanie odiava fare shopping. Lo detestava. Non le veniva in mente niente che le piacesse fare di meno. Lo odiava a tal punto che spesso pensava che avrebbe preferito passare la notte all'obitorio.

«Ti farà bene» continuò Kimberley, ma Stephanie non la stava ascoltando. «Come va con il disfare le valigie?»

Stephanie bevve un altro sorso. «È ancora tutto lì. Non scappa.»

«Devo venire io a farlo al posto tuo?»

«Mi sembra che tu abbia già abbastanza a cui pensare.»

Quel commento bloccò Kim di colpo. Si immobilizzò mentre stava trasportando una pentola di acqua bollente verso il lavandino. «Cosa vuoi dire?»

«Sembri stanca» disse Stephanie, sinceramente. Il tono scherzoso della loro precedente conversazione era svanito. Ora stava usando la sua voce da sorella maggiore. «Come se qualcosa ti tenesse sveglia.»

Kimberley scosse la testa. «È solo che il lavoro è stato molto intenso.»

Stephanie non le credette. Conosceva sua sorella abbastanza bene da capire quando mentiva. Ma prima che potesse indagare oltre, il rumore pesante di passi che scendevano di corsa le scale la disturbò. Un istante dopo, un uomo alto, bruno e affascinante, che indossava una camicia elegante e attillata e dei chino, apparve sulla soglia. Jason era entrato nella vita di Kim quasi dieci anni prima ed erano sposati da sette. Stephanie ricordava la prima volta che l'aveva conosciuto, in una caffetteria nel centro di Colchester, nell'Essex, quando Stephanie aveva ceduto la sua camera da letto e dormito sul divano per un lungo weekend. Stephanie ebbe la stessa impressione di allora: era educato, affascinante e sapeva dire tutte le cose giuste. Aveva i suoi sospetti – era parte integrante del prendersi cura di sua sorella per tutto quel tempo – ma sembrava che rendesse sua sorella felice. E finché sua sorella era felice, lo era anche lei.

«Stephanie» disse lui, abbracciandola. «Che piacere vederla.»

Lei trasalì mentre si scostava. «Altrettanto.»

«Mi scusi, non volevo farle male.»

«Si è fatta male *da sola*» intervenne Kim. «È tutta colpa sua. Non si dispiaccia per lei.»

Un'espressione incuriosita apparve sul volto di Jason. «Cosa ha fatto?»

«Sono caduta facendo mountain bike.»

«E l'altro giorno è andata a fare arrampicata da sola» aggiunse Kimberley. «Da sola, e *senza* imbracature o supporto.»

«Una vera drogata di adrenalina» rispose Jason, poi le posò una mano sull'altra spalla. «Beh, la trovo in forma. Era tanto che dovevamo vederci, e mi dispiace di aver fatto tardi. Avevo solo un paio di cose da finire.»

«Di fine settimana?»

«Lei sa com'è. L'eccitante vita del trading non si ferma mai.»

«Sei fortunata che sia qui» notò Kimberley. «Doveva essere in Giappone per lavoro, ma il viaggio è stato accorciato.»

Stephanie colse una punta di accusa nel tono di sua sorella, un'accusa che era rimasta inespressa per qualche tempo.

«Sono contenta che sia potuto essere qui» disse Stephanie, desiderosa di allentare la tensione crescente nella stanza. Sapeva come iniziavano queste cose – le aveva viste in prima persona – e sapeva anche come finivano... Portò la mano alla collana di sua madre e sentì che iniziava a calmarsi.

«Sembra un po' stretta» notò Kimberley. «Non hai pensato di farci aggiungere qualche anello?»

Stephanie scosse la testa.

«Io penso che le stia bene» aggiunse Jason, prendendo le sue difese.

«Ce l'ha da che io ricordi e ancora non vuole dirmi dove l'ha presa.»

«Te l'ho detto, è stato un regalo della mamma.»

«Sono ancora seccata di non averne mai ricevuta una.»

Prima che Stephanie potesse rispondere, l'acqua bollente sul fornello traboccò, sprigionando nuvole di vapore nell'aria. Kimberley andò nel panico e pulì rapidamente. Sia Jason che Stephanie offrirono il loro aiuto, ma lei li cacciò fuori dalla cucina e li mandò in sala da pranzo. I due obbedirono in silenzio, imbarazzati.

Stephanie non era mai stata brava nelle chiacchiere di circostanza; le conversazioni forzate con persone che non conosceva molto bene. E Jason non faceva eccezione.

«Come va il lavoro?» chiese lui. «Come si sta ambientando nel nuovo ambiente e a vivere di nuovo a Guildford? Immagino sia come se non se ne fosse mai andata.»

Ma non era così. Per certi versi, tutto sembrava uguale a vent'anni prima. Per altri, ogni parte della città, della zona e delle persone era cambiata. Non riconosceva più nulla, e più tempo ci passava, più si sentiva un'estranea.

«È ancora presto» rispose lei. «Ma la mia nuova squadra mi tiene impegnata.»

«E quel caso di cui ho sentito al telegiornale» disse lui. «Quello degli studenti. Ha già il suo bel da fare.»

Troppo impegnato per dare una mano in casa e passare del tempo con tua moglie, ma con un sacco di tempo per leggere le notizie locali, pensò lei.

«Niente di meglio che essere gettati nella mischia» rispose lei.

«Tuttavia, immagino che la tenga sveglia la notte.»

Quello, e la paura. E la paranoia. E il senso di colpa. E il rimpianto.

«I progressi sono lenti, ma sono fiduciosa che ce la faremo.»

Proprio mentre Jason stava per rispondere, la porta della cucina si aprì e Kimberley irruppe, portando diversi piatti di cibo caldo e fumante. Jason e Stephanie si fecero da parte mentre lei posava i piatti sul tavolo. Le offrirono di nuovo il loro aiuto, ma ancora una volta lei rifiutò e ordinò loro di sedersi. Pochi minuti dopo, uno splendido arrosto della domenica, completo di pollo, patate, verdure, cavolfiore al formaggio e salsa, era davanti a loro, con fili di vapore che salivano dolcemente nell'aria.

Kimberley picchiettò il cucchiaio sul bicchiere, richiamando la loro attenzione. «Volevo solo dire, Steph, grazie per essere venuta stasera. Era ora, ma è fantastico riaverti qui. Non sai quanto sono felice, e quanto è felice anche papà, di riavere la mia sorellona.» Sollevò il bicchiere. «Alla famiglia» aggiunse.

«Alla famiglia» rispose Stephanie, cacciando l'immagine di suo padre in un angolo della mente.

CAPITOLO
TRENTAQUATTRO

Quella che era iniziata come una serata piacevole e deliziosa era stata rapidamente mandata a monte dalle discussioni su loro padre. Su quanto fosse fantastica la casa di cura, su quanto sostegno e amore stesse ricevendo lì, su come Stephanie dovesse andarlo a trovare più spesso e su come dovesse riallacciare i rapporti con lui e ricordargli chi era prima che la sua memoria svanisse del tutto.

Per tutto il tempo, Stephanie aveva annuito educatamente e recitato la parte della sorella amabile, soprattutto per il bene di Jason, ma anche perché non aveva voluto prolungare quella conversazione già di per sé dolorosa.

Di conseguenza, lasciò la casa della sorella sentendosi più stressata di quando era arrivata. Per calmarsi, indossò la tenuta da corsa e uscì per una corsetta notturna.

Mentre entrava nel campus universitario, il retrogusto e la sensazione di bruciore del vomito le impastavano la bocca. Pozze di luce si riversavano da alti lampioni, allungando le ombre sul sentiero vuoto. I profili degli edifici accademici incombevano contro il cielo notturno, con le finestre che brillavano come occhi cavi. In alto, le nuvole gravavano basse e pesanti, intrappolando il bagliore delle luci al sodio che tingevano il mondo di un'ambra smorzata. Gli spazi verdi e i viali di cemento che di solito brulicavano di studenti erano ora deserti, le panchine vuote, l'aria immobile. Il luogo era stranamente silenzioso, in netto contrasto con il solito fermento diurno. Il respiro di Stephanie usciva a sbuffi brevi e controllati mentre metteva un piede davanti all'altro. Mentre saliva un ripido pendio per raggiungere la sede dell'associazione studentesca, i suoni di conversazioni e risate filtravano dalle finestre aperte degli alloggi: studenti che socializzavano, si preparavano per una serata fuori, giocavano ai videogiochi, vivevano la vita in libertà, senza confini.

In cima alla salita, arrivò all'anfiteatro. I lampi del suo discorso dell'altro giorno le apparvero nella mente, ma scomparvero rapidamente non appena notò una giovane donna scendere con disinvoltura i gradini, un paio di auricolari nelle orecchie.

Stephanie si fermò in fondo ai gradini e le fece un cenno per fermarla. La giovane donna si arrestò con un movimento controllato e la studiò attentamente prima di togliersi un auricolare.

«Sì?» sbottò lei.

«Cosa sta facendo? È mezzanotte e se ne va in giro da sola.»

«Scusi, lei chi è?» Aveva un marcato accento dell'East London.

«Non ha visto al telegiornale delle due ragazze morte nel campus? Deve stare attenta. Non dovrebbe andare in giro a quest'ora di notte, da sola e con le cuffie. Deve essere prudente. Potrebbe succederle di tutto.»

La ragazza si sistemò la tracolla della borsa sulla spalla. «Potrei dire lo stesso di lei. È fuori da sola nel bel mezzo della notte.»

Stephanie sollevò leggermente il mento. «È diverso. Sono un agente di polizia. So difendermi.»

«Un agente di polizia? Sta lavorando al caso?»

Lei annuì.

«Cosa... cosa ci fa qui?»

«Correre mi aiuta a pensare, a elaborare.»

«Vuole qualcos'altro a cui pensare?» chiese la studentessa.

«Dica pure...»

«Non è che ne ho sentito parlare molto,» cominciò lei. «Ho cercato di tenere un basso profilo, capisce? Ma quello che ho sentito, è che un sacco di gente dice che potrebbe essere stato uno dei professori, sa.»

Stephanie ricordò ciò che aveva detto proprio in quel punto. Che le voci erano la morte della verità.

«Grazie,» disse, per cortesia verso l'adolescente. «Lo terrò a mente. Dove sta andando?»

«A casa,» rispose la ragazza.

«Dove si trova?»

«Kernel Court.» Indicò un punto alle spalle di Stephanie. «I nuovi alloggi aperti un paio di anni fa, dopo che l'università ha continuato ad avere un eccesso di iscrizioni.»

«Vuole che l'accompagni?»

La giovane ci pensò un momento, poi scosse educatamente la testa.

«Me la caverò,» rispose mentre si toglieva le cuffie dalle orecchie e le riponeva in tasca.

A malincuore, Stephanie lasciò andare la ragazza. Non voleva intimidirla o forzarla. Si avviò invece nella direzione opposta e tornò indietro facendo un giro, calcolando i tempi in modo da poter vedere la ragazza proprio mentre stava uscendo dal campus e si dirigeva verso il ponte che portava al suo alloggio.

Come una protettrice vigile, tenne d'occhio la ragazza finché non fu al sicuro.

L'unico problema era che quella era solo una studentessa, e ce n'erano altre migliaia come lei, e non c'era abbastanza di Stephanie per tutte loro.

CAPITOLO
TRENTACINQUE

Stephanie era contenta di essersi svegliata senza aver ricevuto telefonate dalla Centrale la mattina seguente. Anche se aveva visto la ragazza entrare nel suo palazzo e chiudersi decisa la porta alle spalle, una parte di lei temeva ancora che avesse subìto la stessa sorte di Claudia Bellini. Che qualcuno l'avesse seguita dentro, si fosse intrufolato nella sua camera da letto e le avesse teso un'imboscata.

Quella sensazione di insicurezza e paranoia peggiorò quando entrò nell'ufficio del DCI McGowan. Dietro di lui, le tapparelle erano abbassate a metà e lasciavano entrare la luce fioca e velata del mattino. Lui alzò lo sguardo verso di lei, facendole un cenno con la testa che era al tempo stesso un saluto e un invito. Mentre tirava indietro la sedia, Stephanie cercò di decifrare la sua espressione, ma lui non lasciò trasparire nulla. Indossava l'uniforme della polizia ed era impeccabile, come al solito, ma quella mattina Stephanie notò che portava un orologio con un sottile cinturino di pelle, uno che non gli aveva mai visto prima.

«Si è fatto un regalo nel weekend?» domandò lei, accennando al suo polso.

«Questa vecchia cosa? Ce l'ho da quando ero bambino. Hanno smesso di produrli, e anche i pezzi di ricambio, circa dieci anni fa. Ora ho paura di indossarlo, nel caso lo danneggiassi.»

Stephanie abbozzò un sorriso. «Nel caso lo sbattesse contro la tastiera o ci finisse sopra un po' di inchiostro, vuole dire?»

Un leggero sorriso attraversò le labbra di lui. Il momento di leggerezza fu di breve durata.

«Confido che si sia goduta il giorno libero durante il weekend» disse lui. «Un'occasione per riposare, ricaricarsi e così via. Ma ora dobbiamo ingranare la marcia. Ho passato tutta la giornata di ieri a gestire telefonate dalla polizia delle West Midlands e del Northumberland. Visto che le vittime provengono da quelle zone, chiunque sia mai entrato in contatto con loro ha iniziato a telefonare alle stazioni locali, facendo domande e buttando lì dei nomi. Entrambi i capi della polizia stanno offrendo supporto, che per ora ho rifiutato, ma se le cose continueranno a degenerare a questo ritmo, non avrò altra scelta che coinvolgere altri.»

Stephanie non disse nulla. Si limitò a sostenere il suo sguardo.

«C'è stata anche moltissima copertura mediatica negli ultimi due giorni» continuò lui. «Ne hanno parlato la *BBC*, il *Daily Mail* e tutti gli altri. Non vorrei sembrare un disco rotto... è la metafora giusta? Non importa, quello che sto dicendo è che ho acconsentito al suo ingresso nella squadra basandomi sul suo pedigree. Mi era stato detto che avrebbe ottenuto risultati. E finora tutto ciò che vedo sono due cadaveri, un gran polverone e pochissimi progressi.»

Lo so! Avrebbe voluto urlargli in faccia. *Lo so, cavolo! So quanto sembra grave. So che mi fa fare una brutta figura. Ci sto provando! Mi dia solo più tempo!*

«Sì, capisco perfettamente, signore» disse a bassa voce. «Parlerò subito con la squadra e ribadirò l'urgenza della situazione.»

«Grazie» disse lui mentre lei si alzava dalla sedia. «Come ho detto, non vorrei, ma se le cose continuano...»

«Capisco.»

Mentre Steph posava la mano sulla porta, lui aggiunse: «Deve rendersi conto che non abbiamo mai avuto niente del genere. E più il tempo passa, più penso che Lei possa avere ragione, che potremmo avere per le mani qualcosa di *grosso*. Spero solo che riusciremo a gestirlo prima che si arrivi a quel punto. Dentro, sto andando nel panico.»

Lei abbozzò un sorriso. «Non si preoccupi, signore. Lo sta

nascondendo molto meglio della maggior parte delle persone con cui ho lavorato in passato.»

CAPITOLO
TRENTASEI

Qualche minuto dopo, la squadra si riunì nella sala riunioni. A guardarla c'era un miscuglio di facce assonnate, stanche, afflitte dalla tristezza del lunedì mattina, di gente che non voleva essere lì o che non aveva dormito abbastanza durante il fine settimana, accanto ai volti energici e vibranti di coloro che, invece, avevano dormito o erano così carichi di caffeina che i loro corpi non se ne rendevano conto. Fiona ed Eve appartenevano a quest'ultima categoria. Sembravano entrambe piene di vita e desiderose di essere lì. Ansiose. Quell'emozione era evidente sui loro volti non appena videro Stephanie avvicinarsi. La cinica che era in lei pensò che stessero esagerando, cercando di accattivarsi la sua simpatia e di infonderle fiducia, come se fosse una collega nervosa che doveva tenere una presentazione importante. L'altra parte di sé credeva che facesse semplicemente parte della loro personalità. Tutti gli altri, invece, sembravano avere la stessa espressione che avrebbero avuto se avesse appena detto loro di correre per un miglio e mezzo sotto trenta gradi. Tutti tranne Devon, che borbottava a bassa voce con Noah in fondo al semicerchio, con lo strascico della loro discussione che ancora continuava.

«Devon» lo chiamò. «È con noi?»

«Cosa? Oh, sì. Scusi, capo.» Si mosse sulla sedia per guardarla in faccia. «Prosegua pure.»

«Grazie» disse lei, aggiungendo una dose extra di sarcasmo

affinché il resto della squadra lo cogliesse. Girandosi verso la lavagna del caso, continuò: «Siamo a poco meno di una settimana dall'inizio dell'Operazione Lucifero e vorrei sapere a che punto siamo, in modo da poter ridefinire al meglio le nostre priorità per la settimana a venire.»

Stephanie afferrò la sua tazza di caffè da una scrivania vicina e ne bevve un sorso. «Devon, visto che è così loquace stamattina, sentiamo cosa ha da dirci.»

«Beh…» cominciò lui, appoggiandosi allo schienale della sedia, con le mani intrecciate dietro la testa. «Ho analizzato le bambole, perché credo che sia lì che dovremmo concentrarci. Le due bambole lasciate sulle scene del crimine sono sotto esame. I risultati sono attesi tra un paio di settimane.»

«Un paio di settimane? Perché così tanto?»

«Perché c'è un arretrato, come sempre.»

Lei si lasciò sfuggire un sospiro. «Lo terremo in secondo piano, se ci vorrà così tanto. Cosa stanno esaminando?»

«Per vedere di cosa sono fatte e se ci sono tracce di prove su di esse.»

«Perché?»

«Perché potrebbero condurci all'assassino…?» disse, come se fosse ovvio.

«Che importanza ha di cosa sono fatte?»

Lui si sporse leggermente in avanti. Non apprezzava il suo tono, né il modo in cui gli si rivolgeva. Lo percepiva come un attacco.

«Per come la vedo io, qualcuno le ha comprate o le ha fatte a mano. Se le ha comprate da qualche parte, allora siamo fortunati; non c'è nessun posto a Guildford dove si possa comprare quel genere di cose, quindi tutto quello che dobbiamo fare è trovare un negozio che le vende e vedere se di recente hanno spedito qualche ordine nel Surrey. E *quanti*.»

A Stephanie non piacque quell'ultima frase. Quanti? Quante altre vittime ci sarebbero state prima che la furia dell'assassino si fermasse? Quante altre vittime prima che alla fine lo catturassero?

Le si drizzarono i peli sulle braccia.

«Se questo non funziona» continuò lui, «e si scopre che sono fatte a mano, allora potremmo trovare un negozio di artigianato locale che vende i materiali di cui sono composte.»

«Mi faccia capire bene. Vuole perlustrare il vasto oceano di Internet nella speranza di trovare un posto che venda bambole vudù? O vuole cercare in tutto il Paese una merceria che ha venduto i componenti a qualcuno? Mi sembra un'impresa ardua.»

«Il Paese? Perché il Paese?»

«Perché questa è un'università. Studenti da tutto il Paese, e dal mondo intero, sono venuti a studiare qui. Se il nostro assassino è uno studente, potrebbe venire da qualsiasi parte. Pensavo se ne fosse reso conto.»

Devon non seppe cosa rispondere. Stephanie soffocò un sorrisetto compiaciuto mentre si rivolgeva a Giles ed Eve. «A che punto siamo con gli amici, i coinquilini e i compagni di corso delle vittime?»

I detective si scambiarono un'occhiata, decidendo chi dovesse parlare per primo. Giles cedette la parola a Eve.

«Abbiamo condotto interrogatori ai testimoni e colloqui per delineare il profilo con i coinquilini di Claudia e Paulina. Abbiamo iniziato a parlare con *alcuni* dei loro compagni di corso; tuttavia, questo è sulla nostra lista di cose da fare per questa settimana» spiegò lei. «C'è un sacco di gente da sentire, ma credo che possiamo farcela, non trovi, Giles?»

«Assolutamente» disse lui, con un tono che smentiva la sua scelta di parole.

«Mi è stato fatto notare che circola una voce secondo cui potremmo avere a che fare con uno dei docenti» disse Stephanie. «So di aver detto che non volevo concentrarmi sulle voci, ma è una cosa a cui ho pensato e ha senso. Sono persone fidate; hanno accesso a tutti i luoghi del campus, forse anche più degli studenti, e potrebbero credere di poter passare inosservati. Quindi, voglio che vi concentriate su di loro. Fate una lista di tutti i docenti con cui entrambe le ragazze hanno mai avuto lezioni e interrogateli. Di nuovo, se necessario. Suggerirei di dividervi il lavoro per sbrigarvi, ma scoprite dove si trovavano entrambe le sere e qual è il loro legame con le ragazze al di là delle lezioni. In questo momento, la mia più grande preoccupazione è il movente. Perché lo stanno facendo? Da quello che ho capito, queste ragazze erano persone semplici, normali. Non hanno fatto del male a nessuno. Ma qualcosa mi suggerisce che siano state prese di mira per una ragione specifica. Perché?» La domanda era retorica, ma alcuni membri della squadra scossero la testa, incerti. «Devon, lei è il nostro esperto di vudù residente. Perché l'assassino lascia le bambole?»

Un lampo d'orgoglio attraversò il volto del sergente mentre si sistemava sulla sedia. «Ho fatto una videochiamata con una persona che se ne intende. Un professore di antropologia religiosa dell'università, a dire il vero. Ha detto che le bambole vudù non sono come le dipinge Hollywood. Non si tratta solo di infilare spilli nelle bambole per fare del male alle persone. In realtà, sono strumenti spirituali usati per la guarigione, la protezione e persino la comunicazione con spiriti o divinità. Quello che sta facendo il nostro assassino, dicendoci come morirà la prossima persona, è solo strumentalizzare l'immagine, lo fa per creare un effetto. Non ha niente a che fare con il vero vudù.»

Stephanie non sapeva se questo aiutasse o complicasse le cose.

«Immagino che questo significhi che il nostro assassino non è una persona religiosa ossessionata dalle bambole; le sta solo usando per incutere paura.» Inspirò bruscamente. «Eppure, non ci dice il perché...»

Un momento di riflessione calò sulla stanza. Poco dopo, si alzò una mano. Apparteneva a Fiona.

«Cosa vuole che facciamo per il club di corsa, capo?» chiese l'agente. «Devo ammettere che non mi dispiacerebbe andare a una delle loro corse. Potrei trovarci la futura signora Singleton.»

«Che schifo, sono tutte adolescenti» replicò Giles.

Fiona scosse la testa con foga. «Niente affatto. Mi hanno detto che è aperto anche agli adulti.»

«Pervertita» disse Giles scherzando. «L'ho sempre saputo che eri una da tenere d'occhio.»

«Niente di male a guardare un po' le vetrine.»

«Almeno riusciranno a seminarti quando inizierai a inseguirle con la lingua di fuori.»

Un'ondata di risate si diffuse nella squadra. Stephanie si ritrovò, con sua grande sorpresa, a unirsi a loro. Poi si rese subito conto che il momento era finito.

«Olivia... Qualche aggiornamento sulle telecamere a circuito chiuso?»

Quella mattina, la detective riuscì a sostenere il suo sguardo per qualche secondo in più di prima. Sul suo volto c'era un'espressione di tacita consapevolezza.

«Ho continuato a esaminare i filmati della notte della morte di Paulina. Ho setacciato le registrazioni di tutto il campus e non c'è niente. Voglio dire, non c'è molto da cui partire. Non ci sono così tante telecamere, ma per quelle di cui abbiamo i filmati... non riesco a vedere l'assassino entrare nel campus.»

Su una sezione della lavagna, uno della squadra aveva messo una grande mappa del campus universitario. Su di essa, due segnaposto che indicavano le scene del crimine delle vittime erano stati fissati con delle puntine, con data e ora su un biglietto sottostante.

«Sia Paulina che Claudia sono state uccise nella parte ovest dell'università» cominciò Stephanie. «Presumibilmente, il nostro assassino è entrato dalla strada principale che conduce al campus, superando la statua di Stag Hill, o passando per la cattedrale a sud.»

«C'è un sentiero che porta al parco sportivo, al Tesco e a un sacco di alloggi per studenti» aggiunse Olivia. «Vicino alla Guildford School of Acting.»

«Nessun filmato?»

Olivia scosse la testa.

«Ok, quindi supponiamo che il nostro assassino sia entrato da questa parte... inosservato, nel cuore della notte.» Guardò di nuovo le mappe, questa volta prestando attenzione all'area circostante. «Dove potrebbe essere andato? A sud, verso la città? A ovest, verso Manor Park e l'ospedale? O a nord, verso Stoughton?» Evidenziò Western Road, che si trovava a nord del campus. «Paulina Potter viveva fuori dal campus, ma doveva percorrere quel sentiero ogni giorno, specialmente la notte in cui è morta. Forse il nostro assassino conosceva i suoi spostamenti.» Gli ingranaggi nella sua testa cominciarono a girare. Chiuse gli occhi, immaginando la scena della morte di Paulina. La ragazza era arrivata al campus con la sua attrezzatura da pittura, pronta per una notte di espressione e creatività. «L'assassino sapeva dove sarebbe stata e a che ora. L'aveva seguita e aveva aspettato che fosse sola. Se si fosse trattato di un atto casuale, avrebbe potuto uccidere chiunque. Avrebbe potuto accoltellare a morte chiunque. Ma Paulina... doveva essere Paulina. E doveva essere una messinscena di quel tipo. Perché...?»

Stava parlando a sé stessa, ma Fiona le rispose.

«Abbiamo parlato con il tizio che la perseguitava su TikTok?» chiese. «Lui avrebbe saputo dove e quando trovarla.»

Stephanie schioccò le dita.

«Ottima idea. Ma questo non spiega il caso di Claudia...»

«Non importa. Potrebbe esserci qualcosa tra Damien e Claudia. Non lo sapremo finché non parleremo con lui.»

Stephanie si voltò verso Olivia, la speranza che svaniva dalla sua espressione.

Olivia scosse la testa.

«Non riusciamo ancora a rintracciarlo.»

«Noah, qualche novità dall'università su quel fronte?»

Un altro cenno di diniego. «Nessuno ha sue notizie, capo. Abbiamo contattato i suoi coinquilini. Abbiamo provato a bussare alla sua porta. I suoi docenti non lo hanno visto. Nessuno sa dove sia finito.»

Le venne un'idea.

«Ha un lavoro?»

Guardò i suoi appunti. «Qualcuno ha detto che era commesso al Tesco.»

CAPITOLO
TRENTASETTE

L'auto ronzava sulla strada, le gomme che trepidavano sulla superficie irregolare. Ad accompagnarla c'era Wellard, che sfogliava il suo taccuino. Dai vestiti dell'agente si levava un profumo dolce, e ondate fresche della fragranza raggiungevano Steph ogni volta che Olivia si muoveva o si sistemava sul sedile. Era l'agente che sapeva di più sull'adolescente scomparso, Damien Veitch, quindi era logico portarla con sé. L'unico problema era il silenzio tra loro, denso e pesante per i ricordi dell'altra sera. Non appena erano salite in auto, Stephanie si era sentita a disagio, impacciata. Era come se Olivia avesse le parole sulla punta della lingua. Lei cercò di mantenere l'attenzione fissa sulla strada, ma i rumori nella sua testa aumentavano di volume.

«Riguardo all'altra sera...» cominciò, con voce bassa, quasi rotta.

«Non dobbiamo parlarne.»

«Volevo ringraziarti.»

Olivia girò lentamente la testa. «Non devi.»

«Sì, invece. Avresti potuto dire qualcosa. Ma non l'hai fatto.»

«Come ho detto, il tuo segreto è al sicuro con me. Non sono affari miei e non mi riguarda. A meno che tu non voglia parlarne con me, s'intende.»

Stephanie non disse nulla e guidarono in silenzio per qualche istante. Mentre accostavano al semaforo fuori dal Red One, disse: «A proposito, sei l'unica persona a saperlo.»

«Ah sì?»

«In assoluto» aggiunse Stephanie.

«È un bel fardello da portare.»

«Non ricordo quando è iniziato» disse lei mentre il semaforo diventava verde. «Ma è stato molto tempo fa. Ero giovane. Molto giovane.»

«Mi dispiace sentirlo» replicò Olivia. Non c'era giudizio nella sua voce.

«Immagino di essere diventata così brava a tenerlo segreto a tutti che non ho mai pensato che sarei stata scoperta.»

«Mal comune, mezzo gaudio.»

Eppure non le sembrava così. Anzi, la situazione era peggiorata da quando Olivia l'aveva sorpresa. Nell'Essex, aveva passato mesi, se non anni, senza più purificarsi. Certo, c'era stata qualche ricaduta occasionale, quando lo stress della vita, un'indagine per omicidio e le pressioni del ruolo avevano avuto la meglio su di lei. Ma per la maggior parte del tempo ne aveva avuto il controllo; una parte della sua personalità che era riuscita a sopprimere. Sapeva che era ancora lì – ci sarebbe *sempre* stata: un demone in agguato nell'ombra – ma l'aveva ingabbiato, nascosto, e lei possedeva la chiave. Solo che ora… la gabbia era aperta, e il demone stava lentamente uscendo di nuovo.

«Io solo…» Stephanie esitò, poi le lanciò un'occhiata. «Non voglio che tu pensi che io sia meno capace di fare il mio lavoro per questo.»

Olivia chiuse il taccuino, posandolo delicatamente in grembo. La sua voce, quando parlò, fu sommessa ma ferma. «Stephanie, se per un solo secondo avessi pensato che non fossi in grado di fare il tuo lavoro, non sarei seduta in quest'auto con te.»

Stephanie annuì seccamente, tenendo gli occhi sulla strada.

«Sei un bravo detective» continuò Olivia. «Sei acuta, concentrata. Sei tu a dare l'esempio. Questo non svanisce solo perché ti porti dietro un peso.»

Stephanie deglutì a fatica.

«Ho visto un sacco di gente in questo mestiere cercare di nascondere i propri problemi» disse Olivia. «Reprimono tutto, fingono che non esista. Ed è allora che esplodono. Ma tu? Tu sei ancora in piedi. E questo conta qualcosa.»

La mascella di Stephanie si contrasse. Sentiva l'emozione montare di nuovo, quella strana miscela di gratitudine e vergogna. Si sentiva indegna di quella stima.

«Non voglio pietà» borbottò.

«Non è pietà» disse Olivia. «È rispetto. Ma... solo perché sei forte non significa che tu sia indistruttibile. Ognuno ha il proprio punto di rottura. E voglio che tu sappia che puoi sempre rivolgerti a me se senti che stai per raggiungerlo.»

L'auto ripiombò nel silenzio, ma era un silenzio diverso.

Qualche istante dopo, Stephanie espirò dal naso. «Grazie, Wellard.»

«Quando vuoi, sergente.»

E per la prima volta da quella notte, Stephanie riuscì a respirare e a guardare la sua agente negli occhi senza paura di essere giudicata.

A quindici minuti a piedi dal campus, il supermercato Tesco Extra era la linfa vitale per gli studenti sobri, ubriachi e fatti che lo frequentavano assiduamente. Aperto ventiquattro ore su ventiquattro, era sempre affollato, densamente popolato da studenti di solito con i postumi di una sbornia, mezzi addormentati e squattrinati, alla ricerca di pizze surgelate, noodle istantanei, snack notturni per soddisfare la fame chimica e la birra o i liquori più economici.

Mentre Stephanie faceva il giro della rotatoria e svoltava nel parcheggio, notò a malapena le strisce pedonali più avanti. Quando vide un movimento, era troppo tardi. Un giovane con una felpa col cappuccio le si parò davanti, la sua apparizione improvvisa e ombrosa nella fioca luce del primo mattino. All'impatto, il ragazzo urtò contro il cofano, rotolò con un tonfo sordo e carnoso, poi crollò sull'asfalto in un mucchio scomposto. Stephanie inchiodò, il cuore che le rimbalzava nel petto, e l'auto si fermò di colpo.

«Oh mio Dio, ho investito un ragazzo!»

Spense il motore, schizzò fuori dall'auto e girò attorno al cofano. La figura si stava rialzando da terra.

«Ma che cazzo fai!»

Stephanie allungò una mano per aiutarlo, ma lui la respinse bruscamente.

«Mi hai investito con la tua macchina!»

«Mi dispiace tanto» disse lei, sopraffatta dal panico. «Non ti ho visto. Stai bene?»

Il ragazzo si rimise in piedi. Dimostrava circa diciannove anni, forse meno, il suo viso portava ancora i tratti morbidi dell'adolescenza. Lunghi capelli neri spuntavano da sotto il cappuccio della felpa, ricadendogli sulla fronte e coprendogli per metà un occhio. I jeans erano troppo grandi per lui, stretti in vita da una cintura, e uno zaino malconcio gli pendeva da una spalla.

«Credo che mi hai fottuto un'anca» disse, poi gemette forte mentre appoggiava il peso su quella gamba.

Fu allora, mentre gettava la testa all'indietro, che Stephanie intravide il suo viso. Lo riconobbe all'istante dalle foto che Olivia aveva stampato e appeso alla lavagna in ufficio.

«Damien?»

Ma non era stata Stephanie a parlare. Si voltò e vide Olivia che stava uscendo dall'auto.

Damien Veitch si bloccò. I suoi occhi scuri studiarono attentamente Olivia. Poi si girò verso Stephanie. Il riconoscimento, misto a panico e paura, ebbe la meglio e si lanciò in una fuga disperata attraverso un piccolo parco giochi lì vicino. Stephanie non attese. L'istinto prese il sopravvento e si lanciò all'inseguimento, i piedi grati per la familiare superficie erbosa. Damien deviò ad angolo, dirigendosi verso la strada principale che portava alla sua residenza di Manor Park, zoppicando leggermente, una mano premuta contro l'anca. Non era veloce, ma era disperato, e l'adrenalina gli dava scatti di velocità che lo mantenevano appena fuori portata.

«Fermati!» gridò lei. «Polizia!»

Damien non l'ascoltò. Accelerò, quasi inciampando sui suoi stessi piedi mentre si arrampicava su una piccola salita che collegava il parco alla strada. Stephanie scattò all'improvviso e gli saltò sulla schiena, spingendolo contro il retro di una fermata dell'autobus. Usando più peso possibile, lo immobilizzò contro il pannello, il suo respiro caldo sulla nuca di lui.

«Damien» disse, «sei difficile da trovare. Credo sia ora che io e te facciamo una bella chiacchierata.»

CAPITOLO
TRENTOTTO

Damien Veitch non aveva smesso di lamentarsi per l'anca ferita dal momento in cui aveva messo piede nella sala interrogatori. Né aveva smesso di minacciare Stephanie di una colossale azione legale, cosa che, nonostante la sua assurdità, la preoccupava leggermente. Dopotutto, *era stata lei* a investirlo con la macchina. *Era stata lei* a travolgerlo su delle strisce pedonali in un punto cieco. *Era stata lei* a ferirgli l'anca. Forse non nella misura che lui sosteneva, a giudicare dallo scatto che aveva fatto per evitarla, eppure si incolpava comunque per non averlo notato dietro la curva, per essere stata troppo distratta.

Di conseguenza, aveva passato l'interrogatorio a Giles ed Eve. La teoria era che, avendo interrogato testimoni e raccolto deposizioni per tutta la mattina e durante il weekend, sarebbero dovuti essere degli esperti in materia. E in verità lo erano. Segretamente, Giles pensava che lui ed Eve formassero una bella squadra. Non solo in senso professionale, ma anche romantico. Inguaribile romantico, si innamorava di ogni persona attraente su cui posava gli occhi, il che rendeva un vero incubo interrogare certi testimoni e sospetti. Ma con Eve era diverso. Lei era spumeggiante ed estroversa, con una personalità e un senso dell'umorismo fantastici. E, come se non bastasse, era il suo tipo "sulla carta", come direbbero i concorrenti del suo reality show preferito, *Love Island*. Erano sulla stessa lunghezza d'onda, e lui si ritrovava sempre a sorridere non appena lei entrava nella stanza. Era amore?

Troppo presto per dirlo. La conosceva da meno di una settimana. Ma ciò non significava che non potesse esserlo. L'unico problema era che lavoravano insieme, il che creava un potenziale campo minato di problemi in futuro. Nei suoi dieci anni di carriera in polizia, non aveva conosciuto nessuno che avesse una relazione di successo sul posto di lavoro. Certo, succedeva, ma non aveva nessuno da cui attingere esperienza, nessuno da poter chiamare per un consiglio.

Invece, avrebbe dovuto avventurarsi da solo lungo la strada meno battuta, con Wellard a raccogliere i cocci quando, inevitabilmente, tutto fosse andato a rotoli.

Giles entrò nella sala interrogatori poco dopo Eve, la scia del suo profumo che aleggiava nell'aria. Lì, trovarono il diciannovenne sprofondato su una sedia, appoggiato al muro, un braccio gettato sullo schienale, il cappuccio calato sugli occhi.

«Buon pomeriggio, Damien» esordì Giles, mentre lui ed Eve si accomodavano di fronte a lui. «Come va l'anca?»

«Fa un male cane» rispose lo studente. «Ve lo dico, se non mi fate uscire di qui al più presto, vi faccio causa.»

«Ci sono solo alcune domande che vorremmo farle prima di farlo, se non le dispiace» continuò Giles.

«Invece *mi* dispiace.»

Giles aprì la bocca come per dire qualcosa, esitò, poi disse: «Beh, è un peccato, perché gliele faremo lo stesso».

«Non se ne parla. Vi prego, fatemi uscire di qui.» Damien incrociò le braccia e sprofondò ancora di più nella sedia. Se fosse sceso oltre, sarebbe stato quasi orizzontale e sarebbe scomparso sotto il tavolo.

Eve tirò fuori il suo taccuino e lo ispezionò per un momento. «Qui dice che lei è uno studente del secondo anno di recitazione, è corretto?»

Damien grugnì.

«È quello che sta facendo adesso? Sta recitando una parte per noi?»

Damien alzò la testa, guardandola torvo, visibilmente offeso.

«Mi risulta anche che lei sia di Exeter, giusto?»

«Sì.» Il suo atteggiamento era leggermente cambiato, diventando meno scontroso.

«Come si trova con la vita da studente?»

«Bene.»

«E il corso?»

«Anche quello bene.»

«Allora non ha ancora avuto i dubbi del secondo anno?»

«Cosa… cosa sarebbero?»

«Quando decidi di mollare tutto al secondo anno e prendi in considerazione di entrare in polizia? No? Allora capita solo a me» disse Eve, con un tono fin troppo amabile.

Damien ridacchiò e si raddrizzò leggermente sulla sedia. In così poco tempo, era riuscita a disarmarlo e a convincerlo ad abbassare le sue difese. Ma il lavoro non era ancora finito. C'era ancora molta strada da fare prima che collaborasse pienamente.

«No, quello non mi è ancora successo» rispose lui.

«Speriamo che non le succeda. A volte vorrei aver continuato, gli amici, i ricordi, la vita sociale. Non fraintenda, sarei entrata comunque in polizia. Solo in un momento diverso della mia vita.» Diede di nuovo un'occhiata al suo taccuino. «Ma se non ha avuto i dubbi del secondo anno, allora come mai io e i miei colleghi non siamo riusciti a trovarla nel suo appartamento o alle sue lezioni negli ultimi due giorni?»

Il cambio improvviso di direzione prese Damien di sorpresa.

«*Cosa?*»

«Siamo passati dal suo appartamento un paio di volte, ma lei non c'era.»

«Perché eravate al mio appartamento?»

«Perché lei *non* c'era?» chiese lei. «Ci stavamo un po' preoccupando. Per un secondo abbiamo pensato di dover chiamare la polizia, ma poi ci siamo ricordati che siamo noi la polizia. Meno male che non abbiamo dovuto sfondare la porta.»

«Di cosa sta parlando?» chiese Damien, sollevandosi lentamente sulla sedia, centimetro dopo centimetro.

«Dov'era, Damien?» chiese Giles, con un tono più imponente.

«Ero da un amico.»

«Per tutto il fine settimana?»

Un cenno affermativo.

«Dove?»

«A Stoughton. Uno dei miei amici del primo anno vive fuori dal campus.»

«Cosa è andato a fare lì?»

Un'alzata di spalle. La scorza dura e scontrosa aveva iniziato a incrinarsi, lasciando il posto a un giovane più mite e rispettoso. «Avevo bisogno di staccare» disse.

«Staccare da cosa?»

«Da quello che ho visto…»

«Cosa ha visto?»

Damien si voltò verso di loro, le braccia appoggiate sul tavolo, la testa bassa. «Voi sapete cosa ho visto» disse. «È per questo che sono qui, no?»

Eve tirò fuori una fotografia dal suo taccuino e la fece scivolare sulla scrivania. Non appena gli fu davanti, Damien la guardò, alzò la testa e la respinse indietro.

«È lei questo?» chiese lei.

«Lo sapete che sono io.»

«Cosa ci faceva lì, Damien?»

Prima di rispondere, si asciugò l'angolo di un occhio. «Volevo solo vederla» cominciò. «Farle una sorpresa. Non mi aspettavo di vederla in quello stato…»

«Che rapporto ha con Paulina?»

«Siamo amici.»

«Niente di più?»

Scosse la testa.

«Anche se le piacerebbe, non è vero?»

Alzò la testa di un millimetro, confuso.

«Ci è stato riferito che voi due avete avuto una piccola avventura prima dell'estate. È vero?»

«È stato solo un bacio.»

«Ci è stato anche riferito che da quel momento lei è diventato un po' ossessionato da lei. È vero?»

«*Ossessionato?*»

«Commentava i suoi post. L'aspettava fuori dalle lezioni. Le mandava messaggi su TikTok.»

«Non ero *ossessionato*. Stavo solo…» Scoppiò in lacrime, il suo corpo scosso da ogni singhiozzo. «Stavo solo cercando di parlarle, per vedere se poteva nascere qualcosa tra noi.»

Lasciarono che il giovane singhiozzasse per qualche istante prima che Giles continuasse. «Cosa faceva all'Ivy Arts Centre giovedì sera, Damien?»

Tra brevi, acuti, ansiti iperventilati, lui rispose: «Volevo farle una sorpresa. Mi stava ignorando, così ho pensato di passare a salutarla, vedere a cosa stava lavorando. Ma non c'entro niente con quello che le è successo. L'ho trovata così. Giuro!» Quando li guardò entrambi negli occhi, i suoi erano rossi e iniettati di sangue, il sottile velo di liquido li faceva brillare sotto la luce artificiale. «Non l'ho uccisa io. Non sono stato io. Dovete credermi.»

«Cosa faceva prima di trovarla?» chiese Eve.

«Ero… nel mio appartamento, a guardare la TV. Poi mi sono ricordato che ore erano e sono uscito. Non pensavo che fosse ancora lì. Ero in ritardo…»

«Quindi è entrato, l'ha trovata, e poi?» chiese Giles.

«Sono corso via. Sono andato nel panico. Io… sapevo che sareste venuti a cercarmi, pensando che fossi stato io, così sono andato a casa del mio amico dove ho passato tutto il weekend fatto. Io… non riuscivo a gestirlo. Non ho smesso di piangere da allora. E non appena è arrivata l'email dall'università, ho saputo che mi stavate cercando.»

Damien scoppiò in un altro fiume di lacrime dopo aver finito. Eve, di sua iniziativa, uscì dalla stanza e tornò con una scatola di fazzoletti. Lui li prese con cautela, mormorando un «grazie».

«È la verità» disse, tirando su col naso. «Ve lo prometto. Vi prometto che non c'entro assolutamente nulla con quello che è successo a Paulina.»

CAPITOLO
TRENTANOVE

Stephanie non aveva avuto il tempo di metabolizzare l'aggiornamento di Eve e Giles che ricevette una telefonata. Lanciò un'occhiata allo schermo, li ringraziò per il loro tempo e rispose non appena la porta si chiuse alle loro spalle.

«Louis» disse lei, girandosi sulla sedia verso la finestra. «Piacere di sentirla».

«È da un po' che ci penso» rispose il direttore del *Surrey Live*.

«Lo stesso vale per me. Avevo intenzione di chiamarla, ma ci sono sempre stati dei contrattempi».

«Lei ha detto che voleva che questa fosse una collaborazione reciproca». Il suo tono si abbassò di un paio di ottave. «Ma non mi ha dato nulla. Nessuna notizia, nessun aggiornamento. Vedo che molti giornali nazionali stanno coprendo questo caso più di noi».

Fuori, un grosso uccello attraversò in volo la visuale della finestra. Sotto, nel campo, diversi agenti di polizia stavano addestrando dei cani poliziotto su vari percorsi a ostacoli, e il suono dei loro latrati filtrava da una fessura nel vetro.

«Le assicuro che non ho dato loro nulla» spiegò lei. «Sa come sono alcuni di loro. Si aggrappano a ogni minimo fatto o voce che riescono a trovare. Le ho già detto tutto quello che c'è da sapere. Due vittime, due studentesse, due giovani donne a cui è stata strappata la vita».

«Mi serve di più. Ho i lettori che commentano e inviano email chiedendo aggiornamenti».

Stephanie non ne dubitava. Ma, per sua esperienza, la maggior parte di quelle email proveniva da lettori che inviavano le loro condoglianze, non che pretendevano maggiori informazioni.

«Ascolti» esordì, «sarò sincera con lei: al momento stiamo interrogando ex partner, coinquilini, compagni di corso e docenti in relazione a queste morti. Non abbiamo effettuato alcun arresto, né siamo vicini a farlo. Naturalmente, continuiamo a sollecitare informazioni da chiunque possa sapere qualcosa, quindi le sarei grata per il suo continuo supporto su questo fronte».

«Ma questo ha un prezzo, Stephanie».

Lei sospirò. «No, non ce l'ha. Lei riceve comunque i suoi introiti pubblicitari». Posò il telefono sulla scrivania e attivò il vivavoce. «Ha mai sentito parlare di fiducia, Louis?».

«La si guadagna» rispose lui. «E in questo momento lei non sta facendo nulla per guadagnarsela».

«Lo stesso vale per lei» replicò. «Ma, come le ho detto l'altro giorno, abbiamo bisogno l'uno dell'altra. Potrebbe non esserci un tornaconto immediato, ma alla fine i conti torneranno. In futuro le cose andranno bene a entrambi, in momenti diversi».

Louis brontolò al telefono. «Devo scrivere qualcosa di nuovo. La mia redazione non può continuare a rimaneggiare la stessa storia. Il coinvolgimento dei lettori è crollato a picco».

Lei inspirò a fondo, espirando lentamente dal naso. «Mi dispiace, Louis. Non ho niente per lei. Ma a un certo punto, deve chiedersi cosa sia più importante: ottenere giustizia per le vittime e trovare la verità, o ottenere più clic».

Un'ora dopo, Stephanie stava combattendo due battaglie: una nello stomaco, che le diceva che doveva mangiare e in fretta, e l'altra con un caricabatterie allentato che minacciava di spegnere il suo portatile non appena fosse caduto. Le risorse tecnologiche fornitele il suo primo giorno erano state a dir poco inadeguate, ma non aveva voluto lamentarsi. Poteva arrangiarsi a lavorare in ufficio senza portatile — anzi, non averne uno era d'aiuto — ma ne avrebbe avuto bisogno perfettamente funzionante per qualsiasi lavoro avesse deciso di portarsi a casa la sera.

Prima che potesse afferrare il telefono fisso per chiamare il team informatico, bussarono alla porta. Un istante dopo, Noah fece capolino e iniziò subito a esaminare le pareti spoglie del suo ufficio.

«Caspita, capo. Vedo che ha reso questo posto davvero accogliente. Dove ha preso questo suo occhio per l'arredamento?».

Lei si appoggiò allo schienale della sedia, con un'espressione impassibile. «Nello stesso posto dove hai preso tu quel taglio di capelli, immagino».

Lui le puntò contro le dita a pistola. «Touché». Entrò e chiuse la porta dietro di sé. In mano teneva due bicchieri di caffè. «L'atmosfera è un misto tra "obitorio", "post-mortem" e "cadavere"».

«In tema, allora».

Noah le offrì uno dei caffè da asporto che aveva in mano. «Beh, se vogliamo insistere sul tetro e senz'anima, ho portato gli accessori abbinati. Nero, senza zucchero. Qualcuno potrebbe dire che si abbina al tuo senso dell'umorismo, ma non io, capo».

Stephanie prese il bicchiere, ridacchiando. «Sei fortunato che sono troppo stanca per tirartelo in testa».

Lui si lasciò cadere sulla sedia di fronte, emettendo un sospiro. «Tu sei stanca? Ho due figli sotto i cinque anni e a uno stanno spuntando i denti. Hai mai provato a interrogare un diciannovenne dopo tre ore di sonno e una canzoncina di Peppa Pig piantata in testa?».

Lei sorrise. «Sembra un tipo speciale di tortura psicologica».

«Peggio. Almeno gli assassini alla fine confessano».

Stephanie sorseggiò il caffè. «Che c'è? Non sei venuto qui solo per giudicare il mio feng shui o per prendermi in giro».

Lui posò il bicchiere di caffè sul tavolo, leccandosi le labbra. «Ho appena finito di parlare al telefono con Martin Bell, il responsabile del benessere degli studenti della Surrey Uni».

«Sembra un uomo delizioso» disse lei, sarcastica.

«È un uomo in *panico*, questo è certo».

«Perché?».

«Dice che il loro ufficio è stato subissato di richieste e domande da parte degli studenti. Si chiedeva se non fosse un disturbo eccessivo se qualcuno, preferibilmente lei, andasse lì a tenere un altro discorso agli studenti».

CAPITOLO
QUARANTA

L'ufficio di assistenza psicologica era nascosto in un angolo di un viale affollato del campus. Stephanie bussò due volte prima di entrare. L'aria sapeva leggermente di caffè stantio e di deodoranti alla lavanda da presa. Seduto dietro una scrivania ingombra c'era il responsabile dell'assistenza agli studenti dell'università che aveva già incontrato, Martin Bell. Dall'ultima volta che l'aveva visto, i suoi capelli erano più ordinati e il suo viso luccicava sotto la luce fluorescente. Il suo sorriso fu immediato e ampio, rivelando una dentatura smagliante. Dava l'impressione di essere calmo, ma Stephanie percepì qualcos'altro, un panico latente nei suoi occhi, come un'anatra che annaspava sotto il pelo dell'acqua.

«Detective» esclamò lui a metà dell'ufficio, con la mano già tesa. «Che piacere rivederla. Ed è molto gentile da parte sua essere venuta con così poco preavviso». Indicò la sua scrivania in fondo alla stanza. «Spero non le abbia creato troppi problemi».

«Niente affatto. Sempre lieta di fare da volto all'organizzazione».

Anche se ne odiava ogni singolo istante.

Giunsero alla sua scrivania. Martin le fece cenno di sedersi, ma lei rifiutò.

«Posso offrirle da bere?».

«Pensavo di dover tenere un discorso agli studenti».

«Infatti. Ma è in anticipo. Ho pensato di accoglierla un attimo prima».

Stephanie controllò l'orologio, si rese conto che non aveva altri posti dove andare, poi tirò indietro la sedia di fronte alla scrivania di Martin. «Prenderò dell'acqua, grazie».

«Arriva subito».

Pochi istanti dopo, Martin tornò con un bicchiere di plastica pieno d'acqua da un distributore nell'ufficio. L'acqua era fredda, quasi gelata, e le intorpidì i denti mentre la sorseggiava.

«Come sta andando?» domandò Martin mentre si calava con cautela sulla sedia del suo ufficio. Adesso c'era una nota di fretta e panico nella sua voce. «Con l'indagine, intendo».

Lei lo squadrò con sospetto. «Lenta, ma costante. Ci arriveremo».

Lui annuì con un misto di entusiasmo. «Bene... Bene... Anche qui siamo stati oberati di lavoro. Davvero, senza sosta. Sono venuti tantissimi studenti a dirci che si sentono ansiosi e insicuri, che sono preoccupati di uscire la sera».

«Mi fa piacere sentirlo» disse Stephanie. Il suo tono rimase neutro, ma il suo sguardo si posò sulla pila di fascicoli colorati accanto al gomito di lui. «Anche se non tutti la prendono sul serio».

«Ah, sì?».

Gli spiegò l'incidente dell'altra notte che aveva coinvolto lo studente all'anfiteatro.

«I ragazzi di oggi...» disse lui. «Facciamo del nostro meglio per proteggerli, ma la maggior parte delle volte pensano di saperla più lunga».

Le dita di Martin si mossero nervosamente sui fascicoli. Stephanie lo guardò stuzzicare un'etichetta nell'angolo superiore di uno di essi.

«Cosa riferiscono gli studenti?» chiese. «Qualche dettaglio? Persone, luoghi, episodi che possono indicare?».

Lui deglutì. «Un paio hanno affermato di aver sentito qualcuno seguirli vicino al parco sportivo a tarda notte. Ma non c'è uno schema. Solo nervosismo accentuato, credo».

«Avremo bisogno di vedere le copie di quelle deposizioni».

Il sorriso di Martin vacillò. «Certo. Io... avevo intenzione di mandarle a Noah, ma sono stato sommerso di lavoro. Come ho detto, siamo stati incredibilmente impegnati. Abbiamo avuto file di persone qui fuori, a fare domande a cui non sappiamo rispondere. È per questo che lei è qui, per placare alcune delle loro paure e magari rispondere a qualche altra domanda».

Stephanie annuì educatamente. Un'altra controllata all'orologio. La giornata lavorativa stava per finire. Quella sera aveva la sua prima lezione di ju-jitsu. Non voleva perdersela.

Martin si schiarì la gola, riportandola alla realtà. «Possiamo scendere adesso. Gli studenti dovrebbero iniziare ad arrivare».

Si diressero verso l'uscita dell'ufficio. Mentre Martin le teneva aperta la porta, disse: «C'è anche una cosa che probabilmente dovrebbe sapere: molti studenti hanno menzionato l'idea di lasciare il campus e tornare a casa finché la situazione non sarà risolta. Il prorettore ha detto che non può essere permesso in nessun caso».

CAPITOLO
QUARANTUNO

A Stephanie non piaceva l'idea di trattenere gli studenti all'università contro la loro volontà, specialmente con un assassino che si aggirava potenzialmente per il campus. Ma non aveva lasciato che il suo disaccordo riguardo alla decisione trasparisse sul suo volto o nelle sue parole. Si ricordò di essere una detective, non una dirigente. Il suo lavoro era proteggere, indagare e catturare il responsabile. Eppure, il disagio la rodeva. Mentre guardava il gruppo di studenti riuniti nella casa dello studente, che stringevano gli zaini con occhi guardinghi, sentì il peso dell'indagine schiacciarla. E se la prossima vittima fosse stata in quella stanza? E se trattenerli lì li stesse mettendo direttamente in pericolo?

Il pensiero persistette mentre li ringraziò tutti per la loro presenza. C'era stata una sessione di domande e risposte, durante la quale aveva risposto a una manciata di quesiti. All'uscita, un gruppetto di studenti le si avvicinò per porle le domande che erano stati troppo timidi per fare in pubblico.

Proprio mentre salutava una giovane studentessa di biologia, un uomo sulla quarantina si avvicinò. Alto, ma di corporatura esile, come se i suoi arti fossero cresciuti troppo in fretta e non si fossero mai assestati. I suoi vestiti erano impeccabili e il suo viso era ben curato. I capelli, di un ramato sbiadito, erano tagliati corti, e rivelavano un cuoio capelluto pallido e lentigginoso. Era un uomo attraente, probabilmente molto popolare tra le studentesse. Ma furono le sue mani ad attirare l'attenzione di Stephanie: dita lunghe e irrequiete, con unghie mangiucchiate fino alla base.

«Detective...» La sua voce era calma, quasi sommessa.

«Lei dev'essere Tristan» disse lei, stringendogli la mano.

«Tristan... Come ha fatto a...?»

«Ho riconosciuto il suo volto dai rapporti dei miei colleghi. So che ha insegnato a entrambe le ragazze durante i loro corsi di laurea triennale, e i miei colleghi Le hanno fatto qualche domanda sulle sue interazioni con loro.»

La casa dello studente si era quasi del tutto svuotata, ma alcuni ultimi gruppetti di studenti si stavano ancora trascinando verso l'uscita.

Tristan si guardò alle spalle e abbassò la voce. «È di questo che volevo parlarLe.» Un'altra occhiata. «Spero che mi perdonerà, ma non è stato facile per me. Io... sto iniziando a preoccuparmi.»

«L'assassino sembra prendere di mira studentesse. Penso che Lei non correrà pericoli.»

«Non è per quello» continuò lui. «Riguarda il mio lavoro. I suoi colleghi... Eve, credo, all'inizio, e poi Fiona... quando sono venuti a interrogarmi... hanno minacciato il mio lavoro, la mia carriera, dicendo che avrei perso tutto. Io...» Tamburellò il dito medio sinistro contro il pollice, rapido e ritmico, come se stesse contando un tempo che solo lui poteva sentire. «Non posso permettermi di perdere il lavoro.»

«Perché dovrebbe perdere il lavoro?»

«Perché...» Si interruppe, inclinando la testa. Un'altra occhiata alle sue spalle. «Non ne è al corrente?»

La sua espressione non lasciò trapelare nulla.

Sospirando pesantemente, si passò le dita lunghe tra i capelli impeccabili. «Riguardo *all'incidente*? Tra me e Paulina?»

L'interesse di Stephanie si acuì. «Non sono arrivata a quella parte del rapporto. Vuole darmi dei dettagli?»

«È stato un errore stupido. Non sarebbe mai dovuto succedere. È stato durante il mio orario di ricevimento l'anno scorso. Paulina aveva prenotato uno spazio per discutere di un saggio in scadenza e... abbiamo iniziato a parlare. Di cose personali. Della sua arte. Ho detto che avevo visto alcuni dei suoi video su TikTok; lei si è offerta di girarne uno insieme. Si è alzata dalla sedia ed è venuta a sedersi sulle mie ginocchia. Sono rimasto spiazzato, non sapevo cosa fare. Poi mi si è avventata addosso, baciandomi. I-i-io l'ho spinta via, ma l'ho fatto con così tanta forza che è caduta e ha sbattuto la testa sulla sedia. Ho cercato di aiutarla, ma lei è scappata via.»

Stephanie annuì lentamente, con espressione impassibile. «Ed è per questo che è preoccupato?»

«Questa non è la parte peggiore: ha ripreso tutto con la telecamera. È stata un'estate orribile. Non sono riuscito a pensare ad altro. Ero convinto che lo avrebbe usato per farmi licenziare.»

«L'ha mai portato all'attenzione dell'università?»

Tristan scosse la testa. «No. O se l'ha fatto, non ne è mai venuto fuori niente. Le risorse umane non mi hanno mai contattato. Nessuna lamentela formale. Ho pensato che forse avesse cambiato idea o si fosse resa conto che non era quello che aveva pianificato. Ma poi...» Esitò, le parole gli si bloccarono in gola. «Questa settimana, quando è tornata, ha fatto scivolare un mio schizzo sotto la porta del mio ufficio. E poi, il giorno in cui è morta, è venuta nel mio ufficio.»

«Perché?»

«Voleva scusarsi. E poi... poi ci ha provato di nuovo.»

«Perché non l'ha denunciato?»

«Perché avevo paura» disse lui in fretta. «Paura che se lo avessi fatto, avrebbero presunto il peggio. Sa come vanno queste cose. Non c'è modo di spiegarlo che non sembri incriminante.» Rise amaramente, passandosi una mano sul viso. «Da allora cammino sulle uova. Ogni volta che il direttore del dipartimento convoca una riunione, penso: ci siamo. Sono finito.»

Il tic era tornato, ora più veloce.

«Beh, lei è morta» replicò Stephanie senza mezzi termini. «Non ha nulla di cui preoccuparsi. Il suo lavoro è al sicuro.»

Lui agitò il dito scheletrico in aria. «È qui che si sbaglia. Ora, dopo che ho raccontato questo a *voi*, probabilmente penserete che l'abbia uccisa per metterla a tacere.»

«L'ha fatto?»

La bocca di Tristan si aprì e poi si richiuse. Il suo viso si contrasse in un misto di shock, offesa e indignazione. «No» disse infine, con voce più profonda questa volta. «Certo che non l'ho fatto. Ma so come appare. Un docente di mezza età e una studentessa sui vent'anni, una che ha la metà dei miei anni, che all'improvviso viene trovata morta. Non urla esattamente innocenza, vero?»

Stephanie non batté ciglio. «Ha ragione. No. Perché mi sta dicendo questo?»

«Perché ho bisogno che Lei mi creda. Non l'ho toccata. Dopo quello che è successo tra noi il giorno in cui è morta, l'ho cacciata dal mio ufficio e non l'ho più rivista. Non voglio che tutta questa storia mi crolli addosso a causa di un unico errore.»

Stephanie incrociò le braccia. «Allora non ha nulla di cui preoccuparsi. Giusto?»

CAPITOLO
QUARANTADUE

Il tatami era freddo sotto di lei mentre Stephanie giaceva supina, riprendendo fiato, le luci fluorescenti sopra la sua testa che le vorticavano davanti agli occhi. Trasalì mentre si sollevava sui gomiti, il dolore al fianco e alla spalla per la caduta precedente che divampava. Avrebbe dovuto rimandare la sua prima lezione di jiujitsu, ma era troppo impaziente. Aveva già chiamato e firmato tutte le liberatorie. Non voleva perdersela.

Stephanie aveva scoperto quello sport per caso. Un volantino in una caffetteria nell'Essex offriva una lezione di prova gratuita per principianti. Dopo aver quasi rinunciato all'ultimo, si era ritrovata a innamorarsene in fretta. A innamorarsi dello sfogo fisico dello stress, del risentimento e dell'aggressività. Ma era più di questo; era il controllo, la precisione, il modo in cui la sua piccola taglia e la sua forza contavano meno della strategia. Lì, sul tatami, c'erano solo lei e il suo avversario. Nient'altro. Nessun pensiero vorticoso o ricordo che reclamava attenzione. Nessuna ansia per l'indagine a cui stava lavorando o per le voci nella sua testa. Solo i suoi piedi nudi, le sue mani scoperte e la forza di ogni muscolo del suo corpo. Nel tentativo di sopravvivere.

Se si faceva male, era perché aveva commesso un errore.

Tranne quando il suo avversario era una campionessa nazionale ed ex promessa olimpica.

Maya Corcoran era in piedi, torreggiava su di lei, offrendole una mano. Stephanie l'afferrò con un sorriso tirato.

«Niente male», disse Maya, stringendosi la cintura nera. «Stai migliorando. Ma lasci ancora il fianco sinistro completamente scoperto.»

Stephanie invidiava la ragazza sotto molti aspetti. Era rapida, agile e ingannevolmente forte. Peggio ancora, non aveva versato nemmeno una goccia di sudore e il suo leggero strato di trucco era ancora perfettamente intatto. Stephanie, invece, sentiva il sudore colarle dalla fronte e raccogliersi in fondo alla schiena.

«Me lo ricorderò la prossima volta.» Stephanie si strinse la cintura. «Sperando che per allora i lividi siano spariti.»

Maya sorrise, le sue guance giovani che luccicavano sotto la luce. «La prossima volta cercherò di non farti cadere di nuovo su quel fianco. Sei atterrata malamente.»

«Non si sa mai, potrebbe succedere il contrario.»

Ridacchiando, Maya disse: «Allora sarai la prima.» Non c'era però alcuna traccia di arroganza nel suo tono. «La maggior parte delle persone con cui mi alleno non tornerebbe dopo una proiezione come quella.»

«Cadere è la parte facile», rispose Stephanie, asciugandosi la fronte con la manica del suo gi. «È rialzarsi che conta.»

«Da quanto tempo lo fai?», chiese Maya.

«Circa un anno. Non molto. Tu?»

«Da tutta la vita. Un compagno di scuola aveva organizzato una festa di compleanno e stavamo giocando sul castello gonfiabile. Uno dei genitori mi ha vista ribaltare un altro bambino e ha detto che sarei stata piuttosto brava. È stato lui a farmi iniziare.»

«Forte.»

«Da lì ho vinto un paio di tornei e poi ho gareggiato a livello nazionale.»

Stephanie riconobbe un accento familiare. «Di dove sei?»

«Essex», rispose Maya. «Chelmsford.»

«Conosco bene la zona.»

«Davvero?»

Stephanie annuì. «Lavoro con la polizia.»

«Cosa ti ha portata via dalle deliziose strade di Chelmsford?»

«Il lavoro.»

Maya annuì pensierosa, guardandosi i piedi. «Vi state occupando di quel caso che coinvolge quelle due ragazze?»

Stephanie chinò la testa.

Prima che una delle due potesse continuare, l'istruttore del corso batté le mani, il suono che riverberò nel piccolo spazio. «Bene, gente, per oggi è tutto. Ottimo allenamento stasera. Andate a casa, mettete del ghiaccio sulle articolazioni, bevete acqua e, per l'amor di Dio, non andate a bere subito dopo.»

Ci fu una risata sparsa nel gruppo, qualche pacca sulle spalle e inchini mentre tutti cominciavano a disperdersi verso i bordi della stanza per recuperare le proprie cose. Erano in dieci in totale. Un numero abbastanza piccolo da affrontare ogni avversario almeno una volta a lezione. Non così grande da non avere abbastanza spazio sui tatami.

Stephanie e Maya si spostarono nell'angolo della stanza e iniziarono a raccogliere le loro cose.

«Come torni a casa?», chiese Stephanie, infilandosi la giacca su un braccio.

«A piedi.»

«Dove alloggi?»

«Nel campus. Non è lontano da qui.»

«Sei una studentessa?», chiese Stephanie, incapace di nascondere la sorpresa nella sua voce. «Cioè, sapevo che eri giovane, ma...»

«Il jiujitsu non paga le bollette», rispose Maya. «Mamma e papà hanno pensato che fosse meglio avere un piano di riserva, non si sa mai.» Si mise la borsa in spalla.

Si diressero verso l'uscita. In piedi vicino alla porta c'era l'istruttore, Sam, la cui corporatura massiccia quasi la riempiva.

«Buon lavoro oggi, Stephanie», disse lui, i muscoli che quasi squarciavano il suo gi. «Come l'ha trovato?»

Stephanie fece un cenno verso Maya. «Finché questa qui non ci sarà la prossima settimana, me la caverò.»

«E io sarei senza lavoro. Siamo fortunati ad averla. Ma se l'è cavata bene contro di lei. L'ho osservata un paio di volte. Non posso dire lo stesso di tutti. Lei ha talento.»

«O una commozione cerebrale», borbottò Stephanie, massaggiandosi il collo mentre uscivano nell'aria fresca della notte.

Di fronte a loro c'era il centro commerciale Friary, che incombeva dietro il deposito degli autobus. I lampioni avvolgevano l'edificio di mattoni in un fioco bagliore arancione.

«Sei sicura di tornare a casa senza problemi?», chiese Stephanie. «Sono più che felice di darti un passaggio.»

Maya sorrise, poi abbassò lo sguardo sulla sua cintura nera. «So badare a me stessa. Ma se le cose si mettono male», disse, «posso sempre togliermela e iniziare a prenderli a cinghiate.»

CAPITOLO
QUARANTATRÉ

Tom Singfield si svegliò di soprassalto, per il secco strattone di qualcosa che gli tirava la felpa. Battendo le palpebre contro la foschia grigio-blu delle nuvole sopra di lui, Tom aguzzò la vista sulla macchia sfocata di piume che gli beccava il petto.

«Ehi! Vattene!» grugnì, cacciando via la gazza con un gesto della mano, la quale sbatté le ali indispettita e si allontanò saltellando sull'erba.

Subito dopo, lo colpì il dolore fisico. L'indolenzimento alle ossa per una nottata scomoda su una panchina di legno. Il mal di testa sordo per le pessime decisioni della sera prima. Il freddo peggiorava tutto quanto. I vestiti umidi, fradici per l'umidità dell'aria e la rugiada della panchina, gli si appiccicavano alla schiena, sottraendogli calore corporeo. Rabbrividì senza controllo mentre abbassava le gambe dalla panchina e cominciava a controllare le sue cose, sentendo la spina dorsale scattare come una zip che si apre.

Telefono? C'è.

Portafoglio? C'è.

Chiavi? Ancora no. Altrimenti, avrebbe passato la notte a letto e non al gelo vicino al lago del campus. Dormire accanto al grande specchio d'acqua sul lato est del campus era sembrata una buona idea alle tre e mezza del mattino ma, ora che una piccola raffica di vento increspava la superficie dell'acqua, non la pensava più così.

Eppure, sbagliando si impara.

Tipo non dare le chiavi del tuo appartamento a un perfetto sconosciuto per un trucco di magia.

Quel bastardo le aveva fatte sparire per davvero.

Lentamente, Tom si alzò dalla panchina e avanzò barcollando, pronto a iniziare il lungo viaggio verso casa. Voleva solo ficcarsi a letto e dimenticare che quella nottata imbarazzante fosse mai esistita.

Mentre si trascinava verso il profilo familiare del suo palazzo, istintivamente deviò oltre il centro del prato, verso la depressione poco profonda dove si trovava il lago, per lo più ornamentale, con una piccola fontana che a volte si rianimava con uno spruzzo quando qualcuno si ricordava di accenderla.

Era a metà strada quando rallentò, si accigliò e guardò di nuovo.

C'era qualcosa nell'acqua.

All'inizio pensò che fosse spazzatura. Forse un cappotto nero, abbandonato o gettato da uno studente, impigliato tra le erbacce. Ma mentre si avvicinava, la sagoma assunse la consistenza di qualcosa di reale. Umano.

Era una donna. Galleggiava a faccia in giù, vestita con una tenuta bianca da arti marziali, le braccia spalancate come ali, i capelli scuri e aperti a ventaglio intorno alla testa come alghe. Il leggero movimento della vicina fontana faceva dondolare il suo corpo in modo quasi ritmico.

Lo stomaco di Tom si contorse. Il freddo svanì in un istante, sostituito da una nauseante botta di adrenalina. Barcollò all'indietro, con le scarpe che scivolavano sull'erba bagnata, il cuore che martellava.

«Merda» sussurrò, indietreggiando. «Merda, merda, merda.»

Poi si voltò e corse. Verso il suo appartamento, verso un aiuto, verso chiunque potesse sapere cosa diavolo dovesse fare. Perché quello che aveva visto sulla schiena della donna gli aveva fatto gelare il sangue nelle vene.

Una piccola scatola con sopra un semplice messaggio: *Aprimi.*

CAPITOLO
QUARANTAQUATTRO

La mattina seguente, Stephanie si sentiva come se fosse stata investita da un autobus. Due volte. Senza protezioni. E poi presa a mazzate con delle mazze da hockey.

La sessione di ju-jitsu della sera prima l'aveva sfinita più di quanto si aspettasse. I muscoli le dolevano e pulsavano di un dolore che non credeva possibile, in punti che non sapeva nemmeno di poter sentire. Si era sempre considerata forte, ben allenata, tonica, ma trovarsi faccia a faccia con una cintura nera campionessa nazionale aveva rapidamente ridimensionato le cose.

Con cautela, riuscendo a muoversi solo di pochi centimetri alla volta, calò le gambe giù dal letto e si trascinò fino al bagno. Per qualche ragione, un dolore le pulsò in testa e le venne un capogiro. Forse la colpa era della bottiglia d'acqua ancora chiusa sul comodino, insieme al bicchiere pieno che si era ripromessa di bere in bagno. Lo afferrò e lo mandò giù a piccoli sorsi mentre sedeva sul water, bevendo con cautela per non sentirsi gonfia. Nel bagno aleggiava un odore nauseabondo che le ricordò di dover fare scorta di deodoranti per ambienti. Non aspettava ospiti a breve, ma era sempre una buona idea essere preparati. Nel corso degli anni, Stephanie si era abituata all'odore che la seguiva ovunque; era un promemoria della vergogna, del senso di colpa che provava. Era anche un promemoria del suo aspetto, dei complimenti che riceveva da chi le diceva che aveva perso peso e che aveva un bell'aspetto.

Rimase seduta sul water ancora per qualche istante, con i pensieri alla deriva. Da fuori, attraverso una piccola fessura nella finestra, le giunse il suono di un urlo acuto, che squarciò il silenzio. Per un secondo, si bloccò. Non per il suono in sé, ma per ciò che risvegliò dentro di lei.

Aveva di nuovo sei anni. Accovacciata dietro al divano. Il ronzio denso e statico del televisore alle sue spalle. Lo sbattere di una porta. La voce di sua madre, tagliente per la paura. Il ruggito di suo padre, seguito dal suono di carne che colpiva altra carne, e dall'urlo che l'accompagnò.

E poi il silenzio, subito squarciato dalle grida di Kimberley tra le sue braccia.

La teneva stretta, rannicchiata contro il suo petto. In attesa. Pregando che il rumore dei passi non si avvicinasse a loro.

Stephanie si strinse la collana, facendola girare intorno alla gola. Il battito accelerò e i suoi occhi si fecero vitrei. Il suono di bambini che si chiamavano a vicenda la riscosse dalla sua trance. Tirò lo sciacquone, si alzò e si lavò lentamente le mani, osservando l'acqua turbinare e scorrere sulle sue dita.

Quando ebbe finito, si trascinò giù per le scale. Il dolore ai muscoli era ancora lì, ma il suo cervello non lo registrava. In fondo ai gradini, dei quadri, incompiuti e abbandonati, erano appoggiati al battiscopa. Di solito dipingeva ogni giorno, prima e dopo il lavoro, ma dalla morte di Paulina Potter non era più riuscita a guardare i suoi pennelli. Ogni pennellata, ogni linea sarebbe servita solo a ricordarle la morte della star di TikTok.

Il resto della casa era in uno stato fragile quanto la sua mente. Il suo gi da ju-jitsu giaceva accartocciato vicino al termosifone dove l'aveva gettato la sera prima. Il bidone della spazzatura in cucina traboccava, con contenitori di plastica che minacciavano di cadere. Il bucato sporco si snodava dal soggiorno in piccole isole di vestiti: calzini spaiati, un paio di pantaloni della tuta, la sua camicia da lavoro un tempo bianca macchiata di fondotinta.

Era il caos.

Poi bussarono alla porta.

Si bloccò. Il colpo era leggero, incerto, ma abbastanza forte da farsi strada attraverso il rumore martellante che aveva in testa. Si strinse la vestaglia addosso e andò in punta di piedi fino alla porta, aprendola senza controllare dallo spioncino.

Dall'altra parte c'era un uomo asciutto sulla settantina con i capelli grigi, occhiali troppo grandi per il suo viso stretto e un cardigan che aveva visto decenni migliori. Il suo vicino di casa. L'aveva visto in giro e si era ripromessa di presentarsi.

«Buongiorno» disse lui a bassa voce. «Mi scusi per il disturbo. Non ero sicuro che fosse in casa, ma sono felice di conoscerla finalmente. Ho pensato di presentarmi e darle il benvenuto nel quartiere. Jimmy, Jimmy Walgrave.» Le tese la mano coperta di macchie senili.

«Stephanie. Stephanie Broadbent.»

«Molto "alla James Bond"» disse lui con un sorriso. «Come si trova da queste parti?»

«È tranquillo. Più tranquillo di quanto fossi abituata.»

«Da dove si è trasferita?»

«Dall'Essex. Ma sono nata e cresciuta qui.»

«Ah. Noi di Guildford troviamo sempre il modo di tornare al nido» disse. «È stato lo stesso per mio figlio e sua moglie. Ma sospetto che possa aver avuto a che fare con il bisogno di avere un nonno che facesse da babysitter su due piedi.»

Questo spiegava l'urlo fuori dalla finestra.

«Mi scuso se hanno fatto un po' di baccano prima. Sono iperattivi da morire e non sono più abituato ad avere così tanta energia che rimbalza sui muri.»

Stephanie sbatté le palpebre. «Non si preoccupi, davvero. Non me ne sono nemmeno accorta.»

«Ne è sicura?» Lui sbirciò oltre la sua spalla, verso l'ingresso ingombro. «Ricordo le fatiche di un trasloco. È un lavoro senza fine.»

Lei si voltò e osservò gli scatoloni sul pavimento. «È stata una settimana lunga. Ma prima o poi ce la farò.»

«Beh, se le serve una mano, basta che me lo dica» disse lui, con la voce ancora più dolce. «Offrirei i miei servigi, ma la mia schiena non è più quella di una volta. Comunque, posso sempre far venire mio figlio, può aiutarla lui.»

Stephanie abbozzò un sorriso, senza dire nulla.

«Ad ogni modo» disse lui, facendo un passo indietro. «Sa dove trovarmi. Oh, e prima che me ne dimentichi, oggi è il giorno della raccolta del bidone nero. Nel caso avesse qualcosa da buttare via.»

Stephanie lo ringraziò educatamente, poi lo salutò con la mano. Mentre si chiudeva la porta alle spalle, inspirò profondamente, osservando il disordine di fronte a sé. Non era pronta per un'impresa così monumentale. Non ancora.

Al piano di sopra, il suo cellulare cominciò a vibrare sul comodino. Si precipitò su per le scale più velocemente che i suoi muscoli e le sue ossa affaticate le permisero e rispose alla chiamata.

Era Devon.

«Buongiorno» disse lei.

Lui fu brusco, diretto. Senza fronzoli.

«Dovrà tornare al campus. Ne abbiamo un altro.»

CAPITOLO
QUARANTACINQUE

So badare a me stessa.

Le parole di Maya Corcoran le echeggiarono in testa.

Ma se le cose si mettono male, posso sempre togliermela e prenderli a schiaffi.

La cintura di jujitsu della ragazza non c'era e, per un attimo, Stephanie si chiese se ci avesse provato. Se a Maya fosse stata data l'opportunità di toglierla e di usarla come frusta contro il suo assassino.

Ma anche se l'avesse fatto, i suoi tentativi di autodifesa erano stati, alla fine, vani. Il suo corpo senza vita galleggiava nell'acqua, con il viso sommerso, e il suo gi le fluttuava intorno alla vita, facendola sembrare un angelo caduto. Una manciata di sommozzatori della polizia, in tenuta completa con respiratori e mute, erano nel lago e la stavano spostando con cautela verso la riva. Stephanie osservò, intorpidita e assente, mentre la spingevano più vicino.

L'intero campo era stato transennato, con dozzine di agenti in uniforme che tenevano a bada l'orda di studenti. Era la prima volta che l'assassino lasciava una vittima all'aperto, in bella vista. Il chiacchiericcio sommesso e teso della folla si riversava giù per la collina, soffocando il rumore della fontana a pochi metri di distanza.

Un piccolo esercito di investigatori della scientifica si muoveva per il campo. Il loro compito di esaminare l'intera area dal punto di vista forense avrebbe richiesto tutto il giorno. Ma prima dovevano rimuovere il corpo, e Stephanie aveva detto loro che nessun lavoro sarebbe dovuto iniziare prima del suo arrivo.

Voleva essere lei ad aprire la scatola.

Voleva essere lei a scoprire come sarebbe stata uccisa la prossima vittima.

Dopo minuti di attesa ansiosa e dolorosa, il corpo di Maya fu finalmente rimosso dall'acqua. La scatola fu messa da parte e lei fu girata sulla schiena. L'acqua, piena di alghe e sporcizia, era stata impietosa con il suo viso pallido e bluastro. Il limo e la melma le avevano annerito le guance e gli occhi vitrei. Le erbacce si erano impigliate tra i suoi capelli arruffati e un rametto le si era conficcato nel naso.

L'anca di Stephanie le pulsò di nuovo di dolore. Una punizione, senza dubbio, per come aveva gestito l'indagine. Ma il dolore che provava in quel momento non era abbastanza. Doveva soffrire di più.

E così sarebbe stato.

Presto.

Il suo telefono cominciò a squillare. Diede un'occhiata all'ID del chiamante: Louis Brown. Come faceva a saperlo già? Qualcuno della squadra? Devon? Rifiutò la chiamata, premendo il pulsante rosso con il pollice un po' più forte del necessario, poi mise il telefono in modalità aereo. In quel modo, nessuno avrebbe potuto contattarla.

«Signora» disse Giles a bassa voce alle sue spalle, mentre lei si metteva in tasca il dispositivo. «È arrivata Leanna.»

Tirandosi meglio i guanti, Stephanie si voltò e vide il medico legale dirigersi verso la scena del crimine, affrettandosi negli ultimi metri come se fosse la prima volta che correva da anni.

«Non farmelo fare mai più» disse fermandosi accanto al corpo.

«Fare cosa?»

«Costringermi a correre in quel modo.»

«Non ti ho costretta a fare niente.»

«Sì, invece.» Le puntò un dito contro il viso. «Con quello sguardo che mi hai lanciato. Non mi piace sentirmi mettere fretta.»

«È solo una tua impressione» sbottò Stephanie.

Gli occhi di Leanna si spalancarono per la sorpresa.

«Vogliamo cominciare?» disse Stephanie, il cui umore peggiorava di secondo in secondo.

Il medico legale si accovacciò e iniziò a esaminare il corpo di Maya. «È morta, senza dubbio. A meno che non abbia camminato sull'acqua.»

Stephanie scosse la testa, rimanendo in silenzio a osservare.

«Non ci sono segni immediati di trauma» continuò Leanna. «Ma direi che è stata annegata.»

Come aveva predetto la bambola voodoo.

«Come è stata sopraffatta?» chiese Stephanie. «Era forte. Terribilmente forte.»

«Come lo sa, signora?» chiese Giles.

«Ieri sera mi sono allenata con lei. Era una campionessa nazionale di jujitsu.»

Giles inspirò bruscamente una boccata d'aria. «Forse è stata presa di sorpresa o colpita alla nuca.»

«Non sarebbe stata in grado di difendersi se avesse avuto la faccia immersa nell'acqua» aggiunse Leanna.

Stephanie non voleva crederci. Voleva credere che Maya si fosse difesa, che avesse fatto il culo al suo aggressore e che solo quando lui aveva cambiato le regole del gioco, colpendola in faccia con un'arma, lei si fosse arresa alle sue angherie. E che ne avesse pagato il prezzo più alto.

«Da quanto?»

Leanna oscillò la testa da un lato all'altro, pensierosa. «Difficile a dirsi. L'acqua l'ha conservata, ma se l'hai vista ieri sera e indossa ancora la sua tenuta, allora presumo sia successo poco dopo che sei stata con lei.»

Stephanie cercò la collana di sua madre, ma non riuscì a trovarla sotto i guanti e la tuta della scientifica.

Se solo avesse dato un passaggio a Maya. Se l'avesse *costretta* a salire in macchina con lei. Forse sarebbe ancora viva. Forse non sarebbe diventata la sua terza vittima.

«Altro?» chiese, con la voce rotta.

«Per ora no. Avrò altro da dire quando la esaminerò come si deve.»

Stephanie chiuse gli occhi e inspirò profondamente. Quando li riaprì, aggirò il corpo di Maya e si diresse verso la scatola.

«Capo?» chiese Giles.

Lei non rispose.

«Capo? Vuole che lo faccia io? Potrebbe non essere sicuro.»

«Va tutto bene. Posso farlo io.»

Stephanie si accovacciò, appoggiando le ginocchia sull'erba umida e rugiadosa. Fissò il biglietto, APRIMI, scritto con un pennarello nero indelebile.

Fai quello che ti dico, cazzo, stupida ragazzina!

Non provare mai più a disubbidirmi, stupida stronza!

Le si mozzò il respiro mentre staccava il biglietto dal coperchio, facendo attenzione a non rovinare eventuali impronte. Lo passò a un agente della scientifica lì vicino, che lo mise delicatamente in un sacchetto per le prove.

Poi, Stephanie rivolse la sua attenzione al coperchio di plastica. Mentre lo apriva con cautela, la scatola emise un debole clic.

Scoccò una scintilla.

In un istante, la bambola all'interno — la stessa che aveva già visto due volte, con gli occhi di bottone e il busto cucito — prese fuoco. Le fiamme sbocciarono nel suo petto, lambendo il filo e annerendo il tessuto arricciandolo. Stephanie indietreggiò di scatto, proteggendosi il viso con l'avambraccio mentre il calore si propagava verso l'esterno in un'esplosione breve e violenta. La bambola si contorse nel fuoco, i suoi occhi di bottone ribollirono e scoppiarono, le cuciture si aprirono per rivelare un'imbottitura annerita che fumava come incenso.

Quando si riprese, la bambola si era ridotta a cenere e plastica fusa sul fondo della scatola, e l'odore di accelerante aleggiava nell'aria.

Dietro di lei, qualcuno imprecò a mezza voce.

Stephanie non si mosse, si limitò a fissare i resti carbonizzati della scatola.

«Non ci posso credere» sussurrò. «Brucerà vivo qualcuno.»

CAPITOLO
QUARANTASEI

Non guardò il menu a lungo. In fondo, aveva tutto lo stesso sapore e finiva nello stesso posto.

«Un kebab gigante con patatine fritte e formaggio extra, per favore» disse, battendo impazientemente la carta di debito sul bancone.

«Nessun problema, signorina» fu la risposta del proprietario, mentre inseriva l'ordine nel sistema.

Mentre lei pagava con la carta, l'uomo iniziò a prepararle da mangiare. Gettò un vassoio di patatine in una friggitrice e cominciò ad affettare la carne in una vaschetta. Immediatamente, l'odore di carne alla griglia e cipolle le assalì i sensi, riempiendole rapidamente la mente.

I dolori e gli acciacchi della notte precedente erano quasi del tutto scomparsi, sostituiti da paura, lutto e senso di colpa. L'indagine le stava sfuggendo di mano. In meno di una settimana, erano già morte tre persone; tre persone che si affidavano a lei e alla sua squadra per essere protette. Era come cercare di afferrare una saponetta; ogni filo dell'indagine le scivolava tra le dita.

Non riusciva a spegnere la voce di Maya nella sua testa. Non riusciva a zittire i pensieri che la tormentavano.

Vieni qui! Vieni qui quando ti parlo! Non costringermi a farlo!

Cercò la collana di sua madre. Per fortuna, ora che non indossava più la tuta della scientifica ma i suoi abiti traspiranti, la sentì.

Ma questa volta non servì a nulla per calmare il rumore, zittire i pensieri o cancellare le immagini della bambola in fiamme.

C'era solo un modo per farlo.

Pochi istanti dopo, il proprietario del negozio di kebab le porse un sacchetto di plastica caldo e pesante. Lei mormorò un rapido grazie, poi fuggì, precipitandosi alla luce del giorno. Abbassò la testa e tenne lo sguardo basso mentre saliva sull'auto parcheggiata fuori dal nightclub Red One.

In macchina, strappò l'alluminio con le mani tremanti e iniziò a mangiare come se qualcuno stesse per rubarglielo. Mangiò in fretta, meccanicamente, masticando a malapena. Quasi non percepì il sapore in bocca o nel cervello, solo la sensazione di cibo speziato e grasso che le scivolava in gola a ogni boccone.

Tirò fuori il telefono dalla tasca, vide che era ancora in modalità aereo, poi lo gettò sul sedile del passeggero. La sua squadra stava probabilmente cercando di contattarla, di scoprire dove si fosse precipitata. Ma potevano aspettare. Il mondo poteva aspettare.

Questo era il suo momento di controllo, prima di perderlo di nuovo.

CAPITOLO
QUARANTASETTE

Teneva la testa china sulla tazza del water, un sottile filo di saliva le pendeva dall'angolo della bocca, il sapore acre della bile le indugiava sulla lingua, la gola le bruciava per lo sforzo, le dita sporche.

Si costrinse a guardare nella tazza, un promemoria di come tutto era iniziato: una punizione per aver mangiato tutto il cibo in casa, per essersi intrufolata nel frigorifero e aver gustato gli ultimi snack di papà, senza lasciare niente.

«Cosa ti rende così speciale da poter mangiare tutto quello che c'è in casa mentre gli altri non beccano niente? Grassa ragazzina!»

E poi cominciavano le botte. Non a lei. Almeno, non all'inizio.

La mamma. Sempre contro la mamma.

«L'ha preso da te. È proprio come te, una piccola maialina egoista e avida. Una piccola stronza ingrata.»

Seguivano un pugno, uno schiaffo, tirandole i capelli e gettandola a terra.

«So cosa voi due andate a dire di me. Questa è casa mia. Le mie regole.»

Stephanie sputò nell'acqua. L'immagine della violenza scomparve tra le increspature, e si allontanò dalla tazza, mettendosi seduta sui talloni. Si asciugò la bocca con il dorso della mano. Il dolore nel corpo era tornato, peggio questa volta, a causa del dolore sordo alle costole e della sensazione di vuoto nello stomaco. Rimase lì ancora un momento, a fissare la porcellana, pensando a quanto avrebbe voluto poter cambiare, a quanto diversa avrebbe potuto essere la sua vita.

Quando era tornata a Guildford tre settimane prima, tutto era sotto controllo. La bulimia era diventata gestibile, tornando a manifestarsi solo in circostanze estreme.

Fino a ora.

Quando gli omicidi di due giovani donne erano colpa sua perché non aveva agito abbastanza in fretta, proprio come quando sua madre era morta.

Controllo.

All'epoca, aveva avuto qualcosa da controllare: Kimberley. Assicurarsi che lei e sua sorella si nascondessero nell'armadio, cantando insieme, fingendo di giocare, disegnando con i pastelli alla luce della torcia che aveva portato di nascosto. Aveva protetto la sua sorellina; controllato ciò che vedeva, sentiva, viveva.

L'aveva protetta.

Ma da quando erano cresciute e si erano allontanate, aveva sostituito sua sorella con le sue vittime; era lei a doverle proteggere.

Fino a ora.

Tirò lo sciacquone e si mise in piedi, il corpo che le tremava mentre si issava verso il lavandino. Poi, afferrò la bilancia digitale incastrata a lato del water e ci salì sopra. Un po' di forza le tornò in corpo; pesava un paio di chili in meno. Mentre la rimetteva al suo posto, evitò il proprio riflesso nello specchio. Non riusciva a guardarsi; fissare la tazza del water era una punizione sufficiente.

Una mentina o una gomma da masticare per liberare la bocca dal senso di colpa e dalla vergogna, ed era pronta a ripartire.

Si trascinò fuori dal bagno, aggrappandosi alla collana. Mentre scendeva le scale ed entrava in cucina, fu trasportata nella casa dei suoi genitori quasi trent'anni prima. Era buio, quasi mezzanotte. La televisione era accesa in sottofondo. Era appena uscita di soppiatto dalla camera da letto per mangiare qualcosa: una mela, qualche avanzo della cena nel bidone. Stava morendo di fame, non aveva mai provato morsi della fame simili, ma non era per lei. Era per Kimberley. Sua sorella aveva pianto senza sosta, implorando per avere del cibo.

Stephanie entrò in cucina in punta di piedi e si diresse verso il frigo. Appena lo aprì, un rumore provenne dal soggiorno. Si bloccò. Un attimo dopo, apparve sua madre, parlando in fretta e sussurrando.

«Dovresti dormire» sibilò lei.

«Cibo.»

«Lo so, tesoro.» Sua madre si spostò verso la dispensa dall'altro lato, aprì un'anta e tirò fuori un pacchetto di patatine ancora chiuso. La confezione fruscìò così tanto che quasi le tradì. «Prendile» disse. «Ma fai in fretta. E non smettere di correre.»

I consigli di sua madre erano serviti a poco per impedire a suo padre di scoprirle entrambe. Erano serviti a poco per fermare le botte. Quella notte, Stephanie era stata separata da Kimberley e costretta a dormire in bagno, dove il dolore era stato così forte, il desiderio di cibo così immenso, che aveva mordicchiato il rotolo di carta igienica appeso accanto alla sua testa. Non ci volle molto prima che lo vomitasse di nuovo.

Per un bel po' rimase nel suo corridoio, a fissare la cucina. Il frigorifero spuntava da dietro lo stipite della porta, e sentì una fitta di fame esploderle nello stomaco. Un attimo dopo, apparve una figura: vecchia, malnutrita, un paio di jeans che gli pendevano larghi intorno alla vita, ma non bastava a distrarre dalla malevolenza e dal male che turbinavano nei suoi occhi.

«Vattene da casa mia e vattene dalla mia testa!» urlò, martellandosi la tempia con il palmo della mano.

Doveva uscire di casa. Lontano da lì, lontano da tutti.

Poi i suoi occhi caddero sulla mountain bike appoggiata al muro del corridoio, con fango e zolle d'erba che le pendevano.

CAPITOLO
QUARANTOTTO

Il vento le sferzava il viso, strattonandole la giacca e frustandole i capelli contro la fronte. Ogni curva, ogni salita, ogni scossone su radici e rocce contribuiva a dissipare la nebbia che aveva in testa. I muscoli le bruciavano, i polmoni ansimavano, ma era una distrazione gradita, una pausa benvenuta dall'infinita sinfonia di dolore e disprezzo per se stessa.

Il suo viaggio l'aveva portata attraverso Chantry Wood, un antico bosco seminaturale e prato di duecento acri, prima di arrivare a Shalford, a breve distanza dal centro di Guildford. Da lì, aveva pedalato lungo la strada, facendo del suo meglio per tenere il passo del traffico, diretta verso il cimitero di The Mount. Dopo una pendenza spietata, che le aveva quasi sfinito i muscoli delle gambe, raggiunse il cimitero da sud, smontando dalla bicicletta accanto alla Booker Tower. Costruita nel 1839 per ordine del sindaco della città, Charles Booker, la struttura ottagonale era originariamente servita come luogo di commemorazione per i suoi due figli, prima di diventare in seguito un sito per l'osservazione astronomica. L'imponente struttura in mattoni si ergeva ai piedi del cimitero, fungendo da guardiano. Lasciando la bicicletta appoggiata alla recinzione di ferro, Stephanie si addentrò nel cimitero, con il respiro corto e le gambe tremanti.

Ma non era per via della salita.

Il cimitero di The Mount ospitava molti nomi famosi, tra cui

Lewis Carroll, e diverse delle sepolture più antiche risalivano al diciannovesimo secolo. Ma non era per questo che si trovava lì. Per lei, c'era qualcuno di più importante di tutti coloro che erano venuti prima e dopo.

Era il luogo in cui era sepolta sua madre. Un posto che non visitava dal suo ultimo soggiorno prolungato a Guildford.

Il cimitero si estendeva davanti a lei in una quieta solennità. Gli alberi proiettavano ombre dalle lunghe dita sul sentiero che ne costeggiava il perimetro. Oltre, poteva vedere la distesa di tetti e la cattedrale di Guildford avvolta dalle nuvole basse.

Le sue scarpe da ginnastica scricchiolavano leggermente sul sentiero di ghiaia mentre risaliva il pendio, superando le tombe più recenti con marmi immacolati e fiori artificiali, e quelle con date troppo ravvicinate per essere giuste. La gola le si strinse e afferrò la collana quando la tomba di sua madre apparve in vista. Muschio e licheni si erano impossessati della lapide e gli angoli si erano erosi nel corso degli anni.

Stephanie si abbassò sull'erba umida e si sedette a gambe incrociate alla base della lapide. Abbassò lo sguardo sull'erba e cominciò a giocherellarci come se fosse una scolaretta in un cortile.

«Ciao, mamma» disse, stuzzicando un ciuffo di muschio. «Sono... scusa se è passato un po' di tempo. Sono stata impegnata con il lavoro. So che non è una scusa...»

Una manciata di foglie fu sollevata dal vento e volò sull'erba, catturando la sua attenzione con la coda dell'occhio.

«Ma la buona notizia è che sono tornata. Lavoro con la polizia del Surrey. Kim è felice, come probabilmente ti aspetteresti. L'ho vista l'altro giorno. Sta bene. Molto bene, a dire il vero. Sembra che si sia rimessa in sesto.» Lasciò cadere il muschio. Un sorriso si fece cautamente strada sul suo viso. «Immagino che se la sia cavata, nonostante tutto. Almeno una di noi due ce l'ha fatta. Non dimenticherò mai il sacrificio che hai fatto per lei... il sacrificio che hai fatto per *noi*. Sono felice per lei. Ha un ottimo lavoro, una bella casa e un marito che la ama. Ma... ma è ancora in contatto con papà. So che è una situazione difficile da gestire. Ci ho provato. Ma...» Inspirò profondamente, trattenne il respiro nei polmoni per qualche secondo, poi lo lasciò uscire tutto. «Basta parlare di lui. Meno ci penso, meglio è. Tu come stai? Ci sono un sacco di cose di cui aggiornarti, ne sono sicura. Io... io so che hai vegliato su di me. L'ho sentito, anche quando ho fatto cose di cui non vado fiera.» Tirò su col naso con forza, asciugandosi una lacrima dall'angolo dell'occhio. «Mi manchi, mamma. E mi dispiace ancora. Mi dispiacerà per sempre...»

«Non dispiacerti.»

La voce la colse di sorpresa e le fece correre un brivido lungo la schiena mentre lo stomaco le si stringeva. All'inizio pensò che fosse sua madre a parlarle dall'oltretomba, ma quando sentì dei passi, si rese conto di essersi sbagliata. Un uomo, alto e snello, con luminosi capelli grigi e un paio di occhiali dalla montatura sottile, che indossava una camicia a scacchi infilata nei jeans, si avvicinò con cautela, le braccia dietro la schiena.

«Non dispiacerti» ripeté lui. «Non è mai una buona idea dispiacersi. Sii grata, piuttosto. Grata per i ricordi, grata per gli errori, grata per le lezioni.»

Si avvicinò ancora. Stephanie sentì un'immediata calma intorno a lui, tanto che non le dispiacque la sua interruzione.

«La gente pensa che i cimiteri siano per le conclusioni» continuò, mentre i suoi occhi vagavano sulla fila di lapidi, «ma in realtà, sono un luogo per gli inizi. Le conversazioni che non abbiamo potuto iniziare o finire quando erano ancora vivi.»

Stephanie annuì. Le si era formato un nodo in gola, che le teneva in ostaggio le parole.

Lui indicò la lapide. «Tua madre?»

Un altro cenno del capo.

«Io ho tutta la mia famiglia sepolta qui. Genitori, fratello. Mia moglie.»

«Immagino che tu abbia già scelto il tuo posto» rispose Stephanie.

«No, io no.» Scoppiò in una breve risata sguaiata e sfoggiò un sorriso sfacciato, rivelando una dentatura perfettamente simmetrica. «Non mi troverai a marcire qui dentro. No, preferirei essere ridotto in cenere, grazie. O quello o in mare.»

«Davvero?»

«Sì. Giusto per far incazzare la famiglia. Ho già pianificato tutto. Salterò su una delle mie moto e mi butterò dritto in acqua. Così nessuno potrà venire a dirmi cosa pensava veramente di me!»

Per la prima volta in quella che le sembrò un'eternità, Stephanie rise. Un'esplosione che le scaturì dalle labbra e rotolò sulle lapidi. La colse di sorpresa. Non provava quell'emozione da un po'. Ed era nata parlando di mortalità, tra tutte le cose. Il tipo di argomento con cui aveva a che fare tutto il giorno, tutti i giorni.

«Comunque, io sono Dave» disse, porgendole la mano.

«Stephanie. Mi piace la tua camicia.»

«Questa cosa? Me l'ha comprata mio nipote in Florida. È il mio preferito.» La sua voce si gonfiò d'orgoglio.

«Sembra un bravo ragazzo.»

«Siamo pappa e ciccia. Finché lavora sodo e sta lontano dai guai, se la caverà.»

«Una lezione per tutti noi.»

Dave sogghignò, poi rimase fermo ancora per un istante.

«È stato un piacere conoscerti, Stephanie» disse mentre si avviava verso l'uscita, passeggiando con le mani dietro la schiena. «Abbi cura di te.»

CAPITOLO
QUARANTANOVE

Quasi un'ora dopo, tornò in ufficio. Lavata, pulita, ritemprata.

Quando entrò nella stanza, notò il silenzio. Era vuota, a parte Eve e Fiona, sedute una accanto all'altra, che bisbigliavano piano. Stephanie non riusciva a sentire cosa si stessero dicendo, ma percepì che la conversazione verteva su di lei. E anche se non fosse stato così, l'ansia nella sua mente la convinse del contrario.

«Oh mio Dio, sei viva!» Eve balzò in piedi e le si precipitò incontro, come se fosse un cane smarrito appena tornato a casa dopo settimane di assenza. «Dove sei andata? Dove sei stata?»

Fiona le raggiunse sulla porta prima che Stephanie potesse rispondere.

«Ci siamo preoccupate per te per un attimo» disse Fiona.

«Per un *attimo*? Parla per te. Pensavo ti fosse successo qualcosa di brutto». L'innocenza e l'ingenuità giovanili sul volto di Eve riempirono Stephanie di sensi di colpa.

Era la stessa espressione che le rivolgeva sua sorella da piccole, ogni volta che Stephanie veniva picchiata o era costretta a guardare suo padre fare del male a sua madre. Quando aveva aperto la porta della camera da letto, sua sorella l'aveva accolta con lo stesso sguardo sgranato e sollevato. Stava aiutando mamma e papà a costruire qualcosa, aveva detto. Li aiutava a riparare qualcosa. All'epoca era stata costretta a mentire a sua sorella, a fingere di stare bene e che tutto sarebbe andato per il meglio.

Ma non se la sentì di mentire a Eve.

«Avevo bisogno di staccare» disse. «Dovevo solo schiarirmi le idee».

«Dove sei andata?» chiese Fiona.

«A casa. E poi ho fatto un giro in bici. Io... dovevo solo metabolizzare le cose».

Fiona annuì pensierosa. Non c'era giudizio nella sua espressione. Anzi, a Stephanie parve di notare compassione. «So come ti senti» disse. «È molto da digerire. Non riesco nemmeno a immaginare come sia per te... per entrambe, in realtà. Siete appena arrivate. È tutto nuovo. Non ci conoscete molto bene. Steph, tu hai anche lo stress aggiuntivo del trasloco e di tutta l'ansia che può comportare. Capisco...»

Steph non seppe cosa dire.

«Facevo una cosa simile quando ero agli inizi» continuò Fiona.

«Cosa vuoi dire?»

«Me ne andavo. Sparivo quando le cose si facevano troppo pesanti per me. Al lavoro, a casa. Ero un disastro. Un paio di volte, sono semplicemente uscita di casa e non sono tornata per diverse ore. A volte sono stata via tutta la notte. Ero... a pezzi non è la parola giusta... ma non sono stata bene per molto tempo. Poi è scattato qualcosa e mi sono data una regolata. Credo di essermici semplicemente abituata. Sono diventata insensibile, desensibilizzata a quello che facciamo, e ho imparato a gestire quello che mi succedeva in testa».

Questo era un lato di Fiona che Steph non si aspettava. Si era aperta, si era resa vulnerabile condividendo informazioni così intime e personali. Stephanie la ammirò molto per questo. Eve, d'altra parte, sembrava che le avessero appena detto che le restavano sei settimane di vita.

«Significa che dovrò passare attraverso qualcosa di simile anch'io?»

Fiona le posò una mano sulla parte superiore del braccio. «Probabilmente. Ma hai due donne forti ed esperte che possono aiutarti a superarlo. Sappiamo quando arrivano i momenti brutti e sappiamo quando stanno per arrivare. Sappiamo anche quando i bei momenti sono dietro l'angolo. Non ce ne sono molti, intendiamoci, ma è questo che li rende così tanto più belli quando arrivano. Quando mesi, forse *anni* di duro lavoro alla fine ripagano e ottieni il risultato che volevi».

Questo parve placare alcune delle paure di Eve. Tuttavia, il residuo sguardo d'angoscia sul suo volto suggeriva che c'era ancora molto altro che si nascondeva sotto la superficie.

Steph indicò con un gesto l'ufficio vuoto. «Cosa mi sono persa?»

Fiona lanciò un'occhiata alle sue spalle. «Le farà piacere sapere che Devon si è autonominato responsabile mentre lei non c'era».

Certo che l'ha fatto, pensò.

«Giles è ancora sulla scena del crimine, credo» continuò Fiona. «O quello o è all'autopsia. Noah è all'università, a parlare con il rettore, per cercare di discutere sul da farsi. E Wellard sta parlando con i coinquilini della vittima, mentre gli agenti in uniforme si stanno occupando del porta a porta».

Stephanie rispose con un cenno del capo. Certo, Devon si era preso la briga di distribuire ruoli e responsabilità al resto della squadra in sua assenza. Nel giro di pochi minuti, aveva preso il controllo dell'operazione, assicurandosi di lasciare il suo marchio.

«Voi due cosa fate qui?» chiese Steph.

«Aspettiamo» rispose Eve.

«Cosa?»

«Istruzioni» disse Fiona. «Vuole che restiamo a disposizione nel caso in cui arrivi qualcosa di cui dobbiamo occuparci. Tra me e lei, capo, non credo che si fidi di noi quanto degli altri».

Stephanie ci rifletté su per un momento. Che Devon stesse scegliendo i favoriti in base a chi pensava lei fosse più vicina o con cui aveva passato più tempo? Non sapeva molto di quell'uomo, ma non riteneva che fosse fuori dal regno delle possibilità.

Prima che potesse rispondere, il suono di un colpo di tosse echeggiò dall'ufficio dell'ispettore capo.

«A proposito» disse Fiona in fretta. «McGowan ha chiesto di vederla quando sarebbe tornata».

Steph guardò la targa sulla porta dell'uomo. «Grazie per avermelo detto».

CAPITOLO
CINQUANTA

Attese per un tempo che le parve un'eternità, spostando il peso da un piede all'altro, a testa bassa, incapace di guardare i colleghi che senza dubbio la osservavano con trepidante attesa. Alla fine, la chiamata giunse dall'interno e lei aprì la porta. Seduto dietro la sua scrivania, intento a togliersi un paio di occhiali dal naso, c'era l'ispettore capo Clive McGowan.

«Ah, detective, è qui. Prego, si accomodi.»

Non c'era malizia nel suo modo di parlare. Nessuna aggressività, nessuna delusione. Era neutro, calmo. Eppure, Stephanie percepì che la conversazione sarebbe stata tutt'altro che tale. Tirò fuori la sedia con cautela, come se temesse una trappola, poi vi si lasciò cadere, tenendo le ginocchia unite e le mani in grembo.

«A quanto pare, Lei ha delle spiegazioni da dare» disse McGowan, con la voce ancora calma e misurata. «Da quello che ho sentito, ha semplicemente lasciato la scena del crimine senza spiegare dove stava andando, cosa stava facendo e per quanto tempo sarebbe rimasta via.»

«Posso spiegare.»

«Speravo proprio che potesse.» Appoggiò le mani sulla scrivania, intrecciando le dita.

Stephanie inspirò, poi espirò lentamente prima di cominciare. «È stato un po' troppo per me. Ieri sera ero con Maya, la vittima. Eravamo a una lezione di jujitsu. Mi sono offerta di darle un passaggio a casa e vederla in quello stato... mi ha scossa. Così sono andata a fare un giro in bicicletta. Avevo bisogno di schiarirmi le idee, di dimenticarla per un minuto, e sono finita sulla tomba di mia madre. Avevo solo bisogno di parlare con qualcuno. Era l'unico modo in cui potevo affrontare la cosa.»

McGowan assimilò ciò che aveva sentito.

«Lei ha abbandonato la sua squadra» disse. «Eve era fuori di sé. Pensava che le fosse successo qualcosa di *grave*. E devo ammettere che l'ho pensato anch'io.»

Lei abbassò la testa. «Lo so. Mi dispiace.»

«Se Lei non è idonea per questo lavoro, allora-»

«Non finisca quella frase» lo interruppe Stephanie. «La supplico. Sono ancora la persona giusta per questo lavoro. Lei mi ha voluta qui per una ragione.»

«Sì, perché mi era stato detto che Lei otteneva risultati. Perché era tenace. Perché pensava in modo diverso dai suoi colleghi. Perché vede cose che gli altri non vedono. Eppure, finora, mi ha dato motivo di credere che non sia vero. Che sia stata tutta una menzogna.»

Stephanie aprì la bocca, ma non ne uscì alcun suono.

«Capisco che Lei abbia dei problemi personali, non mi interessa sapere quali, ma non può lasciare che si riversino sul suo lavoro, Steph. Questa gente dipende da Lei per avere una guida e una direzione. Come può dargliele se Lei non è nemmeno presente?»

Annuì. «Ha ragione, li ho delusi.»

Una scrollata di spalle. «Non ancora. Ha ancora tempo per rimediare.»

«Posso tenere il mio posto?»

Un accenno di sorriso. «Per ora. Non sarebbe giusto da parte mia liquidarla così presto senza offrirle alcun supporto.»

«Cosa intende?»

«Assistenza. Ne ha bisogno? Come le ho detto l'altro giorno, diversi comandanti e sovrintendenti dei distretti vicini si sono fatti avanti per sapere se avessimo bisogno di aiuto. Finora ho rifiutato tutto, perché non credevo fosse quello che voleva. Ma se le cose sono cambiate, deve solo farmelo sapere...»

Capì, e apprezzò l'offerta di supporto, ma non la voleva. Era testarda. E credeva nelle proprie capacità di portare a termine il lavoro, di ottenere giustizia per le vittime.

Anche a costo di distruggerla.

«Può dire loro che stiamo bene» rispose risoluta.

McGowan la studiò per un lungo istante, i suoi occhi che cercavano sul volto di lei qualcosa – un dubbio, paura, il più flebile segno che stesse bluffando – ma tutto ciò che trovò fu quel fuoco di cui era stato avvertito quando aveva acconsentito a farla trasferire. Che era testarda, anticonformista e implacabile.

Fece un piccolo cenno col capo, a metà tra il riconoscimento e la rassegnazione. «Va bene. Ma capisca bene, Stephanie. La prossima volta che avremo questa conversazione non sarò così indulgente e comprensivo. E non chiederò; prenderò le misure necessarie per dare a questa indagine le risorse di cui ha bisogno. Se una cosa del genere succederà di nuovo, non potrò difenderla. Lei è più consapevole della maggior parte delle persone delle pressioni di questo lavoro e delle decisioni che dovrò prendere se sarò costretto.»

Deglutì a fatica, con la gola secca, poi si costrinse a sostenere il suo sguardo.

«Capisco.»

McGowan si sporse in avanti, appoggiando gli avambracci sulla scrivania. «Ha ancora una squadra là fuori, Stephanie. Posso ricordarle di usarla?»

«Credo che Devon abbia preso in mano la situazione. Da quanto ho capito, si comporta già come se fossi stata rimossa dalla squadra in via definitiva.»

Clive si morse l'interno della guancia sinistra. «Beh, farà meglio a ricordare a tutti chi comanda e come funzionano le cose da queste parti. Se la memoria non mi inganna, una volta ha detto che si sarebbe immolata per la sua squadra; che ogni errore che commettono loro, lo commette anche Lei.»

Lei annuì.

«Lo sostiene ancora?»

Un altro cenno del capo.

«Allora a quanto pare ha degli errori da rimediare. E non solo i suoi.»

CAPITOLO
CINQUANTUNO

La musica house esplose dalla palestra non appena aprì la porta. Il secondo assalto ai suoi sensi fu il tanfo di prodotti chimici per la pulizia. Di solito, quell'odore le avrebbe fatto suonare un campanello d'allarme, che Sam, il proprietario, avesse cercato di coprire qualcosa della sera prima, ma dato che c'era stata anche lei, che aveva visto cos'era successo e aveva constatato di persona quanto fossero sudati alcuni dei suoi avversari, lo ignorò all'istante.

Ciò, tuttavia, non lo rese più facile da sopportare.

L'ex buttafuori di un metro e ottantotto saltava la corda con foga in fondo alla sala. Notò Stephanie ed Eve non appena entrarono. Stephanie aveva portato con sé la giovane agente sia per scusarsi, sia per dare retta alle sagge parole del DCI McGowan. Eve teneva in mano un tablet, pronta a prendere appunti diligentemente.

«Stephanie!» la chiamò Sam, lasciando cadere la corda a terra e attraversando il tappeto saltellando. Nonostante la stazza e il peso, si muoveva con leggerezza, con la destrezza di chi sapeva controllare quasi ogni aspetto del proprio corpo. «Come si sente dopo ieri sera?»

«Indolenzita» disse lei, poi si voltò verso Eve. «Eve, lui è Sam. Sam, lei è Eve.»

«Piacere di conoscerla» replicò Sam, asciugandosi una goccia di sudore dalla fronte. «L'ha convinta a iscriversi o qualcosa del genere?»

«Non proprio» rispose Eve.

«Siamo qui per Maya» aggiunse Stephanie.

«Maya? Che le è successo?»

Prima che Stephanie potesse rispondere, lui andò verso gli armadietti dall'altra parte della stanza e spense la musica. Un silenzio carico di tensione calò sulla sala mentre lui tornava lentamente, sembrando perdere la sua agilità.

«La prego» disse. «Mi dica cos'è successo a Maya. Sta bene?»

«Siamo della polizia» rispose Stephanie. «Sono un'ispettrice capo della polizia del Surrey, e Eve è un'agente investigativa. Ieri sera, Maya è stata uccisa al campus. Stiamo cercando di...»

«Uccisa?» La sua voce si spezzò. Si appoggiò al muro per sorreggersi. «Maya? È sicura che sia lei?»

Stephanie annuì.

«No... non può essere. Come è... com'è morta?»

«Annegata. Stiamo cercando di ricostruire i suoi spostamenti di ieri sera. Ovviamente, eravamo entrambi qui, ma mi chiedevo se avesse visto o sentito qualcosa di strano quando se n'è andata.»

Sam scosse la testa. I suoi occhi si spalancarono e il suo sguardo cadde sui tappetini al centro della stanza.

«Cosa ha fatto dopo la fine della sessione?» domandò lei.

«Pensa che sia stato io?»

«È la prassi» rispose lei. «Lei e io siamo stati tra le ultime persone a vederla viva. Devo farle queste domande.»

Sam si asciugò un'altra goccia di sudore dalla fronte, anche se Stephanie percepì che non era per via dell'esercizio. «Riguardo a ieri sera...»

«Prosegua.»

«So come sembrerà. E so come suonerà. Ma ne parlo adesso, così non pensa che sia successo qualcosa tra noi due, perché non è così.»

«Mi dica» lo incalzò Stephanie.

Incrociando le braccia sul petto, lui disse: «Dopo che ve ne siete andati tutti, sono rimasto qui per circa mezz'ora, forse di più. Stavo riordinando il locale, come faccio dopo ogni sessione. Quando sono uscito, ho attraversato la città in macchina e ho visto Maya fuori dal cinema. Così ho accostato e le ho offerto un passaggio.»

Stephanie sentì il respiro mozzarsi leggermente in gola. Eve, in piedi accanto a lei, aveva già iniziato a digitare rapidamente sul suo tablet.

«Ha accettato?»

Sam esitò, massaggiandosi la nuca. «Sì. Sembrava sorpresa di vedermi lì.»

«Perché stava aspettando lì?»

«Beh, non *stava* aspettando. Stava tornando a casa. Ha detto che si era fermata da Nando's sulla via del ritorno dopo la sessione. Mi è capitato di raggiungerla.»

«E poi?»

Stephanie era incurante di ciò che la circondava: del suono di Eve che ticchettava sullo schermo, delle auto che passavano davanti alla finestra, dell'odore di prodotti chimici che le si era appiccicato in fondo alla gola.

«Mi ha dato il suo indirizzo e l'ho accompagnata a casa.»

«Dove? Dove l'ha lasciata?» Il suo tono si fece più energico, velato da una punta di disperazione. Le immagini di lei e Maya che lottavano insieme sui tappetini cominciarono a balenarle in mente, seguite dalle scene vivide di lei a faccia in giù nell'acqua.

«L'ho lasciata giù al campus. Vicino al ponte. Ha detto che andava bene così, e che poteva fare il resto del tragitto a piedi.»

«A che ora è stato?»

Sam si strinse nelle spalle. «Saranno state le nove circa. Forse più tardi.»

«Ho bisogno che sia specifico, Sam. È importante.»

«Verso le nove, nove e un quarto.»

«Ne è sicuro?»

«Sì. Per quanto possa esserlo.»

Stephanie lanciò un'occhiata a Eve, che era impegnata a prendere appunti. Vide gli orari sullo schermo e fu contenta che l'agente avesse annotato tutto.

«Com'era il campus?» continuò lei.

«Cosa intende?»

«Era affollato? Tranquillo? C'era una festa gigantesca in strada?»

«Tranquillo» disse lui. «A parte questo gruppo di studenti di hockey che scendeva lungo la strada. Hanno lasciato il campus proprio mentre accostavo al dissuasore.»

«Poi cos'è successo?»

«Io... l'ho salutata, l'ho lasciata andare per la sua strada, e poi basta.»

«Ha visto da che parte è andata?»

Sam scosse la testa.

«È stato seguito?»

«Cosa?»

«*Seguito*, Sam. È stato seguito? Qualcuno in macchina, forse? O a piedi? Ha notato qualcosa di strano?»

L'uomo non ci pensò a lungo. «Onestamente, non stavo prestando attenzione. E, a essere sincero, non saprei nemmeno a cosa prestare attenzione.»

«Dove è andato dopo aver lasciato Maya?»

«A casa.»

«Che sarebbe?»

«A Worplesdon.»

«Qual è il suo numero di targa?»

Sam glielo disse.

Stephanie si rivolse a Eve. «Prendi nota che qualcuno controlli le telecamere a circuito chiuso e l'ANPR.»

«Pensa che io c'entri qualcosa?» chiese Sam, con un tono quasi offeso.

«No. Ma devo assicurarmi che non sia così. E devo assicurarmi che nessun altro lo pensi. Serve a escluderla dalla lista dei sospetti. E spero per il suo bene che potremo farlo.»

Stephanie lo ringraziò per il suo tempo e poi fece cenno a Eve di prendere i suoi contatti. Dopodiché, si avviarono verso l'uscita.

Mentre Eve teneva la porta aperta, lui chiese: «Dovrò chiudere la palestra?» La sua voce era carica di paura.

«No, Sam. Non sarà necessario.»

«La vedrò la prossima settimana per un'altra sessione?»

Pensò a Maya. Al sorriso della ragazza, al modo in cui avevano legato per un breve istante.

«No» disse solennemente. «Non credo proprio.»

Stephanie non sapeva che ore fossero quando rincasò, quella sera. Sapeva solo che era buio, era stanca e i morsi della fame non si erano placati sin dal mattino. Per il resto del pomeriggio era stata troppo distratta per mangiare o bere qualcosa di sostanzioso, a parte qualche merendina zuccherata e industriale presa alle macchinette. I membri della squadra, al loro graduale rientro in ufficio, avevano celebrato la sua presenza come se fosse tornata dal mondo dei morti. Per Noah e Giles, quelle erano state le parole esatte. Con sua sorpresa, l'avevano presa bene. Per la maggior parte, non provavano rancore per la sua sparizione; non si erano sentiti offesi, non se l'erano presa, né tantomeno l'avevano considerata un'offesa personale. A eccezione di Devon, che non aveva detto nulla in merito, tutti si erano mostrati sollevati che stesse bene, al sicuro e che si sentisse meglio. Aveva pensato di prendere di nuovo Devon da parte per strapazzarlo per aver assunto il controllo della sua indagine, ma non riuscì a trovarlo; la stava evitando a tutti i costi. Ogni volta che lei usciva dal suo ufficio, lui si alzava dalla sedia e scendeva nell'area fumatori. Ogni volta che lei entrava in cucina per un caffè, lui fingeva di ricevere una telefonata.

Si stava comportando da vigliacco, ma lei aveva cose più importanti di cui preoccuparsi, come telefonare alla polizia locale di Maya Corcoran e chiedere loro di comunicare la notizia del decesso ai suoi genitori. Nel pomeriggio, la notizia della sua morte si era diffusa, ma il suo nome era stato reso pubblico al *Surrey Live* solo dopo che i suoi genitori erano stati informati della sua scomparsa. Da allora, la centrale era stata inondata di telefonate dalla comunità, che esprimeva preoccupazione e sostegno. Reazioni contrastanti. La loro pazienza e il loro senso di sicurezza si stavano rapidamente esaurendo e il livello di astio nei confronti di Stephanie e della sua squadra stava crescendo. Tre adolescenti erano morte nel giro di una settimana e non avevano nemmeno un potenziale sospetto. Non avevano piste concrete. Non erano state trovate ulteriori prove del DNA o di impronte digitali su nessuna delle scene del crimine e le poche che avevano erano ancora in fase di analisi e non sarebbero arrivate prima di una o due settimane. Non c'erano filmati delle telecamere a circuito chiuso delle aggressioni al campus. Tutto ciò che avevano era l'immagine sgranata di un uomo con un cappuccio, che si era rivelato essere Damien Veitch.

Erano a corto di opzioni e Stephanie avrebbe mentito se avesse detto di essere fiduciosa di ottenere presto un risultato. Pensava che lo scoppio della Terza Guerra Mondiale fosse più probabile.

Il disordine in casa non contribuì a migliorare il suo umore. Il caos regnava sovrano sia dentro casa sua sia nella sua mente, ma era troppo sconvolta e demoralizzata per farci qualcosa. Aveva sentito dire che ad alcune persone piaceva pulire quando erano turbate, ma lei non riusciva a pensare a niente di peggio. Così scavalcò la miriade di scatoloni, vestiti, scarpe e la cassetta degli attrezzi nel corridoio per raggiungere la cucina. Quando aprì il frigo e non trovò nulla all'interno, emise un lungo e pesante sospiro.

Aveva bisogno di cibo. Qualcosa di veloce, qualcosa di facile. Qualcosa che potesse mettere nel forno o nel microonde e dimenticarsene.

Svuotando i polmoni, chiuse il frigo e si diresse verso la porta d'ingresso, chiudendola con una spinta energica che echeggiò per tutta la via, avvisando senza dubbio il suo vicino che era lì.

Fuori, il cielo notturno si stendeva ampio e senza nuvole, fatta eccezione per la luce di un aereo che fendeva quella tela. Accanto al chiarore della luna si nascondevano diversi puntini di luce, a milioni di chilometri di distanza, che lottavano per farsi strada. C'era ancora quel tepore di fine estate nell'aria, così decise di fare il breve tragitto fino al supermercato locale a piedi.

Raggiunse la fine del vialetto prima di essere chiamata. Il suo vicino, Jimmy, spalancò la porta e balzò sul patio, salutandola con la mano.

«Mi dispiace disturbarti» disse, abbassando improvvisamente il tono quando lo sentì rimbalzare tra le case. «Vai di fretta?»

«Non particolarmente» rispose lei, ignorando il brontolio del suo stomaco.

Jimmy accostò la porta, lasciando che una sottile lama di luce fendesse l'erba, poi si affrettò verso di lei, stringendosi addosso il maglioncino sottile. La sua testa sfrecciò su e giù per la strada mentre le si fermava accanto.

«Scusami per tutto questo mistero, ma non voglio che senta tutta la via» sussurrò. «Ma ho pensato che dovessi saperlo. Probabilmente non è niente. Probabilmente sono io che sono un po' paranoico, e non voglio che tu pensi che sia un vicino impiccione o altro, ma…»

«Che c'è, Jimmy?» insistette lei, con i morsi della fame che le stavano accorciando notevolmente la miccia.

«Prima c'era un uomo» cominciò lui, con un filo di voce. «Pensavo fossi tornata a casa prima e stavo per aiutarti con il bidone.»

Lei lanciò una rapida occhiata al bidone nero che si trovava ancora dove l'avevano lasciato gli operatori ecologici.

«Ma poi l'ho visto che sbirciava nella tua cassetta delle lettere, così mi sono fermato per chiedergli se avesse bisogno di qualcosa.»

«Chi era?»

«Non lo so» rispose Jimmy. «Non l'ha detto.»

«Cosa voleva?»

«Ha detto che ti stava cercando.»

Stephanie si fermò un istante. Una scintilla di preoccupazione iniziò a divampare dentro di lei. «Che aspetto aveva?»

«Altezza media, capelli neri. Non ci ho fatto molta attenzione.»

Devon, pensò lei.

«Quando è successo?»

Jimmy si grattò la nuca. «Sarà stato verso l'ora di pranzo, primo pomeriggio.»

Annuendo, lei replicò: «Sarà stato solo uno dei miei colleghi» rispose. «C'è stato un periodo in cui stavano cercando di contattarmi.»

«Capisco. Beh, se ne sei sicura...»

Non lo era, ma non c'era niente che potesse fare al momento.

«Se dovessero ripassare, me lo faresti sapere?»

Jimmy confermò che l'avrebbe fatto, poi Stephanie gli diede il suo numero di cellulare.

«Grazie per aver tenuto d'occhio la situazione» aggiunse.

«Non c'è di che» rispose Jimmy. «Qui abbiamo un ottimo sistema di sorveglianza di quartiere, anche se senza un nome ufficiale. Ora, credo che andrò a letto. I nipotini mi hanno completamente sfinito.»

Il supermercato locale era ancora aperto quando arrivò. Per un pelo. A cinque minuti dalla chiusura. Mentre rovistava tra ciò che restava sugli scaffali, sentì gli sguardi autoritari del personale che le auguravano ogni male. Il risultato fu un'arraffata dell'ultimo minuto di una lasagna al microonde con una data di scadenza che sarebbe terminata entro tre ore.

Come previsto, era insipida, insapore e senz'anima. Ma aveva riempito un vuoto.

Passò il resto della serata a fissare la televisione senza pensare, osservando le immagini che tremolavano sullo schermo senza registrarne alcuna.

Quando finalmente sentì che iniziava ad avere sonno, era quasi mezzanotte. L'intero quartiere era silenzioso. Fortunatamente, anche il suono delle urla dei bambini era scomparso. Mentre spegneva la luce del soggiorno, pensò all'uomo che era venuto a cercarla.

Era stato Devon? E perché? Quest'ultima cosa la preoccupava di più. Perché proprio lui, tra tutta la squadra, sarebbe venuto a cercarla? Aveva forse battuto la testa? O stava solo cercando di fare ammenda, di dimostrare che non era un tale stronzo?

Faticò con quel pensiero mentre saliva le scale e si dirigeva in camera sua. Non vedeva mai l'ora di infilarsi a letto alla fine della giornata, specialmente con il suo copripiumino con gli orsacchiotti che le dava la sensazione di abbracciare quello vero. Lo usava tutto l'anno, anche nel caldo torrido dell'estate. Le ricordava la coperta a cui lei e Kimberley si erano aggrappate nell'armadio o quando si erano nascoste sotto il letto. La faceva sentire al sicuro, protetta. Mentre si infilava a letto, aggiunse a quello strato di protezione allungando la mano verso il suo orsacchiotto e stringendoselo al petto.

Il piccolo peluche, che aveva chiamato Bart come il suo personaggio preferito de *I Simpson*, era piccolo e logoro in alcuni punti, con un occhio e una zampa leggermente più lenti dell'altra, riparazioni frettolose di anni prima che in qualche modo avevano tenuto. La sua pelliccia, un tempo di un color miele pallido, si era sbiadita con l'età fino a diventare di un colore simile a una macchia di tè. Ma a Stephanie non importava. Bart era ancora con lei. Bart esisteva ancora.

Un regalo di sua madre, ricevuto per il suo quarto compleanno, l'aveva portato ovunque. Trascinato per strada mentre camminavano verso il parco. Imbrattato di pastelli a cera quando giocava all'asilo. Come la coperta, era stato al suo fianco durante ogni tempesta, stretto tra le sue braccia durante i litigi notturni al piano di sotto, afferrato saldamente sotto le lenzuola mentre cercava di bloccare le urla e i colpi. Aveva assorbito lacrime che aveva troppa paura di versare di fronte a chiunque altro.

Non era solo un giocattolo. Era un testimone. L'unica cosa che non l'aveva mai ferita, non le aveva mai mentito, non l'aveva mai abbandonata.

Mentre si raggomitolava attorno a esso, scivolando lentamente nel sonno, il mondo fuori era ancora pieno di assassini, violenza e dolore, ma in quel momento, con Bart infilato sotto il mento e il piumone stretto al petto, era la cosa più vicina che avesse mai provato a credere di essere al sicuro.

CAPITOLO
CINQUANTATRÉ

Una luce ronzava e tremolava sopra le loro teste, gettando un pallido alone sui volti stanchi della squadra che aveva iniziato a radunarsi un membro alla volta. Stephanie stava in piedi in testa alla sala operativa, a braccia conserte, con le spalle dritte, cercando di apparire più salda di quanto si sentisse. Una tazza di caffè mezza bevuta fumava accanto a lei sulla scrivania, intatta da due minuti. Era arrivata presto, troppo presto, ed era già alla terza.

In quel lasso di tempo aveva letto i rapporti giornalieri della squadra, analizzandoli alla ricerca di domande di approfondimento e piste da seguire. Con sua sorpresa, erano tutti dettagliati e accurati, compreso quello di Devon, che si era aspettata contenesse la metà del lavoro degli altri.

Stephanie attese che il basso mormorio di voci si placasse, poi si schiarì la gola. «Grazie per essere venuti presto» esordì. «Capisco che non sia piacevole, soprattutto con questo tempo tetro là fuori.»

Il cielo perfettamente sereno della notte precedente li aveva abbandonati da un pezzo, sostituito da nuvole cupe e minacciose che portavano con sé un diluvio di pioggia.

«Speriamo che non sia un presagio di ciò che ci aspetta» continuò lei. «Allora, so che ieri ne abbiamo già parlato a grandi linee, ma volevo solo riprendere l'argomento. La mia assenza. Non è stato nient'altro che un attacco di panico. Avevo passato la serata con Maya Corcoran e vederla in quello stato ha avuto un impatto su di me più forte di quanto pensassi. Quindi ho solo avuto bisogno di staccare un po', di schiarirmi le idee. Mi scuso per essere sparita dai radar. Devon, grazie per aver guidato la squadra durante la mia breve assenza.»

Il sergente apparve visibilmente scioccato dal commento, a tal punto da non riuscire a pensare a cosa dire.

«Va tutto bene, capo» disse Olivia con dolcezza. «Tutti abbiamo le nostre giornate no. Non c'è bisogno che si giustifichi o che aggiunga altro sulla questione.»

Stephanie tirò un profondo sospiro di sollievo. Si era esposta. Si era resa vulnerabile. Si era aperta con la squadra. E loro l'avevano rispettato.

Caso chiuso.

«Ho esaminato i vostri rapporti di ieri e voglio discutere con voi i prossimi passi» cominciò Stephanie. Fece un cenno al sergente Mackenzie. «Noah, l'università non può costringere gli studenti a rimanere. Non mi importa un accidente se pensano che possa ledere la loro reputazione o che perderanno un sacco di soldi. Qui si tratta solo di proteggere gli studenti e, se vogliono andarsene, dovrebbero essere liberi di farlo senza timore di ripercussioni. Sono *adulti*. È ora che l'università inizi a trattarli come tali.»

Noah annuì. «Ricevuto, capo. Parlerò di nuovo con il rettore e vedrò di mettere in atto alcune misure di salvaguardia per gli studenti. Coprifuoco, cose del genere. Vedrò anche se possiamo organizzare in qualche modo una pattuglia.»

Stephanie lo ringraziò, poi rivolse la sua attenzione a Olivia. «Wellard, qualcuno degli amici o dei coinquilini di Maya con cui hai parlato ieri ti ha dato motivo di preoccupazione?»

Olivia scosse la testa.

«Qualcuno di loro l'aveva sentita prima che venisse uccisa?»

Ancora un cenno di diniego. «Solo per dire che stava tornando a casa.»

Stephanie si voltò verso la lavagna alle sue spalle. Sotto una foto di Maya Corcoran, aveva ricostruito una cronologia degli eventi. Con il pennarello, indicò il primo orario. «Per quanto ho potuto capire, è stata lasciata al campus alle nove e quindici. Viveva a Twyford Court, dall'altra parte del campus, a un paio di minuti a piedi. Novità sulle telecamere a circuito chiuso che la mostrano mentre attraversa il sito?»

Giles rispose a questa. «Ieri ho dato un'occhiata e la si vede passare davanti all'edificio Duke of Kent esattamente alle 21:17. Da lì fa una deviazione attraverso il campo, e non ne riemerge.»

«Quindi possiamo presumere che l'ora della sua morte sia di poco successiva» disse Stephanie, cerchiando l'orario delle 21:30 sulla lavagna. «Ci sono telecamere che riprendono auto in transito o altre persone che entrano nel campo a quell'ora?»

Un cenno di diniego.

«È possibile che l'assassino la stesse aspettando?» chiese Eve.

«Forse» rispose Giles. «Ma per stessa ammissione dell'università, ci sono dei punti ciechi nel campus. Non tutto è coperto dalle telecamere di sicurezza, come abbiamo già visto. *Soprattutto* il campo.»

Stephanie annuì, immersa nei suoi pensieri. «Penso che l'assassino o sapesse che sarebbe stata lì o l'abbia seguita fino a casa. Come per Claudia Bellini e Paulina Potter, penso che Maya fosse l'obiettivo.»

«E se fosse qualcuno del corso di jujitsu?» chiese Eve, portandosi una mano alle labbra come se avesse parlato a sproposito. «So che abbiamo parlato con l'istruttore, ma non dovremmo parlare con le persone che hanno frequentato la lezione?»

«Non fa male» rispose Steph. «Ma dovrebbe conoscere anche le altre due vittime, quindi non sono molto fiduciosa. Non perderci troppo tempo.»

«Sì, capo.»

La conversazione entrò in una pausa naturale e Stephanie approfittò del silenzio per sorseggiare il suo caffè tiepido. Era amaro e stantio, ma le dava qualcosa da fare con le mani. Posò la tazza e fissò di nuovo la cronologia, socchiudendo gli occhi sullo spazio tra le 21:17 e le 21:30.

«Gli orari sono la chiave» disse. «Tutte le ragazze sono state uccise di sera. Sì, l'assassino ha sfruttato il favore delle tenebre. Ma penso che ci sia dell'altro. C'è un forte elemento di preparazione qui. È qualcuno che ha passato molto tempo a pianificare questi omicidi. Fiona, quali sono i prossimi passi con Tristan Penrose, il professore di Claudia e Paulina?»

«Non ha niente a che vedere con Maya Corcoran» rispose Fiona seccamente. «Lei è una studentessa di storia, che è quanto di più lontano ci possa essere da quello che fanno le altre ragazze.»

«È ancora un sospettato?»

Fiona fu colta alla sprovvista dalla domanda. «Io... non lo so, capo.»

«E secondo la tua esperienza? Pensi che sia ancora un sospettato, o dovremmo concentrare la nostra attenzione su qualcun altro come Damien Veitch?»

Non ci volle molto perché Fiona trovasse una risposta. «Nessuno dei due sospettati ha avuto a che fare con Maya Corcoran. Non riesco a trovare nulla finora che colleghi tutte e tre le vittime a uno di quei due sospettati.»

«E quindi...?» Steph si mise le mani sui fianchi.

«Quindi... cosa?»

«Qual è il tuo verdetto?»

«Non penso che siano sospettati, no. Ma non credo che dovremmo escluderli del tutto.»

«Molto bene. Deciso.» Stephanie si rivolse a Devon. «Sergente Lafferty, dato che ne hai fatto la tua area di competenza, a che punto siamo con le bambole?»

Devon sbuffò pesantemente e si asciugò la parte inferiore del naso prima di rispondere. «Non è ancora arrivato niente dalla scientifica. Ho cercato brevemente online dei fornitori di bambole, e nessuno mi ha ancora risposto, quindi non so da dove provengano.»

«Buon lavoro» disse lei. «Continua così. Al momento, l'unica cosa che collega tutte e tre le vittime sono queste bambole. E... sapete tutti cos'è successo a quella sulla scena del crimine di Maya. Non potrei perdonarmelo se *quello* succedesse a qualcuno nel campus. Noah, parla con l'università e fagli mandare un'email o una comunicazione agli studenti, ricordando loro di rimanere nelle zone illuminate, di restare in casa la sera e, se proprio devono uscire di notte, di assicurarsi di essere in coppia. Ci ho provato due volte e non è servito a niente.»

Noah le fece uno dei suoi tipici gesti con le dita a pistola. «Sarà fatto, capo.»

«Nient'altro?»

Si alzò una mano, quella di Olivia. «Non so se sia importante, ma mentre ero al campus ieri, ho sentito dire che alcuni studenti stanno organizzando una veglia per le ragazze al lago dove è stata trovata Maya.»

«È commovente, ma non credo che aiuti la nostra indagine.» Stephanie lanciò una rapida occhiata alla lavagna, guardando i volti di ciascuna delle vittime prima di continuare. «Molto di ciò che abbiamo è accademico finché non scopriamo *perché* l'assassino sta prendendo di mira queste ragazze» continuò Steph. «Se riusciamo a capirlo, possiamo restringere il campo sul chi.»

«In realtà, capo, penso che sia il modo sbagliato di vedere le cose.»

Ovviamente, il commento era di Devon. Lei si girò lentamente a guardarlo.

«Perché, sergente?»

«Perché penso di aver trovato qualcosa che le collega tutte.»

«Le va di condividerlo con il resto della classe?»

«Facevano tutte parte dello stesso gruppo di corsa» disse lui. «In realtà, stamattina ho un incontro con il responsabile della società studentesca.»

«Grazie per l'invito» disse lei, sarcastica. «Mi piacerebbe molto unirmi a te.»

CAPITOLO
CINQUANTAQUATTRO

I primi minuti del viaggio in auto trascorsero nel silenzio più totale, fatta eccezione per il *sibilo* delle auto che sfrecciavano accanto a loro sulla corsia opposta. Durante quel lasso di tempo, Stephanie rifletté sul modo migliore per affrontare la conversazione con Devon. Intravide tre opzioni.

La prima, la più semplice: non dire assolutamente nulla. Era abituata ai silenzi imbarazzanti e a tenere la bocca chiusa per tutto il tempo necessario, quindi non sarebbe stato difficile.

La seconda: lanciargli contro una sfuriata verbale, facendogli sapere cosa pensava davvero di lui e del suo comportamento. Se si fosse trattato di Caleb, il suo vecchio sergente, avrebbe scelto quest'opzione e sarebbe partita all'attacco a testa bassa, usando con lui le maniere forti a cui rispondeva così bene. Ma Devon non era Caleb. E Caleb non era Devon. Se voleva fare breccia con il suo nuovo DS, avrebbe dovuto provare qualcosa di diverso. Assecondarlo un po'. Massaggiargli l'ego per quanto la sua pazienza glielo consentisse.

E così scelse la terza opzione: prenderlo con le buone.

«Grazie per aver gestito la squadra mentre ieri ero assente ingiustificata» disse, posando le mani in grembo.

Devon le lanciò un'occhiata dal sedile del guidatore. Lei notò un velo di sorpresa nella sua espressione. «Non c'è di che». Il suo tono era incredulo, come se non credesse a una sola parola di quello che stava dicendo.

«Non ce l'avrei fatta senza di te» continuò lei. «È a questo che serve un sergente. Lo apprezzo.»

«Ehm…»

«McGowan non era contento» aggiunse. «Ma sono abituata ad avere a che fare con gli ispettori capo e i loro sbalzi ormonali. Giuro che a volte alcuni di loro sono peggio delle adolescenti.»

Devon non sapeva se ridere o darle ragione. Fece un breve cenno col capo, con gli occhi fissi sulla strada. «Fa solo il suo lavoro. Come lo facevo io. Non è che il posto sarebbe crollato senza di te.»

Stephanie represse l'impulso di ribattere con un commento tagliente. Per il momento, si atteneva alla terza opzione. «Buono a sapersi. Forse dovrei farlo più spesso. La prossima volta mi prenderò un paio di giorni di ferie.»

Lui non colse il lato divertente della cosa e guidarono in silenzio per qualche istante.

«Stai bene adesso?» chiese Devon all'improvviso. La domanda fu secca e impacciata, come se non fosse sicuro di averla dovuta porre.

Stephanie fissò la strada davanti a sé, il suo riflesso debolmente visibile sul parabrezza. «Non sono mai stata bene» disse. «Ma ho imparato a conviverci. E tu? Hai mai i tuoi momenti no?»

Lui si indicò il petto. «Io?»

«Sei l'unico altro qui.»

«Debolezze? Non che mi vengano in mente.»

«Non sono quelle a definirti» disse lei. «Va bene averne, Devon. Tutti ne hanno. È il modo in cui le superiamo che dimostra chi siamo davvero.»

Lui riportò l'attenzione sulla strada, scalando marcia. Non disse nulla.

«Parlami di te» disse lei.

«Che vuoi dire?»

«Chi sei, Devon? Io non ho intenzione di andarmene, nel prossimo futuro. Non ti libererai di me così facilmente. Tanto vale che impari a conoscerti un po' meglio. Ho già fatto qualche progresso con il resto della squadra.»

«E io sono l'ultimo della tua lista?»

Lei si strinse nelle spalle. «Non è che tu mi abbia reso le cose facili.»

Lui le lanciò un'occhiata, colse la scintilla di sarcasmo e quasi sorrise a sua volta. Quasi. «Non c'è molto da dire, a essere sincero.»

«Niente di niente? Esisti e basta? Monodimensionale?»

Una stretta di spalle. «Praticamente.»

L'auto sussultò leggermente quando presero una buca. Lui cambiò di nuovo marcia, il motore che ronzava sotto di loro.

Non era andata bene come aveva sperato. Non si aspettava che le raccontasse le sue memorie, ma un po' di più sì. Era chiaro che indossava ancora la sua armatura e che ci sarebbe voluto un bel po' di tempo per trovare un varco.

Guidarono ancora in silenzio per qualche altro minuto, anche se stavolta era un silenzio diverso. Non c'era imbarazzo nell'aria, né un senso di animosità tra loro. Le due fazioni dell'esercito avevano dichiarato un armistizio temporaneo, e si stavano facendo progressi.

«Come hai trovato il mio indirizzo?» chiese lei d'un tratto, mentre passavano accanto alla statua di Stag Hill per entrare nel campus.

«Come ho fatto cosa?»

«Quando sei venuto a casa mia ieri?»

«Non so di cosa stai parlando.»

Lei si voltò lentamente a guardarlo. «La mia vicina ha detto che qualcuno che corrisponde alla tua descrizione è venuto a casa mia, a cercarmi. Ho pensato fossi tu.»

Devon entrò nel parcheggio sul lato nord del campus e infilò l'auto nel primo posto disponibile. «No. Non c'entro niente» disse mentre spegneva il motore. «Mi dispiace.»

CAPITOLO
CINQUANTACINQUE

Ogni pensiero sulla sua relazione con Devon svanì nel momento in cui entrarono nell'atrio della biblioteca universitaria. Il luogo pulsava di vita, il cuore pulsante del campus. Gruppi di studenti sciamavano all'ingresso, muovendosi in ogni direzione come correnti in una marea irrequieta. A destra, studenti con in mano snack e bevande energetiche si riversavano fuori da un piccolo supermercato, la maggior parte con gli auricolari nelle orecchie, i volti illuminati dal bagliore dei telefoni. A sinistra, la libreria del campus esponeva una modesta collezione di libri di testo accanto a scaffali carichi di felpe, tazze e laccetti della University of Surrey. Ovunque guardasse c'erano studenti che indossavano felpe e maglioni ufficiali. Studenti di ogni forma e dimensione, di ogni età e provenienza, che si spostavano da un posto all'altro. Un caleidoscopio di culture, razze ed etnie. Immediatamente, si sentì invisibile lì, l'anonimato l'avvolse come uno di quei maglioni. Era solo un'altra studentessa che cercava un posto in biblioteca per proseguire la sua istruzione.

Il mantello dell'anonimato non durò a lungo. Fu spazzato via nel momento in cui vide una fila di tavoli pieghevoli lungo la parete di fronte all'ingresso. Dietro di essi, degli studenti distribuivano volantini con efficienza meccanica. I tavoli erano tappezzati di cartelli fatti in casa: *In ricordo di Claudia. In ricordo di Paulina. In ricordo di Maya.* Lumini tremolavano in barattoli di marmellata.

Ritratti stampati delle defunte sorridevano da poster attaccati a pannelli espositivi, i loro occhi la seguivano con un'accusa silenziosa. Un tavolo offriva informazioni su corsi di autodifesa e iniziative per tornare a casa in sicurezza. Un altro pubblicizzava una veglia programmata per quella settimana.

Stephanie si ritrovò a dirigersi verso i tavoli.

Una ragazza con i capelli viola si parò davanti a Stephanie. «La riconosco! Lei è la poliziotta che indaga sulla morte delle ragazze. Perché non avete ancora trovato il responsabile?»

Proprio mentre Stephanie stava per rispondere, intervenne un altro studente.

«Gli studenti muoiono! Nessuno si sente più al sicuro nel campus.»

Un altro disse: «Voi altri non avete la più pallida idea. Non vi trovereste le palle neanche se ve le sbattessero in faccia.»

Gli occhi di Stephanie cercarono l'offensore, ma il suo volto si perse rapidamente nel mare di studenti. Ben presto, la folla cominciò a tempestarla di domande, a molestarla, a lanciare le braccia in aria in segno di disgusto. Stephanie fece del suo meglio per calmarli, ma la sensazione di claustrofobia la soffocò rapidamente.

Era abituata agli spazi stretti, a nascondersi nell'armadio o sotto il letto per ore e ore, un luogo di fuga. Ma questo era un assalto totale ai suoi sensi.

Il rumore. La vicinanza di chi la circondava.

Immagini di suo padre che irrompeva nella sua stanza, la strappava dal letto e le urlava in faccia prima di alzare il pugno le balenarono davanti.

Le pareti cominciarono a girare. I volti dei suoi aguzzini iniziarono a sciogliersi e a confondersi.

Finché, alla fine, il buio soffocò la luce nella stanza e lei crollò a terra.

Quando si risvegliò, fu accecata da una forte luce artificiale, che le peggiorò il mal di testa. Provò a muoversi, ma i muscoli erano deboli.

«Tutto bene?» le chiese Devon, posandole una mano sulla spalla.

Mentre alzava lo sguardo per vederlo in piedi sopra di lei, apparve un'altra immagine, questa volta di suo padre, nudo nella camera da letto.

Sussultò al suo tocco e cercò di scendere dalla sedia.

«Dove sono?»

«Nell'infermeria» rispose una voce morbida e gentile. Apparteneva a una donna sulla cinquantina. Le tese una mano e gliela posò sul polso, calmandola all'istante.

«Mi chiamo Jules. Lavoro nel negozio, ma fortunatamente per lei sono una dei pochi membri del personale ad avere la certificazione di primo soccorso. Ha fatto prendere un bello spavento a tutti là fuori.»

«Cos'è successo?»

«È svenuta.» Jules le porse una barretta di cioccolato. Un Kinder Bueno. «Mangi. Ha bisogno di zuccheri.»

Stephanie la ignorò. «Dobbiamo finire il lavoro per cui siamo venuti.»

Fece per alzarsi dalla sedia, ma Devon la tenne giù. «Devi riprenderti prima di fare altri danni.»

Troppo tardi.

Guardandolo di nuovo, non riuscì a togliersi quell'immagine dal cervello. Per qualche ragione, sotto quella luce cruda, le ricordava suo padre. Qualcosa negli occhi. Qualcosa che aleggiava nell'espressione.

Un disagio le tormentava il corpo, e lo spinse via, scendendo dalla sedia. Strappò lo snack dalle mani di Jules e disse: «Andiamo. Non abbiamo tempo da perdere.»

Dopo diversi istanti passati a bisticciare, Stephanie alla fine convinse sia Devon che Jules che stava bene per continuare, anche se poté andarsene solo a condizione di finire la barretta di cioccolato.

Giocherellando con l'involucro tra le dita, con il senso di colpa che cominciava a farsi sentire, aprì la porta ed entrò nell'atrio della biblio-

teca. Immediatamente, fu avvicinata da un uomo alto e dinoccolato —
almeno un metro e novantacinque — con braccia spaventosamente più
lunghe del busto. Era più alto di Steph di almeno trenta centimetri, con
zigomi duri e una mascella che sembrava scolpita nella pietra. Se non
fosse stata quasi il doppio della sua età, lo avrebbe trovato attraente.

«Mi scusi» disse lui, la voce profonda con un leggero accento di
Bristol. «Siete della polizia?»

«Non indosso questo completo per divertimento» rispose Devon
astiosamente, poi tese la mano. «Lei deve essere Elliot, giusto?»

L'uomo dalle braccia lunghe annuì e strinse la mano di Devon.
Stephanie era così impegnata a cercare di assimilare la sua stazza
che non si accorse della mano di lui davanti al suo viso.

«È lei il corridore?» chiese, leccandosi un pezzetto di cioccolato
dalle labbra.

«La gente di solito pensa al basket perché... be', sa com'è. Ma sì.
Sono il presidente del gruppo di corsa. Avevo prenotato una stanza
di sopra e la stavo aspettando. Ma poi ho sentito cos'è successo e
sono sceso subito. Andiamo?»

Devon fece cenno all'uomo di fare strada. Le gambe di
Stephanie erano un po' malferme mentre saliva le scale verso la
biblioteca al primo piano, ma rifiutò l'aiuto di entrambi gli uomini,
insistendo di potercela fare. Non aveva ancora del tutto realizzato
cosa fosse successo. Almeno, non ancora. Era svenuta davanti al
suo sergente. Era svenuta davanti a un centinaio di studenti univer-
sitari. Cosa doveva aver pensato Devon di lei? Prima, si era resa
irreperibile. E adesso questo? Le vennero in mente tre parole: inaffi-
dabile, instabile, inadatta. Il tipo di parole che venivano sussurrate
dietro i monitor dei computer o nei corridoi. Il tipo che finiva nelle
valutazioni di rendimento. Aveva perso il controllo di sé stessa, e
presto avrebbe senza dubbio perso il controllo della squadra.

Doveva darsi una regolata.

In cima alle scale, arrivarono a una serie di tornelli. Elliot passò
con la sua tessera della biblioteca; a Stephanie e Devon fu concesso
l'accesso da un membro del personale. L'atmosfera lassù era più
tranquilla, ovattata. Il brusio di conversazioni e risate del piano di
sotto non esisteva, come se avessero attraversato una barriera invisibile entrando.

Elliot li condusse in una stanza privata usata per le riunioni di gruppo. La stanza era moderna, con un tavolo al centro e un televisore a schermo piatto fissato a una parete. Le restanti pareti erano vetrate a tutta altezza. Esposta, aperta. Niente e nessun posto dove nascondersi.

«Elliot» cominciò Stephanie, sprofondando pesantemente su una sedia. «Il mio collega le ha spiegato perché siamo qui?»

Un cenno del capo.

«Credo che dovremmo iniziare parlando del gruppo di corsa. Che cos'è?»

«È quello che si aspetterebbe. Siamo un gruppo di trenta persone, tutti appassionati di corsa. Includiamo tutti, dagli studenti del primo anno fino ai dottorandi. Abbiamo anche qualche ex-studente, gente che ha lasciato da poco l'università ma non lo sport.»

«Quando vi incontrate?»

«Ogni domenica. Ci rivolgiamo a tutti i livelli di esperienza, e di solito facciamo corse tra i cinque e i quindici chilometri prima di andare al bar o a volte al pub.»

«Ed è lei l'organizzatore?»

Un cenno del capo. «Non c'è molto da fare, a dire il vero. Mi occupo solo del gruppo WhatsApp e dico alle persone dove e quando devono essere. Arrivano tutti in orario, quindi sembra che stia facendo qualcosa di buono.»

Stephanie si voltò verso Devon, che era seduto dall'altra parte del tavolo. Lui colse il segnale e cominciò a rivolgersi direttamente a Elliot.

«È vero che Claudia Bellini, Paulina Potter e Maya Corcoran erano tutte membri del suo gruppo di corsa?»

Elliot intrecciò le dita e le guardò, abbassando il mento sul petto. Sembrava che fosse nel bel mezzo di un colloquio di lavoro. «Sì, è vero. Anche se ho visto Claudia solo una volta, domenica scorsa. Ha detto che era uno dei primi gruppi a cui voleva iscriversi.» Un sorriso gli affiorò sul viso. «Era anche una discreta corridrice, in realtà. Aveva tutta l'attrezzatura ed è riuscita a tenere il passo anche con un paio dei ragazzi che corrono sulle lunghe distanze.»

«Qualcuno ha mostrato interesse per lei?» chiese Devon. «O per una delle altre ragazze, se è per questo?»

Elliot inclinò lentamente la testa verso il sergente. «Cosa sta insinuando?»

«Risponda alla domanda, per favore» intervenne Stephanie.

«Non ho notato nulla. Ma ci sono solo cinque uomini nel gruppo, se è a questo che sta alludendo.»

«Incluso lei?» chiese Stephanie.

Lui annuì leggermente.

«Qualcuno di loro è dottorando?»

Un altro cenno del capo. «Uno lo è.»

Stephanie scambiò un'occhiata con Devon. «Avremo bisogno dei nomi di tutti gli uomini del gruppo di corsa, per favore.»

CAPITOLO
CINQUANTASEI

Stephanie era seduta sul bordo del divano, con lo sguardo fisso sullo spazio vuoto oltre il bovindo. Sua sorella sarebbe arrivata da un momento all'altro e doveva assicurarsi che, in nessuna circostanza, Kimberley entrasse. La casa era un disastro e non era in vena di una discussione (leggi: litigio) al riguardo. La sua mente era stata troppo concentrata sull'indagine per preoccuparsene e, negli ultimi giorni, il numero di scatole, vestiti, cumuli di spazzatura e disordine generale si era accumulato, occupando sempre più spazio nella piccola stanza che aveva.

L'indagine era giunta a un punto morto. Dopo il suo interrogatorio e quello di Devon a Elliot, il presidente del club di corsa, aveva incaricato la squadra di parlare con i membri maschi di cui avevano ricevuto i nomi. Tra questi, solo un membro era emerso come potenziale sospetto, unicamente perché era il solo a non avere un alibi di ferro per l'omicidio di Paulina Potter, e la squadra era stata lasciata a verificare la sua versione dei fatti. Da allora, sebbene il loro carico di lavoro fosse aumentato, il flusso di piste serie si era quasi arrestato.

I pensieri sull'indagine e sulle ragazze avevano tormentato ogni momento di veglia di Stephanie e l'avevano distratta a tal punto da farle dimenticare che giorno fosse. In realtà, lo aveva sempre saputo, in fondo, comunque. Ma forse era stato il suo subconscio a farle dimenticare, costringendola a scegliere di dimenticare il giorno con cui aveva faticato a fare i conti per più di trent'anni.

Senza volerlo, strinse le dita attorno alla collana. Un istante dopo, come se fosse stato evocato, un 4x4 di dimensioni spropositate si fermò con una sbandata nel vialetto.

Steph afferrò rapidamente le sue cose e uscì di casa.

«Perché ti serve una macchina così grande?» chiese a Kimberley mentre si arrampicava a quasi due metri d'altezza sul sedile del passeggero. «Non hai figli. Non hai animali. Perché?»

«Bello rivederti, sorellina.»

Si baciarono sulla guancia, poi Steph si allacciò la cintura.

«È stata una scelta di Jason.»

«Perché ce l'hanno tutti gli altri? Lo stile di vita del Surrey ti si addice. Sembra che qui tutti abbiano macchine enormi, e sono sempre le donne a guidarle.»

Kim partì senza guardare. L'auto sbandò di lato e Stephanie si aggrappò alla maniglia di sostegno per reggersi.

«Qualcuno si è alzato con il piede sbagliato oggi» ribatté Kim.

«Puoi darmi torto?»

Kim lanciò un'occhiata a Stephanie, posandole una mano sulla coscia. «No, immagino di no. Come sei stata?»

Stephanie rivolse l'attenzione alle case che sfrecciavano indistinte. Quella mattina il cielo era di un grigio metallico e c'era una pressione nell'aria, come se si stesse chiudendo su di loro man mano che si avvicinavano.

«Bene» mentì.

«Lavoro?»

«Un sacco. Tu?»

«Idem. E anche Jason. Non l'ho visto molto questa settimana. Ha fatto su e giù da Londra a tutte le ore della notte. È anche uscito a bere un paio di volte con la squadra.»

Speriamo sia solo quello.

«Se la gode» rispose Steph, non volendo preoccupare la sorella.

«Non hai fatto altre gite in bici pericolose o arrampicate in solitaria? O corse notturne?»

Stephanie confermò di non averne fatte. In verità, non era riuscita a pensare a nessuna di quelle cose – correre, arrampicarsi o persino dipingere – perché farlo sarebbe servito solo come un doloroso promemoria degli studenti che avevano perso la vita.

Kim inchiodò, facendo precipitare Stephanie in avanti sul sedile. Se non fosse stato per la cintura che la teneva ferma, sarebbe andata a sbattere faccia a faccia con il parabrezza. Kimberley inveì ripetutamente contro l'autista, mostrandogli il dito medio mentre quello sfrecciava via.

«Penseresti che ti vedesse arrivare dietro quella curva cieca» commentò sarcasticamente Stephanie.

«Autisti del cazzo. Le strade ne sono piene.»

Stephanie si sporse verso il centro dell'auto e diede un'occhiata al cruscotto. «Soprattutto quando si va a dieci chilometri orari sopra il limite di velocità» Si aggrappò al bordo del sedile in preda al panico. «Ho seguito corsi di guida avanzata; ho guidato a più di centonovanta all'ora; ho fatto slalom nel traffico su una superstrada; eppure non ho mai avuto più paura per la mia vita di quanto ne abbia avuta negli ultimi cinque minuti.»

Sua sorella liquidò il commento con un gesto della mano. «Fai la brava.»

«Le tue lezioni sono così? Caos assoluto.»

«Stai zitta.»

«Non pensare che non ti denuncerò per guida pericolosa solo perché sei mia sorella.»

Davanti a loro, un semaforo verde stava per diventare giallo. Kimberley schiacciò il piede sull'acceleratore, facendo balzare l'auto in avanti.

«Mi piacerebbe arrivarci viva, grazie» disse Steph.

Meno di cinque minuti dopo, dopo aver pregato per la propria vita a ogni secondo del tragitto, arrivarono al cimitero. Kim rallentò l'auto fino a passo d'uomo, accostando accanto a un muretto coperto di muschio. Il cimitero era quasi vuoto, a parte un anziano che si prendeva cura di una lapide con un annaffiatoio e un paio di guanti da giardinaggio. Stephanie lo riconobbe dal giorno prima.

Dave.

Appena saltò giù dall'auto, fu immediatamente colpita dall'odore di terra umida ed erba tagliata. Le nuvole si erano addensate sopra di loro, chiudendosi ulteriormente, e il vento portava un freddo che le fece venire la pelle d'oca sulle braccia.

Kim aprì il bagagliaio e tirò fuori un piccolo mazzo di margherite.

«Hai comprato i fiori?»

«Lo faccio ogni anno.»

Il pensiero non le era nemmeno passato per la mente. Ora si sentiva messa in ombra.

Camminarono insieme in silenzio, serpeggiando tra le lapidi storte e le macchie di fiori selvatici, finché non giunsero alla tomba della madre.

Stephanie non aveva mai commemorato l'anniversario della sua morte. Non ne aveva mai trovato il coraggio. Si era sempre tenuta occupata con il lavoro. Il ricordo era troppo doloroso.

Trent'anni esatti dal giorno in cui aveva assistito alla morte di sua madre.

Trent'anni esatti dal giorno in cui era rimasta a guardare senza fare nulla.

Trent'anni esatti dal giorno in cui le vite sua e di sua sorella erano cambiate per sempre.

Steph sentì il corpo percorso da un brivido di freddo. Con la coda dell'occhio, vide Dave in ginocchio tra l'erba, la testa che si girava verso di lei. Afferrò di nuovo la collana.

Ciao, mamma.

Kim si inginocchiò per sistemare i fiori e pulire la lapide, mentre Stephanie rimase immobile. Non piangeva. Non poteva. Non voleva. Non di fronte a Kimberley. Non aveva mai pianto di fronte a sua sorella. Era sempre stato il contrario. Aveva dovuto rimanere forte, dura, resiliente. Non era stata in grado di mostrare che qualcosa non andava.

Faceva parte del patto che aveva stretto con se stessa a dieci anni: sii forte, stai zitta, vai avanti.

Rimasero lì per un bel po'. C'era solo il vento tra gli alberi, il fruscio delle foglie, il canto occasionale di un uccello.

«Ti chiedi mai cosa penserebbe di noi?» chiese improvvisamente Kim.

Stephanie fissò la lapide e annuì.

«Pensi che sarebbe orgogliosa di noi?»

Un altro cenno del capo. «Una detective e un'insegnante» disse a bassa voce. «Stiamo entrambe aiutando gli altri in modi diversi, quando nessuno voleva aiutare noi. Penso che sarebbe orgogliosa. Perché siamo sopravvissute.»

Stephanie guardò oltre le tombe, i tetti delle case in lontananza, il cielo pesante sopra di sé.

In più di un modo, pensò.

Stephanie risalì in macchina con una pesantezza nel petto. Chiuse la portiera dolcemente, poi rimase immobile, fissando dritto davanti a sé attraverso il parabrezza. Un istante dopo, Kim le saltò accanto e accese il motore, il basso rombo che riempiva il silenzio tra loro.

«Pronta?»

«Quando vuoi.»

Stephanie appoggiò la testa al finestrino mentre l'auto si allontanava, il suo respiro che appannava il vetro. Pensò alla loro mamma: alla sua risata (nelle rare occasioni in cui la sentiva); a quanto fosse bella; a quanto fosse aperta e onesta; a come mettesse sempre gli altri prima di se stessa. Un ricordo le balenò in mente: sua madre che dipingeva di giallo i mobili della cucina un'estate, dicendo che voleva il sole anche nei giorni di pioggia. Questo le era costato delle botte, e anche a Stephanie, ma a lei non era importato. Ne era valsa la pena solo per vedere il sorriso sul suo viso.

Quando raggiunsero l'incrocio in fondo alla stradina, Kim girò a destra invece che a sinistra, come Stephanie si aspettava.

Si raddrizzò leggermente. «Dove stiamo andando?»

Kim non rispose. Né sua sorella la guardò.

«*Kimberley*.»

«Solo una breve sosta.»

«Una sosta?» ripeté Stephanie, la sua voce si indurì. «*Dove?*»

«Andiamo a trovare papà.»

Stephanie sbatté le palpebre. Una volta. Due. Come se le parole non le fossero arrivate correttamente. «No, non ci andiamo.»

«Io passo questo giorno con entrambi, Steph. Mamma e papà. Ogni anno.»

Il respiro di Stephanie si bloccò. Le sue mani si strinsero in grembo.

«Non me l'hai detto.»

«Perché sapevo che avresti reagito così. Non sarà qui per sempre, Steph. Non so quanto tempo gli resti e voglio passare più tempo possibile con lui. Gli siamo debitrici. Entrambe. Senza di lui, non avremmo mai scoperto chi ha fatto quello a mamma.»

Steph chiuse gli occhi e inspirò bruscamente. Controllò la sua respirazione perché in quel momento era l'unica cosa che poteva controllare.

«Fai inversione.»

«È troppo tardi. Andrà tutto bene. *Tu* starai bene.»

«Kimberley. Fai inversione. Adesso.»

Kimberley non fece nulla. Teneva l'auto in strada, diretta verso la casa di cura, percorrendo le strade tortuose, mentre i nodi si stringevano nello stomaco di Stephanie. Il pensiero di vederlo, di guardare negli occhi l'uomo che aveva plasmato gran parte del suo trauma, le fece venire voglia di aprire la portiera e rotolare sull'autostrada A3.

Kim si allungò e le posò una mano sulla coscia. «Ti prego, Steph. Fallo per me. È importante.»

Steph cominciò a iperventilare. Il polso le batteva furiosamente nel collo. I palmi erano coperti da un sottile strato di sudore e si sentì distaccata dal suo stesso corpo, come se le gambe si muovessero contro la sua volontà.

In effetti, l'intera visita era contro la sua volontà.

Questa volta non ebbe bisogno che un'infermiera le mostrasse dove andare. Kimberley la condusse lungo il corridoio silenzioso, annuendo educatamente al personale che incrociavano. Stephanie la seguiva qualche passo indietro. Il petto era stretto, i polmoni si stavano rimpicciolendo. In lontananza echeggiava il suono della televisione nella sala comune.

Una coppia di visitatori uscì dalla stanza accanto a quella del padre. Kimberley li salutò, scambiando convenevoli come se fossero migliori amici. Stephanie si fermò goffamente dietro sua sorella, il respiro che si faceva sempre più veloce e superficiale.

Le pareti si restrinsero mentre si dirigevano verso la stanza del padre. Il cuore le martellava contro le costole. Non riusciva a respirare a sufficienza.

Kimberley fu la prima a entrare. Stephanie rimase lì, sulla soglia, mentre sua sorella si avvicinava al padre, accasciato nella sua poltrona dallo schienale alto vicino alla finestra, una coperta drappeggiata sulle gambe, la sua attenzione completamente concentrata sulla televisione di fronte a lui. I suoi occhi erano vitrei, privi di espressione.

Stephanie deglutì a fatica.

«Tutto bene, papà?» esordì Kim. «Sono io.»

Colin Broadbent non prestò attenzione a Kimberley. Ma non appena Stephanie varcò la soglia, il suo sguardo cominciò a girarsi, lentamente, verso di lei.

«Tu» gracchiò, con la voce roca. «Tu sei...» Sbatté le palpebre. «Tu sei... Stephy.»

«Sì, è Stephanie» intervenne Kimberley quando a Steph mancavano le parole per rispondere.

Kim si sedette sul bracciolo della poltrona di Colin, avvolgendolo con un braccio. «È venuta a salutarti. Siamo venute entrambe. Sai che giorno è oggi, papà?»

Ovviamente, non ci fu risposta. Lo sguardo di Colin non lasciava Stephanie.

«È l'anniversario della morte della mamma. Ci credi che sono già passati trent'anni? Dove è finito il tempo? Siamo appena state a vedere la sua tomba, ed è davvero bellissima. Abbiamo messo dei bei fiori e detto qualche parola per lei, non è vero, Steph?»

Stephanie grugnì, fissando una macchia sul tappeto.

«Penso che sia orgogliosa di noi lassù, papà. Che vegli su tutti noi, che ci protegga. Te, me, Steph... e tra circa sei mesi, tua nipote.»

Stephanie si voltò di scatto verso la sorella. «Cosa hai appena detto?»

Kim abbassò la mano sul proprio ventre. «Sono incinta.»

«Da quando?»

«Da circa tre mesi. Non volevamo dire niente finché non avessimo avuto il via libera dal medico, e...»

Stephanie attraversò la stanza di slancio e abbracciò la sorella.

«È una notizia favolosa!» esclamò. «Perché non me l'hai detto prima?»

«Non volevamo stressarti. Dopo tutto il trasloco, il lavoro… non sembrava il momento giusto. Ma oggi, semplicemente…»

Colin sollevò lentamente lo sguardo verso Kim. «Un bambino…?»

«Sì» rispose Kim. «Diventerai nonno, papà. Nascerà a marzo.» Si accarezzò di nuovo il ventre. «Non vedo l'ora che tu la conosca.»

Un potente mix di emozioni travolse Stephanie. Le pareti sembravano restringersi e faticava a respirare. «Ho bisogno d'aria» disse, voltandosi e uscendo dalla stanza.

Svoltò a destra e si ritrovò in un corridoio a caso. Come poteva perdersi in una casa di cura? Poi si ricordò che quel posto era come una prigione per anziani.

Misericordiosamente, trovò l'ingresso e fermò un membro del personale. Dopo quella che sembrò un'eternità, fu finalmente liberata. Fuori, inspirò boccate d'ossigeno e, poco dopo, il senso di stordimento scomparve. A pochi metri di distanza c'erano due membri del personale che si godevano una sigaretta. L'odore le arrivò leggero. Nonostante i suoi altri vizi, non aveva mai preso quello del fumo.

In quel momento, pensò che forse gliene sarebbe servita una.

«Come sta?» le chiese Wayne, l'infermiere che aveva già incontrato. I suoi occhi erano spalancati dietro gli occhiali e aveva un nuovo tatuaggio sull'avambraccio.

«Bene» rispose lei, mettendosi le mani sui fianchi.

«Ha chiesto di lei l'altro giorno» continuò Wayne, facendo un tiro profondo dalla sua sigaretta. «Ha detto di averla vista al telegiornale.»

Non disse nulla, si limitò a un sorriso educato e sperò che smettesse di parlarle.

Come per intervento divino, il suo cellulare vibrò in tasca. Rispose alla chiamata prima che lui potesse dire altro.

«Fiona, tutto bene?»

«Cosa stai facendo in questo momento, SB?»

«Sono in un posto dove vorrei non essere. Perché?»

«Perfetto. Prendi le tue cose, porta un documento e scendi al

The King's Head. Eve e io ci stiamo annoiando e vogliamo che tu venga a bere qualcosa con noi. Abbiamo un tavolo prenotato dalle sette.»

CAPITOLO
CINQUANTASETTE

Il pub era rumoroso, caldo e affollato, in stridente contrasto con il silenzio asettico della casa di riposo di poche ore prima. Stephanie rimase per un istante, impacciata, vicino al bancone, con il cappotto ancora mezzo indossato, incerta se avesse fatto la scelta giusta a venire. Ma poi scorse Eve e Fiona, rannicchiate in un separé sul retro, che la chiamavano con un cenno, con i loro gin tonic già a metà.

Ordinò da bere al bancone, poi attraversò la sala, serpeggiando tra i tavoli e schivando un uomo che portava tre pinte con la disinvoltura di chi l'aveva fatto altre volte.

«Eccola» sorrise Eve, spingendo un bicchiere verso il posto vuoto. «SB! Stavo iniziando a pensare che ti fossi tirata indietro.»

«Per poco» ammise Stephanie, scivolando accanto a loro. Posò il drink sul tavolo e si sfilò il cappotto. «Ma in questo momento, ne ho bisogno più di ogni altra cosa.»

Fiona inclinò la testa, studiandola. «Giornata pesante?»

«Sì e no.» Steph prese il primo sorso del suo drink. L'alcol le esplose in bocca. «Sono andata a vedere la tomba di mia madre con mia sorella, poi ho fatto visita a mio padre nella casa di riposo, e poi ho scoperto che mia sorella è incinta del suo primo figlio. Quindi è stata un'altalena di emozioni.»

Eve e Fiona si guardarono. In poche frasi, Steph aveva condiviso più dettagli della sua vita privata che in tutta la settimana trascorsa lì.

Fiona sollevò il bicchiere. «Be', allora a tutti: a tua sorella e al suo bambino, a tuo padre e alla sua salute, e a tua...»

«Non a mio padre» la interruppe Stephanie, prendendo già un sorso.

«No?»

«Non andavamo d'accordo.»

«D'accordo. A tua sorella, al suo bambino e a tua madre...»

«A questo brindiamo» disse Steph, mentre facevano cin cin. Tracannò una sorsata enorme, quasi finendo il drink in un colpo solo, poi posò il bicchiere sul tavolo. «Non vi andava di invitare il resto della squadra?»

Fiona si leccò le labbra, scuotendo la testa. «Volevamo solo farci una bevuta tranquilla, una cosa civile. Solo noi ragazze.»

«E Wellard?»

«Doveva badare ai figli. Uno ha l'allenamento di calcio e l'altra ha pianoforte. Povera donna. Le consumano ogni momento della vita fuori dal lavoro. E a volte anche durante.»

Steph guardò Eve e Fiona. «È carino. Grazie per avermi invitata.»

«L'abbiamo fatto solo perché sei il capo» scherzò Fiona. «Forse dovremmo farlo una volta al mese.»

La sua proposta fu accolta dal silenzio, dato che né Eve né Stephanie erano particolarmente ricettive all'idea di un incontro mensile a esclusione del resto della squadra. A Stephanie non piaceva l'idea che si formassero delle cricche. C'era già troppa confusione e scompiglio tra loro in quel momento; era l'ultima cosa di cui avevano bisogno.

«Come te la cavi con il tuo padrone di casa?» chiese Fiona a Eve mentre finiva il suo drink.

Eve alzò gli occhi al cielo e sospirò profondamente. «Giuro su Dio, se devo chiamarlo un'altra volta, sclero. L'ultima volta che gli ho parlato, mi ha chiamata tesoro! Se non ripara presto la perdita della caldaia, dovrò fargli vedere quanto sono davvero un tesoro. Non capirà cosa l'ha colpito. O quello, o faccio venire mia madre. Lei può semplicemente fissarlo finché le tubature non si riparano da sole.»

Stephanie rise, un suono sommesso e sorpreso. «Tua madre sembra terrificante.»

«È alta un metro e un tappo e piena di rabbia. È cresciuta a South London con quattro fratelli e senza tempo per le sciocchezze.»

Fiona sorrise. «Questo spiega tutto. Mia madre è la persona più dolce del mondo. Onestamente, non c'è niente che non farei per quella...» Si bloccò, con gli occhi sgranati. «Steph, mi dispiace tanto. Non ci ho pensato. Tua madre...»

Steph fece un gesto con la mano, liquidando il commento. «Non fa niente.»

«Sono stata un'insensibile. Scusami.»

«Non fa niente, Fiona. Davvero. È morta quando ero molto piccola. Ho avuto molto tempo per farmene una ragione.»

«Comunque, mi sento un'idiota.»

«Non lo sei. È solo una di quelle giornate. E poi, è piacevole. Non mi capita spesso di parlare di lei.»

Seguì una pausa mentre ognuna sorseggiava il proprio drink. Steph giocherellava con la sua collana. Sentiva già l'alcol darle alla testa. «Me l'ha data lei, in realtà» cominciò. «Prima di morire.»

«È deliziosa» rispose Fiona, sporgendosi per guardarla.

«Mi ha dato anche un orsacchiotto.»

«Che fine ha fatto?»

«Ce l'ho ancora. Ci dormo ogni notte. È stata una delle prime cose che ho tirato fuori da una scatola quando mi sono trasferita.»

«Come si chiama?»

«Bart.»

«Come il personaggio?»

Annuì. «Non prendermi in giro. È molto distinto.»

Gli occhi di Eve si illuminarono. «Sì! Lo sapevo che avevi un lato tenero. Io ho questa vecchia felpa dell'università che indosso ancora ogni volta che mi sento giù.»

Fu il turno di Fiona. Appoggiò il mento sulla mano. «Avevo una scatola da scarpe piena di appunti sotto il letto. Cose che avevo sentito dire dalla gente. Sconosciuti. I miei genitori. Insegnanti. Pensavo che sarei diventata una scrittrice. Poi ho capito che non volevo creare misteri. Volevo risolverli.»

«È una cosa piuttosto bella» disse Eve. «E anche vagamente inquietante.»

«Grazie» rispose Fiona, impassibile.

Stephanie le guardò e sentì, per la prima volta da un po', di far di nuovo parte di qualcosa.

«Siete strane voi due» disse, sollevando il bicchiere.

«Da che pulpito, SB!» rispose Eve.

Fecero di nuovo cin cin. Questa volta, il sorriso sul volto di Stephanie si soffermò un po' più a lungo.

CAPITOLO
CINQUANTOTTO

I freni stridettero mentre lei inchiodava. Priya scavalcò la bici e si sfilò il casco. «È stato pazzesco» ansimò. Aveva i capelli appiccicati alla fronte e una striscia di fango le segnava una guancia. «Mi ero dimenticata di quanto mi mancasse.»

«Avremmo dovuto farlo prima» disse Tamzin, saltando giù dalla bici e facendo stretching. Le gambe le tremavano. «Dobbiamo farlo ogni settimana. Senza scuse.»

«D'accordo» aggiunse Megan, togliendosi un ago di pino dalla manica. «Anche se domani non riuscirò a sedermi.»

Ridero di nuovo, spingendo le bici verso la rastrelliera vicina. Ma non appena la raggiunsero, Megan si bloccò di colpo.

«Sono tutte piene.»

Priya sbatté le palpebre. «Davvero?»

Ispezionò la rastrelliera più vicina alle loro residenze universitarie. Era completamente occupata. Decine di biciclette, comprese quelle a noleggio del centro, riempivano gli spazi.

«Dovremo trovare un altro posto dove lasciarle» disse Megan risalendo in sella.

«Fatelo voi» rispose Priya. «Io non ne ho sbatta. La lascio in macchina. È più facile.»

Megan parve a disagio. «Sei sicura? Potremmo metterne due insieme. Legarle con la stessa catena.»

Priya scosse la testa. «Nah. Ci metto un secondo. Andate pure voi due, vi raggiungo dopo.»

Si separarono, prendendo direzioni diverse. Mentre Megan e Tamzin salivano la collina verso l'unione studentesca, Priya fece il giro lungo ai margini del campus, superando il lago, in direzione del parcheggio sul lato nord. Di solito, il parcheggio – e l'intero campus, a dire il vero – era pieno zeppo di macchine, con studenti e professori che si contendevano i pochi posti disponibili. Ma adesso, nel bel mezzo della mattinata, era completamente deserto. Aveva sentito le voci sugli studenti che se ne andavano per tornare a casa, ma non si era aspettata che così tanti lo facessero davvero. Forse era per quello che le rastrelliere erano piene, pensò.

La ghiaia scricchiolò sotto le ruote di Priya mentre si dirigeva verso la sua Polo argentata, parcheggiata sotto un lampione. Si fermò, si sganciò il casco e si frugò in tasca in cerca delle chiavi.

L'auto si aprì senza problemi, e poi lei iniziò il laborioso processo di manovrare la bici per farla entrare nel veicolo. Per prima cosa, dovette abbassare i sedili posteriori, cosa che richiese di armeggiare con un meccanismo ostico finché non cedette. Poi dovette togliere tutta la cianfrusaglia dal bagagliaio – il liquido lavavetri, il pallone da calcio di suo fratello e una pila di cibo in scatola che sua madre le aveva dato per le emergenze – prima di poter anche solo pensare di caricare la bici. L'auto era dei primi anni Duemila, aveva più di centosessantamila chilometri sul groppone ed era spesso una rottura di scatole da guidare. Ma era la sua piccola rottura di scatole. Affidabile, resistente. La sua prima macchina, e l'aveva aiutata a trasportare di tutto, da Hastings all'università. Non ci avrebbe cambiato nulla.

Priya era ancora al primo passo, ad armeggiare con il meccanismo sotto il sedile, quando qualcosa le si spaccò contro il cranio.

La vista le si annebbiò di bianco e le ginocchia le si piegarono.

Arrivò un altro colpo, più forte stavolta, e lei cadde sull'asfalto con un tonfo.

Delle mani l'afferrarono. Tentò di gridare, ma le avevano tolto tutta l'aria dai polmoni. Sentì che la stavano trascinando, con le membra pesanti e inutili. La portiera posteriore della sua auto fu spalancata e lei venne spinta dentro, poi la portiera si richiuse sbattendo alle sue spalle.

Si aggrappò alla maniglia, ma non si mosse. Era chiusa dentro.

Poi ne sentì l'odore. Un odore acre, amaro. Benzina.

La vista era ancora annebbiata, la testa le pulsava, il sangue le colava in un occhio.

Il suono di un liquido che sciabordava. Un passo. Poi un altro.

Urlò. Picchiò sui finestrini. Cercò di prendere a calci la portiera.

Un clic – il suono inconfondibile di un accendino. Poi il fuoco.

Divampò in un istante, un lampo arancione contro il finestrino, e poi calore.

Gridò, agitando le braccia, la pelle che già si copriva di vesciche per l'aria rovente. L'ultima cosa che vide fu la sagoma di qualcuno che si allontanava. Calmo. Senza fretta. Mentre le fiamme divoravano tutto ciò che la circondava.

CAPITOLO
CINQUANTANOVE

Stephanie non si era mossa per cinque minuti; non era riuscita a distogliere lo sguardo dalla scena che le si parava davanti da ancora più tempo.

La testa le martellava ancora per gli effetti della sbronza della sera precedente. Ma in quel momento, un dolore diverso le stava crescendo nel cranio. Tutto le si stava stringendo addosso. Le balenarono in mente le immagini della bambola trovata sulla scena del crimine di Maya Corcoran: la scintilla iniziale, la combustione immediata, i resti carbonizzati della bambola.

La scena del crimine di fronte a lei era identica. I nastri della polizia si estendevano per tutta la lunghezza del parcheggio, le auto di personale e studenti intatte, illuminate dalle luci blu dei lampeggianti insieme agli alberi circostanti. I resti del veicolo giacevano anneriti e accartocciati. I vigili del fuoco stavano ancora bagnando il terreno, un sibilo basso che si levava dal cemento fradicio. L'inconfondibile puzza di gomma bruciata, plastica carbonizzata e accelerante le si era appiccicata in fondo alla gola.

La distruzione era così estesa che Stephanie non riusciva nemmeno a decifrare la marca o il modello dell'auto. Non era altro che un ammasso annerito al suolo.

Eppure, la scatola di metallo che era stata posta a qualche metro dal bagagliaio era rimasta perfettamente intatta.

La bile le salì in gola, un misto di alcol e del pensiero di un'altra vittima. Non voleva aprirla. Non sapeva se ci sarebbe riuscita.

La quarta vittima in meno di due settimane.

Quali storie si celavano dietro di lei? Quali speranze, sogni e aspirazioni le erano stati strappati via? E *perché*? Perché le era stata tolta la vita? Perché l'assassino aveva scelto proprio lei?

E poi il mondo divenne buio. Tornò a sei anni, seduta sul divano, a cercare di guardare la TV mentre sua madre si occupava di una Kimberley urlante in cucina. Papà era dall'altra parte della stanza, giocherellava con il suo accendino, annoiato, ubriaco, fingendo di tenersi occupato. Non gli ci volle molto per finire i fiammiferi da bruciare; barcollò verso di lei, l'afferrò per un braccio e glielo strinse forte. Per quanto lei cercasse di muoversi e difendersi, lui non la lasciava andare. Fisicamente era molto più forte di lei. Ma non mentalmente. Mentalmente non l'avrebbe mai battuta.

«Dammi il pollice» disse lui.

«Non voglio!»

La volta successiva, non chiese. Premendo il suo pollice sul suo punto di pressione, le liberò il pollice a forza e accese la fiamma. Ricordava sempre il suono che faceva: il clic, seguito dall'odore esplosivo del liquido.

«Vediamo chi urla più forte» disse mentre avvicinava la fiamma al suo pollice. «Tu o quella piccola puttana di tua sorella.»

In due secondi, il pollice cominciò a bruciarle sopra la punta della fiamma. Strattonò e tirò, ma fu inutile. Era ancora troppo forte per lei.

Eppure, rimase in silenzio. Nonostante il dolore atroce, tenne le labbra sigillate e urlò dentro di sé finché le viscere non le dolsero. Non gli avrebbe dato la soddisfazione di vederla piangere, per nessuna ragione al mondo.

Misericordiosamente, dopo qualche altro secondo si annoiò e le lasciò cadere la mano sul bracciolo del divano. Stephanie non perse tempo, corse in bagno e la immerse sotto l'acqua fredda.

Le dita le sfiorarono la cicatrice sul pollice mentre qualcuno la chiamava per nome.

Giles.

«Capo» disse lui con cautela, mettendosi al suo fianco. «I vigili del fuoco hanno finito. Possiamo avvicinarci all'auto.»

Lo stava ascoltando solo a metà. «Sappiamo il nome della vittima?»

«Dei testimoni oculari hanno detto che l'auto apparteneva a una certa Priya Chadha. Una studentessa del primo anno di biomeccanica.»

«Attendibili?»

«Sono le sue coinquiline, capo.»

«Sa come è finita così?»

Giles si tolse la mascherina e si grattò il naso. «Stamattina, mentre era tranquillo, sono andate a fare mountain bike nel Chantries. Tre di loro. Non avevano lezioni o altro da fare. Quando sono tornate, non sono riuscite a trovare posto nella rastrelliera vicino al loro studentato, così Megan e Tamzin, le ragazze che erano con lei, sono andate a cercarne uno altrove nel campus, e Priya è venuta a mettere la sua bici in macchina.»

Stephanie esaminò il relitto. Tra la massa di metallo fuso, scorse quelli che sembravano i raggi di una ruota.

«Chi l'ha trovata?»

«Le sue coinquiline, capo. Sono venute a cercarla dopo essere tornate.»

«Hanno visto qualcuno fuggire? Qualcuno che la seguiva quando è andata verso il parcheggio?»

Giles si rimise la mascherina sulla bocca. «No, capo. Non hanno visto niente. Hanno entrambe notato che il campus era molto tranquillo, come se il posto si fosse svuotato durante la notte, e avrebbero notato qualcuno che la seguiva o che scappava. Ma non hanno visto nessuno.»

Stephanie inspirò profondamente, chiudendo gli occhi. Come faceva l'assassino a farla franca? Per gli omicidi precedenti, doveva essersi spostato a piedi; altrimenti, l'avrebbero ripreso con le telecamere a circuito chiuso e il sistema di riconoscimento targhe all'uscita del campus. Ma se anche ora era a piedi, dove poteva andare?

E poi la risposta le venne in mente: il suono di un treno che sferragliava sui binari dall'altra parte del parcheggio, nascosto dietro una lunga fila di alberi che correva lungo il lato nord del campus. O l'assassino stava fuggendo da lì in qualche modo, tagliando le recinzioni e saltando sui binari, oppure si stava tenendo lungo il perimetro del campus, fuori dalla vista delle telecamere. O era uno studente o un docente che conosceva bene il territorio, oppure qual-cuno che aveva passato una notevole quantità di tempo ad analiz-zarne i punti deboli, perlustrando i nascondigli perfetti.

«È quello che penso che sia, capo?» chiese Giles, strappandola alle sue fantasticherie. Indicò senza troppa convinzione la scatola a terra.

«Temo di sì» rispose lei. «Dov'è Devon?»

Giles diede una rapida occhiata dietro di loro. «Non saprei, capo.»

«Ci sono tutti tranne lui?»

«Vuole che lo trovi?»

«Volevo fargli aprire la scatola. È un tale esperto.»

Giles fece per andarsene, ma Stephanie lo trattenne.

«Puoi farlo tu per me, Giles?» chiese lei a bassa voce. «Non credo di poterne sopportare un'altra in questo momento.»

Vediamo chi urla più forte.

Giles esitò. «Capo… io…»

Tu o quella piccola puttana di tua sorella.

«Trova qualcuno nella squadra che *sia* disposto a farlo.»

Senza pensarci due volte, Giles si girò sui tacchi e si diresse verso la folla. Un attimo dopo, fu sostituito da Eve.

«Si sente male quanto sembra?» chiese Stephanie, riferendosi all'espressione stanca e sbattuta della giovane agente dietro la mascherina.

«Abbiamo bevuto solo un paio di bicchieri» rispose Eve. «Aveva bisogno di me?»

«La scatola.»

Stephanie non ebbe bisogno di dirle cosa fare. Non ebbe bisogno di spiegare il perché. Era un compito necessario, uno che lei era troppo debole per affrontare.

La paura si insinuò sul volto di Eve quando la difficoltà di ciò che le era stato chiesto si fece strada in lei. Controllò il respiro per diversi istanti prima di avviarsi. Stephanie si strinse la collana mentre la osservava.

L'agente si mosse lentamente, con cautela, come se si stesse avvicinando a una bomba. Aveva il cuore in gola e le dita comincia-rono a sudarle sotto i guanti. Man mano che la scatola si avvicinava, aumentava anche il suo terrore per ciò che si trovava all'interno.

Eve si fermò. Trattenne il respiro. Si accovacciò.

La scatola era d'acciaio e calda al tatto. Le sue dita percorsero il bordo finché non trovò il fermo di apertura. Poi, al tre, la aprì con cautela sul lato più lungo, con i cardini che stridevano in protesta.

Lì, appesa alla parte superiore del coperchio, c'era un'altra bambola, un cappio da impiccato avvolto attorno al collo. La bambola oscillò da un lato all'altro mentre apriva il coperchio, e alla fine si fermò, appoggiata contro il metallo, un paio di occhi di bottone senz'anima che la fissavano.

CAPITOLO
SESSANTA

Un'ora dopo, Stephanie si ritrovò di nuovo nell'anfiteatro. Solo che questa volta, la folla di studenti terrorizzati era stata sostituita da un piccolo gruppo di giornalisti e operatori di ripresa. La conferenza stampa era stata indetta dal commissario capo McGowan senza la sua autorizzazione, ma, in quanto volto dell'indagine, ci si aspettava che partecipasse, anche se non aveva preparato nulla e non sapeva cosa avrebbe detto.

Il podio di fronte a lei era stato preso in prestito da una delle aule universitarie, e oltre una dozzina di microfoni pendevano disordinatamente da esso, come un grappolo di vipere di metallo che le sibilavano contro. Il mal di testa non si era placato e l'odore di gomma bruciata le era ancora appiccicato ai vestiti, nonostante si fosse tolta la tuta della scientifica e si fosse spruzzata del profumo.

Dietro di lei c'era una fila di funzionari dell'università, tra cui Martin Bell, il responsabile del benessere studentesco, e degli agenti in uniforme la fiancheggiavano, con il volto solenne e in silenzio. Giles indugiava ai margini della fila, mentre il resto della squadra si occupava della scena del crimine. Altrove, il campus rimaneva stranamente silenzioso, come se tutti gli studenti fossero scomparsi. Non c'era alcun brusio, nessun vociare che si propagasse per i viali e gli edifici.

Stephanie sistemò leggermente il microfono e si schiarì la gola.

«Buon pomeriggio» cominciò. «Mi chiamo ispettore Stephanie Broadbent della Polizia del Surrey. Stamattina, abbiamo ricevuto diverse segnalazioni di un'auto a cui era stato dato fuoco. I servizi di emergenza sono arrivati poco dopo per domare l'incendio, ed è stato allora che siamo stati allertati del fatto che qualcuno si trovava all'interno del veicolo durante l'incidente. Purtroppo, la vittima ha perso la vita nel rogo. Stiamo ora trattando questo caso come un'indagine per omicidio e non renderemo pubblico il nome della vittima finché non avremo avvisato la famiglia.»

I suoi occhi guizzarono verso il volto di Louis Brown tra la folla.

«Ovviamente, contatteremo la famiglia e offriremo loro il nostro pieno supporto. Ciò che è accaduto oggi è a dir poco una tragedia, e faremo tutto il possibile per trovare il responsabile. Stiamo attualmente seguendo diverse piste investigative attive e stiamo lavorando a stretto contatto con la squadra investigativa dei vigili del fuoco, la scientifica e la sicurezza dell'università. Non è la prima volta che una tragedia colpisce questo campus, e stiamo facendo del nostro meglio per garantire che non accada di nuovo.»

Fece una breve pausa per riprendere fiato. L'immagine della bambola, appesa a un sottile pezzo di spago, le apparve nella mente, inibendola per un istante.

«Noi... Noi...» Perse il filo del discorso e si afferrò la collana, come se questo potesse farlo tornare. «Sappiamo che non si tratta di un incidente isolato e che ci sono somiglianze tra ciascuna delle vittime. Pertanto, stiamo trattando questi incidenti come collegati e stiamo cercando legami tra ciascuna delle vittime.»

Un altro flash della bambola.

E di quella prima.

E di quella prima ancora.

«Lo stiamo trattando come parte di uno schema; chiunque sia il responsabile ha lasciato una bambola su ogni scena del crimine. Comprendiamo la paura e l'ansia che questo ha causato, specialmente all'interno del corpo studentesco, e voglio rassicurare la comunità che stiamo facendo tutto il possibile per proteggervi e assicurare il responsabile alla giustizia. Chiediamo a chiunque possa aver visto o sentito qualcosa di sospetto nel campus nell'ultima settimana di segnalarlo alla linea diretta che abbiamo istituito.

A questo punto della nostra indagine, nessun indizio o suggerimento è troppo piccolo. Per ora è tutto. Grazie.»

Stephanie sentiva il polso martellarle dietro le tempie e il dolore divampare tra le orecchie. Fu solo quando si voltò dalle telecamere che si rese conto di ciò che aveva detto: che aveva rivelato alla stampa il loro indizio più importante.

CAPITOLO
SESSANTUNO

Stephanie aprì la porta dell'ufficio del commissario McGowan senza attendere il permesso. Lui alzò lo sguardo verso di lei, sbirciando da sopra gli occhiali da lettura, la fronte corrugata da una sorpresa preoccupata, come se lei lo avesse interrotto. Smise di fare quello che stava facendo e si appoggiò allo schienale della sedia. I muscoli della sua mascella si tesero, suggerendo che quella sarebbe stata più di una semplice conversazione.

«Grazie per essere venuta con così poco preavviso» disse lui.

Non le fece cenno di sedersi, ma lei si prese comunque la libertà di farlo. Scivolò sulla sedia e incrociò le braccia sul petto, per nulla in vena di litigare. Ma se era quello che lui voleva, era quello che avrebbe ottenuto.

«Mi dica» esordì lui. «Cosa è successo stamattina?»

«A quale parte si riferisce? Al cadavere bruciato vivo in un'auto, o alla conferenza stampa con cui mi ha preso in contropiede?»

Lui socchiuse gli occhi. Afferrò una penna dal tavolo e prese a picchiettarla con forza sulla scrivania. Stephanie si chiese se desiderasse che la scrivania fosse lei.

«Discuteremo della questione della conferenza stampa a breve. Prima, voglio sapere cos'è successo con l'ultima vittima.»

Stephanie fece un respiro profondo. «Sospettiamo che il suo nome sia Priya Chadha. Diciotto anni. Studentessa del primo anno di biomeccanica. Lei e le sue amiche erano tornate da una gita alle

Chantries, e Priya era andata da sola alla sua auto per metterci dentro la bicicletta. Sospetto che sia stata aggredita e poi data alle fiamme all'interno della vettura.»

«Dove è stato trovato il corpo?»

Steph richiamò alla mente le immagini del perito dei vigili del fuoco che apriva la portiera posteriore dell'auto e del corpo carbonizzato che giaceva all'interno, rannicchiato in posizione fetale, con la pelle raggrinzita e annerita.

«Sul sedile posteriore» rispose, un nodo che le si formava in gola.

«Quindi, a meno che non si sia arrampicata sul retro della sua stessa auto e non si sia data fuoco da sola, direi che qualcuno le ha fatto questo. Corretto?»

Non le piacque il suo tono.

«Sì» rispose.

«E quel qualcuno è lo stesso serial killer che stiamo cercando da due settimane. Corretto?»

«Sì.»

«Ammesso che sia lo stesso killer, ha lasciato un'altra bambola?»

«Sì.»

«E come morirà la prossima vittima?»

«Sarà…» Tirò su col naso con forza. «Sarà impiccata, signore.»

«Bene. Adesso siamo a quattro vittime nell'arco di due settimane, Steph. Con una quinta che seguirà molto presto, ne sono certo. Questa storia è andata avanti fin troppo. Troppe vite sono andate perse e non si è agito abbastanza. Farò venire uno psicologo forense per aiutare a tracciare un profilo di questo assassino.»

«Signore…»

Lui la interruppe alzando una mano.

«Sto anche facendo arrivare diversi membri del personale dalle contee vicine che hanno offerto il loro supporto.»

«Signore, non sarà…»

«Dovremo occuparci della logistica, ma ci sarà un sacco di gente in ufficio nei prossimi giorni.»

«Signore, la prego. Posso…»

«Molti di loro saranno agenti, che potrà…»

«Mi ascolti!»

L'esplosione le uscì di bocca prima che potesse fermarla. Le parole echeggiarono nella stanza prima di fuggire dalla finestra socchiusa. Dopodiché, calò il silenzio, come se lei avesse annientato ogni altro rumore. Il volto di McGowan era una maschera di shock e apoplessia.

«Signore, mi dispiace per questo» disse lei, in preda al panico. «Ma deve ascoltarmi. Niente di tutto questo è necessario. È tutto sotto controllo. Io...»

«Questa è la prima e ultima volta che alza la voce con me in quel modo, detective» disse lui, con un tono piatto e stranamente calmo. «Capisco che sei stressata, la tensione è alta e a volte la pentola scoppia, quindi per questa volta scuso questo piccolo sfogo, ma questo è un esempio perfetto di come le cose non siano sotto controllo, Stephanie. Non hai il controllo di te stessa, figuriamoci di questa indagine. Devi capire, niente di tutto questo è per sminuirti o per infangare il tuo nome o la tua reputazione. Lo sto facendo per il bene dell'indagine. La tua squadra *e tu* trarrete beneficio dal peso che il nuovo personale sarà in grado di togliervi dalle spalle. Ho l'impressione che, come le nostre vittime, stiate tutti annegando, venendo dati alle fiamme o soffocando sotto il peso di questa indagine. La mia decisione è definitiva.»

«Signore...» La sua voce era appena un sussurro.

«Eri stata avvertita. Ti avevo detto che la prossima volta che avremmo avuto questa discussione, non sarei stato così comprensivo.»

Steph ricacciò indietro il nodo che aveva in gola.

«Ora, dimmi cos'è successo durante la conferenza stampa» riprese lui.

Lei abbassò lo sguardo e cominciò a giocherellare con le unghie in grembo, tormentandole finché non cominciò a farle male.

«È stata una svista» rispose. «Io... non stavo pensando lucidamente. Non avrei mai dovuto parlare delle bambole. Semplicemente... non stavo ragionando bene. La conferenza stampa... mi ha colto di sorpresa. E il cadavere... l'avevo appena visto, quindi era ancora vivido nella mia mente.»

Si passò distrattamente le dita sulla cicatrice del pollice.

«Mi scuso» aggiunse.

Per un lungo istante, lui non rispose. La guardò soltanto con un misto di pietà e sorpresa sul volto.

«Pensavo che l'avessi visto…» disse lui.

«Visto cosa?»

«Ieri sera, sul sito e sui canali social di *Surrey Live*, hanno annunciato la notizia del ritrovamento delle bambole sulle scene del crimine.»

Gli occhi di Stephanie si spalancarono. «Hanno fatto *cosa*?»

«Naturalmente, ha suscitato parecchio scalpore online. Molti chiamano l'assassino «il Killer Vudù», nome che sono sicuro prenderà piede… Sei sicura che non sia stata opera tua?»

Era troppo sbalordita per scuotere la testa. «Qualcuno deve aver fatto trapelare la notizia.»

E sapeva esattamente chi era stato il responsabile.

Clive si prese un momento per valutarla. «Penso che dovresti prenderti una pausa» le disse. «Esci di qui. Schiarisciti le idee. Fatti una passeggiata. Torna quando sei pronta.»

Distrattamente, con la mente divisa tra la stanza con McGowan e l'immaginare cosa avrebbe detto e fatto al sergente Lafferty quando lo avesse visto, si alzò dalla sedia.

Le venne in mente un pensiero.

«Sono ancora io il responsabile delle indagini?» chiese.

«Sì. Sei ancora il mio responsabile delle indagini. Perché meriti di esserlo. Ma la tua reputazione non ti proteggerà per sempre. Non voglio che tu mi dia un motivo per cambiare la situazione.»

CAPITOLO
SESSANTADUE

«Dov'è?»

Eve alzò di scatto lo sguardo dalla scrivania, con il panico che le balenava negli occhi.

«Chi?»

«Devon? Dov'è?»

Proprio mentre Eve stava per rispondere, il sergente entrò dalla porta principale. Non appena lo vide, gli si scagliò contro e indicò il suo ufficio.

«Dobbiamo parlare» sibilò, con un tono che non ammetteva repliche.

«Di cosa?» rispose Devon con un'aria di sfida che lei detestava.

«Lo scoprirà quando saremo dentro.»

A quelle parole, Devon lasciò cadere le chiavi sulla sua scrivania e si diresse verso l'ufficio di lei. Stephanie lo seguì da vicino, standogli alle calcagna.

La porta era socchiusa quando lei cominciò la sua tirata, incapace di controllarsi.

«Cosa sarebbe questa storia che lei passa informazioni alla stampa? Chi si crede di essere? Non spetta a lei prendere una decisione simile.»

«Ho fatto quello che dovevo.»

Lei sbuffò. «Quindi non nega?»

Lui si mise le mani in tasca e alzò le spalle.

«Cosa le ha dato il diritto di farlo?» chiese lei.

«Lei non c'era» disse lui senza mezzi termini. «Si era assentata senza permesso, così ho preso in mano la situazione. Come ho detto, ho fatto quello che dovevo.»

«Hanno pubblicato l'articolo ieri sera. In quel momento lei non era a capo dell'operazione» replicò lei, mentre la sua mente elaborava le informazioni a mille all'ora.

«Quanto ci mettono Louis e la sua squadra a pubblicare un articolo non è affar mio.» La sua continua aria di sfida la riempì di rabbia. Riusciva a malapena a guardarlo.

«D'ora in poi, non voglio che lei abbia più niente a che fare con Louis o chiunque altro del *Surrey Live*. O con chiunque altro dei media, se è per questo. Voglio sapere ogni volta che qualcuno cercherà di contattarla.»

Lui alzò le mani in segno di resa. «Certo, capo. I suoi desideri sono ordini.»

«Ora sparisca dal mio ufficio prima di fare altri danni a questa indagine.»

Ma lei temeva che il danno fosse già stato fatto.

Stephanie uscì furiosa dal suo ufficio e si diresse dritta verso l'uscita, tenendo la testa bassa ed evitando lo sguardo della sua squadra. Li sentiva che la stavano osservando tutti, che la giudicavano. Ma non se la sentiva di guardarli. Non poteva gestire le loro domande né affrontare le conseguenze. Non solo Devon l'aveva scavalcata passando informazioni alla stampa, ma McGowan stava per fare lo stesso mettendola da parte e facendosi affiancare da altri. Certo, era ancora il funzionario responsabile, così aveva detto lui, ma per quanto ancora? Quanto tempo le avrebbe dato McGowan prima di perdere la pazienza e toglierle la terra da sotto i piedi?

Fuori, gli uccelli gracchiavano e i latrati gutturali dei cani da addestramento echeggiavano in lontananza sui campi. Ma lei non li sentiva, sovrastata dal rumore che aveva in testa. Mentre emergeva dall'edificio, un ronzio statico le serpeggiò sulla pelle, dalla punta delle dita alla nuca. Aveva i palmi umidi di sudore. Sentiva la pelle tesa, troppo tesa. Il cuore cominciò a martellarle nel petto, e poi i polmoni si rimpicciolirono fino a diventare delle dimensioni di un pugno. Nonostante fosse all'aperto, sferzata da una brezza fresca, faticava a respirare, come se fosse appena entrata in una camera a vuoto.

Attraversando il parcheggio, la sua visione cominciò a restringersi, e gli angoli oscuri della sua mente si insinuarono dentro di lei. Si affrettò più che le sue gambe le permettevano, strascicando i piedi sull'asfalto e sulla ghiaia, ansimando e boccheggiando in cerca d'aria.

Alla fine, spalancò la portiera della macchina e vi balzò dentro, sbattendola. Con una grande boccata, si riempì i polmoni di aria viziata, un'aria che conteneva un vago sentore di fast food. Pochi secondi dopo essersi trovata nello spazio ristretto dell'auto, il suo respiro tornò normale e l'attacco di panico si placò; era di nuovo nel suo armadio, a nascondersi. Al sicuro.

Solo che questa volta non c'era nessun orsacchiotto a cui aggrapparsi per avere conforto. Nessun supporto emotivo che la aiutasse a superare l'episodio.

Avrebbe dovuto cambiare la situazione.

Il suo sguardo cadde sull'involucro del kebab nel vano piedi del passeggero. Rimaneva solo la carta, impregnata di unto e di avanzi di cipolle e lattuga, e l'aroma nauseante nell'auto.

Infilò le chiavi nel quadro, inserì la retromarcia e uscì dal parcheggio. Per fortuna, il tragitto fino alla kebabberia fu breve e, quando arrivò, il suo respiro era tornato a una parvenza di normalità. Almeno, abbastanza normale da non destare sospetti.

Parcheggiò l'auto sulla doppia linea gialla fuori dal locale, incurante delle auto che suonavano il clacson dietro di lei, e si precipitò dentro. Immediatamente, l'odore la colpì in pieno viso e sentì la forza tornare nel suo corpo.

Stava cominciando a sentirsi di nuovo normale.

«Buon pomeriggio» disse il proprietario. «Cosa ti porto, capo? Lo stesso dell'altra volta?»

Stephanie rimase di sasso. «Ti ricordi la mia ordinazione?»

«Certo. Mi ricordo di aver pensato: una signorina della tua stazza, non è possibile che possa mangiare tutta quella roba. E poi ti ho vista che te la spazzolavi in macchina. Ho pensato, questa ha un certo appetito, sai.»

Una fitta di rimpianto e imbarazzo divampò in lei. Di solito teneva segrete le sue abbuffate, al riparo da occhi indiscreti. Ma l'ultima volta non ci aveva pensato. Non aveva pensato alle auto che passavano o al proprietario della kebabberia che la guardava da dietro il suo bancone.

Cosa le stava succedendo? Stava perdendo il controllo di sé stessa.

All'improvviso, Stephanie provò vergogna.

Abbassò la testa e cominciò a uscire dal negozio.

«Dove vai, signorina?»

«Ho cambiato idea. Non ho fame.»

Mentre metteva piede sul marciapiede, un uomo la urtò. Lei barcollò leggermente; era robusto e tarchiato, indossava jeans neri e una polo attillata che si tendeva su un petto scolpito dalla palestra. Il suo dopobarba la colpì per primo, seguito dal luccichio di una catenina d'oro appoggiata sulla gola.

«Oh mio Dio, mi dispiace tanto» disse lui. «Non l'ho fatto apposta.»

«Sarebbe strano se l'avessi fatto.»

L'uomo fece un sorrisetto, sollevando un angolo della bocca, poi entrò nella kebabberia. Mentre Stephanie si allontanava da lui, la richiamò.

«Ti conosco per caso?»

Probabilmente mi hai visto anche tu che mi ingozzavo in macchina l'altro giorno, vero? pensò lei.

«Sei la poliziotta che lavora al caso dell'università?»

Lei non rispose.

«Ti riconosco dalla conferenza stampa di stamattina. Un paio dei tuoi sono passati l'altro giorno a farmi domande sulla ragazza che è stata uccisa nel suo appartamento.»

Lei studiò i suoi lineamenti. «Sei il proprietario del Red One?»

Lui alzò le mani in segno di resa. «Colpevole. Ma sono colpevole solo di quello, prima che tu pensi che stia confessando qualcos'altro.»

Si sorprese a ridere involontariamente. Non sapeva perché.

«Mi chiamo James Daniels. Il ragazzo di mia sorella era con la ragazza che è venuta qui» continuò lui. «È piuttosto scosso per questa storia. Credo lo siano tutti. Deve essere dura per loro da affrontare. Ma non così dura come lo è per te, immagino.»

«Puoi dirlo forte.»

«State facendo progressi?»

«Non quanti vorremmo.»

Lui fece spallucce, come se l'esito dell'indagine non gli facesse alcuna differenza. «Sono sicuro che ci arriverete. Sembri una che ha la testa sulle spalle; vieni nella migliore kebabberia della città.» James si rivolse al proprietario. «Non è vero, capo?»

«Sì, capo!» rispose il proprietario, indicando James mentre si gettava uno strofinaccio sulla spalla.

«Te lo dico io, è pericoloso stare proprio accanto a questo posto. L'odore mi frega ogni volta.»

«Sei in gran forma» replicò Stephanie, osservando la parte inferiore del suo corpo. Per la prima volta da molto tempo, il pensiero di avere un rapporto intimo con un uomo le attraversò la mente. E in quell'istante, l'uomo in questione era James.

Lui fece un sorrisetto, come se se ne fosse accorto. Ora era il suo turno di squadrarla. «Nemmeno tu sei messa male» disse.

Lei lo lasciò. Mentre saliva in macchina, si guardò nello specchietto retrovisore e si sorprese di vedere ancora quel piccolo sorriso sul suo volto.

CAPITOLO
SESSANTATRÉ

S tephanie imboccò il vialetto stretto; i fari spazzarono le siepi dei vicini prima di spegnersi quando lei spense il motore. La sua casa era immersa nel buio, a eccezione del tenue bagliore del lampione esterno. Spense il motore e rimase seduta per un istante, la fronte contro il volante, gli occhi chiusi. Il dolore dietro le tempie le pulsava a ritmo con il cuore.

Mentre scendeva dall'auto, il suo vicino, Jimmy, uscì dalla porta di casa con in mano un sacco verde per la raccolta differenziata.

«Sei tornata tardi» disse lui, mentre apriva il bidone della differenziata e ci lasciava cadere dentro il sacco. «Giornata pesante?»

«È dir poco.»

«Ti va una tazza di tè? Ho appena messo su l'acqua.»

Diede un'occhiata all'orologio. Non era affatto tardi, ma in quel momento non era in vena di parlare o vedere nessuno. Di solito, in quello stato, sarebbe uscita per una corsa notturna, avrebbe dipinto ancora un po' o sarebbe andata in bicicletta, ma il pensiero di fare una qualsiasi di quelle attività le ricordava Paulina, Claudia e Priya. In quel momento, tutto ciò che voleva era restare in casa, da sola. Poteva controllare ciò che accadeva entro i confini delle sue quattro mura.

«Non stasera» rispose lei. «Magari un'altra volta.»

«Certo» disse lui, rivolgendole un sorriso comprensivo, uno di quelli che suggeriva che capiva perfettamente.

«Sarai contenta di sapere che stasera non si sono visti uomini strani a chiedere di te.»

«Devo averli spaventati» disse lei, mentre tirava fuori le chiavi dalla borsa.

«Forse ci ho pensato io per te.»

Jimmy aprì la porta di casa. Stephanie fece lo stesso.

Proprio mentre stava per salutarlo, lui la chiamò: «Ah, e non dimenticare di tirare fuori i bidoni verdi stasera.»

«Ancora? Non finisce mai.»

Sbattere il portellone dell'auto e il rumore echeggiò per tutta la strada. Stephanie si fermò, in ascolto della quiete della notte. Sopra la sua testa, un sottile strato di nuvole si era addensato, nascondendo le stelle alla vista. In lontananza, le parve di sentire l'urlo di una volpe. O quello, oppure se la stava spassando con un suo simile in una notte di corteggiamento.

Con una cassa di fascicoli tra le braccia, si avviò verso casa. Una volta dentro, si diresse in soggiorno, dove aveva liberato un piccolo spazio sul pavimento davanti al divano. Lasciando cadere la scatola a terra, si abbassò sul tappeto e si sedette a gambe incrociate.

La casa era silenziosa. Niente televisione. Niente musica. Niente radio. Nemmeno il rumore di Jimmy che si muoveva o si preparava per andare a letto nella casa accanto.

Silenzio.

Allungò la mano verso il fascicolo in cima alla pila e lo posò davanti a sé. Nei minuti successivi, estrasse ogni cartella e le dispose sul tappeto. I fascicoli contenevano appunti della squadra, verbali di interrogatori e deposizioni di testimoni, fotografie delle vittime, referti post-mortem: tutte le prove che lei e la squadra avevano raccolto finora nell'indagine. E da qualche parte, lì in mezzo, sperava, si nascondeva la risposta a tutto. La risposta all'identità dell'assassino. In agguato tra le informazioni. Nascosta nella massa di lettere e immagini.

La squadra aveva lavorato instancabilmente nelle ultime due settimane, e il culmine di tutto ciò si trovava proprio di fronte a lei.

Loro avevano fatto il loro lavoro. E ora toccava a lei fare il suo.

Fare quello che le riusciva meglio: vedere i collegamenti, trovare gli indizi che non c'erano e ottenere risultati.

Era ciò che l'aveva portata così lontano nella sua carriera. Era ciò che le aveva fatto guadagnare la reputazione che McGowan insisteva a ricordarle.

Non era affatto speciale. Non c'era un talento particolare che le permettesse di scovare cose che altri non vedevano. Non c'era nessuna parte del suo cervello che altri non avessero a cui lei potesse attingere per trovare un nome.

L'unico vantaggio che aveva sui suoi colleghi era la sua storia, il suo passato. Crescere con il male le aveva permesso di vederlo, di trattarlo come un amico. Vedeva cose che forse altri non vedevano. Individuava schemi e tendenze.

Almeno, questa era la speranza.

CAPITOLO
SESSANTAQUATTRO

La mattina dopo, Stephanie si svegliò tardi. Era immersa in un sonno profondo e non aveva sentito la sveglia. A peggiorare le cose, il telefono non si era caricato ed era sotto il venti percento quando uscì di casa.

Erano le otto quando entrò in centrale, più di un'ora dopo di quanto avrebbe voluto, e il posto era già un alveare di attività, pieno di gente che non conosceva o non riconosceva. Tutte le scrivanie libere erano state occupate, con estranei appollaiati in fondo alle file, curvi sui portatili o intenti a leggere appunti. Durante la notte, la capacità dell'ufficio era quintuplicata. Cercò la sua squadra, un volto familiare, ma non riuscì a trovarne nessuno.

Prima di dirigersi verso il suo ufficio dall'altra parte della stanza, fu avvicinata da una donna con folti capelli ricci, che indossava una maglia a righe bianche e nere con un maglione nero appoggiato sulle spalle. Sembrava il tipo di persona che aveva una seconda casa nel Sud della Francia e si godeva il tramonto con un bicchiere di vino della sua piccola vigna in giardino. Stephanie non si aspettava che avesse un accento che sembrava uscito da un film di Guy Ritchie.

«Salve?» chiese la donna, porgendole la mano. «Lei è l'ispettrice capo Broadbent?»

«Lei chi è?» chiese Stephanie, con più veemenza di quanto intendesse.

«Jordyn Snow. Psicologa forense.»

Stephanie la scrutò con insistenza. «Cosa ci fa qui?»

«Il sovrintendente capo McGowan mi ha chiesto di venire il prima possibile. Sono arrivata ieri sera.»

A Stephanie non importava. Voleva che quella donna se ne andasse. «Chi è tutta questa gente? Sono con lei?»

«Credo che provengano da diverse divisioni. Ho chiesto a un paio di persone dove potessi trovare alcune cose, e la maggior parte di loro non ne aveva la più pallida idea.»

«Beh, è gentile da parte sua essere venuta fin qui, da ovunque lei venga, ma non avrebbero dovuto chiamarla. Non abbiamo bisogno dei suoi servigi.»

Stephanie si diresse verso il suo ufficio, ma si bloccò non appena vide McGowan uscire dal suo. Il sovrintendente capo puntò dritto verso di lei.

«Vedo che vi siete conosciute» esordì. «Jordyn ha passato tutta la notte a ripassare i fascicoli del caso. È come un supercomputer, per la quantità di informazioni che ha assorbito!»

Stephanie non disse nulla. *Perché non le lascia condurre le indagini, allora?*

Sentì la terra mancarle sotto i piedi...

Scivolando...

Scivolando...

«Sono arrivati anche i rinforzi dalla polizia del Kent e dell'-Hampshire. Credo che alloggino tutti all'Holiday Inn vicino al centro sportivo, quindi sono il più vicino possibile all'università.»

Cosa avrebbe dovuto fare con quella informazione? Ringraziarlo? Non le pareva proprio.

«È arrivata più tardi del solito» aggiunse McGowan.

«Lo so» replicò lei seccamente.

Non servì aggiungere altro; lui colse l'intonazione e le fece un cenno affermativo con il capo.

«Ma è giusto in tempo. Era l'ultima ad arrivare. Ora possiamo iniziare la riunione.»

«Quale riunione?»

McGowan indicò Jordyn. «Quella in cui la nostra psicologa forense ci dirà chi stiamo cercando.»

· · ·

L'intera sala operativa, che si era allargata fino alla cucina e al corridoio adiacenti, piombò nel silenzio quando Jordyn iniziò a parlare. Stephanie si teneva dietro di lei, a braccia conserte, in piedi accanto alle lavagne, mentre tutti gli occhi erano puntati sulla psicologa forense.

«Ieri ho passato tutto il giorno e la notte a familiarizzare con le indagini finora svolte. So che ci sono alcune facce nuove qui, quindi molto di quello che dirò potrebbe non avere ancora senso per voi, ma spero che alla fine lo avrà.

«Di solito, quando mi viene chiesto di fare da consulente in indagini per omicidio come questa, mi piace esaminare le vittime: somiglianze, connessioni, ragioni per *cui* l'assassino le ha scelte. Da quello che ho potuto capire, si tratta di individui molto diversi tra loro. Provengono da tutto il paese. Hanno tutti background e percorsi di vita differenti. Alcune frequentano gli stessi corsi e appartengono alle stesse associazioni studentesche, ma vivono tutte in parti diverse del campus. L'unica cosa che le accomuna, tuttavia, è il sesso. Sono tutte donne di età più o meno simile. E quindi credo che si tratti di un uomo che disprezza le donne. Sta esercitando potere e controllo su di loro nel peggior modo immaginabile.

«Anche le bambole che lascia sulle scene del crimine ne sono una testimonianza. Anche quelle sono un elemento di controllo. Con esse, sta controllando l'indagine e sta comunicando il suo prossimo metodo di omicidio prima ancora che sia iniziato. Questo richiede un alto livello di pianificazione. Quindi, si tratta di qualcuno che avrà avuto molto tempo per pianificare questi omicidi. Molto tempo per selezionare le sue vittime. Molto tempo per monitorare i loro movimenti e preparare il terreno sotto molti aspetti.»

«Questo non vale per Claudia Bellini, la nostra prima vittima» interruppe Steph. «Con lei si è trovato nel posto giusto al momento giusto. Avrebbe passato la notte con il ragazzo del locale se non avesse vomitato e non fosse tornata a casa di corsa da sola. Più ci penso, più sospetto che sia stato un incontro casuale. Lo stesso con Priya; è stato fortunato che lei non abbia trovato posto in una rastrelliera per biciclette e sia andata alla sua auto. Si è trovato nel posto giusto al momento giusto. Ha visto la sua opportunità e l'ha colta. Proprio come con Maya.»

Jordyn ruotò il collo di qualche grado, lanciando un'occhiata a

Stephanie con la coda dell'occhio. «Sapeva cosa stava facendo con tutti quegli omicidi. Sapeva che Maya Corcoran avrebbe attraversato il campo. Sapeva che Paulina Potter sarebbe stata nel laboratorio d'arte. Sapeva che Priya sarebbe stata nel parcheggio.»

«Come fa a esserne così sicura?»

«Per via delle bambole!» Jordyn si voltò per fronteggiare Stephanie. «A ogni omicidio, ha trasportato la scatola contenente la bambola. Se non avesse saputo esattamente cosa stava per fare, per quale altro motivo l'avrebbe portata con sé?»

Stephanie non ebbe risposta. Strinse le braccia più forte contro il petto e si appoggiò alla lavagna.

Jordyn si rivolse di nuovo al resto della sala.

«Come dicevo, questo assassino è estremamente intelligente e preparato. È anche qualcuno che si mimetizza molto bene nel suo ambiente. Per preparare il terreno, dovrebbe trovarsi nel campus, ne sono certa. Pertanto, non credo che sia qualcuno che insegna a queste studentesse, dato che non ne ha il tempo. La mia ipotesi migliore è che stiate cercando uno studente di qualche tipo. Uno specializzando o forse uno studente maturo. Qualcuno più vecchio del tipico gruppo di studenti, ma che si integra comunque. Forse ha un viso giovanile. In termini di corporatura e stazza, penso che dovrebbe essere un uomo grosso o qualcuno fisicamente forte.»

«Ha colpito Maya Corcoran dietro la nuca» interruppe Stephanie. «L'autopsia ha trovato prove di un trauma da corpo contundente nella parte posteriore sinistra del cranio. Claudia Bellini era ubriaca fradicia quando lui l'ha trovata; non avrebbe opposto resistenza. E Paulina Potter era alta un metro e cinquantasette e magra come un chiodo. In più, è stata pugnalata, quindi dubito che avrebbe potuto fare molto per difendersi da qualcuno che brandiva una lama. Quanto a Priya Chadha, la mia ipotesi è che sia stata colpita anche lei dietro la nuca. Tutte queste ragazze sono piccole e minute. Pesano un'inezia.»

Jordyn le lanciò un'altra occhiata di sbieco. Stephanie poteva leggere le parole sulla punta della lingua della donna: "Un po' come lei, insomma."

«Per quanto riguarda la tempistica degli attacchi» continuò Jordyn, ignorando Stephanie, «sono avvenuti tutti in rapida successione. Molto rapida, in effetti. Il che mi suggerisce anche che l'assassino stia lavorando secondo una scadenza, forse un programma. Pertanto, penso che la vostra prossima vittima, quella che deve essere impiccata se l'ultima bambola non mente, sarà uccisa *presto*. Ora, da quanto ho capito, siete a corto di piste, e quindi non credo che i metodi usuali funzioneranno se volete prenderlo.»

«Cosa suggerisce?»

«Avrete bisogno di gente nel campus» rispose Jordyn, rivolta alla folla come se la domanda fosse arrivata da uno di loro. «Forse anche di mandare qualcuno sotto copertura. Qualcuno che si confonda tra i volti del campus.»

«Perché dovremmo farlo se lei sospetta che l'assassino abbia già scelto la sua prossima vittima?» replicò Stephanie.

Jordyn esitò a lungo. «Questo è solo il mio consiglio. Non deve ascoltarlo se non desidera. Sto solo dicendo che potreste trarre vantaggio mandando qualcuno che assomigli a una studentessa» – Jordyn indicò Eve tra la folla – «qualcuno come lei, che sembra giovane e sembra che si integrerebbe perfettamente. Fategli frequentare gli stessi posti delle vittime, partecipare alle stesse riunioni delle associazioni studentesche. Vedete se notano qualcuno che si comporta in modo sospetto.»

«C'è una veglia stasera» annunciò l'agente scelto Olivia Willard. «È aperta a studenti e al pubblico per rendere omaggio alle vittime.»

Jordyn si strinse nelle spalle. «È un punto di partenza buono come un altro.»

«No» disse Steph, facendo un passo avanti. «Non voglio che nessuno vada sotto copertura. È troppo pericoloso; il rischio è troppo alto. Avremo diversi agenti in uniforme lì a proteggere gli studenti presenti, e questo basterà. Se alcuni di voi desiderano rendere omaggio, va bene, ma il nostro tempo è meglio impiegato cercando di trovare questo assassino. Impiccherà qualcuno nel campus. Non lo farà nel bel mezzo di una veglia, quando il posto è pieno di gente.»

CAPITOLO
SESSANTACINQUE

Il colpo alla sua porta fu leggero, a dispetto della persona dall'altra parte.

Un istante dopo, Devon fece capolino dalla porta.

«Ha un minuto?» chiese.

«Cosa vuole?»

«Fare due chiacchiere.»

«È venuto a scusarsi?»

Devon ignorò la domanda ed entrò nella stanza, chiudendosi la porta alle spalle con cura. Si avvicinò alla scrivania di lei prima di dire altro. «Credo che dovrebbe riconsiderare.»

«Riconsiderare *cosa*?»

«La partecipazione alla veglia.»

«Ci vada pure, nel suo tempo libero.»

«Intendevo come squadra. Per lavoro.»

Lei chiuse gli occhi e scosse la testa. «Non manderemo nessuno sotto copertura o come esca. L'ultima volta che ho mandato qualcuno in un posto anche solo lontanamente pericoloso, non è finita bene.»

«Signora,» continuò Devon, incrociando le braccia sul petto, «non vorrei dirlo, ma ho il presentimento che l'assassino potrebbe essere lì.»

«Cosa glielo fa pensare?» Lei inarcò un sopracciglio e inclinò la testa verso di lui.

«Intuito da detective.»

«Non sapevo che Lei fosse un ispettore capo...» disse in tono beffardo. Devon non lo trovò divertente. «Anche se fosse lì, cosa si aspetta che facciamo? Che andiamo in giro a puntare una torcia in faccia alla gente finché qualcuno non sembra sospetto?»

«Potremmo osservare, tracciare un profilo. Cogliere certi comportamenti.»

«Non abbiamo la minima idea di che aspetto abbia questa persona. Ogni nostra mossa sarà osservata da persone con telefoni cellulari e forse dai media, se parteciperanno, cosa molto probabile, grazie a Lei. Anche se l'assassino fosse lì, o se fosse lì per fare qualcosa a qualcuno, non rischierebbe. Ci sarebbe troppa gente. Ha preso tutte le altre vittime isolandole, senza nessuno nei paraggi che potesse sentire o vedere nulla.»

Devon aprì la bocca per rispondere, ma Stephanie lo interruppe.

«Senza contare che avremo una presenza della polizia in uniforme. Sarebbe stupido a tentare qualcosa. E questo tizio non è stupido.»

Devon la indicò. «Esatto. Ci saremo anche noi, il che mi fa pensare che sia ancora più probabile che succeda qualcosa.»

«Perché?»

«Ci pensi. Da Claudia in poi, ha ucciso tre studenti proprio sotto il nostro naso, senza lasciare la minima prova. Quel bastardo ci ha persino detto come ucciderà la prossima vittima, e noi non abbiamo fatto niente.»

«Non ha bisogno di ricordarmelo,» disse lei.

«Se fossi in lui, la userei come un'occasione per mettermi in mostra in un modo diverso, per prendere una vittima proprio davanti a noi.»

Tra loro calò un lungo silenzio. Stephanie si sfregò il pollice sull'interno del polso, pensierosa. Emise un respiro lungo e lento dal naso, ponderando, soppesando la decisione nella sua mente.

Alla fine, scosse la testa.

«No. Non lo faremo.»

Il sorriso stirato che era comparso sul volto di Devon svanì. «Signora...»

«Ho detto di no.» Il suo tono si fece più aspro. «Non trasformeremo una veglia in una caccia all'uomo. Non con le telecamere ovunque. Non con l'università e la stampa che ci stanno con il fiato sul collo. E non finché sarò ancora responsabile della vostra sicurezza. Ho detto di no, e la mia decisione è definitiva.»

Devon restò lì ancora per un istante, la mascella contratta come se volesse ribattere. Ma alla fine, fece un breve cenno col capo.

«Capito, signora. Certo, signora.»

Si voltò e si diresse verso la porta. Mentre la apriva, lei lo richiamò. «E, Devon, se mi scavalca di nuovo, non sarò così indulgente con Lei.»

Lui rispose con un sorriso che suggeriva che non le credeva. «Capito, signora,» disse, poi se ne andò, e la porta si chiuse lentamente alle sue spalle.

Devon attraversò la sala operativa e si lasciò cadere sulla sedia accanto a Eve. La giovane agente alzò lo sguardo verso di lui, raddrizzando subito la postura.

«Allora?» chiese speranzosa. La loro conversazione era un sussurro sotto il brusio generale dell'ufficio.

Devon fece un rapido cenno col capo, senza quasi guardarla negli occhi. «Ti andrebbe di far finta di essere una studentessa per una sera?»

«Ha dato il via libera?»

Un altro cenno. «Ha detto che dopotutto era una buona idea.»

Eve inarcò le sopracciglia. «Sono sorpresa.»

«Le ho detto che manterremo un profilo basso. Solo una presenza discreta. Occhi aperti. Ha acconsentito, a condizione di non dare nell'occhio e di non intervenire se non assolutamente necessario.»

Eve parve incerta, ticchettando la penna sul suo taccuino. «Prima era assolutamente contraria.»

Devon si strinse nelle spalle con noncuranza. «Questa indagine ha bisogno di un'iniezione di istinto tanto quanto di procedura.»

«Siamo solo noi due?»

«Anche Giles. Non vogliamo dare troppo nell'occhio.»

Eve annuì lentamente, fissandolo ancora per un istante. «Va bene. Se lei ha dato l'autorizzazione, allora ci sto.»

«Fantastico.» Diede un paio di colpetti sulla scrivania. «Ci vediamo stasera.»

CAPITOLO
SESSANTASEI

Martin Bell si era rasato quel poco che restava della sua barba dall'ultima volta che l'aveva visto. Entrò nella saletta riunioni, un ambiente intimo e silenzioso all'interno del centro di supporto psicologico per studenti, e le posò un bicchiere d'acqua sulla scrivania, accanto a una scatolina di fazzoletti. A lei giunse una zaffata di tabacco dal suo alito.

«Grazie» disse lei, scrutandolo attentamente mentre lui si lasciava cadere sulla sedia di fronte.

«Dovrei essere io a ringraziarla per essere venuta con così poco preavviso.»

«Ha detto che era urgente.»

«Già.» Esitò, poi si sporse in avanti, appoggiando i gomiti sul bordo della scrivania. «Riguarda Tristan Penrose.»

«Il docente di scienze alimentari?»

Martin annuì. «So che gli ha già parlato. E so cosa le ha detto. Ma... c'è qualcos'altro che deve sapere.»

Lei lo fissò, in attesa che continuasse. «L'ho visto ieri sera. Ci siamo incontrati al campus e abbiamo parlato. Lui... penso che le abbia mentito, detective. Che abbia mentito a tutti voi.»

Cercò di mantenere un tono di voce neutro, per non tradire alcuna emozione. «In che senso?»

«Da quanto ho capito, le ha detto che è stata Paulina a fare il primo passo durante il loro piccolo momento di intimità nel suo ufficio. È corretto?»

Lei non rispose.

«Beh, ho motivo di credere che sia stato il contrario. Tristan ha fatto il primo passo con Paulina durante il suo orario di ricevimento. Lei è andata per discutere del suo corso e lui ci ha provato. Ha detto che la pensava. Che non riusciva a togliersela dalla testa. Che la guardava su TikTok e pensava fosse stupenda. Ha persino detto che avrebbe lasciato sua moglie per lei.»

Stephanie assimilò ciò che stava sentendo. Fuori dalla stanza, una porta sbatté.

«Chi glielo ha detto? Non immagino sia stato lui.»

«*Paulina*» rispose Martin. «Alla fine dell'anno scorso, è venuta da me e mi ha spiegato tutto. All'epoca non fece il suo nome, ma è solo ora che sono riuscito a fare due più due, capisce?» Gli angoli della sua bocca si piegarono in un ghigno compiaciuto. «Era preoccupata su cosa fare. Disse che si sentiva a disagio ed era in ansia all'idea di iniziare il secondo anno con lui. Ma disse anche che anche lei provava qualcosa.»

«La cosa è andata avanti?»

Lui si strinse nelle spalle. «È possibile. Non credo fosse successo quando Paulina venne da me. Ma ciò non significa che non sia accaduto dopo, durante l'estate, per esempio.»

Stephanie si sporse leggermente in avanti. «Cosa è cambiato? Perché mentirci?»

«Perché, e questo me l'ha detto *lui* ieri sera, Paulina ha minacciato di rendere pubblica la cosa. Non so cosa sia successo, ma qualcosa è cambiato e, all'inizio di quest'anno accademico, lei ha minacciato di parlare.»

«E lui cosa ha fatto?»

«L'ha supplicata di non farlo» rispose Martin con un'aria eloquente. «Forse si è spinto oltre.»

Il commento aleggiò pesante nell'aria. Lei considerò la gravità di quelle parole con un lieve cenno del capo.

«Lui sa che lei è venuta da lei alla fine dello scorso anno accademico?»

Martin scosse la testa. «E ha detto a Paulina che per lui sarebbe stata la fine se qualcun altro l'avesse scoperto. Ho avuto l'impressione che avrebbe fatto qualsiasi cosa pur di mantenere intatti il suo lavoro, il suo matrimonio e la sua vita. Era uno che aveva molto da perdere.»

Dopo che lei ebbe finito di spiegargli tutto, l'agente Giles Swinger sembrava che gli avessero appena dato da risolvere un esame di matematica.

«Ha capito?» gli chiese, intrecciando le dita.

«Credo di sì, capo» rispose lui. Diede un'occhiata ai suoi appunti. «Tristan Penrose. Sospetta relazione con una studentessa. Sospettato principale.»

«Sì, è un modo per riassumere la faccenda. Vorrei che lo contattasse e scoprisse la verità. Le consiglio anche di parlare prima con le amiche e le coinquiline di lei. Veda se sanno qualcosa al riguardo.»

Giles annuì. «Amiche. Coinquiline. Capito. Stuzzicante.»

«E porti con sé Eve o Fiona. Dividetevi il lavoro.»

«Non vuole che lo affidi a qualcuno di questi nuovi arrivati da oltre confine?»

Lei scosse la testa con veemenza. «Ce la siamo cavata benissimo senza di loro» disse. «Mostriamogli che possiamo continuare a cavarcela anche ora che sono qui.»

Un sorriso sardonico si formò sulle labbra di Giles mentre scarabocchiava qualcosa sul suo taccuino.

«Altre domande?» chiese Stephanie.

Lui si fermò un istante. «Mi perdoni se sembro ottuso, capo, ma cosa c'entra questo con le altre vittime? Claudia, Maya, Priya... Non è che ci provava anche con loro, vero?»

Stephanie si grattò una guancia. «Me lo dica lei, agente. Lei cosa ne *pensa*?»

Il viso di Giles si contrasse in una smorfia di profonda concentrazione, mentre tamburellava con la punta della penna sul suo taccuino. Il silenzio si protrasse, ma Stephanie non lo interruppe. Poteva vedere gli ingranaggi che giravano lenti nel suo cervello. Le sue labbra si dischiusero leggermente, poi si richiusero. Passarono ancora alcuni secondi prima che i suoi occhi si illuminassero di comprensione.

«Il club di corsa» disse a voce bassa. «Facevano tutte parte dello stesso club di corsa. Quindi si conoscevano tutte grazie a quello.»

«Anche Maya?»

«Mi è stato detto che ci è andata un paio di volte e poi ha smesso. Lì, le ragazze avrebbero potuto parlare. Forse Paulina si è confidata con una di loro. O con tutte. Forse qualcun altro del club ha sentito per caso. Se sapevano cosa aveva fatto... e se lui pensava che lo avrebbero smascherato...»

Lasciò la frase in sospeso, con la sua implicazione che aleggiava pesante nell'aria.

Stephanie si appoggiò allo schienale, incrociando le braccia. «Questa è la sua linea d'indagine.»

Giles annuì, la sua precedente confusione svanita e rimpiazzata da una gelida determinazione. «Sissignora. Mi ci metto subito.» Fece per dirigersi verso la porta, ma poi si fermò e si voltò. «Ma se è lui il responsabile, perché lasciare le bambole, capo? Perché non ucciderle e basta?»

«Non ho ancora una risposta a questa domanda, Giles. Spero che la troveremo presto.»

CAPITOLO
SESSANTASETTE

La televisione era accesa, ma lei non ci stava prestando attenzione. La sua mente era altrove. Pensava all'indagine. Alla psicologa forense che si era imposta nell'indagine di Stephanie. A Devon e alla veglia. Si chiedeva se avesse fatto bene a negare il permesso.

Prima che potesse pensarci oltre, il campanello suonò, strappandola alle sue fantasticherie. Diede un'occhiata all'ora sul telefono: 19:41. Non aspettava nessuno. Non quella sera.

Scommetto che è Jimmy, pensò, alzandosi dal divano. Quante altre maledette raccolte di rifiuti ci sono questa settimana?

Stephanie camminò a piedi nudi fuori dal soggiorno, facendosi largo nel disordine del corridoio fino alla porta d'ingresso. Quando aprì, si trovò davanti la sorella, con il telefono in mano, il viso contratto dalla rabbia e sull'orlo delle lacrime.

«Kim, che ci fai qui?»

«Abbiamo litigato. Di brutto.»

«Capisco.»

«Avevo solo bisogno di andarmene. Di un posto per schiarirmi le idee.» Kim le passò accanto e lasciò cadere la borsa in corridoio con un tonfo. Si fermò non appena notò il disordine sul pavimento. «Cristo, Steph.»

Lo sguardo di Stephanie seguì quello della sorella.

«So che sei stata impegnata ma...»

«È stata una settimana difficile» rispose Steph. «Il tempo...»

«Lo vedo. Ma questo non è normale. Hai sempre vissuto così?»

Steph aprì la bocca per rispondere, ma non le uscì alcun suono.

«Stai bene?» chiese Kim. «Ma dico sul serio.»

«Parlami della lite con Jason.»

Kim emise un grugnito. «Ugh. Dovevo andarmene prima di dargli un pugno in gola. Ma ora non stiamo parlando di me. Stiamo parlando di *te*. Perché non hai chiesto aiuto prima?»

Steph si vergognò alla vista di quel disordine. Non riusciva a guardarlo troppo a lungo, né a incrociare lo sguardo della sorella. «Sto bene. Te l'ho detto... è il *tempo*.»

Kim esitò, poi sbuffò con scetticismo e dolcezza. «Me lo diresti se fosse qualcosa di più, vero?»

Stephanie riuscì a fare un piccolo sorriso tirato. «Certo.»

L'espressione sul volto di Kim suggeriva che non ci credeva. Almeno, non del tutto. Si rimboccò le maniche della camicia e disse: «Dove sono i sacchi della spazzatura? Dobbiamo pulire.»

«Adesso?»

«Ho bisogno di qualcosa che mi distragga da mio marito per qualche ora.»

«Lui dov'è?»

Kim lanciò un'occhiata alla sorella. «E dove, sennò? Sta per andare all'estero per lavoro. O per prendere un treno notturno per qualche altra parte del paese, che ne so. È stato richiamato, quindi significa che passerò un'altra notte da sola.»

Steph guardò la sorella per un istante. Il pensiero di pulire, di sistemare il casino che si accumulava da un mese, la riempiva di altrettanta angoscia quanta gliene procurava l'indagine. Ma ora non aveva nessuno dietro cui nascondersi, nessun posto dove scappare. Kim era il tipo di persona che faceva tutto ciò che si metteva in testa e, dato il suo umore, Stephanie temeva che niente l'avrebbe fermata.

CAPITOLO
SESSANTOTTO

Decine di studenti la circondavano, fianco a fianco nel prato, con i volti illuminati da candele a batteria e dalle torce dei cellulari. Il suono del gioco d'acqua nel lago era sovrastato dal mormorio delle conversazioni tra la folla. Nell'aria aleggiava una leggera brezza fredda e una sottile coltre di nubi era scesa, nascondendo le stelle alla vista.

Vicino al lago era stato allestito un memoriale improvvisato. Mazzi di fiori – rose, gigli, fiori di campo raccolti a mano – sistemati in barattoli di marmellata si trovavano sotto le foto di ciascuna delle vittime. Un oratore aveva appena finito di dire qualche parola, con la voce che gli si spezzava verso la fine. Un'ondata di applausi si diffuse tra la folla. C'era più gente di quanto Eve si fosse aspettata. Si erano presentate più di cinquecento persone per rendere omaggio. Studenti. Cittadini. Ragazzini.

Eve stava in mezzo alla folla, scrutando in silenzio i volti vicini, in cerca di qualcosa di sospetto o fuori posto. Si prese un momento per sé, pregando per le vittime. Non era religiosa in alcun senso, ma sentiva di lasciarsi coinvolgere dall'atmosfera. Finì proprio mentre il suo telefono prese a squillare.

Devon.

«Pronto?» rispose lei.

«Visto niente?»

Ispezionò i volti adolescenti accanto a sé. «Niente, per ora.»

«Ho sentito dire che dovrebbero esserci i fuochi d'artificio. Non sono sicuro che l'università abbia dato l'approvazione. Sempre che non ti diano fastidio i rumori forti.»

Lei ridacchiò. «Sono stata a un po' di falò nella mia vita.»

Devon le disse di stare all'erta, poi riattaccò.

Cinque minuti dopo, una manciata di studenti lasciò la folla e si affrettò verso una piccola area del prato dove si trovava una scatola di fuochi d'artificio. Eve li guardò mentre li estraevano dalla cassa e li sistemavano a terra. Non era un'esperta, ma non le sembravano sicuri.

Dopo qualche istante, uno degli studenti accese la miccia di un fuoco d'artificio. Un silenzio carico d'attesa calò sulla folla.

Poi... *sssssppp!* Il fuoco d'artificio si accese e schizzò via dalla sua postazione nel terreno. Ma invece di volare verso l'alto, la forza della combustione fece piegare il supporto e lo scagliò direttamente contro la folla, partendo come un missile.

Prima che Eve o uno qualsiasi degli studenti potessero reagire, il fuoco d'artificio esplose, facendo piovere una cascata di scintille su decine di studenti urlanti. Qualcuno gridò. Un altro barcollò all'indietro e cadde, trascinando con sé altre due persone. Poi partì un altro fuoco d'artificio, che stavolta sfrecciò in orizzontale verso il lago, dove sfrigolò e scintillò prima di sparire sotto la superficie.

Scoppiò il panico.

Il mormorio delle conversazioni si trasformò in un profluvio di urla, grida e in una fuga precipitosa di piedi che correvano sull'erba umida. Le torce dei cellulari oscillavano selvaggiamente nel buio, illuminando volti terrorizzati. La veglia si dissolse nel caos più totale.

Eve fu travolta dagli eventi. Si allontanò dai fuochi d'artificio, dove un paio di studenti stavano stupidamente tentando di spegnerli pestandoli, e corse, trascinata dalla folla che si disperdeva verso la sicurezza degli edifici vicini. Altri fuochi iniziarono a scoppiare dalla scatola, uno dopo l'altro in rapida successione, partendo in ogni direzione.

Eve si gettò di lato mentre una striscia viola le sfrecciava accanto, crepitando mentre sfiorava il bordo del cappotto di qualcuno. Mentre si avvicinava alla strada, qualcuno la urtò alla schiena e la fece ruzzolare in avanti. Atterrò duramente sull'erba. Tentò di rialzarsi, ma una massa di piedi e gambe la calpestò, schiacciandola a terra.

Per alcuni momenti dolorosi e di panico, rimase lì sull'erba finché non sentì un paio di mani afferrarla e rimetterla in piedi. Quando si fermarono ai margini del prato, avevano raggiunto la periferia del campus e si trovavano nascosti dietro a un alloggio per studenti.

Eve era piegata in due, nel tentativo di riprendere fiato. Era disorientata, ammaccata e dolorante, senza idea di dove fosse o di cosa fosse successo.

Mentre alzava lo sguardo per vedere la persona che l'aveva salvata, lui disse: «Pensa un po' chi si vede, Eve.»

E poi, prima che lei potesse rispondere, lui alzò una mano e fece sprofondare il suo mondo intero nell'oscurità.

La caviglia gli pulsava a ogni movimento. Non poteva muoversi, costretto a rimanere fermo mentre orde di studenti e adulti gli sfrecciavano accanto, fuggendo dal caos.

Ficcò una mano in tasca e tirò fuori il cellulare. Il telefono squillò ripetutamente, ma non ci fu risposta. Un altro squillo. Ancora niente.

Al terzo tentativo, la chiamata si interruppe. Dopodiché, più nulla. Occupato. Come se il telefono fosse stato spento.

Giles non sapeva cosa fare. Era un manicomio. Urla e grida fendevano l'aria. Fortunatamente, però, i fuochi d'artificio si erano fermati e le ultime girandole avevano finito di esplodere, ricoprendo il prato di scintille multicolori.

Scorse la sua rubrica finché non trovò il numero dell'ufficio. Pochi istanti dopo, la chiamata si collegò.

«Agente Willard» si sentì rispondere con voce rassicurante.

«Willard, sono io. C'è stato un incidente. Sono esplosi dei fuochi d'artificio durante la veglia, qui è un manicomio. Io... ho provato a contattare Eve e Devon, ma non rispondono al telefono. Mi sono rotto un piede, quindi non posso muovermi. Può mandare aiuto?»

CAPITOLO
SESSANTANOVE

Stephanie si era subito resa conto che la sua vita sarebbe stata più facile se avesse opposto meno resistenza e avesse permesso a Kimberley di pulire la casa da sola. Le sue interruzioni non facevano che prolungare il processo. Così, sedette raggomitolata in un angolo del divano, le gambe strette al petto, una tazza di tè intatta che si raffreddava sul bracciolo della poltrona accanto a lei. La televisione continuava a mormorare in sottofondo – sullo schermo tremolava un qualche reality show – ma lei non stava guardando.

Era troppo impegnata a piangersi addosso, chiedendosi dove tutto fosse andato storto e come avesse potuto lasciare che i suoi standard crollassero a tal punto.

Chiedendosi come avesse perso il controllo di tutto così rapidamente.

Della sua squadra. Dell'indagine. Di se stessa.

I precedenti tentativi di Giles di parlare con Tristan Penrose, il docente, si erano rivelati infruttuosi. Non era riuscito a trovare l'uomo né al lavoro né a casa sua. Di conseguenza, aveva passato il resto del pomeriggio a parlare con gli amici di Paulina, i quali non erano stati in grado di confermare la portata della relazione tra Paulina e Tristan.

Dalla cucina provenivano il raschiare e lo sferragliare continui di sua sorella che puliva, come se stesse cercando di smontare il tostapane con un coltello da burro.

Lo stomaco le brontolò e lei appoggiò la testa sulle ginocchia. Un altro giorno senza un pasto decente. Un altro giorno in cui la sua mente disidratata e stanca non aveva pensato né funzionato a dovere.

«Steph, vuoi tenere questa?» la chiamò Kimberley dalla cucina.

Proprio mentre Stephanie si trascinava giù dal divano per andare a vedere, il suo cellulare squillò sul tavolino. Diede un'occhiata allo schermo e vide che era Giles.

«Signor Swinger» disse. «Lavora fino a tardi.»

«Signora» disse lui, con voce spaventata e il fiato corto, come se avesse corso. «È successo qualcosa.»

«Cosa?»

«Eve. Devon. Siamo alla veglia...»

«*Cosa?*»

«Stava andando tutto bene. E poi sono iniziati i fuochi d'artificio, ma qualcosa è andato storto. La folla è impazzita. E adesso... adesso non riesco a contattarli. Ho provato a chiamarli sui cellulari una ventina di volte, ma senza successo. Temo che possa essere successo loro qualcosa.»

«*Steph?* La vuoi questa?»

Non prestò attenzione alla sorella, affrettandosi invece verso la credenza dall'altra parte della stanza per afferrare le chiavi.

«Dove si trova adesso?» chiese a Giles.

«All'università.»

«Okay. Arrivo. Resti esattamente dove si trova.»

«Sì, signora. Non potrei muovermi neanche se volessi.»

CAPITOLO
SETTANTA

Stephanie balzò fuori dall'auto prima ancora che il motore avesse finito di spegnersi. La strada era gremita, con gruppetti di persone rannicchiate sul ciglio della strada. Alcuni piangevano, mentre altri ridevano, trovandoci il lato comico di una scatola piena di fuochi d'artificio esplosa in tutte le direzioni. Solo che non sapevano cosa stesse succedendo davvero. Non sapevano cosa fosse realmente accaduto.

Cosa Stephanie *sperava* non fosse accaduto.

Trovò Giles vicino all'edificio Rik Medlik, sul lato nord del campus. Zoppicava, caricando tutto il peso su un solo piede. La sua testa ruotava a destra e a sinistra mentre scrutava i volti intorno a sé.

Quando vide Stephanie, la salutò con la mano e cominciò ad avanzare verso di lei zoppicando.

«Sei arrivato in fretta» esordì lui.

«Sei ferito» sbottò lei, sentendosi una madre iperprotettiva. «Stai fermo. Non farai altro che peggiorare la situazione. Cosa ti sei fatto?»

«Mi sono storto una caviglia» disse lui con noncuranza. «Ho passato di peggio in carriera. Starò bene. Ho solo bisogno di un po' di ghiaccio.»

Tentò di caricare un po' di peso sulla caviglia malandata e trasalì quando una fitta di dolore gli percorse la gamba.

«Non fare l'eroe.» Steph si mise le mani sui fianchi, ispezionando l'ambiente circostante. Dal suo punto di osservazione, poteva vedere la fontana e il lago, ma nell'oscurità la visibilità era scarsa. Riuscì, tuttavia, a distinguere in lontananza un gruppo di persone rannicchiate intorno a un ammasso di casse. «Che diavolo è successo qui?»

«Non lo so» cominciò lui. «Eravamo tra la folla. Alcune persone hanno detto qualche parola, altre hanno deposto dei fiori vicino alle foto e alcuni hanno acceso delle candele. E poi hanno iniziato con i fuochi d'artificio. È stato allora che è andato tutto storto. Ricordo solo di aver sentito questo *boato* enorme, come uno sparo.»

«I fuochi d'artificio?»

Annuendo, lui rispose: «Dritti in mezzo alla folla.»

«Ci sono feriti?»

«Immagino di sì.»

«Abbiamo bisogno di paramedici qui.»

«Già fatto» rispose lui. «Ho chiamato l'ufficio per informarli, poi ho chiamato la squadra di pronto intervento perché venisse a valutare la situazione. Sono sicuro che ci siano un paio di ustionati da qualche parte.»

Questo spiegava perché la gente piangeva. E non solo per lo shock.

«Con chi altro eri qui?»

«Con Devon ed Eve, signora.»

«*Solo* loro due?»

Un cenno affermativo.

«Sei già riuscito a metterti in contatto con loro?»

«Ho provato a chiamare entrambi, ma nessuno dei due risponde. Pensi che stiano aiutando qualcuno?»

Lo spero.

Anche se l'istinto, il nodo che si stava rapidamente formando nel suo stomaco, le diceva il contrario.

Tirò fuori il telefono dalla tasca e iniziò a comporre il numero di Eve. «Tu prova con Devon. Non smettere finché non risponde.»

Per cinque minuti, rimasero nello stesso punto, tentando più volte di mettersi in contatto con i colleghi. Al sesto minuto, si arresero. Nessuno dei due aveva risposto alle chiamate. Entrambe andavano direttamente alla segreteria telefonica.

«Non penserai che sia successo loro qualcosa, vero?»

«Non credo che ci stiano ignorando.»

Giles si passò le dita tra i folti capelli. «Oh, Dio. Lo sapevo che era una pessima idea!»

Stephanie non disse nulla. Si limitò a guardare il cellophane sui mazzi di fiori, che luccicava nella brezza. Avrebbe affrontato *quella* particolare discussione più tardi.

«Mi scusi» disse Giles all'improvviso.

«Per cosa?»

«Non dovevamo essere qui, vero?»

«Questo dipende. Eravate qui a titolo professionale o personale?»

«Professionale.»

«Allora no. Non dovevate assolutamente essere qui. Chi l'ha detto?»

Proprio mentre Giles apriva la bocca, Steph lo interruppe. «Anzi, non rispondere. Conosco già la risposta.»

Più di un'ora dopo, tornarono alla centrale. Una squadra di paramedici era arrivata e aveva prontamente prestato primo soccorso agli ustionati. Fortunatamente, ce n'erano stati solo alcuni, e nessuna delle loro ferite giustificava un trasporto al vicino ospedale. In quel lasso di tempo, Stephanie e Giles avevano continuato a cercare di contattare Devon ed Eve, senza successo. E così avevano deciso di chiuderla lì per la notte e tornare alla centrale.

Stephanie si era aspettata di trovarla silenziosa – erano passate da poco le nove – e fu sorpresa di vedere così tanta gente in movimento, che sfrecciava da una parte all'altra. C'era un certo fermento nell'edificio, ma anche una corrente di paura nascosta sotto la superficie. Stephanie non voleva accettare che qualcosa fosse andato storto. Almeno non ancora. Quello sarebbe venuto dopo. Forse al mattino, se ancora non fossero riusciti a contattare nessuno dei due detective.

Voleva rimanere calma e lucida. Non instillare panico e terrore nel resto della squadra. Anche se, dentro di sé, la sua mente stava cominciando ad andare in tilt.

Stephanie batté le mani, bloccando l'intera stanza. Tutte le teste si voltarono verso di lei.

«Buonasera a tutti, sono sorpresa di vedere così tanti di voi ancora qui. Di questo vi ringrazio. Abbiamo un problema a contattare due membri della nostra squadra: il DS Devon Lafferty e la DC Eve Hope. Vi sarei grata se qualcuno potesse andare alle loro abitazioni, solo per vedere se per caso fossero tornati lì. Per informazione, sono rimasti coinvolti in un incidente alla veglia che si è tenuta stasera. Apprezzerei anche se un gruppetto di voi, insieme a un po' di supporto in uniforme, potesse appostarsi all'università, nel caso in cui si facessero vivi.»

Immediatamente, una manciata di volti che non riconobbe si alzò e si offrì volontaria. Con l'aiuto del DS Noah Mackenzie, indicarono ai volontari dove andare e chi cercare.

Dopo che se ne furono andati, Noah la prese in disparte.

«Non penserai che sia successo loro qualcosa, vero?»

Steph placò la paura dell'uomo dicendo: «Sono sicura che vada tutto bene. Ora, se vuoi scusarmi, devo assicurarmi che Giles stia bene.»

Lasciò Noah nella sala operativa e trovò Giles in cucina, che frugava nel frigorifero comune in cerca di una borsa del ghiaccio.

«Cosa stai facendo?» chiese lei.

«Dov'è Wellard quando serve? Lei avrebbe un sacchetto di piselli o qualcosa del genere nella sua borsetta. È bravissima in questo.»

«Non troverai mai del ghiaccio nel frigo, sciocco.» Stephanie spostò Giles e cominciò a cercare nei cassetti del congelatore. Dentro c'erano una manciata di gelati sciolti, coperti di brina, che sembrava fossero lì da anni. Ma, con sua grande sorpresa, trovò una borsa del ghiaccio. La tirò fuori, la avvolse in uno strofinaccio e la sbatté contro la caviglia di Giles. L'uomo guaì dal dolore, il suono si propagò nell'ufficio principale.

«Scusa, ha fatto male? Ecco cosa succede a seguire ciecamente qualunque cosa ti dica il DS Lafferty.»

Poi, quasi per magia, Devon apparve sulla porta. Era in preda al panico, senza fiato e con i capelli scompigliati, come se fosse appena corso dall'università.

«Devon» sibilò lei, lasciando cadere la borsa del ghiaccio a terra. «Hai delle spiegazioni da darmi. Dove sei stato?»

«Il...»

«Cosa è successo? Dov'è Eve?»

Devon entrò timidamente in cucina. «Io... io non lo so. Ho provato a contattarla. Ma non ne ho la più pallida idea.»

«Hai portato fuori lei e Giles contro la mia volontà, contro le mie istruzioni, e ora guarda cosa è successo. Chi ti credi di essere?»

Mantenne la voce bassa per non fare una scenata. Giles se ne stava goffamente in un angolo della stanza, incapace di guardare nessuno dei due per paura di finire in mezzo al fuoco incrociato.

«Signora» cominciò Devon.

Prima che Steph potesse interromperlo, il DCI McGowan apparve alle spalle del DS Lafferty. Era in borghese e sembrava che fosse stato appena svegliato da un sonnellino.

«Lafferty, Broadbent. Nel mio ufficio. Subito!»

Ogni rumore proveniente dall'esterno fu risucchiato fuori dalla stanza non appena Devon chiuse la porta. Il DCI McGowan era già seduto, ma non offrì loro di accomodarsi. Devon e Stephanie stavano in piedi l'uno accanto all'altra, con le mani dietro la schiena, come se fossero nell'ufficio del preside a scuola.

«A quanto pare abbiamo un problema...»

«Sì, signore» disse Stephanie.

«Chi vorrebbe spiegarmi cosa è successo?»

Nessuno dei due scelse di parlare per primo. Alla fine, Stephanie si fece avanti.

«Stamattina presto, Devon mi ha avvicinata e mi ha chiesto se avremmo dovuto mandare alcuni della squadra alla veglia che si è tenuta stasera al campus. Era convinto che avremmo potuto catturare l'assassino, o almeno impedire che accadesse qualcosa. Ho acconsentito e ho detto che era una buona idea, e tra noi abbiamo deciso di mandare Devon, Eve e Giles. Col senno di poi, avremmo dovuto mandarne di più; tuttavia, ci sarebbe stata anche una piccola presenza in uniforme.

«Ora, da quello che ho capito, lo spettacolo pirotecnico è andato storto, e alcuni fuochi sono finiti per sparare direttamente sulla folla. A quel punto, tutti si sono fatti prendere dal panico e si sono divisi. Di conseguenza, Giles si è storto una caviglia e la squadra si è separata.»

McGowan giocherellava con una penna tra le dita. Alzò lo sguardo su Devon. «È corretto, sergente?»

Devon lanciò un'occhiata a Stephanie, ma lei scelse di non guardarlo. Qualunque cosa fosse uscita dalla sua bocca sarebbe stata una sua scelta.

«Sì...» disse, con la voce spezzata. «Sì, è corretto.»

«Il problema che abbiamo adesso, però, è che non riusciamo a trovare Eve» continuò Steph. «Abbiamo provato a chiamarla ripetutamente, ma non risponde al telefono. Ho mandato alcuni agenti della contea a casa sua, ma non credo che sia finita lì.»

«Cosa intende dire? È scomparsa?»

«Potenzialmente, signore.»

«Devon? Vuole darci dei dettagli?»

Il DS Lafferty si grattò la nuca. «Non vorrei fare supposizioni. Ma è strano. Le ho parlato pochi istanti prima dei fuochi d'artificio, e sembrava stare bene, e tutto era sotto controllo. E poi, dopo... niente. È semplicemente scomparsa.»

McGowan inspirò profondamente, trattenne il fiato, poi espirò. «Come si è potuto permettere che accadesse una cosa del genere? Quali misure di sicurezza avevate messo in atto? Quali precauzioni avete preso per evitare che succedesse qualcosa del genere?»

«Noi...»

«Non lei, Broadbent. Lei ha già risposto abbastanza per stasera. Voglio che sia Devon a rispondere a questa.»

La bocca di Devon si aprì e si richiuse più volte. «Non ne avevamo, signore. Noi... volevamo che fosse un'operazione sotto copertura. Non volevamo che nessuno sapesse che eravamo lì.»

«Eppure uno dei nostri sembra essere scomparso. Oserei dire che, se le fosse successo qualcosa, riterrò lei responsabile.»

Stephanie fece un passo avanti. «È colpa mia, signore» disse con fermezza. «Devon non ha fatto nulla di sbagliato né ha commesso alcun errore. E se lo ha fatto, se ci sono state delle sviste, allora sono tutte da imputare a me. Io sono l'ispettore capo. La responsabilità è mia. Se succede qualcosa a Eve, allora è... tutta... colpa... mia.»

CAPITOLO
SETTANTUNO

Quel mattino il bosco era silenzioso. Immobile, senza un alito di vento. Il sole cominciava appena a tessere fili d'oro tra gli alberi. La terra sotto i piedi di Roy Lavender era umida, prova di un'altra notte di pioggia durante la quale lui aveva dormito, a differenza di Caroline. O era stata la pioggia a tenerla sveglia, o di nuovo il suo russare.

Un classico.

Rory si sistemò il guinzaglio attorno al polso, dandogli un rapido strattone.

«Andiamo, Ruby» borbottò.

Ruby, la sua spaniel, schizzò improvvisamente in avanti, il naso basso sul terreno muschioso, la coda scodinzolante mentre cominciava ad annusare nel sottobosco. Percorrevano quel sentiero a Chantry Wood ogni mattina da cinque anni, da quando era andato in pensione. Era uno dei loro preferiti. A quell'ora del mattino era sempre tranquillo, fatta eccezione per qualche podista mattiniero o qualche altro padrone di cani. Ma di solito, nelle giornate buone, avevano l'intero posto tutto per loro. Potevano sentire il vento fischiare tra gli alberi e gli uccelli che iniziavano a cantare. Il bosco si animava, la mattina: respirava, gli parlava. Lui spesso rispondeva. Ma per qualche ragione, quel mattino non se la sentiva.

Percepì una presenza. Minacciosa, inquietante. Come se fosse osservato.

«Ruby, andiamo, piccola.»

Diede un altro strattone al guinzaglio e la guidò lungo un sentiero diverso. Giunsero a una piccola salita. Ruby si fermò accanto a un albero sradicato e cominciò ad annusare.

Annusava, annusava, e annusava ancora.

Si fermava, ripartiva. Si fermava. Ripartiva.

Un'andatura diversa da quella a cui erano abituati.

Man mano che si addentravano nel bosco, la sensazione di disagio cresceva. Rory si controllava ogni tanto alle spalle, i sensi acuiti al minimo rumore. Ruby, nel frattempo, era completamente ignara. Si stava divorando odori, panorami e suoni.

Finché non fiutò una traccia che la portò fuori dal loro nuovo sentiero e su uno stretto passaggio. Scattò verso un albero e iniziò a raspare con le zampe contro qualcosa sotto un ramo caduto, abbaiandogli contro per farlo muovere. Tirava e tirava il braccio di Rory, quasi facendolo cadere.

Ma lui le prestò poca attenzione. La sua attenzione era focalizzata su qualcosa proprio di fronte a lui.

Qualcosa uscito da un incubo, da un film dell'orrore. Non il genere di cosa che ti aspetteresti di trovare a Guildford.

Un corpo, appeso a un grosso e contorto ramo di quercia sopra la sua testa.

Una donna, sospesa in alto.

La testa le ciondolava in avanti. I lunghi capelli scuri ondeggiavano col vento. Indossava abiti scuri – jeans neri, stivali, un cappotto attillato – e le braccia erano strettamente legate ai fianchi. Era stata issata con una precisione quasi meccanica. Come se qualcuno si fosse preso il suo tempo.

Un raggio di sole mattutino trafisse la volta di foglie, colpendole il viso pallido e senza vita.

La gola di Rory si serrò. Per un momento non riuscì a respirare. Fece un passo incerto all'indietro, appoggiandosi a un albero vicino, e guardò in su con orrore. La donna sembrava così giovane. Sulla fine dei venti, forse l'inizio dei trenta. Capelli scuri raccolti indietro. Avrebbe potuto essere la figlia di qualcuno. L'amica di qualcuno.

La collega di qualcuno.

«Oh, Gesù» sussurrò.

Cercò a tentoni il cellulare, con le mani che gli tremavano così violentemente che quasi lo fece cadere. Ci vollero tre tentativi per sbloccare lo schermo. Riuscì a comporre il 999 e si portò il telefono all'orecchio.

«C'è... c'è un cadavere» gracchiò. «Nel bosco. Una donna. Appesa a un albero. Chantry Wood.»

L'operatore iniziò a fare domande – nome, posizione, la vittima respira – ma Rory non riusciva a smettere di fissarla.

C'era qualcosa di agghiacciante nel modo in cui era stata issata, come un acchiappasogni che ondeggiava nella brezza.

Ruby emise un altro basso guaito e si strinse contro la gamba di Rory, la coda tra le zampe.

«È morta» disse a bassa voce. «Che Dio ci aiuti, è stata assassinata.»

CAPITOLO
SETTANTADUE

Mattina, e di Eve non c'era ancora nessuna traccia. Nessuna notizia, nessun contatto. I rinforzi dalle contee vicine erano andati a casa sua a Guildford e vi erano rimasti di guardia per tutto il tempo, eppure di lei non c'era stata traccia. Non aveva chiamato. Non aveva comunicato con nessuno. Avevano rintracciato il suo telefono e si erano subito resi conto che era spento. A peggiorare le cose, nessuno al campus l'aveva vista. Vi erano rimasti fino alle prime ore del mattino, chiedendo a passanti e studenti se sapessero qualcosa o se avessero visto qualcuno che corrispondesse alla sua descrizione. Ma a quel punto, la maggior parte degli studenti era andata a letto, e c'erano troppe stanze ed edifici per poter fare controlli porta a porta.

Stephanie, insieme alla maggior parte dell'ufficio, era rimasta sveglia tutta la notte, facendo le ore piccole. Il DCI McGowan aveva provato a mandarla a casa, ma lei si era rifiutata. Qualche sprazzo di sonno l'aveva colta nel suo ufficio, ma per la maggior parte del tempo aveva fissato il telefono, desiderando che squillasse, pur sapendo che forse non l'avrebbe mai fatto. Nel frattempo, sua sorella era rannicchiata nel letto di Stephanie. Kimberley le aveva mandato un messaggio per dirle che aveva finito tardi di pulire ed era troppo stanca per tornare a casa, per non parlare dei due bicchieri di vino che aveva bevuto.

La debole luce del nuovo giorno si insinuò attraverso le fessure delle veneziane, ricordandole che era ora di muoversi. Non lasciava il suo ufficio da ore. Non mangiava da ancora più tempo.

Caffè.

Quella era la risposta. L'avrebbe saziata, placato i morsi della fame, prolungato l'inevitabile. Il fatto che l'avrebbe svegliata era un vantaggio in più.

Mentre apriva la porta, un telefono squillò da qualche parte nell'ufficio. Non ci fece quasi caso mentre si dirigeva lentamente verso la cucina. Riempì il bollitore, lo accese, preparò i granuli istantanei e fece la bevanda in modo robotico. Quando ebbe finito, si trascinò di nuovo verso il suo ufficio.

Aveva la mano sulla maniglia della porta quando una voce la chiamò da dietro.

Era Fiona, arrivata a un certo punto durante la notte.

«Signora...» La sua voce era rotta. Tesa.

Stephanie alzò la testa e guardò attraverso l'ufficio con occhi annebbiati.

«Qualcuno ha trovato un corpo impiccato a Chantries. Due dei nostri ragazzi sono andati a dare un'occhiata». La sua pausa fu carica di terrore. Un nodo cominciava già a formarsi nella gola di Stephanie.

«È Eve. L'hanno confermato».

La prima cosa a essere distrutta nella carneficina fu la tazza di caffè. Sbatté contro il muro, frantumandosi in una dozzina di pezzi mentre una cascata di liquido marrone scuro colava giù. Poi fu la volta della sedia: rovesciata e calciata con tutta la forza che il suo corpo riuscì a raccogliere. Fu seguita a breve dal resto del suo ufficio. Una potente combinazione di rabbia, furia, vendetta e senso di colpa si gonfiò dentro di lei.

I pensieri di lei ed Eve al pub l'altra sera, all'obitorio, in macchina insieme, le balenarono in mente mentre sfogava la sua frustrazione sui pochi oggetti inanimati che aveva nel suo ufficio. Poi urlò. Forte. Quasi forte come quando aveva scoperto sua madre sul divano, fredda, che fissava il soffitto.

Un attimo dopo, la porta del suo ufficio si aprì. Fiona e Devon si precipitarono dentro. Fiona fu la prima a placcarla, afferrandola per le spalle e allontanandola dalla potenziale vittima successiva del suo sfogo prima di girarla e abbracciarla, stringendola senza lasciarla andare.

Stephanie si divincolò e si contorse – oppose tutta la resistenza di cui fu capace – ma nel suo stato di debolezza, Fiona era troppo forte per lei. Per non parlare del fatto che la donna era sorprendentemente robusta. Alla fine, Stephanie cedette e si lasciò andare a Fiona, si lasciò accogliere da una persona che conosceva solo da una manciata di settimane.

Insieme, scoppiarono a piangere.

Mentre Stephanie si allontanava, vide Devon, in piedi sulla soglia. Gli puntò un dito contro. «*Lei*. È stato *lei*. Se non avesse disobbedito ai miei ordini, lei non sarebbe andata alla veglia e sarebbe ancora qui». La sua voce era un ringhio profondo, quasi demoniaco.

«Posso-»

«La voglio fuori dalla mia vista. Non la voglio nel mio ufficio. Se ne vada!»

Devon non perse tempo e si affrettò ad andarsene. Lasciò la porta aperta dietro di sé e Stephanie lo seguì fuori. Iniziò a rivolgersi alla stanza.

«Noah, dove sei?»

L'uomo si alzò da dietro la sua scrivania.

«Noah, voglio che vada a Chantries. Voglio che qualcuno della nostra squadra confermi che la vittima sia, di fatto, Eve. E se così fosse, voglio che ogni singola persona in questo edificio che lavora al caso trovi questo bastardo. Ha preso una di noi. Non gli è permesso prenderne altre».

CAPITOLO
SETTANTATRÉ

Il tappeto di foglie scricchiolava sotto i piedi, fradicio e umido. Una brezza leggera gli sfiorò le caviglie, facendo sbattere dolcemente i lembi del cappotto contro la gamba. Nonostante le numerose figure che si muovevano nel bosco – agenti in uniforme che creavano il perimetro interno ed esterno e la scientifica che montava una tenda in mezzo al sentiero – nel bosco regnava un silenzio irreale. Un silenzio opprimente, come se una cupola gigante fosse stata posata sopra di loro.

Noah camminò lentamente, muovendosi con cautela tra i segnali di delimitazione per terra. Tenne la testa bassa, fissando le rocce e le radici degli alberi fino all'ultimo istante, quando fu costretto ad alzare lo sguardo e a vederla.

Eve.

Appesa, innaturalmente immobile, una silhouette contro lo sfondo degli alberi, il viso blu e gonfio, gli occhi chiusi, la testa reclinata da un lato, i capelli appiccicati alla pelle.

Povera ragazza.

Non sembrava reale. Era giovane, così all'inizio della sua carriera, eppure le era stato portato via tutto. Anche se la conosceva solo da un paio di settimane, si era piuttosto affezionato a lei. La figlia che non aveva mai avuto. Gentile, educata e sempre pronta a condividere i biscotti che portava, illudendosi di farle un favore impedendole di mangiarli tutti da sola. Era energica, spumeggiante, e possedeva ancora l'entusiasmo e la determinazione della gioventù, quella determinazione che non le era stata strappata via da mesi di duro lavoro senza alcun risultato.

Noah deglutì il nodo che aveva in gola e si avvicinò.

«Che diavolo ti hanno fatto?» mormorò, poco più che in un sussurro.

Lentamente, una manciata di agenti della scientifica iniziò a calare il suo corpo dal ramo, allentando gradualmente un pezzo di corda alla volta. Noah non riuscì a guardarla scendere a terra come un angelo caduto. Si voltò e attese finché non sentì il tonfo sordo del suo corpo.

Ma mentre il suo sguardo cadeva su un albero vicino, notò qualcosa di strano. Qualcosa fuori posto.

Nero. Rettangolare. Delle dimensioni di una scatola da scarpe.

Capì subito di cosa si trattava.

Noah si affrettò verso l'oggetto, chiedendo aiuto a un fotografo della scientifica lì vicino, e si accovacciò al suo fianco.

«Fotografi ogni cosa che succede» gli ordinò. «Capito?»

L'agente della scientifica annuì e preparò la macchina fotografica.

Noah rivolse l'attenzione alla scatola. Mentre la estraeva, disse: «Non sento l'otturatore scattare. Fotografi *ogni* passaggio, ricorda!»

Non appena sentì il rumore della macchina fotografica al lavoro, posò la scatola a terra. Trattenendo il respiro, aprì con cautela il fermaglio sul davanti e sollevò delicatamente il coperchio.

All'interno, adagiata al centro della scatola, c'era un'altra bambola voodoo.

Cucita a mano. Piccoli occhi fatti di bottoni spaiati.

Sulla gola della bambola, un coltello aveva tagliato il tessuto, rivelando l'imbottitura all'interno che fuoriusciva dallo squarcio come sangue che scorre. Noah si era quasi aspettato un congegno per tagliare il collo della bambola, ma questa se ne stava semplicemente lì, a fissarlo.

La guardò dall'alto, incapace di distogliere lo sguardo, mentre un brivido freddo gli percorreva il corpo.

Poi si ricompose e richiuse con cura il coperchio, voltandosi verso l'agente della scientifica. Mise una mano davanti all'obiettivo e abbassò la macchina fotografica, come per risparmiare alla bambola l'imbarazzo di essere fotografata.

Un'altra bambola.

Un'altra vittima.

Un altro metodo di omicidio.

Ma ancora nessuna idea di chi sarebbe stata la prossima.

CAPITOLO
SETTANTAQUATTRO

Stephanie fissò il batacchio d'ottone a forma di testa di volpe. La casa era moderna, mattoni rossi, edera che si arrampicava lungo la grondaia e sul lato dell'edificio, con un piccolo giardino curato sul davanti che qualcuno chiaramente amava.

Alzò una mano e bussò.

Durante il viaggio in macchina, aveva pensato a come affrontare la conversazione e a cosa dire. Mentre se ne stava lì in attesa, non ne aveva ancora idea.

Un istante dopo, la porta d'ingresso si aprì, rivelando una donna alta un metro e sessanta che sembrava formidabile come l'aveva descritta Eve. Karen Hope indossava un paio di jeans e un maglione rosa chiaro che le fasciava la pelle e i muscoli.

«Signora Hope?» esordì Stephanie.

«Sì...» C'era reticenza nella voce di Karen.

«Mi chiamo Ispettore Stephanie Broadbent. Sono il capo di sua figlia. Posso entrare? C'è una cosa che devo dirle.»

Saltarono i convenevoli, e non ci fu alcuna offerta di tè o caffè mentre si dirigevano verso il soggiorno. Foto di famiglia tappezzavano le pareti: Eve da bambina, Eve con l'apparecchio, Eve da adulta, affiancata dai suoi genitori, che sorrideva radiosa all'obiettivo.

«Suo marito è in casa?»

«È al lavoro. Io sto lavorando da casa. Che c'è? Di che si tratta? È successo qualcosa a Eve?»

Stephanie deglutì, la voce più fragile di quanto si fosse aspettata. «Mi... mi dispiace tanto. Ieri sera, sua figlia ha partecipato alla veglia all'università, e c'è stato un incidente.»

«Un incidente?» La voce di Karen si spezzò a metà della frase.

«Stamattina, il suo corpo è stato ritrovato a Chantry Wood. È stata impiccata dalla stessa persona che crediamo stia uccidendo questi studenti.»

Karen Hope inspirò bruscamente e si coprì la bocca con una mano. «È morta? Mi sta dicendo che la mia bambina è morta?»

Prima che Stephanie potesse rispondere, Karen scoppiò in lacrime. Proruppe in un lamento, si prese la testa tra le mani e cominciò a singhiozzare in modo incontrollato. Stephanie andò in bagno e tornò con della carta igienica, ma quando la porse a Karen, la donna scacciò il rotolo con una manata.

«Come ha potuto succedere? Come ha potuto permettere che accadesse?»

Stephanie non disse nulla mentre tornava a sedersi.

«Cosa ci faceva alla veglia? Di chi è stata l'idea di mandarla? È stata sua?»

Stephanie si bloccò. Anche se avesse voluto parlare, non ci sarebbe riuscita.

«A cosa stavate pensando? Sapevate che era a rischio? Sapevate che le sarebbe successo qualcosa?»

Stephanie decise di non correggerla. Scelse di incassare tutto, di assorbire l'intera furia della madre. Era il minimo che meritava per non aver catturato l'assassino prima. Se l'avesse fatto, nessuna delle due si troverebbe in quella situazione. Pur non avendo avuto nulla a che fare con la decisione di mandare Eve alla veglia, Stephanie sentiva che la colpa era sua.

«Non posso crederci! La mia bellissima bambina... morta! Come? Come le è potuto succedere? Lei l'ha mandata a morire. Lo sa, vero? Cosa le ha fatto pensare che fosse una buona idea? Lei l'ha lasciata andare a quella veglia.» Ogni parola grondava veleno.

Stephanie abbassò lo sguardo. «Non sono stata all'altezza.»

Silenzio.

Karen Hope la fissò a lungo. «Pensa che questo migliori le cose?

Ammetterlo? Venire qui con il suo bel cappotto e i suoi bei capelli, pensando che questo le faccia guadagnare una qualche sorta di indulgenza?»

Stephanie scosse lentamente la testa. «No. Non la guadagna.»

«Non può riportarla indietro.»

«Lo so.»

«Spero che troviate chi ha fatto questo. Ma non cambierà ciò che *lei* ha lasciato che accadesse.»

Sei solo una stupida, viziata, piccola stronza, Stephy! Guarda cos'è successo a tua madre per colpa tua. È tutta colpa tua. Tutto quanto!

Stephanie annuì una volta. «So anche questo.»

Improvvisamente, le lacrime cessarono e l'espressione di Karen si indurì. «Non voglio più vedere la sua faccia. Può accompagnarsi da sola alla porta.»

Stephanie non se lo fece ripetere due volte. Si alzò, esitò un istante, pensò di dire qualcosa, ma poi decise di non farlo. Non c'era nulla che potesse dire per migliorare la situazione. Così si diresse alla porta d'ingresso e uscì, lasciando che il vento freddo le mordesse il viso. Era il minimo che meritava.

Tornata in macchina, rimase seduta immobile per dieci minuti prima di girare la chiave.

Invece di tornare alla centrale, fece una sosta al suo fast food preferito.

CAPITOLO
SETTANTACINQUE

Aveva la bocca amara, il retrogusto acre del vomito che ancora le bruciava in fondo alla gola nonostante le diverse gomme da masticare che si era ficcata in bocca. Attraversò in fretta il parcheggio e si diresse verso la sala operativa. L'ufficio era pervaso da un basso brusio di chiacchiere, e il ticchettio delle tastiere e il clic dei mouse fornivano il ritmo alla colonna sonora. Tutto tacque non appena lei arrivò.

«Voglio tutti nella sala riunioni tra due minuti.»

Il tono autoritario della sua voce squarciò il silenzio. Le sedie stridettero sul pavimento nello stesso istante. Il ticchettio delle tastiere cessò. L'agente scelto Olivia Willard era a metà di una lattina di Coca-Cola e ne tracannò rapidamente il resto. Giles si alzò dalla sedia e si diresse zoppicando verso la sala, appoggiandosi a Wellard per sorreggersi.

In pochi istanti, tutti si furono radunati, e lei si fece largo tra la massa di persone per raggiungere il capo della stanza. Quando si fermò, guardò il mare di dolore che aveva di fronte. Un arazzo di volti scioccati e angosciati fissava il vuoto, gli sguardi persi sui taccuini e i portatili che tenevano in grembo.

Tutti si rivolgevano a lei in cerca di guida, di supporto, dei passi successivi da compiere.

Prima che parlasse, fu colta da un'ondata di nausea e si sentì mancare. I margini della sua visione divennero neri per un istante, poi tornarono normali. Chiuse gli occhi e, quando li riaprì, la stanza si era leggermente inclinata sul proprio asse. Stephanie si strinse la collana al collo, gesto che alleviò leggermente la nausea.

«Stamattina, un membro della nostra squadra è stato trovato morto a Chantry Wood. Questo fa seguito a un incidente avvenuto durante la veglia di ieri sera al campus dell'Università del Surrey. Voglio che chiunque fosse presente a quella veglia venga interrogato e messo a verbale. Il nostro assassino era lì, nascosto in piena vista. Deve aver preso Eve in quel momento. Qualcuno deve aver visto qualcosa. Non avrebbe potuto portarla via contro la sua volontà senza essere notato o sentito. Non mi importa quante persone ci vorranno o quanto tempo impiegheremo; mandate più gente possibile al campus.»

Fece una pausa per riprendere fiato e scacciare di nuovo la nausea sbattendo le palpebre.

«Inoltre, suggerisco di aumentare il numero di agenti in uniforme presenti nel campus a ogni ora. Fate in modo che istituiscano pattugliamenti più regolari in modo da scoraggiare l'assassino. Sappiamo quale sarà la sua prossima mossa, grazie a Noah: taglierà la gola a qualcuno. Dobbiamo assicurarci che non accada in nessuna circostanza.»

«Ieri ho parlato con Martin Bell, il responsabile del benessere studentesco, e ha sollevato alcune preoccupazioni riguardo a Tristan Penrose. Giles, voglio che tu continui a indagare su questa pista. Vedi se riesci a trovarlo oggi.»

«Lo farei, signora, ma temo di non essere di grande aiuto con questo piede.»

Lei abbassò lo sguardo sulla caviglia dell'uomo ed emise un sospiro pesante. «D'accordo. Noah, Devon, voglio che ve ne occupiate voi al suo posto.»

«Sissignora.»

«Ci ha mentito, e voglio sapere perché. Eve faceva parte della squadra che lo ha interrogato in origine, quindi se si sta vendicando delle persone che conoscono il suo segreto, allora Fiona... temo che tu possa essere la prossima. Per questo motivo, voglio che resti qui e ti assicuri di essere sempre con qualcuno.»

«Pensa che *io* potrei essere il prossimo bersaglio dell'assassino?»

«Speriamo di no.»

Mentre rivolgeva l'attenzione al resto dell'ufficio, la vista le si annebbiò e la stanza si inclinò.

Sbatté le palpebre e deglutì a fatica. Il sapore acido le risalì in gola, caldo e pungente. Il cuore le martellava nelle costole. Si aggrappò allo schienale di una sedia.

Fiona si accigliò. «Capo?»

Stephanie aprì la bocca per parlare, ma un attimo dopo il pavimento sembrò cedere.

La lavagna bianca divenne sfocata. Il ronzio delle luci e dei computer si fece più forte. Le ginocchia le si piegarono.

Buio.

Crollò di lato, battendo a terra con un tonfo sordo che echeggiò in tutta la stanza.

La purga, la pressione, Eve, il senso di colpa, la responsabilità; tutto insieme l'aveva sopraffatta.

E ora la sua squadra, già distrutta dalla morte di Eve, stava guardando il proprio ispettore capo andare in pezzi davanti ai loro occhi.

CAPITOLO
SETTANTASEI

Giles si fece coraggio mentre entrava nella stanza degli interrogatori, ignorando il dolore che gli si infiammava lungo la gamba. Seduto in un angolo della stanza, appoggiato al muro, c'era Tristan Penrose. Dopo svariate telefonate e tentativi di trovarlo al campus, lui e un agente della polizia del Kent, con l'aiuto di un membro del personale universitario, avevano rintracciato il docente nel suo ufficio, intento a rispondere a delle email. Per un attimo, Giles prese in considerazione l'idea di condurre l'interrogatorio dove l'uomo si sentiva a suo agio, ma poi si ricordò di ciò che aveva detto Stephanie. Se era lui l'assassino, se l'uomo di fronte a lui aveva brutalmente ucciso cinque ragazze, inclusa Eve, allora voleva che fosse il più a disagio possibile.

Mentre zoppicava verso la scrivania, cercò di ricacciare in fondo alla mente le immagini del corpo di Eve che pendeva nel bosco.

Eve. La bellissima, perfetta Eve. Il suo volto impresso in un fermo immagine di innocenza e bellezza. Non meritava di morire. Nessuna delle vittime lo meritava.

Giles fulminò Tristan con lo sguardo mentre tirava indietro la sedia e si sedeva. Terminato il segnale acustico del registratore, cominciò.

«Tristan Penrose, lei è qui in stato di fermo con il sospetto di omicidio di Claudia Bellini, Paulina Potter, Maya Corcoran, Priya Chadha ed Eve Hope. Non è obbligato a dire nulla, ma...»

«Non sono stato io!» esclamò l'uomo, girandosi di scatto sulla sedia. «La prego. Non c'entro niente. Deve credermi.»

Giles finì di informare l'uomo del resto dei suoi diritti, poi aprì una cartella di fronte a sé. «Vorrei iniziare dal suo rapporto con Paulina Potter.»

«Ne abbiamo già parlato. Le ho detto: voleva iniziare qualcosa e io ho detto di no. Se l'è presa a cuore, e temevo che potesse rigirare la frittata. Ma non è mai successo niente tra noi.»

Giles inarcò un sopracciglio. «Ne è sicuro?»

«Sì! Al cento per cento.»

«Siamo venuti a sapere che qualcosa *è* successo tra voi due. Un incontro nel suo ufficio. Secondo i rapporti, lei ha fatto delle avance a Paulina, e poi ha continuato a molestarla, a mandarle messaggi e a chiederle di più per il resto dell'estate.»

Tristan aprì e chiuse la bocca come un pesce.

«Era preoccupato che lei si rivolgesse all'università, era preoccupato di perdere il lavoro, sua moglie, la casa, così ha iniziato a minacciarla.»

«No...» la voce di Tristan era debole, quasi un sussurro. Spezzata.

«L'ha uccisa lei, Tristan? Ha scoperto che l'aveva detto alle sue amiche del club di corsa, e così ha ucciso anche loro?»

Gli occhi di Tristan si spalancarono per la paura. Iniziò a scuotere la testa con foga. «No» disse. «Niente di tutto ciò è vero. Sono tutte bugie. Avete preso un granchio.»

Giles posò il documento sul tavolo e incrociò le braccia. Appoggiandosi allo schienale della sedia, disse: «Allora perché non mi dice la verità? Cos'è successo tra lei e Paulina Potter?»

Tristan faceva su e giù con il ginocchio ripetutamente, così velocemente e con tale forza da sbattere contro il tavolo. Era in preda al panico, spaventato, e la sua espressione era quella di chi cerca di pensare in fretta a qualcosa.

«Sì, va bene. Sì. *Parte* di quello che ha detto è vero. È successo qualcosa tra me e Paulina. L'anno scorso, nel mio ufficio. Ma è stato un errore. L'ho capito dopo che era successo. Ho passato tutta l'estate a dare di matto, chiedendomi se sarebbe andata all'università a fare la spia. Mi chiedevo se avrei ancora avuto un lavoro al mio ritorno. Ma non c'entro nulla con quello che le è successo.

Glielo assicuro. Ero a casa la notte in cui è morta. Ero a casa le notti in cui sono morte tutte le ragazze. Le loro morti sono state una tragedia, ma io non ho avuto niente a che fare con nessuna di loro. Non sono un assassino; non farei del male neanche a una mosca. Non potrei mai fare una cosa del genere. Non ho un briciolo di cattiveria.»

«Sua moglie potrebbe avere qualcosa da ridire in proposito» replicò Giles, sporgendosi in avanti sulla sedia. «Mi dica, cosa sa di Eve Hope?»

«Chi?»

«La mia collega. Quella che è venuta a trovarla a casa sua l'altro giorno.»

La fronte di Tristan si corrugò per la confusione. «Cosa le è successo?»

«L'hanno trovata morta stamattina a Chantry Wood.»

«Oh, mio Dio. Mi dispiace tanto sentirlo.»

«Cosa faceva ieri sera?»

«Giocavo a calcio. Calcio a sette al Surrey Sports Park, e mi sono fermato a bere qualcosa dopo.»

Giles si irrigidì, a disagio. Non era la risposta che si aspettava.

«Non era alla veglia?»

Tristan scosse la testa. «No. Non volevo andarci perché sapevo come sarebbe potuta sembrare la cosa. Sono rimasto al centro sportivo fino alle dieci circa, prima di tornare a casa» il suo volto si illuminò di gioia mentre la consapevolezza si faceva strada. «Ho una dozzina di persone che possono confermarlo. Per quanto mi dispiaccia per la morte della sua collega, non c'entro niente. Ieri sera non ero assolutamente vicino al campus o a Chantries.»

Per un lungo momento, Giles non disse nulla, rimuginando su quello che il docente aveva detto. Pensando a Eve.

Poi Tristan si schiarì la gola. «Posso darle un suggerimento?»

Giles fece cenno all'uomo di continuare.

«Non so come sappia la verità su me e Paulina, ma se dovessi tirare a indovinare, la mia ipotesi migliore sarebbe Martin Bell, il responsabile del benessere studentesco. Non so perché, ma ho l'impressione che possa aver detto qualcosa su di me, presumibilmente perché Paulina è andata da lui per il nostro rapporto. Ma penso che lui potrebbe sapere più di quanto non dia a vedere. Non è innocente in tutta questa faccenda. Se Paulina è andata davvero da lui, allora potrebbe essere successo qualcosa tra di loro, e ora lui sta coprendo le sue tracce.»

«Quali prove ha a sostegno di questa tesi?»

Tristan alzò le mani in segno di resa. «Assolutamente nessuna. Ma quello che so per certo è che Martin era presente alla veglia di ieri sera. E scommetto che potrebbe sapere qualcosa su quello che è successo alla sua collega.»

CAPITOLO
SETTANTASETTE

Stephanie si svegliò al suono di un movimento intorno a sé, il fruscio sommesso di due persone che facevano del loro meglio per non far rumore e non disturbarla. Quando aprì gli occhi, vide Fiona e Olivia in piedi sopra di lei.

Era in un letto d'ospedale, attaccata a una flebo.

Entrambe la guardavano con espressioni calorose e compassionevoli. All'improvviso, Stephanie si sentì molto a disagio. Si mosse nel letto, tentando di mettersi sui gomiti, ma Fiona la tenne ferma.

«Calma» disse. «Ti sei appena svegliata.»

«Cos'è successo?»

Un dolore le divampò in testa mentre fissava la luce fluorescente sopra di lei.

«Sei svenuta» rispose Wellard.

«Davvero?»

E poi ricordò. L'ufficio. Le facce. Il pavimento che le si precipitava incontro.

«Quando è stata l'ultima volta che hai mangiato?» le chiese Fiona. «Il medico ha detto che eri gravemente disidratata e malnutrita. A sentirlo, sembrava che l'ultima volta che hai mangiato sia stato quando siamo andate al pub l'altra sera e abbiamo preso delle noccioline.»

Steph non rispose. I suoi occhi si posarono su Olivia, che evitò il suo sguardo.

«Devi prenderti cura di te» continuò Fiona. «Non puoi dirigere questa squadra se continui così.»

Lo sguardo di Stephanie rimbalzò tra Fiona e Olivia, come se stessero giocando una partita di tennis. Alla fine, si fermò su Olivia e fulminò con lo sguardo la donna più anziana.

«Gliel'hai detto?»

«Ho dovuto» rispose Olivia imbarazzata.

«E sono contenta che l'abbia fatto» intervenne Fiona. «Non essere arrabbiata con lei. L'ho costretta, le ho forzato la mano finché non mi ha detto tutto. Sono piuttosto brava a ottenere informazioni del genere. Sapevo che c'era qualcosa che non andava da come aveva reagito Wellard.» Posò una mano sul braccio di Stephanie. «Avresti dovuto dircelo.»

Stephanie chiuse gli occhi, la vergogna che la travolgeva come una marea.

«Lo sa qualcun altro?»

«Solo noi tre» rispose Olivia.

«E resterà così» aggiunse Fiona. «Il nostro piccolo segreto.»

Stephanie la guardò, la guardò davvero, e non vide pietà nei suoi occhi, ma lealtà. Preoccupazione. Del tipo che proveniva da qualcuno che teneva profondamente alle persone con cui lavorava.

«Da quanto tempo lo fai?» le chiese Fiona.

«Da che ho memoria. Risale a molto tempo fa.»

«È mai stato così grave?»

Lo sguardo di Stephanie cadde sul suo grembo. Scosse la testa.

Apparve l'immagine di suo padre. Che teneva in mano una mela e la gettava a terra. Che la chiamava "porcellina grassa" mentre era costretta a raccattare gli avanzi.

«Ne verrò a capo» disse infine. «Dopo che tutto questo sarà finito. Me ne occuperò. Lo prometto.»

Fiona sbuffò sonoramente. «Se non lo fai, ti ci trascino io in terapia. Sei troppo preziosa per perderti. E poi, devo vederti dare una bella strigliata a Devon.»

Stephanie abbozzò un sorriso. «L'indagine...»

Olivia le posò una mano rassicurante sulla spalla. «Non preoccuparti. È tutto sotto controllo. Giles è con Tristan adesso. Dovremmo avere presto notizie sull'esito.»

«E Devon...?»

«Cosa c'è che non va con lui?»

«Dov'è?»

«In ufficio. Perché?»

«Niente...» disse lei a bassa voce.

«La dottoressa ha detto che dovresti riposare» cominciò Olivia. «E sono incline a darle ragione. Così come McGowan. Ha detto che non vuole vederti vicino alla sala operativa finché non ti sentirai meglio. Quindi ti riaccompagno a casa quando sei pronta.»

Stephanie non disse nulla, continuando a fissare le lenzuola.

Per la prima volta nella sua vita, delle persone erano riuscite a fare breccia nella sua armatura; il suo segreto era stato svelato, eppure, contrariamente a quanto si era convinta, la accettavano.

Forse, solo forse, quello era l'inizio della sua salvezza.

CAPITOLO
SETTANTOTTO

Steph non aveva avuto notizie di sua sorella per tutto il giorno. Niente che indicasse che era tornata a casa. Niente che suggerisse che avesse fatto pace con suo marito. Così, quando aprì la porta d'ingresso, stancamente e con più fatica del solito, si aspettava di vedere sua sorella in casa, che probabilmente stava ancora pulendo e riordinando al posto suo.

Invece, tutto ciò che trovò fu una pila di scatole nell'ingresso e un debole odore persistente di candeggina. Accanto alla porta d'ingresso, c'era una fila di sacchi della spazzatura neri e verdi, pronti da portare fuori.

«Kim?» chiamò Steph, muovendosi per la casa.

Sbircò in cucina, nel bagno al piano di sotto e in soggiorno. Niente.

Strano.

«Kim?» chiamò di nuovo. Non ricevendo risposta, Stephanie salì le scale e controllò il piano di sopra. Ancora nessuna traccia di lei.

Stephanie provò a chiamarla al cellulare. Niente.

Il panico cominciò a farsi strada rapidamente mentre scendeva di corsa le scale e bussava alla porta del vicino. L'attesa fu penosamente lunga. Alla fine, Jimmy aprì la porta e le sorrise smagliante; la luce arancione pallida alle sue spalle creava un alone caldo intorno alla sua testa.

«Scusa se ti disturbo» disse lei, con il panico nella voce. «Non ti saresti per caso accorto di dove è andata mia sorella?»

«Tua sorella?»

Jimmy uscì di casa e guardò verso la porta d'ingresso di Stephanie, come se Kimberley fosse stata lì per tutto il tempo e Stephanie non se ne fosse accorta.

«Ha più o meno la mia altezza, ma ha i capelli biondi. Ci assomigliamo, ma allo stesso tempo siamo diverse» aggiunse Stephanie.

«C'era un uomo» disse lui. «Ora che ci penso. È sceso, ha bussato alla porta e poi lei è uscita con lui.»

«Hai visto chi era?»

Jimmy scosse la testa.

«Lei… se n'è andata *di sua spontanea volontà*? Ti è sembrato che fosse costretta?»

Stavolta Jimmy si strinse nelle spalle. «A me è sembrato un incontro piuttosto amichevole. Credo avesse le borse con sé.»

«A che ora è stato?»

«Verso mezzogiorno, più o meno.»

«Hai visto dove sono andati?»

Lui scosse la testa. «Sono passati davanti ai cespugli fuori dalla mia finestra.»

Lei esitò un istante. Che Jason fosse tornato dal lavoro, fosse venuto a prenderla e l'avesse riportata a casa? Si erano baciati e avevano fatto pace? O c'era in gioco qualcosa di più oscuro?

Non aveva mai voluto dirlo ad alta voce, non aveva mai voluto metterlo nero su bianco, ma in un angolo della mente di Stephanie c'era la sensazione assillante che Jason, l'uomo che aveva incontrato solo una manciata di volte, avesse un'amante e usasse i suoi lunghi periodi di assenza per lavoro come scusa, un'occasione per adempiere ai suoi altri impegni.

Ma poi un altro pensiero le si affacciò alla mente: forse stava controllando Kimberly, manipolandola in qualche modo. Il suo arrivo quel pomeriggio ne era solo un altro esempio. Che sua sorella si fosse trovata, proprio come la loro madre tanti anni prima, intrappolata in una relazione violenta.

Non le piaceva pensare male di suo cognato, soprattutto senza avere alcuna prova. Ma il suo istinto materno, l'istinto da *sorella maggiore*, stava facendo suonare tutti i campanelli d'allarme.

Stephanie ripensò alla sera prima. Come le era sembrata Kimberley quando aveva bussato alla porta? Arrabbiata, piena di frustrazione, certo. Ma c'era stata una sfumatura di qualcos'altro? Una richiesta d'aiuto che non aveva colto perché la sua mente era troppo confusa e distratta?

Non lo sapeva, ma nel suo attuale stato di debolezza mentale, nulla aveva molto senso.

Alla fine, ringraziò Jimmy per il suo tempo, si scusò di nuovo per averlo disturbato e poi si trascinò fino in fondo al vialetto. Non riusciva a vedere l'auto di sua sorella da nessuna parte.

Una volta dentro, provò di nuovo a chiamare il cellulare di Kimberley.

«Ehi, Kim, sono io. Volevo solo sapere se stai bene. Mi aspettavo che fossi ancora qui al mio ritorno, ma non ci sei. A meno che tu non sia uscita a prendere da mangiare, nel qual caso probabilmente ci vedremo tra poco. Chiamami quando senti questo messaggio, per favore.»

Si mise il telefono in tasca e si trascinò in soggiorno, rendendosi finalmente conto della quantità di lavoro e impegno che Kim ci aveva messo la sera prima. La stanza era immacolata. Il disordine era stato sistemato. Le scatole vuote che erano rimaste lì per una settimana erano state smontate e gettate nei sacchi della spazzatura. Riusciva di nuovo a vedere il pavimento. La televisione e il mobile circostante erano stati spolverati e lucidati, così come il tavolino. Kim doveva averci passato ore. Stephanie non si sarebbe sorpresa se avesse passato la notte nel suo letto, svenuta.

Tuttavia, una cosa che Kimberley aveva lasciato intatta era la cartella con gli appunti del caso di Stephanie, appoggiata sul tavolino. Appena la vide, Stephanie pensò a Eve. Alla sua morte. A come l'assassino fosse ancora là fuori, a giocare con lei.

Aveva già tagliato la gola alla prossima vittima? Non sopportava di pensarci.

Fin dall'inizio, era stato un passo avanti. Aveva scelto meticolosamente le sue vittime, pianificando tutto in anticipo. Quante altre ce ne sarebbero state prima che fosse finita? Si sarebbe mai fermato?

Stephanie si lasciò cadere sul divano e fissò il suo riflesso sfocato sullo schermo della televisione. Nello spazio nero, cominciò ad apparire la lavagna bianca della sala operativa, riempiendosi con i nomi e i volti delle vittime. Pensò a ognuna di loro, una per una, immaginandosi su ogni scena del crimine, ripercorrendo i loro passi, cercando indizi o cose che avrebbe potuto non notare la prima volta.

Nella sua mente stanca, non le venne in mente nulla per nessuna di loro.

Sapevano tutto delle ragazze – cosa studiavano, i loro spostamenti, con chi parlavano, cosa facevano per divertirsi – eppure non c'era niente che le collegasse l'una all'altra.

E ora Eve…

La sua morte aveva complicato le cose. In precedenza, il modus operandi dell'assassino era stato quello di prendere di mira studentesse universitarie. Ma ora aveva scelto una poliziotta. E Stephanie credeva che l'assassino sapesse chi fosse Eve e che l'avesse scelta per una ragione. L'unica domanda che rimaneva era: perché? Come si inseriva in tutto questo?

E poi un nome le balenò in testa: Devon.

Non era sicura se fosse perché non le piaceva quell'uomo o se avesse una ragione valida, ma c'era qualcosa di sospetto in lui. Il modo in cui aveva cercato di controllare l'indagine fin dall'inizio. Il modo in cui aveva maneggiato la scatola sulla scena del crimine di Paulina Potter; l'aveva fatto apposta in modo che le sue impronte venissero naturalmente escluse? O aveva messo lui la scatola lì e stava solo cercando di coprire le sue tracce? Perché non era presente sulla scena del crimine di Priya Chadha? Era l'unico che mancava. E Eve… Erano passate diverse ore prima che tornasse finalmente alla centrale dopo la sua scomparsa. L'aveva presa dal campus e l'aveva appesa a quel ramo in quel lasso di tempo?

Stephanie si stiracchiò, sbadigliando rumorosamente. Era stanca e affamata. Ma non aveva né il tempo né la pazienza di cucinare e mangiare, così decise di andare a letto.

Al piano di sopra, andò dritta in camera da letto e crollò sul materasso, a faccia in giù, lasciando che il comfort del piumone la avvolgesse. Era un mondo lontano dal disagio che aveva provato in ospedale solo un paio d'ore prima.

Pochi istanti dopo, un sapore nauseabondo le si formò in bocca, ricordandole di lavarsi i denti. Mentre si sollevava dal materasso, qualcosa attirò la sua attenzione.

Bart era sparito. Il suo amato orsacchiotto.

«Quella stronza» disse Steph.

Doveva averlo preso Kimberley quando se n'era andata. Sua sorella lo aveva sempre desiderato da piccola. Lo aveva implorato e aveva chiesto perché lei non ne avesse uno. Ma Stephanie non glielo aveva mai dato. Non aveva mai permesso che passasse nelle mani di qualcun altro. Così Kimberley aveva finalmente colto l'occasione e se l'era preso.

Stephanie stava per afferrare il telefono quando suonò il campanello al piano di sotto. Il suono improvviso e stridente la colse di sorpresa.

«È meglio che me lo ridai subito» sussurrò mentre scendeva dal letto e si dirigeva al piano di sotto.

Spalancò la porta d'ingresso. Dall'altra parte, avvolto in un lungo cappotto nero e stagliato contro la luce del lampione alle sue spalle, c'era Devon. Per un istante, pensò di avere di fronte gli occhi dell'assassino, che fosse venuto a reclamarla come sua prossima vittima. Ma c'era qualcosa nel suo viso che non suggeriva animosità, nessun desiderio malvagio di aggredirla e ucciderla. Invece, le sue guance erano arrossate e i suoi occhi iniettati di sangue. Se non lo avesse conosciuto, avrebbe detto che aveva pianto.

«Devon» disse lei. «Cosa ci fai qui?»

«Ho saputo che sei tornata a casa dall'ospedale. Volevo solo passare a vedere come stavi.»

Allentò la presa sulla porta. «Sono stata meglio. Ma starò bene.»

Lui rimase lì goffamente, con gli occhi fissi sullo zerbino ai suoi piedi. «Posso entrare? C'è una cosa di cui vorrei parlarti.»

Senza pensare, si fece da parte e lo lasciò passare. Lui si tolse il cappotto e se lo piegò sotto il braccio. Mentre si sfilava le scarpe, Stephanie gli prese il cappotto e lo appoggiò sulla ringhiera, poi lo condusse in soggiorno.

«Direi di scusare il disordine, ma ha pulito mia sorella e ha fatto un lavoro migliore di quanto avrei mai potuto fare io. Vuoi qualcosa da bere?»

Lui scosse la testa. «Non mi fermerò a lungo.» Aggirò il divano e si sedette educatamente sul bordo. «Credo di doverti qualche spiegazione» cominciò, una volta che Stephanie si fu seduta accanto a lui. «Riguardo a tutto.»

Lei non disse nulla, si strinse solo le gambe più forte al petto.

«Mi dispiace» disse lui. «Mi dispiace per essere stato un emerito stronzo. Non meritavi di essere trattata come ho fatto. Sei nuova nella squadra e saresti dovuta essere accolta con calore e gentilezza. Invece, mi sono comportato come un bambino. È stato sbagliato. Io… io non avrei dovuto farlo e mi sento in colpa per il mio comportamento. Persino vergogna. Non che questo lo giustifichi in alcun modo, ma sento che dovresti sapere che sto attraversando un divorzio complicato e sto lottando per la custodia di mio figlio. Io…»

«Lo so» rispose Stephanie.

«Davvero?»

«Non esattamente. McGowan non mi ha dato i dettagli. Ha solo detto che avevi dei problemi. Così ho deciso di concederti *un po'* di grazia per essere stato un emerito coglione.»

Devon sbuffò una risata. «Grazie. Lo apprezzo. Non è stato facile e parte di questo si è riversato sul mio lavoro attraverso le mie azioni e il mio comportamento. Ho sbottato e questo è stato sbagliato da parte mia. Spero che tu possa perdonarmi.»

«Tutti stiamo lottando con qualcosa, Devon» disse lei dolcemente. «È normale che si riversi sul nostro lavoro o sulla nostra carriera. Siamo solo umani. Non possiamo tenerci tutto dentro. Se lo facessimo, esploderemmo.»

O sverremmo davanti a cinquanta persone, pensò.

La tensione sul volto di Devon si allentò. «Voglio anche ringraziarti» continuò. «Per prima. Con Clive. Tu… avresti potuto buttarmi sotto un treno e lasciarmi lì per quello che ho fatto alla veglia. Avresti potuto darmi direttamente in pasto a McGowan. Ma non l'hai fatto. Perché?»

Steph inspirò bruscamente. «Perché ho sempre detto che sono pronta a sacrificarmi per proteggere la mia squadra. La responsabilità finisce con me. Qualsiasi errore facciate, lo faccio io. Nessun altro dovrebbe essere incolpato al posto mio, non importa quanto abbiano fatto per convincermi del contrario. È così che mi piace comandare, purché significhi darvi un po' di respiro. Anche se, Dio solo sa che non te lo meritavi.»

Lui ridacchiò goffamente. «Lo so.»

«Ma non conta nulla se non impari la lezione» disse lei, riposizionandosi sul divano in una posizione più comoda e aperta. «Dimmi, cosa stavi facendo dopo che Eve è scomparsa?»

«Cosa intendi?»

«Sei sparito. Giles e io abbiamo provato a chiamarti centinaia di volte, ma non hai risposto.»

Devon cominciò a giocherellare con le dita, premendo il pollice nel palmo della mano. «Sono andato nel panico» cominciò, con la voce incrinata. «Ho perso la testa. Io… ho provato a chiamare Eve, ho provato a trovarla, ho cercato ovunque, ma quando non sono riuscito a trovarla, ho capito che era successo qualcosa. Quindi… mi sono semplicemente seduto in macchina per un paio d'ore, in preda a un attacco di panico. Non riuscivo ad affrontare me stesso né il pensiero che le fosse successo qualcosa.»

Steph ascoltò attentamente. Tutto nella sua storia suggeriva che non avrebbe dovuto credergli. Ma gli credette. Dubitava che si sarebbe sentita o avrebbe reagito diversamente se fosse stata nella sua posizione. Lo shock di tutto, la concitazione, la paura.

«Mi sento responsabile per la sua morte» continuò, con un nodo che gli si formava in gola. Cercò di schiarirsi la voce, ma senza successo. «Se non fossimo andati alla veglia, sarebbe ancora con noi. È tutta colpa mia.»

Stephanie gli mise una mano sulla schiena. I suoi muscoli erano tesi sotto la camicia. «Non dovresti incolparti. Finora questo assassino ha fatto tutto per una ragione. Una parte di me pensa che Eve sarebbe diventata una vittima in un modo o nell'altro.»

Lui la guardò, confuso. «Come puoi esserne così sicura?»

«Intuito» rispose lei con un occhiolino.

«Beh, spero che il tuo sia migliore del mio.»

Devon si asciugò le lacrime dalle guance.

«Sai,» cominciò Stephanie «c'è stato un momento in cui ho pensato che potessi essere tu il nostro assassino.»

Il colore gli defluì dal viso, gli occhi sbarrati dal panico.

«Non mi hai dato molti motivi per pensare il contrario» disse lei scherzando. «Ti comportavi da coglione. Eri sempre vicino all'indagine. Hai aperto la scatola sulla scena del crimine di Paulina Potter. Eri assente a quella di Priya…»

«Dovevo andare a prendere mio figlio» rispose lui.

«E ovviamente l'incidente con Eve. Tutti gli indizi c'erano. I campanelli d'allarme suonavano.»

«Qualcun altro pensa la stessa cosa?»

Lei scosse la testa. «Credo che il tuo segreto sia al sicuro con me. Come sono andate le cose oggi? Cosa mi sono persa?»

Devon la mise rapidamente al corrente dell'interrogatorio di Giles a Tristan Penrose e di come quest'ultimo avesse tirato in ballo il nome di Martin Bell. La squadra aveva quindi passato il pomeriggio a cercarlo, ma senza successo.

«Ci metteremo la squadra al lavoro domani» aggiunse lei. «Con un po' di fortuna, una delle loro impronte corrisponderà a quella che abbiamo trovato nella stanza di Claudia.»

«E c'è anche un'altra cosa...» Devon si alzò di scatto e si diresse verso il suo cappotto. Le parlò mentre era nell'ingresso. «Noah ha passato ore sulla scena del crimine con la Scientifica stamattina, setacciando il bosco. Non so perché, forse è stato di nuovo l'intuito, ma è un bene che l'abbiano fatto. Perché hanno trovato questo...»

Tornò un istante dopo con una busta di plastica per le prove in mano. Stephanie individuò immediatamente cosa c'era dentro e sentì il suo corpo irrigidirsi.

«L'hanno trovata in un'altra scatola, dietro l'angolo rispetto alla prima» disse, passandogliela. «Ora, non sono un esperto, ma a me quella sembra in tutto e per tutto una bambola voodoo a forma di neonato...»

CAPITOLO
SETTANTANOVE

Tenne la tazza di caffè alle labbra per qualche istante dopo averlo finito, assaporandone il gusto e lasciando che le sue papille gustative fremessero. Era la sua terza della mattinata, e non stavano avendo assolutamente alcun effetto. Il sonno, cosa non sorprendente, l'aveva elusa. Non perché avesse pensato al fatto che l'assassino aveva scelto anche un neonato come una delle sue prossime vittime, ma perché Bart era scomparso. Le era stato portato via, e lei ne aveva sofferto.

L'unica persona da biasimare per quella notte insonne era Kimberley, che, dopo svariati tentativi, ancora non rispondeva al telefono. Stephanie si era ridotta a mandarle diversi messaggi espliciti. Erano, tuttavia, appena passate le sette del mattino, quindi era molto possibile, se non probabile, che sua sorella stesse ancora dormendo, si sperava tra le braccia confortanti del marito dopo una notte d'amore.

Posata la tazza sul tavolo, si diresse verso l'uscita dell'ufficio. Nonostante l'ora mattutina, l'ufficio si era riempito rapidamente. Contò non meno di trenta persone che si muovevano, molte delle quali provenivano dalle contee vicine, mentre della sua squadra individuò solo Devon, Noah e Giles. Gli altri sarebbero senza dubbio arrivati presto.

Mentre aspettava, si affrettò verso la scrivania di Giles.

«Come va il piede?»

«Non me ne parli…» Lui si girò sulla sedia e sollevò la gamba per mostrare delle dita pelose che spuntavano da un gesso che gli fasciava il piede e la caviglia. «Sei ore al Pronto Soccorso, ieri sera» disse. «Non ho chiuso occhio, e sono quasi sicuro di aver contratto l'AIDS o qualcosa del genere, considerando la quantità di gente che tossiva e sputacchiava là dentro.» Giles rabbrividì al pensiero.

«La serata ideale, a quanto pare» replicò lei. «Perché non me l'ha detto? Le avrei detto di non venire.»

«Devo trovare Martin Bell, capo. Lo faccio per Eve.»

«Lo capisco, ed è molto onorevole, ma se la vede arrivare e scappa, non sarà di grande aiuto. Metterò il resto della squadra al lavoro e Lei avrà il lusso di interrogarlo. Che ne dice?»

«Sembra perfetto, capo.»

Stephanie ridacchiò e per un momento si dimenticò di Eve e di sua sorella. Il suo umore si smorzò quando sentì il suo nome dall'altro lato dell'ufficio.

McGowan era fermo fuori dalla sua stanza, attendendola pieno di aspettativa come un medico nel suo ambulatorio.

Lei finì di dare istruzioni a Giles, poi si affrettò ad andare da lui, a testa bassa.

«Buongiorno, Steph» disse lui mentre lei entrava. «Non mi aspettavo di vederla qui stamattina. Pensavo di averle detto di restare a casa a riposare.»

«L'ha fatto, signore. Ho scelto di ignorarlo.»

«Abbiamo un sacco di supporto ora, un sacco di gente che lavora giorno e notte a questa indagine.»

«Eppure ancora nessuna traccia dell'assassino.»

McGowan emise un breve sbuffo d'aria. «Immagino che Lei abbia la bacchetta magica che ci aiuterà a trovarlo?»

Lei scosse la testa, sorridendo con orgoglio. «Solo duro lavoro, determinazione e un pizzico di fortuna, signore. È tutto ciò che serve nella vita.»

McGowan sollevò il mento di qualche centimetro, guardandola dall'alto. «Badi solo a se stessa. Ci vada piano. Non voglio avere a che fare con le Risorse Umane se le succede qualcosa. Ho già abbastanza gatte da pelare senza che Lei si metta tra i piedi.»

Le venne in mente un pensiero.

«Ha parlato con i genitori di Eve?» chiese.

«Sì, e vogliono fare il funerale il più presto possibile. Non vogliono che tratteniamo il corpo più del necessario.»

«Comprensibile.» Abbassò lo sguardo sul tappeto in un momento di riflessione.

«Non si dia la colpa, Steph» disse lui. «Ho saputo cosa è successo con il suo vecchio sergente. So che si è data la colpa per quello. Ma Lei non c'entra niente con Eve. Non è stata colpa di nessuno.»

«A volte mi sembra che la sfortuna mi perseguiti, sa? Come se, a volte, non avessi tutto il controllo che pensavo di avere.»

Clive sbuffò. «Purtroppo, non credo che nessuno di noi ce l'abbia.»

CAPITOLO
OTTANTA

Per fortuna, il dolore al piede era diminuito, ma gli faceva ancora un male dell'anima. Giles non era nuovo al dolore – giocare a calcio amatoriale nel fine settimana con un branco di ragazzi sovrappeso e con i postumi di una sbornia ti temprava – ma non ne aveva mai provato tanto. E tutto per colpa di una pigna. Non sapeva da dove fosse spuntata né quando fosse finita lì, ma tutto ciò che ricordava era di aver guardato l'oggetto sul pavimento dopo essere crollato a terra. La pigna l'aveva ricambiato lo sguardo, quasi schernendolo. Per l'imbarazzo, si era tenuto per sé quel piccolo dettaglio.

Era mattina inoltrata, e l'unico vero lavoro che aveva fatto era stato trascinarsi dall'ufficio alla sala interrogatori mentre tutti gli altri intorno a lui sgobbavano. Ma ora era il suo momento di brillare. Il momento di dimostrare cosa sapeva fare.

Per Eve.

Insieme, Noah e Devon avevano rintracciato Martin Bell, il responsabile del benessere degli studenti, al campus universitario. Martin stava preparando la sua seconda tazza di caffè quando i due sergenti erano arrivati, ed era venuto di sua spontanea volontà, anche se quella natura apparentemente disponibile non si rifletteva al momento nell'espressione dell'uomo.

«Mi chiamo agente scelto Giles Swinger» esordì Giles. «La

ringrazio per essere venuto qui stamattina. Mi risulta che lei sia il responsabile del benessere degli studenti all'Università del Surrey, è corretto?»

«Lo sa già.»

«Da quanto tempo svolge questo incarico?»

«Sei anni.»

«Immagino che nel corso degli anni abbia avuto a che fare con molti studenti.»

«Un bel po'. Proprio come chiunque altro all'università.»

«Qualche nome le salta in mente?»

«Immagino che voglia che le dica i nomi delle vittime, non è così?» Martin passò un dito sulla superficie della scrivania. «Senta, non so di cosa si tratti, ma non credo proprio che dovrei essere qui. Non sono mai stato in una stazione di polizia in vita mia, e per una buona ragione. Non ho mai fatto niente di male. Esattamente, per cosa sono stato portato qui? I suoi colleghi non sono stati molto prodighi di informazioni.»

Giles aprì il suo taccuino. «Ha partecipato alla veglia che si è tenuta l'altra sera, Martin?»

Mentre poneva la domanda, il dolore alla caviglia divampò.

«C'erano molte persone. E credo ci fossero anche persone non iscritte all'università. Ho pensato che fosse un bellissimo tributo per le vittime... finché non è andato tutto storto, ovviamente. Ma ancora non capisco cosa c'entri tutto questo.»

«Le dispiacerebbe dirmi dove si trovava quella sera?»

Le narici di Martin si dilatarono. «Gliel'ho letteralmente appena detto. Ero al campus.»

«Quando?»

«Tutto il giorno. Sono rimasto dopo il lavoro.»

«A che ora se n'è andato?»

Martin rifletté per un momento. «Saranno state circa le nove.»

Un'ora dopo l'esplosione dei fuochi d'artificio.

«Ricorda dove si trovava?»

«Come, scusi?» Martin si sporse in avanti come se non avesse sentito bene la domanda.

«La sua posizione. Dove si trovava rispetto ai fuochi d'artificio?»

«Ero sul prato, dove erano tutti gli altri...»

Il tono di Martin si stava facendo più brusco, più tagliente.

Giles tirò fuori una mappa del campus e la fece scivolare sulla scrivania. «Mi mostri.»

«Ma che cos'è questo? Sul serio.»

«La prego» disse Giles, con voce pacata e calma. «Questo aiuterà le nostre indagini.»

Martin emise un sospiro pesante mentre rivolgeva l'attenzione alla mappa. «Questa non mi sembra affatto una cosa di "routine".»

Giles non disse nulla mentre aspettava. Un istante dopo, Martin indicò col dito un punto sulla mappa. Era a est del prato, a breve distanza dalla Millennium House, l'alloggio per studenti. A due passi da dove era di stanza Eve.

«Mi dica cosa è successo dopo l'esplosione dei fuochi d'artificio» continuò Giles, senza lasciar trapelare nulla dalla sua espressione.

«Sono andato nel panico, come tutti gli altri. Sono stato travolto dalla ressa, quindi mi sono ritirato a distanza di sicurezza.»

«Dove?»

«Vicino alla Millennium House, lungo la strada principale.»

«E poi cos'ha fatto? È rimasto al campus per un'altra ora. Perché?»

«Perché stavo cercando di calmare un paio di studenti. Una di loro si era fatta piuttosto male, un fuoco d'artificio le era scoppiato vicino alle caviglie, quindi sono rimasto con lei finché non ha ricevuto cure mediche adeguate. Comprensibilmente, era a pezzi.»

«Come è tornato a casa?»

Un altro lampo di confusione attraversò il suo viso. «Ho guidato. Come faccio sempre.»

Giles prese dalla sua cartella una foto di Eve. «Questa persona le sembra familiare?»

Martin trascinò il foglio sulla scrivania, lo sollevò e lo ispezionò per un momento. Giles notò gli occhi dell'uomo scorrere su ogni contorno del viso giovane e bello di Eve, indugiando sulla fossetta sulla sua guancia.

«La riconosco vagamente, anche se non saprei dire da dove.» Martin lasciò cadere il foglio sul tavolo.

«Si chiama Eve Hope. Le dice qualcosa?»

«È una studentessa?»

«No. È un'agente di polizia. È stata assassinata la notte della veglia.»

«E lei pensa che io abbia qualcosa a che fare con questo?»

«Stiamo solo facendo domande, cercando testimoni. In base a ciò che ha detto su dove si trovava la notte della veglia, era a due passi da lei.»

«Questo non significa che io abbia avuto a che fare con ciò che le è successo. Non l'ho mai vista lì. Non sapevo nemmeno che ci fosse. Ho visto *alcuni* agenti di polizia, ma erano tutti in uniforme. Nessuno di voi...»

Giles riprese il foglio, guardando Eve un momento di troppo prima di continuare. «Ha visto qualcosa di sospetto? Qualcuno che magari maltrattava una donna e la metteva sul retro di un'auto, o la portava via dal campus? Stiamo cercando di ricostruire cosa le sia successo.»

«Okay, bene» disse Martin con un profondo sospiro di sollievo. «Per un attimo ho pensato che stesse insinuando che fossi stato io. Perché sarebbe ridicolo. Non avete prove contro di me, niente che dimostri che io abbia fatto qualcosa a una di queste ragazze.» Tirò di nuovo il foglio verso di sé, come se stessero giocando al tiro alla fune con una delle ultime foto di Eve. «Ora, per quanto riguarda qualcuno portato in un'auto, voglio dire... No. C'era un pandemonio. C'erano uomini e donne, ragazzi e ragazze, tutti che si tenevano l'un l'altro, scappando il più velocemente possibile. Una coppia di persone che si spostava insieme non sarebbe sembrata fuori posto, a essere onesti.»

Era quello che Giles temeva.

«Chiederò in giro, vedrò se qualcuno del mio team ha visto qualcosa, ma ne dubito» continuò Martin. «Ma i volti si sono confusi in un'unica massa indistinta, e ho avuto una specie di visione a tunnel. A quel punto, ti concentri solo su te stesso e su nessun altro.»

Era vero. La stessa cosa era successa a lui. Disteso a terra, decine di volti gli erano passati davanti, eppure non ne ricordava nessuno. Erano una macchia indistinta.

«Prima di finire, sarebbe disposto a fornirci un campione di impronte digitali così da poterla escludere?»

Martin annuì. «Assolutamente. Qualsiasi cosa vi serva. Non ho nulla da nascondere.» Alzò una mano, in un gesto di disponibilità.

Alla fine, Giles ringraziò l'uomo per il suo tempo, gli disse che si sarebbero fatti vivi se necessario, e poi lo congedò indirizzandolo all'ufficiale addetto ai reperti, prima di intraprendere la lunga e dolorosa camminata di ritorno all'ufficio.

CAPITOLO
OTTANTUNO

Le nocche di Stephanie bussarono alla porta d'ingresso per la terza volta, in modo secco e insistente. Il suono echeggiò lungo la tranquilla via residenziale, ma non vi fu ancora alcuna risposta. Una leggera brezza fece frusciare le siepi che costeggiavano il vialetto. L'auto di Jason era parcheggiata al suo solito posto sulla ghiaia.

Ma non c'era alcun segno di movimento dietro il pannello di vetro smerigliato. Non c'era nessuno in casa.

Steph si accovacciò, premendo il viso contro il bordo della fessura della buca delle lettere, e la aprì con la punta delle dita. La luce del giorno inondò l'ingresso, ma ancora nessun segno di vita, nessuno scalpiccio rivelatore di passi che si muovessero verso di lei.

Si raddrizzò lentamente, con il polso accelerato e la gola che si stringeva, togliendole il respiro. Qualcosa non andava.

Kim continuava a non rispondere al telefono. E nemmeno Jason.

Erano spariti entrambi dalla faccia della terra.

Facendo un passo indietro, alzò lo sguardo verso le finestre della camera da letto al primo piano. Le tende erano chiuse. Poi ispezionò il lato della casa. A sinistra c'era un cancello laterale. Vi si precipitò e tirò.

Chiuso.

Indietreggiando di un passo, diede una rapida occhiata su e giù per la strada prima di guardare l'alto muro di mattoni tra la loro casa e quella dei vicini. Finalmente, era arrivato il momento di mettere in pratica i suoi allenamenti di arrampicata. Si arrampicò goffamente sul muro di mattoni e poi camminò in punta di piedi fino alla staccionata di legno. Grugnì mentre si calava dall'altra parte, atterrando con un tonfo secco che le fece divampare il dolore alle ginocchia.

Il giardino sul retro era in ordine. C'erano voluti molto tempo e cure, il tempo e le cure di Kimberley, per mantenerlo così. Ma qualcosa stonava. Il bicchiere d'acqua sul tavolo da giardino. Il bucato ancora steso sul filo per stendere.

Sopra la sua testa, un merlo sfrecciò da sopra la casa per poi sparire dietro un'altra.

Stephanie si spostò verso le portefinestre sul retro e mise le mani a coppa contro il vetro. La sala da pranzo e il soggiorno erano immacolati. Niente piatti sul tavolo. Niente tazze avanzate. Ancora nessuna traccia di sua sorella.

Provò la maniglia. Chiusa anche quella.

Accigliata, si inginocchiò accanto alla porta e tirò fuori dalla tasca una forcina piatta; lo aveva già fatto, durante un'effrazione ai suoi inizi. Armeggiò un po' con la serratura, ma senza risultato. Così si alzò e si spostò invece alla finestra laterale.

Era socchiusa.

Infilò le dita sotto il chiavistello, lo fece scorrere verso l'alto e spinse con delicatezza. I cardini erano rigidi, ma cedettero. Infilò prima la mano, poi un braccio, poi abbassò la spalla per entrare, stringendo i denti mentre si issava dentro.

«Kimberley?» chiamò. Niente.

«Jason?»

Ancora niente.

Stephanie si spostò di stanza in stanza: cucina, ingresso, salotto. Niente.

Salì le scale a due gradini alla volta, con il cuore che le martellava nel petto. La camera da letto era intatta. Nessuna traccia della borsa da notte di Kimberley o dell'orso Bart sul letto. Nessun telefono in carica sul comodino. Il bagno odorava debolmente di candeggina, come sempre. Non mancava nessuno spazzolino. Nessun asciugamano umido.

Sembrava che fosse semplicemente... svanita.

Tirò fuori il telefono dalla tasca e richiamò in fretta sua sorella. Segreteria telefonica. *Di nuovo.*

Con un'ispirazione profonda, cercò il nome di Fiona tra i contatti.

«Steph?» rispose Fiona, con la voce soffocata come se stesse mangiando.

«Ho bisogno che tu faccia una ricerca per me» disse Stephanie. «Kimberley, mia sorella, e suo marito, Jason. Cognome: Taylor. Mi servono i recapiti dei datori di lavoro, dei parenti più prossimi, qualsiasi cosa. Sono a casa loro, ma loro non ci sono.»

«Pensi che sia successo qualcosa?»

«Non lo so. Ma ho un brutto presentimento.»

«Me ne occupo subito.»

Stephanie terminò la chiamata e si guardò intorno nell'ingresso un'ultima volta, notando una foto di famiglia che la riempì di brividi. Stephanie, Kimberley, la loro mamma e il loro papà in giardino: Kimberley in braccio alla madre e Stephanie in piedi davanti a suo padre, con le braccia di lui sulle sue spalle. Tutti sorridevano felici alla fotocamera.

Solo che non c'era niente di felice in quella famiglia.

Né c'era nulla di felice nella situazione familiare attuale di Kimberley.

Non se le sue peggiori paure si stavano avverando.

Stephanie ignorò la foto mentre usciva di casa, con le dita che le tremavano, e si diresse dritta alla macchina.

Tornò alla centrale venti minuti dopo e si diresse a passo svelto verso la scrivania di Fiona. L'agente abbassò la cornetta del telefono mentre lei arrivava.

«Hai trovato qualcosa?» chiese Stephanie.

Fiona picchiettò un post-it sulla sua scrivania. «Lì ci sono i recapiti dei datori di lavoro di Jason e Kim. Non ho chiamato perché ho pensato che avresti preferito farlo tu.»

Stephanie la ringraziò rapidamente, poi si affrettò verso il suo ufficio con la lista in mano. Sbatté la porta e la chiuse a chiave alle sue spalle. Aveva bisogno di silenzio assoluto. Silenzio per calmare i pensieri nella sua testa. Silenzio per placare il suo tremore.

Si precipitò alla scrivania, poi ci si arrampicò sotto, premendo la schiena contro uno dei bordi di legno. Immediatamente cominciò a sentirsi al sicuro. Il suo respiro si calmò e il polso rallentò.

Il tragitto da casa di Kimberley alla centrale le aveva dato il tempo di pensare, di elaborare. E fu allora che le balenò in mente un'idea. Per la prima volta, considerò la possibilità che suo cognato fosse la persona che stavano cercando.

Da quello che ricordava, lui era stato via, fuori città per lavoro, nelle notti della morte di ogni vittima. E questo non le era mai sembrato più evidente della notte in cui Eve era scomparsa, la notte in cui Kimberley e Jason avevano litigato. Forse Jason era andato alla veglia, aveva rapito Eve e poi l'aveva portata nel bosco.

A quel punto, l'immagine della bambola trovata sulla scena del crimine di Eve le apparve nella mente e il suo corpo fu percorso da un brivido di gelo.

Sono incinta. Le parole di sua sorella le echeggiarono in testa. *Non volevamo dire niente finché non avessimo avuto il via libera dal medico…*

E se Jason avesse rapito sua moglie per uccidere lei? E il suo bambino?

Non osò soffermarsi oltre su quel pensiero. Rivolse l'attenzione al post-it e iniziò a comporre il numero del datore di lavoro di Jason. Era un numero di centralino e passò i successivi dieci minuti a superare vari ostacoli, avendo a che fare con una manciata di robot e umani, finché alla fine non riuscì a parlare con la persona giusta.

«Qui Lamar.»

«Buon pomeriggio» disse lei. «Sono l'ispettrice Stephanie Broadbent. Mi chiedevo se potesse aiutarmi. Sto cercando di mettermi in contatto con uno dei suoi dipendenti, Jason Taylor. Potrebbe…?»

«Jason?»

«Sì. Devo sapere dov'è. È urgente.»

«Di cosa si tratta?»

«È una questione di polizia, signore. E apprezzerei la sua piena collaborazione.»

«Io… non mi sento a mio agio a condividere queste informazioni per telefono.»

Percepì che stava per riattaccare, così gli urlò di aspettare. «Per favore» disse, questa volta con più calma. «Non lo chiederei se non fosse assolutamente necessario. Jason è mio cognato, e ho solo bisogno di sapere dov'è o quando è stata l'ultima volta che lo ha sentito. Se può essere d'aiuto, posso dirle che è sposato con Kimberley e stanno insieme da dieci anni. Aspettano il loro primo figlio.»

«Davvero?» C'era una genuina sorpresa nella voce di Lamar.

«Sì. Ed è di questo che si tratta. Sua moglie, Kimberley, mia sorella, è in ospedale, ma non riusciamo a rintracciarlo. Può aiutarci, per favore?»

Ci fu una pausa. Poteva quasi sentire l'indecisione che si agitava nel cervello dell'uomo.

«È a Edimburgo» rispose Lamar. «Per affari.»

«Ne è sicuro?»

«Sì» disse lui. «Gli ho parlato stamattina. Avevamo una video-chiamata alle nove.»

Il cuore di Stephanie sprofondò e sentì l'intero peso del suo corpo affondare ancora di più sul pavimento.

«Si lamentava di avere un segnale terribile e problemi con il telefono» continuò Lamar. «Forse è per questo che non è riuscita a raggiungerlo.»

Ma Stephanie non stava ascoltando.

«Posso contattarlo io e chiedergli di richiamarla, se va bene?»

Nessuna risposta. Pensò a sua sorella e alla foto nell'ingresso. Alla famiglia felice che non erano mai stati.

«Signorina? È ancora lì?»

Gradualmente, si riprese. «Sì... scusi. Per favore... per favore, gli dica di contattarmi il prima possibile. Ho bisogno di parlargli.»

Stephanie non si era mossa da quando la chiamata era terminata. Era intrappolata, trent'anni nel passato. Bloccata dentro l'armadio. Suo padre teneva la porta chiusa così che lei non potesse muoversi mentre lui prendeva in braccio Kimberley e cominciava a picchiarla. La sua risata era forte nella sua testa, echeggiava, tamburellando contro le pareti del suo cranio. Stephanie urlò e scalciò, si scagliò con le braccia contro la porta e usò tutto il suo peso per aprirla, ma fu inutile. Lui era troppo forte per lei.

E poi il suo cellulare vibrò. Numero sconosciuto.

Afferrò il dispositivo sul pavimento e rispose alla chiamata.

«Steph? Steph, sei tu?»

«Jason...» disse debolmente.

«Che succede? Ho appena ricevuto una telefonata dal mio capo, dice che Kim è in ospedale. Sta bene? Va tutto bene con il bambino? Devo scendere?»

«Sei davvero a Edimburgo, vero?» disse lei, passandosi una mano sulla fronte, massaggiando il dolore crescente.

«Cosa? Sì. Ho dovuto prendere un volo all'ultimo minuto l'altra sera. Kim ha detto che sarebbe rimasta da te. Che sta succedendo, Steph? Mi stai facendo preoccupare.»

Il suo respiro divenne affannoso, in preda al panico. Il suo corpo tremava di paura. Non sapeva cosa dire, né come dirlo.

Alla fine, se ne uscì con: «Non so dove sia. Ho provato a chiamarla e sono andata a casa vostra, ma non so dove sia. Penso sia scomparsa».

«Di che stai parlando?»

Stephanie spiegò la situazione come meglio poteva.

«Perché non me l'hai detto prima?»

«Ci ho provato...» Le lacrime si formarono negli occhi di Stephanie; era a un passo dal crollo. «Non rispondevi.»

«Cristo Santo. Sto tornando indietro. Prenderò il primo aereo disponibile. Sarò a casa il prima possibile. Per favore, per favore, per favore, tienimi aggiornato.»

Stephanie annuì. «Lo farò.»

Jason imprecò mentre riattaccava. Nella stanza calò il silenzio, ma non nella sua testa, dove mille pensieri diversi volavano in mille direzioni diverse, scontrandosi l'uno con l'altro, esplodendo, facendo schizzare i suoi livelli di stress. Improvvisamente, i confini della sua scrivania non funzionarono più e le pareti circostanti iniziarono a stringersi, avvolgendola gradualmente nell'oscurità. Il suo respiro divenne più superficiale e iniziò a iperventilare. Si girò su un fianco e si rannicchiò, portando le ginocchia al petto.

Stronza dispettosa! Non parlarmi mai più in quel modo! Finché vivi in casa mia, seguirai le mie regole.

Mentre giaceva lì, con le lacrime che le scendevano lungo il viso, il suo telefono ricominciò a squillare.

Con gli occhi annebbiati, guardò lo schermo.

Casa di Cura Firstlings.

Rispose alla chiamata. «Pronto?»

«Salve, parlo con Stephanie? Sono Wayne della Firstlings. Chiamo solo per farle sapere che sua sorella è qui. Ha detto che ha dei problemi con il telefono e che forse stava cercando di contattarla. Non voleva che si preoccupasse.»

Stephanie scattò in piedi e uscì da sotto la scrivania. «È con voi?»

«Sì. È qui da un po', in realtà. Si tratta... si tratta di suo padre, vede...»

CAPITOLO
OTTANTADUE

«S tava benissimo ieri sera» esordì Wayne, mentre la conduceva lungo il corridoio verso la stanza di suo padre. «Sembrava il solito. Faceva battute, ci lanciava qualche sorriso malizioso e poi... boom. È crollato a terra. Se non fosse stato per Meredith che l'ha visto, non oso pensare a cosa sarebbe potuto succedere».

Svoltarono l'angolo e imboccarono un altro corridoio. Stephanie sentiva già il suo corpo riempirsi d'angoscia, come se una presenza maligna, una bolla malvagia, circondasse la stanza di suo padre.

«Così abbiamo chiamato l'infermiera di turno, e lei ha suggerito di chiamare tua sorella» continuò Wayne. «È l'unica che abbiamo registrata come contatto d'emergenza, sai».

«È meglio così».

Wayne non fece alcun gesto, né le rivolse uno sguardo dubbioso. Immaginò che non fosse la prima volta che lo sentiva dire. Non tutte le famiglie erano rose e fiori.

«E hai detto che mia sorella è qui da allora?»

Un cenno affermativo. «È arrivata nel giro di un'ora e non si è più mossa dal fianco di tuo padre».

Questo spiegava perché avesse lasciato la casa, ma non perché Kimberley non le avesse scritto o non avesse risposto. Forse il suo telefono si era scaricato; se non aveva messo in valigia un caricabatterie per il suo pernottamento da Stephanie, la casa di cura sarebbe stato l'ultimo posto in cui trovarne uno.

«Dov'è adesso? Non ho visto la sua auto nel parcheggio».

«Credo sia uscita a prendere due cose. Le abbiamo offerto da mangiare finché è stata qui, ma detto tra noi, non la biasimo per aver voluto uscire».

Prima che Stephanie potesse rispondere, arrivarono alla stanza di suo padre. Tutto era esattamente come durante la sua ultima visita. Niente si era mosso, e sembrava che la stanza fosse stata allestita per una messa in scena. Le foto erano ordinate sul comò. Il copripiumino era lo stesso. Le scarpe erano nella stessa posizione sul pavimento. Così come suo padre, seduto dritto sulla sedia.

In tutta onestà, Stephanie non vide alcun cambiamento in lui. Sembrava lo stesso di sempre. Troppo bene. Troppo bene per un uomo pieno di malvagità. Una parte di lei aveva sperato che la notizia sarebbe stata diversa; che Wayne le avrebbe detto che suo padre se n'era andato. Che finalmente fosse sparito, che li avesse lasciati per sempre. Purtroppo, non era così.

Si afferrò la collana mentre varcava la soglia della stanza.

Lui alzò lo sguardo verso di lei, il volto che si apriva in un sorriso. «Stephy! Tesoro mio! Sei venuta a trovare il tuo vecchio papà?».

Sembrava più lucido di prima.

Stephanie non disse nulla mentre si accomodava sul bordo del letto, incapace di guardarlo negli occhi. Lui allungò una mano. Lei non si mosse. Il suo corpo si irrigidì, pregando che non la toccasse. Per fortuna, era troppo lontana, e la mano di lui non raggiunse il suo ginocchio.

«Beh...» cominciò Wayne, «vi lascio soli. Vedo se riesco a rintracciare tua sorella e a farle sapere che sei qui».

Ti prego, non andartene, pensò lei. Ti prego, non lasciarmi qui con lui.

Prima, aveva avuto il conforto della presenza di Kimberley. Kimberley che parlava, che manteneva la pace, che reggeva la facciata.

La stanza piombò in un silenzio imbarazzante. Con la coda dell'occhio, vide suo padre che la fissava, il braccio ancora teso, desideroso che lei stabilisse un contatto. Rabbrividì al pensiero del suo tocco e si mosse a disagio sul letto. Allontanandosi da lui, il suo sguardo cadde su qualcosa in cima al letto. Si bloccò. Lo fissò.

Bart. Il suo amato orsacchiotto di peluche.

Rimase a bocca aperta a fissarlo. Doveva essere stata Kimberley a prenderlo dalla sua camera da letto e a darglielo. Immaginò che le sue intenzioni fossero state pure e gentili, ma dubitava che sua sorella avesse considerato l'impatto psicologico della cosa.

D'altronde, come avrebbe potuto? Sapendo così poco?

Colin notò che la sua attenzione era distratta e allungò la mano verso l'orsacchiotto. Prese il peluche dal cuscino, se lo mise in grembo e cominciò a farlo saltellare su e giù come se fosse un bambino.

«Bart...» disse, tracce di un ricordo che gli illuminavano il volto.

«Io... devo andare» disse lei, e si avviò fuori dalla stanza. Non si fermò quando lo sentì che la richiamava. La frustrazione cresceva dentro di lei. Voleva allungare la mano e strappargli l'orsetto. Voleva soffocarlo con quello. Ma non riusciva a stare vicino a quell'uomo più del necessario.

Mentre svoltava l'angolo, apparve Wayne, che spingeva un carrello pieno di materiale per le pulizie. Si fermarono di colpo.

«Scusa» disse lei. «Devo trovare mia sorella...».

Proprio mentre Wayne stava per rispondere, un ronzio aspro si diffuse per il corridoio. Un allarme. Proveniente dalla stanza di suo padre.

«È l'allarme d'emergenza» disse Wayne. Lasciò il carrello e corse verso la stanza. «Tuo padre...».

Contro il suo istinto, lo seguì. Forse era il suo innato desiderio di aiutare le persone. O forse fu una morbosa curiosità a spingerla a seguirlo. La possibilità che potesse essere davvero morto. O, per lo meno, in punto di morte.

Quando arrivò nella stanza, lo trovò per terra, accasciato, con il dito che premeva il pulsante d'emergenza sul lato del letto.

CAPITOLO
OTTANTATRÉ

Una caduta. Era caduto.

Dalla sedia al tappeto. Tutto qui. Una distanza di neanche un metro. Ma dal modo in cui l'infermiere e il personale lo trattavano, sembrava fosse precipitato da un palazzo di trenta piani.

A peggiorare le cose, data la continua assenza di Kimberley, le avevano chiesto di rimanere.

Anzi, l'avevano costretta. Il personale l'aveva spinta a farlo con i sensi di colpa, convincendola che fosse la cosa giusta. Che in quel momento lui avesse bisogno di qualcuno, perché, secondo il parere professionale di Wayne, non sembrava gli restasse molto da vivere. Che forse la fine era vicina.

A malincuore, sentendo di non avere altra scelta, aveva acconsentito e aveva passato l'ultima ora seduta sul bordo del letto, scorrendo le notizie sul telefono, rispondendo alle e-mail, aggiornandosi con il resto della squadra, facendo sapere a Jason che lei e sua sorella erano alla casa di cura. Fece tutto il possibile per evitare di parlare con suo padre, o anche solo di guardarlo. Aveva comunicato a Fiona e alla squadra dove si trovasse, si era scusata per l'inconveniente in una fase così cruciale dell'indagine e poi aveva chiesto un aggiornamento.

L'interrogatorio di Giles a Martin Bell era stato tutt'altro che utile. Tuttavia, c'era una speranza. Uno degli agenti della polizia del Kent aveva parlato con un testimone della notte della veglia, il quale aveva riferito di aver visto quelli che credeva fossero Eve e un uomo salire sul sedile posteriore di un'auto. Le loro descrizioni sia dell'uomo che dell'auto erano state vaghe, ma avevano dato loro abbastanza materiale su cui lavorare. Di conseguenza, la squadra stava ora setacciando le poche telecamere a circuito chiuso presenti nel campus e nell'area circostante, alla ricerca di un veicolo che corrispondesse vagamente alla descrizione del testimone. Erano tutti in piena attività, e dal brusio che sentiva in sottofondo mentre era al telefono con Fiona, Stephanie non riusciva a immaginare un posto peggiore in cui trovarsi.

A peggiorare le cose, Kim continuava a non rispondere al telefono.

L'intera situazione la preoccupava. Ma non aveva idea di dove andare, né di cosa fare.

Alla fine, decise di fare qualcosa che si riprometteva da molto tempo. Dagli ultimi trent'anni.

«Non è che per caso sai dove è andata Kimberley, Colin?»

Lui grugnì, scuotendo la testa.

Stephanie si alzò dal letto e cominciò a camminare avanti e indietro per la stanza. Era frustrata e furiosa. Mentre era rimasta seduta lì, aveva pensato a tutte le cose che lui aveva fatto nella sua vita. A come le aveva rovinato l'infanzia. A come l'aveva distrutta mentalmente e fisicamente. Erano trent'anni che voleva dirgli qualcosa, vendicarsi. Ma non c'era mai riuscita.

Quello era il suo momento.

Iniziò ad aprire i cassetti del comò, nello stesso modo in cui faceva lui quando lei era bambina.

«Sai, Kimberley e io siamo venute su bene.» I suoi occhi caddero su un paio delle sue mutande. «Non grazie a te. Mi sono presa cura di lei, l'ho trattata come fosse la mia bambina. Mi sono fatta carico della situazione, mi sono assicurata che avesse tutto ciò di cui aveva bisogno. E di te non c'era traccia. A me non sei mancato. Ma a lei sì. E io vivo ogni singolo giorno con il peso della decisione di non averle detto la verità.»

Tirò fuori un altro cassetto. Si bloccò.

«Lo so» fu la risposta.

Con le mani aggrappate al bordo del cassetto, si girò di scatto e lo guardò. Fu pervasa da un gelo improvviso e rimase paralizzata dalla paura.

«So perché non vieni» cominciò Colin, la voce lucida, quasi demoniaca. Come se avesse viaggiato indietro nel tempo. «Non sono stupido, Stephy. Non sono mai stato stupido.»

Aprì la bocca, ma non ne uscì alcun suono.

La sua mente era troppo impegnata a pensare a ciò che aveva visto nel cassetto.

Filo.

Imbottitura.

Bottoni.

Un'altra bambola.

Prima che potesse pensare di fare qualcosa, Wayne apparve sulla porta. In mano teneva un mattarello.

Stephanie rimase inchiodata sul posto, la sua mente che faceva immediatamente il collegamento.

Incrociò il suo sguardo. Dell'infermiere tranquillo e obbediente non c'era più traccia. Il suo volto era contorto dal panico e dalla rabbia, la bocca piegata in un ghigno lascivo.

Lui sollevò il mattarello, pronto ad abbatterlo su di lei. Ma lei fu più veloce. L'istinto prese il sopravvento. Si abbassò, schivando il colpo. Il mattarello sibilò nell'aria e si schiantò contro il comò, facendo volare schegge di legno.

Stephanie afferrò il mattarello e lottò con lui per strapparglielo. Per essere un uomo minuto, solo pochi centimetri più alto e più largo di lei, era sorprendentemente forte. Proprio mentre stava per prenderglielo, lui le diede un calcio sullo stinco e la spinse all'indietro. Lei barcollò e cadde sul tappeto, sbattendo la nuca contro l'armadio.

Mentre Wayne calava il mattarello per la seconda volta, lei lo colpì all'inguine, gli afferrò la mano e lo proiettò oltre la spalla, facendolo cadere a terra. In una mossa di ju-jitsu.

L'uomo emise un guaito mentre lei gli piegava il polso all'indietro. Allungò una mano verso il mattarello sul pavimento, ma lui fu troppo lesto. Lo afferrò prima di lei e glielo scagliò contro la spalla. Il dolore dell'incidente in bici di qualche giorno prima divampò, e lei lasciò la presa sul suo polso, cadendo all'indietro.

Mentre si rimetteva in piedi, Wayne si precipitò verso la porta.

Stephanie gli scattò dietro, correndo lungo il corridoio e tirando fuori il telefono dalla tasca. Usando Siri, chiamò l'ufficio.

Rispose Devon.

«Mandate rinforzi!» disse tra un ansimo e l'altro. «Casa di cura Firstlings. Presto!»

Wayne si fece strada lungo il corridoio, schivando un carrello delle pulizie, poi forzò un'uscita di sicurezza. L'allarme prese a strillare, echeggiando per il corridoio. L'aria fredda del pomeriggio colpì Stephanie in faccia mentre lo seguiva fuori, sul retro dell'edificio, con le scarpe che martellavano il sentiero di ghiaia.

Wayne era veloce. Doveva dargliene atto. Ma lei era più veloce.

Un attimo dopo, lui raggiunse il parcheggio, serpeggiando tra i veicoli. Stephanie ridusse la distanza, il respiro affannoso ma concentrato. Lui si voltò, solo una volta, e fu tutto ciò di cui lei aveva bisogno. Si lanciò in avanti.

La sua spalla lo colpì al fianco.

Wayne grugnì, si girò, e caddero entrambi pesantemente sulla ghiaia. Lui si divincolò selvaggiamente, colpendola sulla guancia con il dorso della mano. Lei ignorò il dolore che le sferzò lo zigomo e gli avvolse le braccia intorno, bloccandogli un braccio e il collo con il proprio, e assicurando la presa con l'altro braccio.

«Non ti muovere!» ringhiò.

L'uomo gridò di nuovo per il dolore, ma lei non mollò. Tenne le braccia saldamente in posizione. Non importava quanto lui si dimenasse e scalciasse sopra di lei, era bloccato, in trappola.

L'unico problema era mantenerlo lì. Non aveva idea di quanto fossero lontani i rinforzi. Nessuna idea di quanto ci sarebbe voluto per salvarla.

In pochi istanti, altri membri del personale cominciarono a uscire dall'edificio, parlando tra loro, chiedendosi cosa stesse succedendo.

«State indietro!» gridò loro Steph. «Qualcuno chiami la polizia.»

Misericordiosamente, mentre lo diceva, il suono di sirene in lontananza squarciò l'aria.

Un minuto dopo, arrivarono i rinforzi. I muscoli le urlavano sotto il peso di Wayne, ma non ci badò. Era sollevata.

Ancor di più quando vide Devon scendere dalla macchina e correre verso di lei.

Senza perdere tempo, le sciolse la presa dal collo dell'uomo, lo girò a terra e lo immobilizzò premendogli un ginocchio sulla schiena. Gli agenti in uniforme arrivati pochi istanti dopo Devon si unirono e ammanettarono le mani di Wayne dietro la schiena.

Mentre lo tiravano su da terra, Devon si avvicinò e le chiese: «Sta bene? È ferita?».

Lei non rispose.

«Steph? Ci è? Va tutto bene? Suo padre?»

I suoi occhi saettarono verso Devon, prima di girarsi di scatto e correre di nuovo verso la casa di cura. Si fece largo tra la folla, schivò gli ostacoli nel corridoio e si precipitò verso la stanza di suo padre.

Quando arrivò, trovò la stanza vuota. Era sparito. Sulla poltrona, al suo posto, non restava che un'altra bambola voodoo, che la fissava.

CAPITOLO
OTTANTAQUATTRO

La sua vista si era fatta annebbiata e sfocata. La sua mente era intorpidita. Si rendeva solo vagamente conto del trambusto di persone che si muovevano rapide intorno a lei e delle voci preoccupate dei colleghi che cercavano di parlarle.

Fu solo quando Fiona le mise un bicchiere d'acqua sotto il naso che la vista le si schiarì e lei si riprese.

«Bevi».

Non era una domanda, era un ordine.

Stephanie prese il bicchiere dalle mani della collega e se lo portò alle labbra con fare assente, come se avesse dimenticato come si beveva, persino come funzionare. Fiona la aiutò, inclinandole il bicchiere per farle scendere l'acqua in gola.

«Stai bene?» chiese lei. «Hai bisogno di qualcosa?»

Stephanie si guardò intorno. Si trovava nel suo ufficio, con altre quattro persone: decisamente troppe in uno spazio così piccolo. Da fuori, filtravano i suoni di chiacchiere, conversazioni e telefoni che squillavano. Accanto a lei c'erano McGowan, Fiona, Devon e Olivia. Li guardò a uno a uno.

«Dov'è mia sorella?» chiese.

«Ci stiamo lavorando» rispose McGowan. «Wayne è sotto interrogatorio proprio in questo momento. Speriamo che possa dirci dove si trova».

«Inutile» replicò lei, abbassando il bicchiere in grembo.

«Perché?»

Lei non rispose. Dentro di sé, sapeva che il segreto su dove si trovasse sua sorella era custodito da suo padre, l'uomo che era stato determinato a rovinarle la vita fin dall'inizio. Che era sempre stato lui a controllare tutto, il burattinaio, e Wayne era il suo burattino.

«Ha detto qualcosa?» chiese, senza guardare nessuno in particolare.

Un attimo di esitazione. «Finora è stato abbastanza scontato. "Nessun commento" su tutta la linea, come c'era da aspettarsi».

Lei fece un sorrisetto involontario. «Certo. Lo ha controllato e manipolato per così tanto tempo. Ovvio che non vi dirà quello che volete sapere».

Solo l'uomo in persona può farlo.

«Steph, cosa stai cercando di dire?» La domanda venne da Fiona.

Avrebbe voluto rispondere alla collega, all'amica, ma non ci riuscì. Non se la sentiva di condividere la verità con quelle persone.

Non ancora.

«Ho bisogno di un po' di spazio» disse, mentre un dolore le pulsava improvvisamente nel cranio. Si piegò in avanti, con una smorfia. «Ho solo bisogno di tempo per pensare».

«È sicura?»

«*Vi prego*, lasciatemi sola». Si assicurò che nel suo tono ci fosse abbastanza disperazione da convincerli.

In pochi secondi, la squadra fu fuori dall'ufficio e la stanza piombò nel silenzio.

Seduta sulla sedia della scrivania, il suo sguardo cadde sulla borsa. Dall'apertura spuntava la bambola che aveva trovato sulla sedia di suo padre. Qualcosa l'aveva spinta a prenderla, a portarla via, a nasconderla. Nella borsa c'era anche Bart, il suo orsacchiotto. Per ovvie ragioni, aveva voluto salvarlo prima che la scientifica cominciasse a rivoltare la stanza di suo padre.

Mentre allungava la mano verso l'orsacchiotto, il telefono le vibrò in tasca. La sensazione le provocò brividi lungo la schiena, riempiendole il corpo di terrore.

Tirò fuori il dispositivo e guardò lo schermo.

Numero sconosciuto. Ma lei sapeva esattamente chi la stava chiamando.

Rispose alla chiamata e si portò con cautela il telefono all'orecchio, trattenendo il respiro.

«Ciao, Stephy» disse la voce che accese in lei un fuoco di paura e furia. «Immagino tu ti stia chiedendo che diavolo stia succedendo. Ma, d'altra parte, sei sempre stata una ragazza intelligente, troppo intelligente per il tuo stesso bene, quindi sospetto che tu sia riuscita a mettere insieme alcuni pezzi».

Cosa credi di fare, cattivella? Vieni qui, vieni qui subito!

«Ti piacerebbe vedere Kimberley?»

Si aggrappò alla collana.

«Le piacerebbe che tu venissi a salutarla. Credo che noi tre abbiamo da fare una discussione di famiglia».

«Dove?»

«Tu sai dove, Stephy. Hai sempre saputo come sarebbe finita; nel posto dove tutto è iniziato».

CAPITOLO
OTTANTACINQUE

Non tornava alla casa della sua infanzia da oltre trent'anni, da quando sua madre era morta e lei e Kimberley erano state affidate ai servizi sociali. Da quella notte, la notte in cui tutto era cambiato, aveva giurato di non tornarci mai più. Di non pensarci. Di non metterci mai più piede.

Tutto ciò stava per cambiare.

Era cresciuta a Park Barn, a nord di Guildford, in una piccola casa a schiera con due camere da letto. Per anni, si era chiesta cosa avessero pensato i vicini degli eventi che si erano svolti in casa sua. Dovevano aver sentito le urla, i colpi, visto i lividi, eppure non avevano fatto nulla. Nessuna soffiata alla polizia. Nessuna visita per parlare con sua madre. Niente. Complicità sotto forma di cenni educati e sguardi sfuggenti.

Dubitava che fossero ancora lì; i vicini di entrambi i lati avevano circa cinquant'anni quando lei era piccola, quindi o erano morti o si erano trasferiti. Una parte di lei voleva chiedere loro perché non avessero mai lanciato l'allarme al primo segno di abuso.

Se l'avessero fatto, forse sua madre sarebbe stata ancora viva.

Stephanie rallentò l'auto fino a fermarsi davanti alla casa che l'aveva creata a sua immagine e somiglianza. E poi l'aveva distrutta. Non era cambiata molto. Il vialetto era crepato, con le erbacce che spuntavano in mezzo. La facciata a intonaco rustico era consumata e decrepita, coperta di macchie marroni da anni di sporcizia e acqua piovana. Gli infissi in legno delle finestre erano scheggiati e marci. Il posto era caduto a pezzi nel corso degli anni, un declino accelerato da quando suo padre era entrato nella casa di riposo. Ma ciò che la colpì di più fu il silenzio. Un silenzio denso, carico di aspettativa. Il tipo di silenzio che ricordava dall'infanzia, quando i passi nel corridoio significavano pericolo, e la cosa più sicura da fare era respirare in silenzio e rendersi invisibili.

Una raffica di vento le avvolse le gambe mentre scendeva dall'auto e si chiudeva la portiera alle spalle. Nonostante l'urgenza della situazione, non aveva fretta. Sapeva che, per il momento, finché lei era fuori casa, sua sorella era ancora viva. Suo padre non avrebbe fatto del male a Kimberley. Non senza la sua presenza.

L'aria odorava di pioggia, un odore acre e amaro. Si strinse il cappotto addosso mentre si avvicinava alla casa. Ogni passo le faceva rivivere il passato con violenza: il suono di una cintura strappata da un passante; il calore di un accendino fatto scattare troppo vicino alla sua pelle; le urla di sua madre mentre lui la costringeva a subire le sue violenze.

Stephanie fece un respiro profondo quando raggiunse la porta d'ingresso. Con sua sorpresa, era aperta, lasciata socchiusa apposta per lei.

Le diede una spinta delicata e fu immediatamente assalita dall'odore di umido, accompagnato da lampi di ricordi della sua infanzia. Tornare a casa da scuola e trovare sua madre in fondo alle scale, che piangeva; Kimberley che urlava di sopra; suo padre che gridava dalla cucina...

«Stephy!»

La chiamata la colse di sorpresa e la riempì di terrore. Quasi come se potesse leggerle nel pensiero, lui apparve in cucina in fondo al corridoio, con un braccio avvolto attorno al collo di Kimberley e un coltello da cucina premuto contro la sua pelle. Stephanie mantenne uno sguardo d'acciaio. Non gli avrebbe dato la soddisfazione di vedere la paura sul suo volto. Non ora. Mai.

L'uomo sulla soglia era completamente diverso da quello che aveva visto alla casa di riposo. La massa curva di un uomo si era trasformata in qualcuno di alto, più alto di quanto ricordasse. E l'espressione spenta, catatonica, la maschera che aveva indossato per così tanto tempo, era ora sostituita da qualcuno di lucido e calcolatore, che conosceva la sua prossima mossa e quella successiva. Kimberley, al contrario, era un disastro. Sembrava che non avesse dormito per tutto il tempo della sua scomparsa; il trucco le era colato sul viso, i capelli erano in disordine e gli occhi erano rossi dal pianto.

«Dammi il tuo telefono,» esordì Colin, premendo il coltello più a fondo nella gola di Kimberley. Stephanie teneva d'occhio la lama e il padre. Non si trattava di Kimberley. Era una cosa tra loro due. «So che sei venuta da sola,» continuò, «ma giusto per sicurezza.»

Colin le fece cenno di consegnare il cellulare. Lei lo tirò fuori dalla tasca e glielo lanciò. Lui lo afferrò al volo e poi spense il dispositivo. Nessun contatto con il mondo esterno. Solo loro tre.

«Non è bello?» continuò Colin. «La famiglia di nuovo riunita.»

«Lascia andare Kimberley,» disse lei. «Non ha niente a che fare con questo.»

«Non se prima non mi chiami papà.»

La bocca di Stephanie si seccò involontariamente.

«Steph, cosa sta succedendo?» chiese Kimberley, ansimando. «Perché sta succedendo questo?»

«Preferisci dirglielo tu, o lo faccio io?» disse Colin.

«Dirmi cosa? Perché stai facendo questo, papà?»

Stephanie trattenne il respiro mentre il coltello premeva più a fondo nel collo di Kimberley. In quel momento, temendo per la vita di sua sorella, tutto divenne chiaro.

«Sei stato tu...» disse Stephanie, con la voce rotta. «Fin dall'inizio.»

Colin scoprì una dentatura macchiata di giallo mentre annuiva cinicamente, un accenno di giubilo che si insinuava in ogni angolo della sua espressione.

«Ma non potevi farlo da solo,» continuò lei. «Hai avuto un aiuto. Wayne...»

«Non è quel dolce e innocente operatore che tua sorella vuol far credere.»

Stephanie non disse nulla. Attese che lui continuasse di sua spontanea volontà, lasciando che fosse il suo ego a portare avanti la conversazione.

«Ci siamo conosciuti in prigione,» cominciò Colin. «Era uno degli operatori che aiutavano i detenuti nel loro percorso di riabilitazione. L'ho incontrato un pomeriggio e ho visto un suo lato più oscuro. Aveva un fascino peculiare per le persone lì dentro e per le cose che avevano fatto. In particolare, gli sono piaciuto io, e lui a. me. Era silenzioso, riservato, timido. Ho percepito che c'era una parte di lui che poteva essere facilmente manipolata. Nel corso dei mesi e degli anni, ci siamo visti molto più spesso; l'ho convinto a far passare alcune cose per me; ci siamo anche scambiati i numeri di telefono. E fu allora che capii che potevo fargli fare qualsiasi cosa gli chiedessi. Non chiedermi perché; forse mi rispettava in qualche modo. Forse gli ricordavo un padre che non aveva mai avuto. Poi abbiamo iniziato a parlare di quello che avevamo fatto, del perché io fossi lì dentro. E allora abbiamo escogitato un piano.»

Colin allontanò la lama dal collo di Kimberley e la puntò contro Stephanie. Nella penombra, la lama brillò minacciosamente. «La prigione è un posto orribile, ma sai a cosa serve? Al tempo. Tempo per pensare bene alle cose. Tempo per pianificare e perfezionare, tempo per seminare i semi che poi daranno i loro frutti. Tempo per me per ottenere la mia vendetta.»

«Non saresti mai dovuto uscire di lì,» sibilò Stephanie, la voce gelida.

«Non sarei mai dovuto finirci *in primo luogo*.»

Lo sguardo di Stephanie si spostò su quello di Kimberley, che la fissava senza speranza.

«Come hai fatto?» chiese lei.

L'orgoglio balenò sul suo volto. «Quale parte?»

«Tutto. La casa di riposo. Gli omicidi. Le bambole...»

Il suo sorriso si trasformò in un ghigno. «Gli omicidi sono stati facili. Puoi essere anonimo al campus; puoi essere chiunque, mimetizzarti. Ci sono così tante persone che nessuno ti guarderà, nessuno penserà a te in modo diverso. Così, dopo un po' di lavoro sotto copertura – esplorando le diverse associazioni, monitorando i movimenti delle ragazze – abbiamo capito quando era il momento giusto.»

«Wayne ha fatto tutto mentre tu te ne stavi seduto in casa. Si è preso tutti i rischi.»

Colin scrollò le spalle. «È un adulto. Può fare le sue scelte.»

«Tranne per il fatto che l'hai manipolato. Gli hai raccontato bugie. L'hai *controllato*.»

«Ho sentito dire che sono bravo in questo...»

Stephanie non ebbe risposta. La sua mente correva, cercando di tenere il passo. Ma nonostante il rumore nella sua testa, sentì un'improvvisa chiarezza, come se tutto avesse un senso.

«Wayne ha seguito Claudia Bellini a casa la notte in cui l'ha uccisa, ha visto che era ubriaca fradicia e l'ha aiutata a entrare nel suo appartamento. Lei non aveva la minima idea di cosa stesse succedendo. Avrebbe potuto farle qualsiasi cosa, e intendo qualsiasi cosa, se non fosse stato per le mie istruzioni. L'ha portata nella sua stanza, ha mandato messaggi ai suoi amici, e poi l'ha uccisa. Era fuori di lì prima che tornasse qualcuno.»

«Come è scappato?»

«È facile sgattaiolare fuori dal campus se sai come fare,» rispose lui. «I punti ciechi sono ovunque.»

«E Paulina Potter?»

«Facile. Era sola nella stanza. Quella non ha richiesto molto sforzo. Doveva solo dileguarsi... confondersi di nuovo con l'ambiente.»

«Maya...?»

La sua voce divenne animata, come se si stesse godendo il racconto delle loro morti. «Ahh, be', *lei* è stata difficile. Da quello che mi ha detto, era un mostro, non una con cui scherzare in uno scontro faccia a faccia. Così abbiamo reso il campo di gioco impari, ingiusto.»

«L'ha colpita alla nuca, poi l'ha annegata.»

«Non sarebbe successo se non avesse improvvisato, però,» aggiunse Colin. «Non avevamo previsto che avrebbe avuto un passaggio per il campus. Fortunatamente, Wayne ha un po' di intelligenza e l'ha seguito in bicicletta.»

Certo, una bicicletta. Non le era mai venuto in mente che l'assassino potesse fuggire dalla scena in bicicletta. Aveva dato per scontato che fosse a piedi o in auto. Una fitta di stupidità e colpa le esplose nello stomaco.

«Priya. Come l'ha uccisa?» chiese lei.

«Con quella è stato fortunato,» rispose Colin, con eccitazione crescente. «Speravamo di darle fuoco nella sua stanza, ma ci ha offerto una fantastica opportunità nella sua auto. Non eravamo nella posizione di rifiutare.»

Stephanie si sentì male per il modo in cui descriveva gli omicidi, la gioia che ne traeva, il senso di realizzazione.

«Ora, quando si è trattato di Eve,» continuò, «sapevo che dovevamo essere cauti. Sapevo che dovevamo giocare bene le nostre carte.»

«Come sapevi che sarebbe stata alla veglia?»

«Non lo sapevo. Ho solo pensato che avresti voluto delle persone lì per evitare che succedesse qualcosa, e Wayne sapeva che aspetto avesse dopo avervi seguite in giro, quindi è stata una felice coincidenza.»

Non mi conosci bene come pensi, pensò lei.

«I fuochi d'artificio sono stati opera tua?» chiese.

Colin scosse la testa. «Un'altra felice coincidenza. Wayne ha protetto Eve, l'ha portata via dai fuochi d'artificio e poi nel retro della sua auto.» Gli occhi di Colin caddero sul tappeto. «Ha faticato con quella. Ha detto che era più pesante di quanto si aspettasse. Non ha aiutato neanche il fatto che nei boschi fosse buio pesto.»

«Come ha potuto farla franca quando doveva essere al lavoro...»

«Lavora solo part time. Anche se questo non significa che non abbia avuto problemi con i suoi datori di lavoro. Quando lavorava, era sempre con me, a creare le bambole e a perfezionare il piano. Quando non lavorava, era al campus, solo un altro studente che si confondeva con la realtà. Si è persino unito a una delle loro corse – in via ufficiosa, comunque – correndo dietro di loro a distanza.» Inclinò la testa di lato. «Pianificare gli omicidi è stato facile. Ciò che ha richiesto più tempo è stato gettare le fondamenta, far sembrare che stessi lentamente perdendo la testa, convincere la mia famiglia che avevo la demenza e che dovevo essere messo in una casa di riposo.» Baciò Kimberley sulla guancia. «Scusa, Kimbo. Fa tutto parte del piano. All'inizio non è stato facile. Ci sono stati molti tentativi ed errori, e ho dovuto iniziare tutto quando ero ancora dentro. Quando sono uscito, c'era solo un'opzione: mandarmi nella casa di riposo dove Wayne mi stava già aspettando.»

La confusione si insinuò nell'espressione di Stephanie.

«Tutto parte del piano,» ripeté Colin. «Ha lasciato il lavoro di riabilitazione e si è fatto assumere prima nella casa di riposo, poi ha aspettato il mio arrivo. Pensavamo che ci sarebbe stato un problema per farmi entrare, data la mia fedina penale, ma a loro non sembrava importare.»

Gli occhi di Stephanie si spostarono verso sua sorella. Ricordò le volte in cui Kimberley le aveva chiesto quale fosse la casa di riposo migliore per il loro padre. A quanto pare, aveva iniziato a mostrare segni di demenza e aveva bisogno di un posto dove andare. A Stephanie non era importato né aveva voluto saperne nulla, quindi aveva lasciato la decisione a Kimberley, una decisione di cui ora entrambe si pentivano.

«Perché?» La domanda venne da Kimberley e sorprese entrambi. «Perché l'hai fatto?»

A quel punto, le lacrime sul viso di sua sorella si erano fermate, e lo sguardo di angoscia era stato sostituito da un misto di paura e disperazione.

«Perché l'hai fatto?»

Colin ridacchiò demoniacamente. «Vuoi dirglielo tu, o lo faccio io, Stephy?»

Stephanie cercò di deglutire, ma la sua bocca era asciutta. Si mosse a disagio sui piedi e cominciò a sentire caldo sotto il maglione e il cappotto.

Era arrivato il momento. Il momento che aveva sperato non sarebbe mai arrivato.

«È ora che tu sappia la verità, Kim.» Steph guardò profondamente negli occhi sua sorella e, per un istante, le sembrò che fossero solo loro due, nascoste nell'armadio, a tenersi per mano. «Phillip non ha mai ucciso la mamma,» cominciò, con la voce quasi un sussurro. «È stato papà. Anni prima che accadesse, anche prima che tu nascessi, abusava di noi; di me e della mamma. Fisicamente, emotivamente, mentalmente. La mamma subiva la parte peggiore. Usciva sempre di casa con più lividi del giorno prima. Anche io ricevevo la mia parte, ma la mamma stava peggio. Le urla, le grida mentre lui la picchiava e la violentava. Alcune notti non ce la facevo, così intervenivo per difenderla, ma questo peggiorava le cose solo per me. E poi sei arrivata tu, e sapevo che dovevo proteggerti, ecco perché tu e io ci nascondevamo nell'armadio o sotto il letto. Cantavamo canzoni perché tu non sentissi. Abbiamo iniziato a colorare per affrontare il dolore; ecco perché ho iniziato a dipingere. Eri troppo piccola per ricordare tutto questo, anche se penso

che a un certo livello tu l'abbia probabilmente represso, spingendolo in profondità dove nessuno, probabilmente nemmeno tu
stessa, potrebbe trovarlo. Ciononostante, ho cercato di proteggerti.
E...» Una lacrima le si formò nell'occhio e sentì un groppo in gola,
che deglutì. «E quella notte, sapevo che qualcosa doveva cambiare.
Perché la mamma era morta, e senza di lei, avrebbe ucciso noi
dopo.»

«Ma hai sempre detto che l'aveva uccisa Phillip,» disse Kimberley, la voce spenta.

«Per proteggerti. Papà l'ha strangolata sul divano. Ho visto
tutto. Sono stata io a chiamare la polizia. Ma per proteggerti da
tutto questo, ho mentito e ti ho detto che l'aveva fatto qualcun altro
e che papà l'aveva ucciso per rappresaglia. Phillip era solo una
persona a caso che mi sono inventata. Non so perché non ti ho
detto la verità. Sarebbe stato più facile per entrambe.»

«Come hai potuto?»

Steph interruppe il contatto visivo e guardò a terra. «Volevo
proteggerti.»

Kimberley cercò di asciugarsi le lacrime che le rigavano il viso,
ma Colin la fermò con un gesto della mano. «Papà?» chiese lei. «Ti
prego, dimmi che non è vero. Hai davvero ucciso la mamma?»

Colin non rispose. La sua espressione si fece cupa e i suoi occhi
si strinsero su Stephanie.

«Cosa ti ho detto quando la polizia mi ha portato via, Stephy?»

«Che ti saresti vendicato.»

«Che mi sarei vendicato,» ripeté lui. «Sì. E come diresti che è
andata finora?»

Lei non rispose.

«Ce l'ho fatta. Forse non è visibile a tutti – dopotutto, come può
l'omicidio di un gruppo di donne a caso essere una vendetta contro
la donna che mi ha mandato in prigione? – ma *tu* puoi vederlo, non
è vero, Stephy? In fondo, sai che ha funzionato. Poco a poco,
vittima dopo vittima, sei morta dentro. Da quello che sento dalla
tua meravigliosa sorella qui, la pittrice in te è svanita; hai smesso di
correre, di fare arrampicata, mountain bike o frequentare lezioni di
jiu-jitsu. Tutta la tua vita è diventata insipida e stagnante. Tutto di
te, ogni parte della tua identità – la tua fallimentare carriera universitaria, la tua carriera nella polizia, persino il tuo disturbo alimen-

tare – è stato tutto sgretolato fino a quando non è rimasto più nulla. Tutto ciò per cui ti sei battuta è stato ucciso. Sei morta dentro. E lo sai. Lo vedo sul tuo viso.»

Stephanie si sentì svuotata. Era vero. Era morta dentro. Lui l'aveva uccisa, pezzo per pezzo. Ora vedeva la pertinenza di ogni vittima, il vero legame che le univa: *lei*. Lei era stata in cima all'albero, e ognuna delle loro morti era stata un altro ramo che conduceva a lei.

Non l'aveva mai visto.

Il sorrisetto tornò sul volto di Colin. «Impressionante, non è vero? Ora tutto quello che devo fare per ucciderti del tutto è portarti via l'ultima cosa che ti tiene intera: la tua famiglia. A partire da tua...»

Kimberley lanciò un urlo lacerante che squarciò il corridoio. Nella frazione di secondo in cui il suono si registrò sul volto di Colin, lei afferrò la lama con la mano, la spinse via dal collo e si abbassò sotto di essa, liberandosi dalla sua presa. Cominciarono a lottare per la lama, le urla riempivano l'aria, il sangue sgorgava dal palmo di Kimberley sull'acciaio. Mentre Stephanie si precipitava verso di loro, Colin spinse via Kimberley, colpendola con un calcio allo stomaco. Sua sorella crollò a terra, urlando di dolore e stringendosi la pancia.

Nella zuffa, la lama cadde sul tappeto. Né Stephanie né Colin le prestarono attenzione. Si avventarono l'uno contro l'altra, afferrandosi a vicenda per i vestiti, ovunque potessero. Stephanie cercò di lottare con l'uomo, mettendo alla prova il suo addestramento nelle arti marziali, ma non funzionò nulla. Le mani di lui si aggrapparono al suo viso, le dita le si conficcarono negli occhi. Quando si tirò indietro, vide del sangue, il sangue di Kimberley, su tutto il braccio e il cappotto.

Si lanciò su di lui, sferrandogli un pugno sulla guancia. Lui fece un passo indietro, stordito per un istante prima di riprendere il controllo. Mentre Stephanie tentava di atterrarlo, lui le fece lo sgambetto e la immobilizzò sul tappeto. In un istante, le sue mani le si avvolsero intorno alla gola, premendo sulla trachea e rubandole l'aria. Sopra di lei, vide lo sguardo demoniaco nei suoi occhi e il ghigno perfido e sinistro sul suo volto. Era la stessa espressione che aveva mostrato ogni volta che lei si era opposta a lui quando le sollevava la gonna e le abbassava le mutandine. Ogni volta che aveva cercato di violentarla.

Rapidamente, sentì la pressione aumentare nella testa mentre lottava per respirare. Colin ringhiò e fece una smorfia come un uomo posseduto.

«Stupida stronza!» sibilò, goccioline di catarro che gli cadevano dalla bocca. «Non sei mai stata abbastanza forte da dirmi di no. Nemmeno quella puttana di tua madre. Ora è il momento che tu muoia come lei...»

Lanciò un grido simile a quello di un maiale mentre il suo corpo sussultava. Improvvisamente, lasciò la presa sulla gola di Stephanie e girò il collo per guardare l'oggetto di metallo lucido che spuntava dalla sua scapola destra. Dietro di lui c'era Kimberley, il viso pallido.

Stephanie boccheggiò, risucchiando boccate d'aria. Ma era troppo. Tossì e sputacchiò mentre si trascinava sui gomiti, poi sulle mani e sulle ginocchia.

Nel frattempo, Colin guardò la lama, poi sua figlia, e di nuovo la lama. Era solo a un paio di centimetri di profondità. Non abbastanza per ferirlo gravemente o ucciderlo.

Barcollò verso Kimberley, che era con la schiena contro il muro. Mentre si avvicinava, si estrasse la lama dalla spalla come uno zombie rabbioso in un film dell'orrore e si preparò a calarla su di lei. Kimberley si bloccò, pietrificata sul posto, le mani alzate a offrire una scarsa protezione.

Proprio mentre Colin calava il coltello, Stephanie lo afferrò, sbalordendolo. Con l'altra mano, glielo strappò dalla presa e ne assunse il controllo.

La ferita alla spalla non era sufficiente a fermarlo.

La ferita alla spalla non era sufficiente a ucciderlo.

Ma lei si sarebbe assicurata che la prossima lo fosse.

Così affondò la lama nel suo stomaco, inserendola in profondità nel suo addome. Non appena il coltello penetrò le sue viscere, gli occhi di Colin si spalancarono e la sua bocca si aprì. Fece un passo indietro, l'arma che sporgeva da lui come uno stuzzicadenti, il sangue che immediatamente sgorgava dalla ferita.

Crollò a terra, gorgogliando, convulsando, morendo.

Ma non era abbastanza.

Doveva essere *sicura*.

Estraendo la lama dal suo ventre, lo pugnalò ancora e ancora, ripetutamente, lentamente. Sei volte in tutto.

Una per ogni vittima.

Assaporando ogni incisione.

«Questa è per la mamma,» disse mentre sferrava l'ultimo fendente del coltello.

Mantenne il contatto visivo con lui mentre si sporgeva sulla lama, spingendola più a fondo nel suo corpo. Lui aprì la bocca, ma non uscì nulla. Poi lei si frugò in tasca, estraendo la bambola vudù che lui le aveva lasciato nella casa di riposo.

Gliela pose sullo stomaco, rimosse la lama e poi la conficcò attraverso la bambola. «Questa è per te,» disse lei, la voce neutra, piatta.

Lentamente, osservò la vita abbandonare il suo corpo finché lui non emise un ultimo respiro e le sue membra caddero flosce al suo fianco.

A quel punto, rotolò via da lui e si appoggiò al muro, ansimando e riprendendo fiato. Seduta sul lato opposto, rannicchiata contro il muro, c'era Kimberley, con le lacrime che le rigavano il viso. Si guardarono e si scambiarono un'occhiata.

Stephanie annuì. «È morto,» disse. «Non controllerà più le nostre vite, Kim.»

Proprio mentre Kimberley stava per rispondere, un'auto si fermò fuori, e un istante dopo, Devon apparve sulla porta d'ingresso aperta. Non se n'era resa conto, ma si era dimenticata di chiuderla. Il sergente si precipitò dentro, poi si fermò di colpo osservando la scena.

«Che dia...?»

Stephanie guardò il corpo, il coltello, il sangue. Poi i suoi occhi caddero su sua sorella prima di rivolgersi a Devon.

«Sta bene?» cominciò lui.

«La situazione è stata gestita,» rispose lei freddamente. «Non appariranno più bambole vudù. Cosa ci fa qui?»

Devon fece una piccola risata. «Non ci crederà: intuizione.»

Lei abbozzò un sorriso.

«Ha lasciato l'ufficio senza dire niente a nessuno, quindi ho pensato che ci fosse qualcosa che non andava. Un rapido controllo del segnale del suo telefono ha mostrato che era qui l'ultima volta, quindi ho dato un'occhiata. E poi ho scoperto il perché.»

«È solo?»

Lui annuì. «Ma dovrò fare rapporto.»

Mentre parlava, il suono delle sirene della polizia si avvicinava in lontananza. «Sembra che qualcuno l'abbia battuta sul tempo,» disse lei, allungando le gambe.

Forse, dopotutto, esistevano ancora dei bravi vicini nel mondo.

CAPITOLO
OTTANTASEI

La debole luce autunnale del sole batteva su di loro mentre serpeggiavano lungo il sentiero verdeggiante, strusciando i piedi sulla ghiaia. Erano chiusi su entrambi i lati da siepi e alberi, fitti di rovi, ortiche e altre sgradevoli sorprese. Ma lungo il percorso, attraverso i varchi tra gli alberi, si intravedevano scorci di campi meravigliosi che si estendevano in lontananza, delimitati da filari di arbusti e alberi.

Nessuno dei due aveva parlato da quando erano partiti.

Quando giunsero a una piccola radura nella siepe, l'ispettore capo McGowan si fermò. Dall'altra parte della recinzione c'era un piccolo gruppo di conduttori di cani poliziotto con i loro amici a quattro zampe, che si esercitavano nel campo. I cani saltavano gli ostacoli mentre i loro conduttori abbaiavano ordini, scattando più veloci di quanto gli occhi di Steph potessero seguire.

Stephanie sentì un sorriso affiorarle sul viso, il primo nei giorni successivi alla sua sospensione e all'inizio dell'indagine dell'IOPC sulla sua condotta.

McGowan mise le mani dietro la schiena. Lei sentì il sole iniziare a scaldarle leggermente il collo.

Passarono un paio di istanti prima che parlasse. «Non vorrà darmi in pasto ai cani, vero, ispettore?»

McGowan le lanciò un'occhiata di sbieco, un barlume di calore dietro i suoi occhi solitamente indecifrabili. «Penso che ti abbiano già fatto a pezzi abbastanza negli ultimi giorni, non credi?»

Stephanie emise un piccolo sospiro divertito.

«Ho parlato con l'IOPC e li ho informati che hai una sospensione temporanea mentre tutto il resto procede dietro le quinte.»

«Grazie, ispettore.» Guardò uno dei cani inseguire un sospetto in fuga vestito con abiti protettivi e saltargli addosso, trascinandolo a terra. «Vorrei averne aizzato uno contro mio padre.»

«Hai comunque ottenuto lo stesso risultato finale» replicò lentamente McGowan.

«Non ha sofferto abbastanza.»

Almeno, ufficiosamente. La sua versione ufficiale dei fatti era stata che lui aveva avuto un episodio maniacale e, durante un accesso d'ira, aveva attaccato lei e sua sorella con una forza quasi sovrumana, non lasciandole altra scelta se non difendersi nel modo in cui aveva fatto.

Clive si girò a metà verso di lei. «A proposito di sofferenza...»
Lei emise un piccolo sospiro. «So cosa sta facendo» mormorò.
«Davvero?»

«Questa è la parte in cui mi dice che ho bisogno di una pausa.»
Lui non negò.

«Ne hai passate tante. Hai perso un collega, un amico. Hai quasi perso tua sorella.»

Era grata che non avesse menzionato che aveva perso un padre.
«Sto bene.»

«Steph...» McGowan la studiò a lungo. Un vento leggero frusciò nella siepe accanto a loro. I latrati e le grida nel campo sembrarono dissolversi in sottofondo. «Devi elaborare il lutto come si deve» disse infine.

«No, non devo.»

«Sì, invece. Solo che non te lo permetti.»

Rimasero di nuovo in silenzio, rotto solo dal tonfo distante di zampe sull'erba morbida.

McGowan si avvicinò, la voce più bassa. «Mi ricordi qualcuno che conoscevo. Una detective brillante. Si sobbarcava troppe cose. Non voleva condividere il peso con nessuno.»

«Che fine ha fatto?»

Lui guardò al di là del campo. «Si è esaurita. Semplicemente... ha tremolato e poi si è spenta. Non è più tornata.»

Stephanie deglutì.

«Ne ho passate abbastanza per conoscere i miei limiti» rispose. «Io... ho il controllo. Per la prima volta nella mia vita, sento di avere finalmente il controllo.»

Lui la guardò dritto negli occhi, soppesandola.

«È assurdo, no? È stato fuori dalla mia vita per trent'anni, forse di più. Eppure sentivo ancora che aveva una presa su di me, anche se non parlavo mai di lui, non lo vedevo mai. Era semplicemente come se fosse lì, capisce. Incombente...»

«E ora?»

«Sparito.»

«Mi fa piacere sentirlo. Ma ho bisogno che tu mi prometta una cosa, Steph.»

Lei si voltò verso di lui.

«Se inizia a diventare troppo, se inizi a sentirne davvero il peso, allora vieni da me. Nessuna recriminazione. Qualsiasi cosa ti serva.»

Steph sentì un nodo in gola. Ma annuì.

«Bene.» Le diede una brevissima stretta sulla spalla. «Ora, andiamo. Ho sentito che Giles si toglie finalmente il gesso oggi, e la squadra ha scommesso su quanto puzzi.»

CAPITOLO
OTTANTASETTE

Lasciare la presa sulla parete fu un gradito sollievo per i suoi avambracci.

Della musica pop riempiva l'aria mentre scendeva gradualmente dalla cima della parete da arrampicata. Pochi istanti dopo, con i piedi ben saldi a terra, si sganciò dall'imbracatura e alzò lo sguardo verso la via che aveva appena conquistato, segnando il suo record personale.

«Ottimo lavoro» disse l'istruttore che l'aveva guidata. «Dovrebbe provare il bouldering la prossima volta. Niente imbracatura. Solo lei e la parete. È un po' più rischioso, ma è lei ad avere il controllo».

Lo era. Non solo nell'arrampicata, ma in ogni aspetto della sua vita. Sentiva che stava tornando, lentamente.

C'era, tuttavia, un ambito della sua vita in cui si sentiva impotente.

«Forse» disse, poi aggiunse: «Mi scusi» mentre attraversava il materassino a passi felpati per raggiungere la sua borsa. Si accovacciò, la aprì e tirò fuori il telefono. Sbloccò il dispositivo, trovò il numero di Jason e lo chiamò.

La chiamata arrivò dopo qualche squillo.

«Ehi» disse. «Sono io».

Una pausa.

«Non è un buon momento, Steph. Non è ancora pronta a parlare».

Quelle parole le piombarono addosso come una doccia fredda.

«Capisco» rispose Stephanie. «E il bambino?».

Un'altra pausa. Stavolta Jason parlò a voce più bassa.

«Sta bene. Il dottore ha detto che non ci sono danni permanenti, ma sono preoccupato per l'aspetto psicologico. Non mangia come si deve, non dorme. È in difficoltà».

«Posso venire a trovarla?».

«Non mi sembra una buona idea».

«Ti prego, Jason. È mia sorella».

«Semplicemente, non è il momento giusto. Potrai vederla quando starà meglio».

Stephanie emise un lungo sospiro. «Almeno dille che ho chiamato».

«Lo farò».

Stephanie lo ringraziò e poi riattaccò. Per un lungo istante, rimase seduta lì, a fissare il materassino, circondata da gente che rideva, chiacchierava, si arrampicava e cadeva. Pensava a sua sorella, pensava a Colin. Erano passate due settimane e aveva iniziato a rimettere in sesto la sua vita. Mangiava di nuovo regolarmente. Correva, faceva esercizio e, cosa più importante, dipingeva. Cominciava a sentirsi di nuovo sé stessa; una nuova versione di sé, una che non aveva più l'influenza di suo padre radicata dentro.

Tranne che per il suo rapporto con Kimberley. Sua sorella non le parlava dalla notte dell'incidente, e non c'era modo di convincerla a cambiare idea.

Anche se era morto, le sembrava che fosse suo padre ad avere il controllo di quell'aspetto delle loro vite e che avesse in qualche modo convinto sua sorella a escluderla completamente. Per un istante disperato, si chiese se le cose sarebbero mai cambiate. Ma poi si ricordò di quanto aveva superato, di quanto controllo aveva riguadagnato in così poco tempo, e di quanto ancora le restava da crescere.

Col tempo, era sicura che il loro rapporto si sarebbe risanato.

Il futuro era luminoso, ed era determinata a far sì che tutti i membri della sua famiglia ne facessero parte.

LA FINE

Ma non del tutto. La storia continua in **L'uomo Nero**:

A volte, per arrivare alla verità, bisogna affrontare gli incubi del passato.

Trent'anni fa, gli abitanti di Guildford erano perseguitati da una figura che si intrufolava nelle camere dei bambini e li guardava dormire.

Quando se ne andava, lasciava dietro di sé un unico palloncino da festa.

E poi sparì. Le visite cessarono.

Adesso sta accadendo di nuovo.

L'Uomo Nero è tornato o c'è un imitatore che sta terrorizzando una nuova generazione di vittime?

Con la pressione che aumenta e il panico che dilaga, l'ispettore capo Stephanie Broadbent deve districare il passato per fermare un predatore che insidia il presente. Ma ciò che scoprirà potrebbe riportarla più vicino a casa di quanto avesse mai immaginato…

Scopri cosa succede in L'Uomo Nero, ora disponibile su Amazon!
Clicca QUI per avere la tua copia!

PARTE UNO
L'UOMO NERO

CAPITOLO
UNO

Non c'è niente di più bello di un bambino che dorme. Il respiro regolare, quasi angelico, del suo petto che si alza e si abbassa è come le onde di un mare calmo. Il sorriso prezioso sul suo viso immacolato mentre sogna felice i suoi programmi TV preferiti e i momenti di gioco a scuola. Il modo in cui il suo corpo è rannicchiato, profondamente addormentato, ignaro di ciò che lo circonda.

Questa bambina non è diversa.

I poster di Gabby's Dollhouse e Dora l'esploratrice si contendono lo spazio sulle pareti. Anche se c'è un chiaro vincitore per quanto riguarda il suo completo piumone: Dora l'esploratrice e la sua compagna scimmietta troneggiano, abbinati al suo pigiama intero. Accanto a lei riposa un peluche dell'orso Paddington. Vecchio e consumato, forse di seconda o terza generazione, tramandato di madre in figlia. Sul comodino c'è un piccolo globo, che emette un debole ma caldo bagliore giallo. Una luce notturna. Sopra, speciali stelle fosforescenti brillano fievolmente. Stanotte, questa bambina non si è arresa al buio. Non del tutto. Ha le braccia spalancate, le labbra leggermente socchiuse.

È tutto così sicuro, così ordinario.

Ma la serratura della finestra al piano di sotto non era nemmeno chiusa. Non pensano mai che possa succedere qui.

Resto immobile, inspirando a fondo, inalando il profumo di borotalco fresco, bagnoschiuma alla fragola e shampoo. È dolce e delizioso, proprio *come la vista. Non so quanto aspetterò: finché non ne avrò abbastanza, finché non me la sarò goduta fino in fondo.*

O finché non mi sentirò in pericolo, non sentirò un disturbo. Qualunque cosa accada per prima.

La bambina si muove leggermente sotto il piumone. Mi blocco, osservando la piccola contrazione delle sue dita, il fremito delle ciglia, l'inspirazione improvvisa e interrotta che lentamente le sfugge dalle labbra. Ma non si sveglia.

Mi avvicino al letto. La sua mano pende fuori dal piumone e oltre il bordo del letto, con le dita arricciate come se si stesse preparando a lottare. C'è una crosta sulla sua nocca. Due. Tre. La prova di un'infanzia vissuta pienamente. Certo, probabilmente passa molto tempo davanti allo schermo, guardando i suoi programmi preferiti sull'iPad, ma questa è la prova che l'infanzia non è morta. Che gioca fuori, sperimentando il mondo e tutto il dolore che ha da offrire. Sta imparando preziose lezioni di vita fin da piccola.

Rimango lì per altri dieci minuti, nel silenzio, a guardare, ad ascoltare, tenendo gli occhi perfettamente fissi sulla splendida creatura di fronte a me. Non voglio farle del male. Non voglio spaventarla.

Voglio solo guardare.

Come un angelo, un guardiano.

Mentre sono qui, lei è al sicuro.

Quando arriva il momento di andarmene, quando finalmente ne ho avuto abbastanza, metto mano in tasca e tiro fuori un palloncino. Blu, lucido, liscio sotto il mio pollice. Lo gonfio lentamente, in silenzio. Il sibilo dell'aria è appena più forte del ronzio della sua luce notturna. Faccio il nodo con facilità, poi, dall'altra tasca, tolgo il filo. Lo lego intorno al beccuccio del palloncino e lo poso sulla moquette, ancorandolo con uno dei suoi giocattoli in modo che sia proprio accanto a lei.

Un promemoria. Un regalo. Un grazie per avermi permesso di passare del tempo con lei.

Quando si sveglierà, sarà la prima cosa che vedrà. Spero che le piaccia.

CAPITOLO
DUE

Quella mattina, come ogni mattina negli ultimi sei anni e mezzo, in cucina regnava il caos. La televisione era accesa in sottofondo, trasmetteva Bob Aggiustatutto che riparava qualcosa per qualcuno, anche se ancora nessuno la guardava, perché a Becky piaceva trovarla già accesa quando scendeva. La lavastoviglie era a metà ciclo perché suo marito si era dimenticato di avviarla la sera prima. Il rubinetto stava riempiendo rapidamente il lavello e l'acqua schizzava sui piatti ammucchiati alla bell'e meglio. Il bollitore stava scaldando l'acqua per la sua seconda tazza di caffè e il microonde ronzava, riscaldandole il porridge.

Caos.

Le superfici della cucina non erano messe meglio. Una pioggia di briciole e avanzi della cena della sera prima spolverava il piano di lavoro. Una macchia appiccicosa di succo d'arancia luccicava sotto la fruttiera, ignorata per il terzo giorno di fila. Parecchie confezioni di prosciutto, lattuga e formaggio erano posate sul bancone, accanto a un pomodoro tagliato a metà.

Laura si mosse in mezzo a tutto ciò con il pilota automatico, facendo saltar fuori il toast dal tostapane con una mano e frugando in un cassetto con l'altra in cerca di un coltello da burro pulito. Aprì il frigo con una nocca ed estrasse un panetto di burro e un cartone di latte prima di richiuderlo. Mentre lo chiudeva, diede un'occhiata al groviglio di foto, Post-it e biglietti d'invito glitterati per compleanni attaccati con le calamite allo sportello del frigo.

Il compleanno di Kerry era tra due settimane, quindi doveva comprare un biglietto e un regalo.

E Jeremy organizzava un barbecue nel fine settimana. Un altro. In totale contrasto con il tempo. Ma erano altri soldi che avrebbe dovuto spendere per vino e stuzzichini. Per non parlare del fatto che avrebbe dovuto chiamare la babysitter.

Sperò che la sua solita babysitter fosse troppo occupata.

Forse poteva semplicemente fingere. Dire che non era riuscita a trovare nessuno e che quindi non sarebbero potuti andare. Le avrebbe risparmiato un sacco di tempo, soldi ed energie.

Tempo, soldi ed energie che in quel momento stava dedicando a preparare Becky per la scuola.

Laura lasciò cadere il toast sul piano di lavoro, lo spalmò frettolosamente con uno strato spesso di burro e se lo cacciò in bocca mentre versava l'acqua dal bollitore, per poi finire di preparare il pranzo di Becky per la giornata. Proprio mentre infilava il panino di sua figlia in un nuovo sacchetto per alimenti, suonò la sveglia del suo telefono: le sette.

«Becky!» chiamò Laura. «È ora di svegliarsi, tesoro!»

Afferrò la borraccia riutilizzabile sullo scolapiatti, prese lo sciroppo e la riempì fino all'orlo con acqua del rubinetto. Passarono alcuni minuti e ancora nessuna risposta, nessun segno di Becky che uscisse dalla sua stanza. Nessun rumore dello sciacquone del bagno. Nessun rumore dei suoi passi che scendevano assonnati le scale.

«Becky!» chiamò di nuovo.

Di solito a quell'ora sua figlia era già di sotto, appollaiata sul divano, stretta alla sua copertina, a guardare la televisione, aspettando che la mamma le preparasse i cereali.

«Becky! Vieni a fare colazione, cucciola! Altrimenti farai tardi.»

Accigliata, guardò il soffitto. La camera di Becky era proprio di sopra, e avrebbe sentito il pavimento scricchiolare sotto i piedi di sua figlia. Ma niente.

L'immobilità le seccò la gola. Il panico cominciò a farsi strada.

«Becky?»

Mollò tutto e cominciò a salire le scale.

«Becky, se stai ancora dormendo non sarò molto contenta di te, tesoro.»

Quando raggiunse la cima delle scale, con i piedi che si muovevano più veloci del solito, trattenne il respiro mentre si dirigeva verso la stanza di Becky. Appeso alla porta c'era un grazioso cartello che avevano fatto insieme. Sopra, scritto a pastello, c'era il nome di Becky e un piccolo disegno che aveva fatto del cane che lei e Dean le avevano ripetutamente supplicato di prenderle nelle ultime due settimane.

Laura avvolse la mano attorno alla maniglia e aprì la porta. Temette che sua figlia fosse morta, deceduta nella notte, o che in qualche modo fosse stata portata via.

Invece, trovò Becky, ancora in pigiama, seduta sul letto, che giocava con un palloncino blu, colpendolo come un sacco da boxe.

Laura si bloccò sulla soglia. Per un istante, non riconobbe sua figlia. C'era qualcosa di così inquietante, di così spettrale in quella scena che la colse di sorpresa, come se stesse guardando Pennywise il clown del film *IT*.

«Mamma, guarda cosa ho!»

Laura attraversò la soglia con esitazione. Voleva guardarsi intorno nella stanza, assicurarsi che non ci fosse nessuno nascosto nell'armadio, dietro una sedia o sotto il letto, ma non riusciva a staccare gli occhi dal palloncino.

«Dove l'hai preso, tesoro? Te l'ha dato papà?»

Dean non era passato in camera sua prima di uscire per andare al lavoro, vero? Di solito non lo faceva mai durante la settimana. Usciva per andare al lavoro prestissimo, prima ancora che si svegliassero gli uccelli, e non voleva mai disturbare nessuno. Un bacio sulla fronte prima di dormire ogni sera gli era sufficiente.

«No» fu la secca risposta di Becky.

«Chi...» cominciò Laura, mentre la consapevolezza si faceva rapidamente strada. «Chi te l'ha dato, Becky?»

Becky spostò il palloncino di lato in modo che Laura potesse vedere il viso di sua figlia. «Me l'ha lasciato il mostro sotto il mio letto, mamma.»

DELLO STESSO AUTORE JACK PROBYN

La serie dei thriller polizieschi dell'Ispettrice Stephanie Broadbent:

Libro 1: Il Killer Voodoo

Tornò a casa per ricominciare da capo. Invece, risvegliò l'oscurità che pensava di aver sepolto. Prima ancora di essersi sistemata, una studentessa universitaria venne trovata morta nel suo studentato dopo una serata fuori. Quello che all'inizio sembrava un caso di facile soluzione prese una piega più oscura quando vicino al corpo venne trovata una bambola voodoo. Stephanie è costretta ad affrontare i fantasmi del suo passato, mentre lotta contro il tempo per fermare un killer la cui prossima mossa sta già prendendo forma con stoffa e filo.

Leggi Il Killer del Voodoo su Kindle e Kindle Unlimited

Libro 2: L'Uomo Nero

Trent'anni fa, gli abitanti di Guildford erano perseguitati da una figura che si intrufolava nelle camerette dei bambini e li guardava dormire. Quando se ne andava, lasciava un solo palloncino colorato. E poi svanì. Le visite cessarono. Ora sta succedendo di nuovo.

Leggi L'Uomo Nero su Kindle e Kindle Unlimited

Libro 3: L'uomo in Fiamme

Quando i resti carbonizzati di un corpo vengono ritrovati nelle pittoresche Surrey Hills, il trauma del passato dell'Ispettrice Stephanie Broadbent si riaccende. Quando compare un altro cadavere, Stephanie scopre una connessione che minaccia di dare fuoco al mondo, e ad altri corpi.

Leggi L'uomo in Fiamme su Kindle e Kindle Unlimited

ANCHE DI JACK PROBYN

La serie di gialli del DS Tomek Bowen:

LIBRO 1: LA GIUSTIZIA DELLA MORTE

Southend-on-Sea, Essex: Il Detective Sergente Tomek Bowen - determinato, tenace e perseguitato dalla morte del fratello - viene chiamato su una delle scene del crimine più scioccanti che abbia mai visto. Un uomo è stato ucciso secondo un rituale e abbandonato in un orto vicino all'aeroporto locale. Le prime indagini indicano che si trattava di un uomo con un passato. Un passato che gli ha procurato molti nemici.

Scarica La Giustizia della Morte

LIBRO 2: LA MORSA DELLA MORTE

Annabelle Lake pensava di riconoscere la Ford Fiesta che aspettava fuori dalla sua scuola, e l'autista al suo interno. Si sbagliava. Il suo corpo viene scoperto qualche tempo dopo, appeso a un'altalena in un parco giochi locale a Canvey Island.

Scarica La Morsa della Morte

LIBRO 3: IL TOCCO DELLA MORTE

Quando la nebbia si dirada una mattina di dicembre nell'Essex, il corpo di una ragazza adolescente viene scoperto disteso a faccia in giù in un campo. Di conseguenza, il caso finisce rapidamente sulla scrivania del DS Tomek Bowen che, mentre cerca di gestire la sua nuova vita come genitore single di una figlia tredicenne, deve portare alla luce la mortale sequenza di eventi e far emergere la verità.

Scarica Il Tocco della Morte

LIBRO 4: IL BACIO DELLA MORTE

I segreti più oscuri non restano mai segreti a lungo...

Quando il corpo di un senzatetto viene scoperto sul lungomare di Southend, incastrato tra le cabine da spiaggia di Thorpe Bay, la gente dell'Essex non batte ciglio.

Ma quando l'autopsia rivela che l'identità è quella del parlamentare locale, Herbert Tucker, la città inizia a farci caso.

LASCIA UNA RECENSIONE

Eccoci qui. La fine.

Beh, dico "noi"... intendo *tu*. Grazie.

Grazie per essere arrivato fin qui e per essere rimasto con me mentre davo vita a queste storie folli e bizzarre nella mia testa, per poi tradurle su carta (o meglio, in file digitali).

Amazon è piena di milioni di libri (letteralmente, e non uso questo termine alla leggera), quindi è spesso difficile trovare la prossima lettura. Vuoi solo sapere in quale libro tuffarti. Ma a volte non hai il tempo di vagliarli tutti, quindi cosa fai?

Guardi le recensioni, naturalmente.

Le usiamo in ogni aspetto della nostra vita. Ristoranti. Film. Il nostro prossimo televisore. Cuffie. Quasi tutto è governato dai pensieri di altre persone.

Pazzesco, vero?

Ma cosa succede quando ti imbatti in un libro senza recensioni? Potresti evitarlo. È difficile fidarsi del libro.

Il tuo tempo è prezioso. Il tuo tempo ha valore. Non vuoi sprecarlo con storie deludenti. Nessuno lo vuole. E non lo voglio nemmeno io per te. A volte temo che la stessa cosa possa accadere a questa storia. Ma c'è una soluzione.

Una recensione fa la differenza. E mi dà la fiducia per continuare a elaborare i pensieri folli nella mia testa - con l'obiettivo di trasformare questo sogno in una carriera a tempo pieno.

Grazie.
Il tuo amichevole autore,
Jack Probyn

INFORMAZIONI SULL'AUTORE

Jack Probyn è uno scrittore britannico di gialli e autore della serie thriller Jake Tanner, ambientata a Londra.

Attualmente vive nel Surrey con la sua compagna e il suo gatto, e sta lavorando a una nuova serie di gialli ambientata nella sua città natale dell'Essex.

Non vuoi iscriverti a un'altra mailing list? Puoi rimanere aggiornato sulle nuove uscite di Jack seguendo uno degli account qui sotto. Sarai informato quando uscirà un mio nuovo libro, senza il fastidio di dover aderire alla mia mailing list.

Pagina autore Amazon "Segui":

1. Clicca il link qui: https://geni.us/AuthorProfile

2. Sotto la mia foto profilo c'è un pulsante che dice "Segui"

3. Cliccaci sopra, e Amazon ti invierà email con nuove uscite e promozioni.

Pagina autore BookBub "Segui":

1. Simile a quello di Amazon sopra, clicca il link qui: https://www.bookbub.com/authors/jack-probyn

2. Accanto alla mia foto profilo c'è un pulsante che dice "Segui"

3. Cliccaci sopra, e BookBub ti avviserà quando avrò una nuova uscita

Se desideri informazioni più aggiornate riguardo le nuove uscite, il mio processo di scrittura e tutto il resto, il posto migliore per essere informato è la mia Pagina Facebook. Abbiamo una piccola comunità che sta crescendo là. Perché non farne parte?